UnRead
-
文艺家

黑城

［挪］尤·奈斯博 ——— 著

沈希 ——— 译

Macbeth

Hogarth
Shakespeare
-
Jo
Nesbø
-
Macbeth

北京联合出版公司

第一部分

第一章

晶莹的雨点从天而降，穿过黑暗，朝下面肮脏的码头那点点微光坠去。凛冽强劲的西北风裹挟着这滴雨，越过将这座城纵向切分的干枯的河床，以及斜向割裂的废弃的铁道。四片城区是按顺时针方向编号的，除此之外，它们没有名字。居民们无论如何也想不起什么名字。若是你遇到那些远在异地的本城居民，问他们是从哪儿来的，他们多半也会说记不得这座城市的名字了。

雨点穿过煤烟和毒气，由晶莹变为灰暗。尽管近年来工厂接连关停，尽管失业者再也付不起烧炉费，尽管这里有变化无常的狂风和没完没了的雨水，但这些脏东西依旧笼罩在城市上空，仿佛一层永不消散的薄雾。有人说，这雨是二十五年前，第二次世界大战被两枚原子弹终结后才开始下的。换句话说，是肯尼斯当上警察局局长那会儿。二十五年来，不管谁当市长、有什么计划，不管首府的当权派说什么，肯尼斯局长一直雄踞警局总部顶层的办公室，用铁腕推行对这座城市的暴政，而这个国家曾经最重要的第二大工业中心却渐渐陷入一个腐败、破产、犯罪和混乱的泥潭。六个月前，肯尼斯从他夏季别墅的一张椅子上摔倒，三周后便气绝身亡。葬礼由城市埋单，这是很早以前肯尼斯顺带操控的市议会的决定。一场独裁者应享的葬礼后，议会和市长任命邓肯为新任警察局局长。他是一位天庭饱满的主教之子，曾担任首府有组织犯罪处的一把手。于是，市民心中又燃起了希望。这项任命令人感到意外，因为邓肯不属于政治上擅用手腕的传统官僚，而是新一代受过良好教育的优秀警务管理者：他们支持改革、透明、现代化和打击腐败——这是城中多数当选后便很快致富的政客所不赞同的。

邓肯将高层的守旧派换成了他精心挑选的警官——此举使市民越发感到振奋：他们终于有了一位正直、诚实和富有远见的局长，有望将这座城市拽出泥潭。这群年轻警官都是单纯的理想主义者，真心实意地想把这里改造得更好。

雨点随风飘过四区西面和这座城的最高点——位于演播大楼顶层的广播塔，那儿传出沃特·凯特在表达希望时义愤填膺的孤独的声音。他发着十足的卷舌音说，他们终于有了救世主[1]。凯特是肯尼斯生前唯一敢公开批评并指控他某些罪名的人。这天晚上他报道称，市议会将竭力收回肯尼斯在城中蛮横推行的警员霸权。但与此相悖的是，这意味着肯尼斯的继任者、讲民主的老好人邓肯要费很大力气才能推行他想要的，也是应有的改革。凯特还说，即将到来的市长选举是"久居现位，从未挪动，因此也是国内最胖的市长图特尔一个人的独角戏。绝对的独角戏。谁能跟图特尔这只老乌龟[2]竞争呢？他成天摆着一副和蔼可亲的笑脸，道德品质又没有污点，再多诟病也拿他没辙"。

四区东面，雨点飘过方尖塔——一座二十层楼高的玻璃幕墙

---

[1] 救世主的英文是 saviour，这里的卷舌音是指最后一个音节的发音。

[2] 原文是 tortoise（乌龟）。图特尔（Tourtell）的发音和英文"乌龟"一词的发音相似，所以被凯特拿来调侃。

酒店和赌场。它宛如一根灯火通明的食指，耸立在周围四层高的棕黑色破楼中。许多人都不理解：为什么工业和就业越萎靡，就越会有人到城里的两个赌场里把钱输得精光。

"这是一座停止给予、开始掠取的城市，"无线电波里，凯特用颤抖的声音说，"我们首先放弃了工业，然后是铁路，这样谁也无法逃离。然后，我们开始向城里的人贩毒，提货点是他们过去买火车票的地方，这样可以方便我们实施抢劫。我本来打死也不信自己会说'真怀念那些贪婪的资本家'，但至少他们从事体面的交易。不像另外三个至今还能发财的行当：赌场、毒品和政治。"

三区，饱含雨水的风跨过警局总部和因弗尼斯赌场。街上的行人大都被雨赶回家里去了，但还有一些人在四处寻觅或逃窜。风跨过中央车站，这里不再有火车到达或驶离，而是成了鬼魂和流浪汉的聚集地。鬼魂属于昔日的城市建设者和他们的后代，这些人依靠信仰、职业道德、上帝和技术造就了一方天地。流浪汉为了"精酿"混迹于全天候的毒品市场，那玩意儿是一张通往天堂，当然，也是通往地狱的车票。在二区，风穿过城里两家刚被关停的最大工厂——格立坟和哀思戴，在烟囱里呼呼作响。这两家工厂原先都生产一种合金，但其中的成分连操作熔炉的工人也说不清，只知道现在韩国人已经开始制造价格更低的同类产品了。也许是这里的气候让衰败如此扎眼，也许是幻想，也许只是破产和毁灭的宿命让这两座工厂静静地、死气沉沉地矗立在那儿。用凯特的话来说，它们就像"在一个失序和没了信仰的城市里被资本主义洗劫的天主教堂"。

雨向东南方向飘去，跨过一条条路灯已被砸烂的街道。警觉的豺狼靠着墙紧紧抱成一团，以躲避天上的淫雨，它们的猎物则朝着有光亮和更安全的地方蹿去。在最近一次采访中，凯特问邓肯局长："为什么这儿的抢劫率是首府的六倍？"邓肯高兴地回答说，他终于碰上了一个简单的问题：因为这儿的失业率高出首府六倍，而瘾君子则有十倍之多。

码头上停放着满是涂鸦的集装箱和破烂的货船，船长们已见识到码头荒废的港口和那些腐化的掮客。他们递上棕色的信封，以确保尽快进港并获得泊位。这笔开支船舶公司只能记在各类杂项账下，他们发誓再也不接来这里的货单了。

这堆船里有一艘名叫"列宁格勒号"的苏联机船，船体上大片的锈迹在雨中剥落，看上去像是流着血开进港的。

雨点飘进一束锥形光，光源是一栋两层木屋的顶灯。屋里有一间仓库、一个办公室和一所业已关停的拳击俱乐部。雨点顺着墙体与一只生锈废船之间的空隙落下，打在一头公牛的犄角上，顺着犄角落下，掉在一辆摩托车的头盔上，又沿着头盔流下，滴落在一件绣着哥特字体"诺斯骑士[1]"的皮夹克的背面。接着，它流到一辆红色的印第安首领牌摩托车的车座上，并最终滑向它缓缓转动的后轮。从而它不再是一滴雨，而是在被第二次甩出之际，沦为沾染城中万物的脏水。

这辆红色摩托车后跟着十一辆车。它们从码头一座黑乎乎的二层小楼外的壁灯下经过。

壁灯的光透过楼下一间海运办公室的窗洒在一只手上，那只手停放在一张海报上，海报上写着"'格拉姆斯号'货船招募厨师"。那只手手指纤细，像音乐会上钢琴家的手，指甲也精心修剪

---

[1] 原文是 Norse Rider。"Norse"一词有挪威的、挪威人的意思，挪威的别称也叫诺斯兰（Norseland）。

过。然而那张脸却隐没在黑暗中，令人难以看清那炯炯有神的蓝色眼眸、坚毅的下巴、单薄的嘴唇、咄咄逼人的鹰钩鼻，以及从下巴一直延伸至额头、如白色流星般闪耀的疤痕。

"他们来了。"德夫警督说着，希望缉毒处的手下没有听出他嗓音里不由自主的颤抖。他原以为"诺斯骑士"会派三四个，或者最多五个人来提货，但他从黑暗中前前后后数出了十二辆摩托车，最后两辆车的后座上还有人。十四个对他的九个。而且，绝对有理由相信"诺斯骑士"带了武器——全副武装。不过，让他声带发颤的原因并非看出了对方人数上的优势，而是他盼来了自己最想见的人——那位首领。他终于近在咫尺。

此人已消失数月，但唯有他拥有那顶头盔和红色的印第安首领牌摩托车。据传言说，那辆车是1955年纽约市警察局在绝密状态下制造的五十辆车之一。车身侧面有一把曲线形的钢制刀鞘，钢身泛着寒光。

斯威诺。

有人说他死了，有人说他逃出国后改换身份，剪掉金辫，坐在阿根廷的某个阳台上抽着铅笔般粗细的香烟，安度晚年去了。

可他在这里现身了。"二战"后不久，这位匪首兼警察杀手伙同他的小队长们建立了"诺斯骑士"，挑选无家可归的年轻人——大多来自肮脏的河道旁破败的工厂宿舍——然后加以训练、管教和洗脑，直到将他们打造成一支听凭斯威诺差遣的无畏之师，以逐步控制这座城市，垄断不断扩张的毒品市场。斯威诺曾经几乎就要成功了，当然，肯尼斯和总部并未加以阻拦，相反他已买通所有需要打通的关节。是竞争坏了他的事。赫卡式自制的毒品"精酿"物美价廉，而且货源从不间断。不过，如果德夫收到的那条匿名线索准确无误，那么这批货物足以解决"诺斯骑士"一段时间内的供应问题。德夫希望但不太确信用打字机写给他的那封短信是否是真的。这简直就是送上门的一份大礼。如果处理得当，这位缉毒处的领导就能爬得更高。邓肯局长还没把警局总部所有的重要岗位都换成自己人。例如，团伙犯罪处，肯尼斯的旧臣考德警督还在位，因为他们还没掌握其贪污的确凿证据——但这只是时间问题。何况德夫还是邓肯的人。邓肯有可能被任命为警察局局长那会儿，德夫就在首府替他大力宣传，还略带自负地说：如果市议会不选邓肯做新局长，而是选了肯尼斯的心腹，那他就辞职。对于这样无条件的效忠，很难说邓肯不会怀疑德夫有私心，但那又怎么样呢？德夫诚意支持邓肯建设一支优先为市民服务的可信赖的警察队伍，真的。但他也渴望在总部拥有一间离天堂尽可能近的办公室。谁不想呢？他渴望把对面那个人的头砍下来。

斯威诺。

他既是手段，同样也是目的。

德夫看了看手表。时间和信中所提的刚好吻合，分秒不差。他把手指放在手腕内侧，感受自己的脉搏。他不再希望，而是准备笃信这一切了。

"他们人多吗，德夫？"有人轻声问道。

"立大功是绰绰有余了，西登。其中一个绝对是条大鱼。他要是倒下，全国都会震动。"

德夫抹去窗户上凝结的水珠。十名神情紧张、汗流浃背的警官挤在一间小屋里，都是些通常接不到这种任务的人。作为缉毒处的领导，德夫决定不让其他警官看到那封信。他准备只用处里的人发动突袭。腐败和泄密的传统由来已久，他不敢冒险。至少邓肯问起来时他会这样回答。当然，邓肯也不会吹毛求疵，只要他们能将毒品和十三个"诺斯骑士"当场抓获。

是的，十三个，不是十四个。他们中的一个会倒在战场上。如果机会来临。

德夫咬紧牙关。

"你之前说只来四五个的。"西登凑到窗边说。

"担心了，西登？"

"不，应该担心的是你，德夫。你找来的九个人，只有我盯过梢。"他说这句话时没有抬高音量。他是个清瘦、结实、秃顶的男人。德夫不确定他来警局有多久，只知道肯尼斯当局长时他就在了。德夫过去总想甩掉西登。不是他有什么把柄在西登手里，只是因为西登身上有种东西，有种他无法指摘的东西，让他很反感。

"你干吗不带特警来呢，德夫？"

"越少人掺和越好。"

"是越少有人抢你的功劳越好吧。如果我没看走眼，那个人要么是斯威诺的鬼魂，要么就是他的真身。"西登冲那辆印第安首领牌摩托车点点头。它停在"列宁格勒号"的舷梯旁。

"你刚说的是斯威诺吗？"他们身后的黑暗中传来一个紧张的声音。

"对，他们至少来了十二个，"西登盯着德夫大声说道，"至少。"

"噢，该死。"第二个声音嘟囔道。

"该不该给麦克白打电话？"第三个声音说。

"听见了吗？"西登说，"就连你的人都想让特警接手。"

"闭嘴！"德夫捏着嗓子说。他转身指向墙上的一张海报："那上头说'格拉姆斯号'周五早上六点开往首府，现在正在招聘厨师。你们说过想参加这次行动的，不过现在我谨祝你们去那里应聘成功好了。那份工作赚的、吃的都比现在的工作强。想去的举手。"

德夫望向那团黑暗，看着一个个静止不动、看不清面目的人影。他试图去理解这沉默，心里已然在后悔自己的激将法了。万一真有人举手呢？通常他不会置自身于被动的境地，但这会儿他需要依靠面前的每一个人。他妻子说他倾向于单独行动，因为他不喜欢和别人共处。这或许有点道理，但事实大概恰恰相反——是人们不喜欢他。并不是所有人都那么讨厌他，虽然有些人是这样，他的性格里有种让人反感的东西。他只是不知道那是什么。他知道自己的相貌和自信可以吸引某一类女人，何况他还彬彬有礼、见多识广，比他认识的大多数人都聪明。

"没人吗？真的？好，那我们就按计划行动，但略作调整。等我们出来制伏他们后半队人马后，西登带着三个人往右，我带着三个人往左，而你，席瓦，冲到左边的暗处，在黑暗中跑一个弧线，绕到'诺斯骑士'的身后，堵在舷梯前，以防他们逃上船。都明白了吗？"

西登清了清嗓子："席瓦年纪最小，而且——"

"——最快，"德夫打断了他，"我要的不是反对，而是你们有没有听懂我的指示。"他扫过眼前那一张张茫然的脸，"那我就当是懂了。"他转身朝向窗户。

一名身材矮小、罗圈腿、戴着船长白帽的男人冒着倾盆大雨蹒跚着走下舷梯，停在红色摩托车前。对面的骑士没摘头盔，也没关引擎，只掀起头盔上的面罩。他坐在车上，双腿沿座椅懒散地叉开，听那船长讲着什么。头盔下面露出两根金辫，搭在"诺斯骑士"的标志上。

德夫深吸一口气，验了一下枪。

最糟糕的是麦克白打过电话了。他也接到了一通反映相同线索的匿名电话，于是主动要给德夫派特警队。但德夫婉拒了，表示麦克白他们唯一要做的就是开一辆卡车过来，并且要求麦克白对此事保密。

戴维京头盔的人示意了一下，其中一名骑士走上前去，在船长面前打开一个手提箱。德夫看见他皮夹克上臂的袖标。船长点点头，举起手，随后传来铁与铁之间尖锐的摩擦声。起重机的灯亮了，吊臂正从码头掉转过来。

"快成了，"德夫的声音越发坚定，"等到货款两清，咱们就上。"

半明半暗中，大伙默不作声地点头。他们之前把计划仔细梳理过一遍，但预想最多也就五个人来提货。难不成斯威诺已得知警方可能会插手了？这是他们如此兴师动众的原因吗？不。如果是那样，他们会取消交易的。

"你能闻到吗？"西登在一旁耳语道。

"闻到什么？"

"他们的恐惧。"西登闭上眼，鼻毛在颤抖。德夫望向这多雨的夜。他是不是想让麦克白派特警队了？德夫用细长的手指抹了一把脸，拂过纵长的疤。事到如今已没有退路，他必须这么做，他一直以来都必须这么做。斯威诺在这里出现了，而麦克白和特警队还在床上呼呼大睡。

麦克白平躺下去，打了个哈欠。他听着雨水滴答滴答地落下，感到有些麻木，于是朝一侧翻身。

一个白发男人掀开防水帆布爬了进来，坐下来一边发抖，一边在黑暗中骂骂咧咧。

"淋湿了，班柯？"麦克白问道。他放下手掌，感受着帆布下方那粗糙的天台。

"我一个痛风缠身的老头，要待在城里这么个破地方，真是见鬼。我应该领了退休金搬到乡下去。在法夫附近给自己整一栋小别墅，坐在洒满阳光、有蜜蜂和鸟叫的阳台上。"

"而不是半夜待在集装箱码头的一处天台。你在开玩笑吗？"

他们轻声笑起来。

班柯打开一只钢笔粗的手电筒："给你看看这个。"

麦克白拿过手电筒，照向班柯递来的一张图纸。

"你的加特林机枪。怎么样，漂亮吧？"

"问题不是看上去怎么样，班柯。"

"拿给邓肯看看好了。跟他说，特警队需要这个。急需。"

麦克白叹了口气："他不想要。"

"告诉他只要赫卡忒和"诺斯骑士"有火力更强的武器，我们就打不过。跟他说说，一杆加特林有多牛。两杆有多厉害！"

"邓肯不会同意升级任何武器的，班柯。而且我认为他是对的。自他当上局长后，枪击事件已经越来越少了。"

"可犯罪仍然在使这座城市的人口下降。"

"事情才刚刚开始。邓肯心里有数，他做的事不会错。"

"好，好，我不反对。邓肯是个好人。"班柯咕哝道，"就是太天真。有了这个武器，我们就能横扫——"

他们的对话被防水帆布上的轻拍声打断。"他们开始卸货了，长官。"有点大舌音，说话的是特警队新一代年轻的神枪手奥拉夫森。加上同样年轻的警官安格斯，只来了四个人，但麦克白知道所有二十五名特战队队员其实都会毫不犹豫地答应坐在这里，和他们一起挨冻。

麦克白关上手电筒，还给班柯，将图纸收进他黑色的特警队皮夹克里。他拉开防水帆布，爬到天台边缘。

班柯匍匐到他身旁。透过面前的泛光灯，他们看见"列宁格勒号"的甲板上停着一辆外观陈旧的军绿色卡车。

"ZIS-5。"班柯低声说。

"战时制造吗？"

"没错。'S'代表斯大林。你怎么看？"

"我觉得'诺斯骑士'的人手比德夫的人手要多。斯威诺显然不放心。"

"你觉得他会怀疑有人和警察通过气了吗？"

"他要是知道就不会来了。他害怕赫卡忒。他知道赫卡忒的耳目比我们多。"

"那我们怎么办？"

"静观其变。德夫没准儿能自己搞定。这样的话，我们就不介入。"

"你的意思是，你大半夜把这帮小孩叫来，就让他们坐下来干瞪眼？"

麦克白咯咯地笑起来："他们是自愿的，而且我说过有可能会有些无聊。"

班柯摇了摇头："你真有闲工夫，麦克白。你该成个家了。"

麦克白举起双手。他的笑脸让他黝黑的脸上的胡子生动了起来："你和这帮孩子就是我的家，班柯。我还有什么可追求的？"

奥拉夫森和安格斯在他们身后开心地乐出了声。

"这帮孩子什么时候才能长大？"班柯没好气地嘟囔道，拭去他雷明顿700步枪瞄准器上的雨水。

整座城市都在波纳斯脚下。他面前的玻璃窗从地面一直延伸至天花板。如果没有云幕低垂，整座城市便可一览无余。他举起香槟酒杯，两个穿骑马裤、戴白手套的男孩中便有一人飞奔过来，给他斟满。他该少喝点的，他知道。香槟酒很贵，但掏钱的不是他。医生说过，像他这个年龄的男人应该开始注意自己的生活方式了。可它实在太好喝了。是的，就这么简单，太好喝了。就像牡蛎和大虾仁，柔软宽大的椅子，还有小男孩。倒不是说他都会占有，再说他也从未提过要求。

他从方尖塔的前台被挑选出来，然后被带到这间位于顶层的豪华套房，一面是海港的风景，另一面是中央车站、工人广场和因弗尼斯赌场。迎接波纳斯的是个大人物。他有柔软的面颊、友善的微笑、卷曲的黑发和冰冷的双眼。此人名为赫卡忒，或叫"隐形之手"。"隐形"是因为没几个人见过他，用"手"这个字是因为十年来，多数城里人都在某些方面受他活动的影响——那便是他的产品，一种他自制的名为"精酿"的合成毒品。按照波纳斯的粗略估算，这个东西使赫卡忒跻身城里四大富豪。

赫卡忒在窗边的立式望远镜旁转过身："雨里看不大清楚。"他一边说一边系紧自己的骑马裤，从搭在椅背上的粗花呢夹克里拿出一个烟斗。早知道他们会穿成英伦狩猎聚会的风格，他就不穿这件不起眼的普通西服，而是选点别的衣服了——波纳斯想道。

"不过，起重机在工作，这说明他们在卸货。他们的招待如何，波纳斯？"

"吃得太好了，"波纳斯啜了一口香槟酒，"但我得承认，我不太明白我们在庆祝什么，而我为什么有资格来这儿。"

赫卡忒笑了。他举起拐杖，指向窗户："我们在庆祝这番景象，我亲爱的比目鱼。作为生活在海床上的鱼，你只见过这世界的一角。"

波纳斯笑了。他从不敢反对赫卡忒这样和他说话。这位大人物手里有太多能让他得到好处的权力，以及一些不那么好的东西。

"从这上头望去，世界越发美丽了，"赫卡忒继续说道，"不是更真实，而是更美丽。我们当然要庆祝这件事。"那根拐杖指向海港。

"这件事是指？"

"史上最大一批走私货，我亲爱的波纳斯。4.5吨纯苯丙胺。斯威诺把俱乐部的所有本钱都砸了进去，比那还多一点儿。你看到的是一个把所有鸡蛋都装进一个篮子里的人。"

"他为什么要这么做？"

"当然是因为绝望。他知道骑士平庸的土耳其货远远不如我的'精酿'，但有了这么一大批从苏联运来的上品，加上批量优惠和节省的运费，便能在每公斤的价格和质量上具备竞争力。"赫卡忒将拐杖立在墙与墙之间厚实的地毯上，摩挲着镀金的手柄，"好一把算盘，斯威诺。如果他做成了这笔买卖，就足以打破城里的均势。所以这杯酒，致咱们可敬的对手。"

他举起酒杯，波纳斯跟着效仿。可当酒杯刚要碰触到嘴唇时，赫卡忒仔细观察了一下杯子，抬起眉毛，指了指什么东西，然后把酒杯递给其中一个男孩——他迅速用手套把那东西清理掉了。

"可惜斯威诺不走运，"赫卡忒继续说道，"通过全新的渠道进这么一大批货，很难不被某位同行察觉到。不走运的还有，这个'某位'似乎已向警方匿名提供了关于交易时间和交易地点的可靠线索。"

"比如你？"

赫卡忒得意地笑了。他接过酒杯，朝波纳斯撅着大屁股，对着望远镜俯下身去。"他们在卸货。"

波纳斯站起来走到窗边："我不明白你为什么不对斯威诺出手，这样你便能一举除掉唯一的对手，还能得到4.5吨上乘的苯丙胺，拿到街上卖好几百万。"

赫卡忒抿了一口酒，盯着望远镜："库格，他们说这是最好的香槟，所以我只喝这一种。可谁知道呢？如果有人给我奉上别的东西，我可能也会上瘾，换成别的牌子。"

"除了'精酿'，你不想让市场接触别的东西？"

"我笃信资本主义，自由市场是我的信条。可每个人都有权利遵从本性，为了垄断和统治世界而奋斗。社会的责任是要抵制我们这些人。我们只是在做自己该做的事罢了，波纳斯。"

"说得不错。"

"嘘！他们在交易货款。"赫卡忒搓了搓手，"好戏就要开始了……"

德夫在正门口站定，握着门把手。他听着自己的呼吸，跟下属们交换了一下眼神。他们在他身后狭窄的楼梯上站成一排，脑子里乱成一团。打开保险栓。给身旁的人最后的提醒和最后的祷告。

"手提箱交出去了。"西登在一楼喊道。

"行动！"德夫吼道。他猛地拧开房门，身子紧贴墙壁。

警员们从他身旁接踵而出，冲进黑暗。德夫紧随其后。他感到雨水打在头上，看到一个个人影在移动，几辆摩托车被人丢弃在一旁，他把扩音器放到嘴边：

"警察！别动，举起手来！我重复一遍，警察。站在——"

第一枪击碎了他身后的门玻璃。第二枪击中了他裤腿的内侧。接着传来一阵仿佛他的孩子周六晚制作爆米花的声音——自动武器，他妈的。

"开火！"德夫厉声喊道。他扔掉扩音器，弯腰试图拔枪，这才发现自己掉进了一个水坑。

"别开枪。"一个声音在他身旁低声说道。德夫抬起头。是西登。他纹丝不动地站在那儿，朝身旁放下步枪。他是要破坏这次行动，还是要……

"他们抓住了席瓦。"西登低声说。

德夫眨掉眼睛上肮脏的雨水，努力寻找，一名"诺斯骑士"映入眼帘。他冷静地坐在摩托车上，正用枪指着他们。没开枪，怎么搞的？

"谁他妈都别动，大家就都不会有事。"

这低沉的声音从光圈外传来，清晰得无须扩音器。德夫先是看见了那辆丢在地上的印第安首领牌摩托车，然后看见两个人影在黑暗中逐渐会合成一个。他们当中个儿高的那个戴着头盔，上面伸出两只犄角；前面被控制的那个比他矮一头——越看越觉得要矮两头了。斯威诺架在席瓦喉咙上的利刃闪着寒光。

"下面要做的，"斯威诺低沉的嗓音从掀开的头盔面罩里嗡嗡地传出，"我们带着东西，体面、安静地离开。为了不让你们干傻事，比如追赶我们，我留两个人在这里，明白吗？"

德夫缓缓地躬身，想要站起来。

"我要是你就会待在水坑里，德夫，"西登轻声说，"你已经搞得够糟了。"

德夫深吸一口气，然后呼出来。又吸进一口。该死，该死，该死。

"现在怎么办？"班柯拿着双筒望远镜盯着码头上的人。

"看样子我们还真得让这帮年轻人活动活动了，"麦克白说，"但不是现在。先让斯威诺和他的人离开现场。"

"什么？就让他们开着卡车、带着所有货跑了？"

"我没这么说，亲爱的班柯。但如果现在开打，就是一场血战。安格斯？"

"长官。"这迅捷的应答声来自一个有着深蓝色眼睛的小伙子，他的心情全写在那张开阔的大脸上。他留着一头金色的长发，这在别的队长那里怕是不允许的，但麦克白除外。安格斯和奥拉夫森已经受过训练，现在只需多一些实战经验。安格斯尤其需要强化意志。他在面试时解释自己之前退训去做牧师是因为发觉人们不信神。人只能靠自救，才能去救更多的人，所以他现在要做一名警察。麦克白很欣赏这一点，他喜欢安格斯无畏的心态，这个男孩愿意承担信仰之重。但安格斯还得学会控制感情，理解特警队队员要做务实的行动派，化身为法律狭长而锋利的宝剑。反思这种事留给别人去做就行了。

"从后面下去，把车准备好，在门口待命。"

"是。"安格斯起身离去。

"奥拉夫森？"

"是。"

麦克白朝他瞥了一眼——永远松弛的下巴、口齿不清、半开半合的眼睛，以及在警察学院的成绩，这些都意味着当奥拉夫森找到麦克白、求他把自己调到特警队时，麦克白确实犹豫过。可这小子铁了心要来，麦克白决定给他一次机会，因为有人曾经也给过麦克白机会。他需要一个神枪手；就算奥拉夫森的理论科目并不突出，但他绝对是个天才型射手。

"最后一次射击考试，你破了他保持了二十年的纪录。"麦克白朝班柯扬了扬下巴，"祝贺你，了不起。你知道此时此刻来这儿的意义吗？"

"呃……不知道，长官。"

"那就好，因为什么意义也没有。你到这儿就是要多看，听班柯警督的吩咐，然后多学。今天还轮不上你扭转局面，那是以后的事。明白吗？"

奥拉夫森松弛的下巴和下嘴唇在动，可就是吐不出一个字，所以他干脆点点头。

麦克白伸出一只手放在这个年轻人的肩上："有点紧张？"

"有一点，长官。"

"正常。试着放松。还有一件事，奥拉夫森。"

"是。"

"别搞砸了。"

"什么情况？"波纳斯问道。

"我知道接下来会发生什么，"赫卡忒直起腰，把望远镜从码头转向别处，"所以我不需要这个。"他在波纳斯身旁坐下。波纳斯之前就注意到他这个习惯——坐在你身边，而不是对面。好像他不喜欢你直视着他。

"他们搞定斯威诺和苯丙胺了？"

"恰恰相反。斯威诺抓了一个德夫的人。"

"什么？那你不担心吗？"

"我从不把希望只寄托在一方身上，波纳斯。我更关心大局。你觉得邓肯局长怎么样？"

"他扬言要抓你吗？"

"我完全不担心这个，但他把我在警局的许多老朋友都搞掉了，这一点已经影响了市场运行。大胆说说嘛，你看人还是挺准的。你见过他，听过他说话。他真像他们讲的那样，不惧金钱的腐蚀吗？"

波纳斯耸了耸肩："谁都值个价吧。"

"你这话说得不错，可这个价不见得总以金钱来衡量。不是所有人都和你一样愚蠢。"

波纳斯无视侮辱的方式是不把它视为侮辱。"要知道怎么能让邓肯受贿，就得知道他想要的是什么。"

"邓肯想要服务民众，"赫卡忒说道，"得到市民拥戴。立一座不用他自己定制的雕像。"

"这就难办了。比起邓肯这样的社会栋梁，贿赂我们这种贪婪的害虫更容易。"

"你对贿赂的看法是对的，"赫卡忒说道，"对社会栋梁和害虫的看法却不对。"

"哦？"

"资本主义的根基是什么，亲爱的波纳斯？个体对财富的追求让整体变得富有。这是纯粹而简单的定律，不以我们的意志为转移。你和我才是社会的栋梁，不是那个受骗的理想主义者邓肯。"

"你真这么想？"

"道德哲学家亚当·手[1]这么想。"

"生产和销售毒品对社会有好处？"

"任何满足社会需求的人都是建设社会的功臣。像邓肯这种讲究规范和约束的人是有违常理的，从长远来看对所有人都有害。所以，为这座城市着想，如何能把邓肯变成无害之人呢？他的弱点是什么？我们能利用什么？性，毒品，还是家里的秘密？"

"谢谢你的信任，赫卡忒，但我真的不知道。"

"那太遗憾了，"赫卡忒用拐杖轻敲地毯，看着其中一个男孩

---

[1] 此处应该是指亚当·斯密和他的"隐形之手"（The Invisible Hand）理论。亚当·斯密支持自由市场经济，他认为个人通过追逐自身利益的最大化，将最终实现整个社会的利益最大化。

将另一瓶香槟酒软木塞上的金属网揭掉，"你知道吗，我开始怀疑邓肯只有一个弱点。"

"那就是？"

"他生命的长度。"

波纳斯在椅子上一阵战栗。"我希望你请我来不是让我去……"

"完全不是，我亲爱的比目鱼。你可以安安稳稳地躺在烂泥里。"

波纳斯如释重负地舒了口气，看着那个男孩和软木塞较劲。

"不过，"赫卡忒说，"你与生俱来的冷酷、不忠和影响力使你可以控制那些我想要控制的人。我希望在需要你的时候能够依靠你。我希望你能做我的'隐形之手'。"

"砰"的一声巨响。

"你做到了！"波纳斯笑着拍了拍男孩的后背，让这无限量的香槟斟满他的酒杯。

德夫默默地躺在柏油路上。他的下属也默默地站在一旁，看着离他们不到十米的"诺斯骑士"准备扬长而去。席瓦和斯威诺站在锥形光照不到的暗处，但德夫能看见这名年轻警官在发抖，斯威诺的军刀就停在他的咽喉上。他知道，只要稍一用力或移动，刀锋就会刺穿皮肤和动脉，让此人在数秒内失血而亡。一想到这个后果，德夫便忧心忡忡——不仅死了一名下属，被记录在案，还有在局长任命有组织犯罪处领导的关头，他私下组织的行动以惨败而告终。斯威诺冲一名"诺斯骑士"点点头，后者跨下摩托车，站在席瓦身后，用枪指着他的头。斯威诺拉下面罩，走进灯光，和皮夹克上有"V"字形军衔的小队长交代了几句。他跨上车，双指放在头盔上致意，然后驶离码头。德夫强忍着没有开枪。

小队长一声令下，顷刻间摩托车大军呼啸着开进夜色中。剩下的人跟斯威诺和小队长离开后，只有两辆摩托车被丢在现场。

德夫告诉自己不要听从焦虑的摆布，告诉自己要思考——呼吸——思考。四名"诺斯骑士"留在码头。一个站在席瓦身后的暗处，一个站在光线中——所有警员都在他手中AK-47突击步枪的射程里。两个原先在后座的骑士钻进卡车。德夫听见钥匙拧动后那一阵阵紧张的发动机声，有一瞬间他真希望这辆老旧的铁怪物不要醒来。倒霉的是，第一声低沉的咆哮变成一阵轰隆隆的巨响。卡车发动了。

"给他们十分钟，"手持AK-47的人说，"顺便想想高兴的事。"

德夫望着卡车尾灯渐渐消失在黑暗中。高兴的事？整整4.5吨毒品从他眼前溜走，泡汤的还有这场本可成为史上最大规模的集体抓捕行动。如果他们无法告诉法官和陪审团他们见过这些人的脸而不是十四顶该死的头盔，那么他们见过斯威诺和他的人便毫无意义。高兴的事？德夫闭上眼。

斯威诺。

煮熟的鸭子。该死，该死，该死！

德夫竖起耳朵，聆听某个声音。任何声音。可唯一能听到的只有那毫无意义的雨的低语。

"班柯已经瞄准那个劫持人质的了，"麦克白说，"你瞄上另一个了吗，奥拉夫森？"

"是的，长官。"

"你们必须同时开枪。我数三下。班柯？"

"我需要更多光线来瞄准目标。或者让眼睛更好的人来。我可能会打到那个孩子。"

"我的目标足够亮，"奥拉夫森小声说，"我们可以换。"

"如果我们失手，导致那孩子被杀，我们更愿意让班柯成为失手的人。班柯，一辆满载的斯大林卡车的最高时速是多少？"

"六十吧。"

"很好，但我们完成全部目标的时间不多了，所以最好来点即兴发挥。"

"你不会是要用匕首吧？"班柯问道。

"这么远的距离？谢谢您的信任。不，老伙计，你很快就知道了。瞧好了。"

班柯通过双筒望远镜向上看去，发现麦克白已经站起来，紧紧抓住天台的灯柱。他有力的脖颈青筋暴起，牙齿闪着光，那表情既像痛苦的鬼脸，又像龇牙狞笑，班柯不知属于哪一种。那根灯柱被螺丝钉固定，以抵御一年中八个月无休止的狂躁的西北风，但班柯早就见识过麦克白从雪堆里举起一辆轿车的本事了。

"三——"麦克白使劲地说。

第一颗螺丝钉从圆孔里崩出来。

"二——"

灯柱松动，然后，下头墙体的电线猛地被扯了出来。

"一——"

麦克白举着灯，指向舷梯。

"行动。"

那声音像是两记鞭响。德夫睁开眼，刚好瞧见拿着自动武器的人朝前倒去，头盔先着了地。席瓦站着的地方这会儿有了光，德夫可以清楚地看到他和他身后的人。那人不再举枪对着席瓦的头了，他的下巴搭在席瓦肩上。透过光，德夫还看见了面罩上的弹孔。接着，他就像一只水母，从席瓦的后背溜到地上。

德夫转过身。

"我在上面，德夫！"

他遮住眼睛。一阵笑声从令人眩晕的光线后传来，一个硕大的人影落在码头上。

那笑声已经说明了一切。

麦克白。当然是麦克白。

第二章

　　无云的夜空下，一只海鸥掠过法夫，飞进月光和静谧中。朝下望去，河水如银子般闪闪发光。河的西岸，一座陡峭的黑山如同巨型堡垒直插天际。靠近山顶处，修道会曾竖起一座巨型十字架，但由于建在法夫一侧，从城里望去仿佛被倒置过来。山的这头伸出一座宏伟的铁桥，如同护城河的吊桥——长360米，高90米，名为肯尼斯桥，大伙也管它叫新桥。顺流而下，远处那座老桥显得相对低调，外形也更加赏心悦目，不过得绕远路。新桥正中立着一座丑陋的大理石纪念碑，是前局长肯尼斯下令为自己建造的。它矗立在城市边界线以内一厘米处，因为其他郡县都不肯让出一寸免费的土地给这个恶棍死后扬名。虽然雕像的作者按照肯尼斯的吩咐设计了一个别致的远眺地平线的姿势，用以彰显他的远见卓识，但即便是最仁慈的艺术家也无法忽视这位局长异常粗壮的脖子和肥厚的下巴。

　　海鸥振翅高飞，想翻过山看看岸边有没有更好的觅食机会，尽管这意味着它得穿越天气由好转差的分界线。和海鸥同一方向的旅客可走从新桥上穿山而过的2000米的狭长隧道。大伙好像对这座山和这条路都赞不绝口：周边的郡县将这条隧道比作两头都连着屁眼的直肠。海鸥越过山峰，从一个宁静祥和的世界忽然飞进一阵冰冷肮脏的雨中，下方正是那座臭烘烘的城市。仿佛是为了表示厌恶，它拉了泡屎，然后继续在疾风中踉跄前行。

这泡屎砸在一座雨棚上。雨棚下，一个瘦弱的、颤抖着的小男孩爬上长椅。虽然雨棚旁的标志表明这儿是一座公交站台，但男孩对此并不肯定。过去几年间，许多线路已经停运。"因为人口在减少"——那个愚蠢的市长说。可这个男孩必须去中央车站才能买到"精酿"。他之前从一些骑士那儿买到的不是苯丙胺，而是劣质的白糖粉和马铃薯粉。

油腻潮湿的柏油路在几盏没坏的路灯下泛着光。雨水汇集在一条坑洼不平的出城道路的水坑里。万籁俱寂，一辆车也没有，只有雨。可这会儿他听见一阵低沉的突突声。

他抬起头，系紧眼罩带——它刚才从他空洞的眼窝上滑落，罩住剩下的一只眼睛。兴许他可以搭个便车去中央车站？

不对，这声音来自反方向。

他又站起来。

突突声逐渐扩展为一阵轰鸣。他懒得动弹，加上已被淋透，只用胳膊护住头。那辆卡车开了过去，一大片脏水飞溅进站台。

他躺在那儿思考人生，直到觉得还是不思考为好。

又来了一辆车。这回呢？

他挣扎着直起身子，向外张望。不对，还是从城里开来的，速度也很快。他朝迫近的光线看去，突然冒出一个想法：只要往路上跨一步，所有问题就都解决了。

那辆车从他面前开过，绕开了所有坑洼的地方。黑色的福特"全顺"。三名警察。好吧，你可不想搭他们的便车。

"看见了，在咱们前头，"班柯说，"安格斯，开快点！"

"你怎么知道是他们？"奥拉夫森凑到前排座位之间问道。

"柴油尾气，"班柯说，"我的老天，怪不得俄国在闹油荒。安格斯，开到他们正后方，这样他们就能从后视镜里看见我们了。"

安格斯保持车速，追上这股黑烟。班柯摇下车窗，将步枪架在后视镜上，然后咳了一下："安格斯，到边上去！"

安格斯一打方向盘，加速向前。"全顺"飞驰到这辆呼哧带喘的卡车一侧。

卡车窗户里冒出一小股烟雾。班柯步枪下的后视镜随之碎裂。

"好，他们看见我们了，"班柯说，"再到他们后面去。"

雨忽然停了，周遭的一切显得越发黑暗。他们进了隧道。柏油路和隧道的黑墙仿佛在吞噬照明灯的光线，他们只能看见卡车的尾灯。

"怎么办？"安格斯问道，"另一头就上桥了，如果他们开过中间……"

"我知道。"班柯抬起步枪。这座城市的边界止于那座雕像，他们到那里就丧失了执法权，追捕也就相应停止。当然，理论上他们可以继续追，这种事以前也发生过：某个热血警官在边界线另一头逮捕走私贩。但缉毒处很少有这种人，那些警官每次都会看着煮熟的鸭子从法庭上飞走，还会因为僭越执法权而受到申斥。班柯的雷明顿 700 缩了回去。

"命中。"他说道。

卡车开始在隧道里左摇右摆，后轮上飞出小块的橡胶。

"现在该知道沉重的方向盘是什么感觉了吧，"班柯说着瞄准了另一只后轮，"再离远点，安格斯，我怕他们直接撞上墙。"

"班柯！"后座上一声惊叫。

"奥拉夫森？"班柯慢慢扣下扳机。

"对面来车了。"

"糟糕。"

班柯将脸从步枪上移开，安格斯同时踩下刹车。

ZIS-5 在他们前面左冲右撞，先是让出迎面那辆车的前灯，然后又把它撞了下来。班柯听见喇叭在响——那是一辆厢式小客车在绝望地鸣笛，它眼瞅对面的卡车扑来，却根本来不及反应。

"老天爷……"奥拉夫森口齿不清地嘟囔道。

喇叭声越来越大，越来越急。

然后是一阵耀眼的光晕。

班柯本能地瞥向一旁。

他们朝那辆车的后座望了一眼，看见了一个小孩子的脸，他靠着窗户在沉睡。

画面一闪而过，那喇叭消失的调门听起来像是被欺骗的观众发出的失望的叫声。

"加速，"班柯说，"很快就上桥了。"

安格斯将油门一脚踩到底，转眼间他们又追上了那团尾气。

"稳住，"班柯一边瞄准一边说道，"稳住……"

就在这时，卡车后面的油布掀了起来，"全顺"的前灯照亮一个堆满塑料袋的拖车平板，袋子里装着一种白色物质。驾驶舱的后玻璃已被敲碎，在货物和驾驶舱之间的制高点上架着一杆步枪。

"安格斯……"

短促的爆炸声。班柯见枪口一闪，前玻璃变成一片白色，落在他们身上。

"安格斯！"

安格斯早就明白了，他向右猛打方向盘，然后又向左打。轮胎发出尖叫，子弹嗖嗖地飞过，冒火的枪口在试图追逐他们的轨迹。

"我的老天!"班柯一声尖叫,然后朝另一只轮胎开火,可子弹只在车身侧面擦出几粒火星。

忽然又下起雨来。他们上桥了。

"用猎枪干掉他,奥拉夫森,"班柯大喊道,"现在!"

雨透过挡风玻璃的缺口倾泻下来。班柯侧开身,好让奥拉夫森把双管猎枪架在他的椅背上。枪管从班柯肩上伸出去,可随着一记像锤子落在肉上的闷响又不见了。班柯转过身瞅见奥拉夫森头朝前瘫坐着,夹克的胸口处有一个弹孔。又一发子弹穿过班柯的座椅射进奥拉夫森身旁的座位,灰色的填充物飘起。班柯终于看清了枪手,他抓过奥拉夫森手中的武器,掉转过来便是一枪。卡车后部升起一片白色的蘑菇云,班柯趁机扔下猎枪,举起步枪。那人不可能透过厚重的白色粉雾看清外界,可黑暗中那座被泛光灯照亮的白色雕像已赫然在目,如同一个不受待见的鬼魂。班柯瞄准后轮扣下扳机。命中。

卡车左右乱窜,一个前轮冲上人行道,一个后轮撞上缘石,车身一侧撞上钢铁护栏。金属尖锐的摩擦声盖过了汽车引擎的轰鸣,但不可思议的是,司机竟然又将这个庞然大物开回了正道。

"千万不要越界!"班柯喊道。

最后一块橡胶从卡车的后轮辋脱落,一股溅射出的火花在夜空下分外明亮。ZIS-5开始打滑,司机虽竭力不让车子失控,但这回他没那么走运了。卡车突然偏离方向,在柏油路面上拖行。就在邻近边界线的地方,车轮又有了动力,整辆车瞬时冲向路边。12吨苏联军工制造物直接撞上了肯尼斯局长的雕像,将它从底座上推翻,拽着这座雕像和10来米长的钢铁护栏一起翻向高桥的边缘。安格斯设法刹住车,而在接下来这遽然寂静的一刻,班柯眼见肯尼斯雕像穿过月光向下坠去，以下颌为轴缓慢地旋转。步它后尘的是那辆 ZIS-5——它车头朝前，尾部拉出的白色粉末宛如一颗由苯丙胺组成的巨型彗星。

"天哪……"班柯喃喃自语。

时间仿佛凝固了，直到一切撞上水面，河水瞬间被染成白色。响声传到班柯耳中时略有延迟。

天地重归寂静。

肖恩走出俱乐部会所，注视着门外。

他的额头上文着"诺斯骑士，至死不渝"几个字。自去过医院产房后，他还从没这么紧张过。当欢庆到达高潮时，没有比他和柯林被抽中去站夜岗更倒霉的事了——他们不能跟着大部队一起去提货，也不能参加聚会。

"老婆想让孩子随我的姓。"肖恩几乎是在自言自语。

"恭喜。"柯林捋着海象一样的胡子毫无感情地应答，雨水顺着他锃亮的光头流下。

"谢了。"肖恩说。其实他也不想要这孩子。一个文身要伴随一生，一个孩子也要伴随一生。自由——这才是他成为一名骑士的原因，不是吗？可俱乐部和贝蒂改变了他对自由的认识。只有当你属于别人并被拥有时，才能真正拥有自由。

"他们来了，"肖恩说，"看样子一切顺利？"

"少了两个。"柯林吐掉香烟，打开顶部装有刺圈的大门。

第一辆车在他们面前停下。那顶牛角头盔的坐骑发出低沉的轰鸣："我们被警察袭击了，有两个兄弟稍后到。"

"好的，老板。"柯林说。

车一辆接一辆呼啸着开进大门。有个家伙竖起大拇指——很好，货物安全，俱乐部得救。肖恩松了口气。车开过庭院，经过简易房式的单层木屋，然后进入车库。这栋木屋的墙上画着"诺斯骑士"的标志，里头摆了一张桌子：斯威诺决定用一醉方休来庆祝这笔交易。几分钟后，肖恩听到屋里响起了音乐和第一波欢庆声。

"我们有钱了，"肖恩笑道，"你知道他们从哪儿拿的货吗？"

柯林没说话，只转了转眼球。

他不知道。除了斯威诺没人知道——当然，知情的还有卡车里的人。这最好不过。

"那两个兄弟来了。"肖恩又把门打开。

两辆摩托车缓缓地开过来。它们几乎是犹犹豫豫地上山，朝他们驶来。

"嗨，诺昂，怎么……"肖恩刚开口，但车子却径直驶进大门。

他看见他们停在院子当中，好像想把车撂在那儿。然后他们用肘轻推了对方一下，朝打开的车库大门点了点头，开了进去。

"你看见诺昂的面罩了吗？"肖恩说，"上头有个洞。"

柯林重重叹了一口气。

"我没开玩笑！"肖恩说，"正当中。我要去问问码头上究竟发生了什么。"

"嘿，肖恩……"

可肖恩已经没了踪影——他跑过院子，冲进车库。兄弟俩已经下了车，双双背对着他，依旧戴着头盔。其中一个人站在通往俱乐部会议室的门口。他将门半掩着，似乎不想暴露，只想先探察一下聚会的情况。肖恩最好的朋友诺昂站在车旁。他已拿走了那把难看的 AK-47 上的杂志，好像在数自己还剩多少发子弹。肖恩拍了一下他的后背。这一拍吓了他一跳，他夸张地转过身。

"诺昂，你面罩是怎么搞的？碎石子崩的吗？"

诺昂没回答，只是慌忙把杂志又放了回去。他很少这么笨手笨脚。另一件怪事是——他好像……变高了。好像站在那儿的不是诺昂，而是……

"妈的！"肖恩叫着后退了一步，摸向腰带。他认出了面罩上的弹孔，他永远也见不到他最好的兄弟了。他拔枪上膛，刚要对准那个还在忙着找 AK-47 的人，可肩膀不知被什么东西扎了一下。他下意识地朝袭击的方向掉转枪口，可那儿没有人，只有那个穿着"诺斯骑士"夹克、站在门口的人。说话间，他的双手突然没了力气，枪掉在了地上。

"别说话。"背后一个声音说道。

肖恩又转了过来。

那杆 AK-47 正对着他。透过破孔面罩的反射，他看见一把匕首扎穿了自己的肩膀。

德夫将 AK-47 的枪杆顶在那小子额头的文身上，盯着那张傻里傻气的丑脸。他扣动扳机，只是一点点……他听见头盔里"咝咝"的喘气声，还有那件或许有些过紧的夹克衫下的心跳声。

"德夫，"麦克白站在会议室门口说，"放松点。"

德夫又往下扣了一点点。

"别开枪，"麦克白说，"现在轮到我们使用人质了。"

德夫松开扳机。

出于恐惧或失血——或者都有，那人的脸像纸一样惨白，声音也在发颤："我们不救——"

德夫用枪杆猛然扫过那行文身，留下一道刹那间和他的伤疤一样泛白的口子。鲜血沁了出来。

"想活命就闭嘴，臭小子。"麦克白走到他俩跟前。他一把抓住年轻人的长发，向后拽他的脑袋，将第二把匕首架在他的脖子上，然后推着他走向俱乐部会议室的门口。"准备好了吗？"

"记住，斯威诺是我的。"德夫说。他确认武器在卷起的杂志里藏好后，跟在了麦克白和"诺斯骑士"后面。

麦克白踹开门闯了进去，人质在前，德夫紧随其后。"诺斯骑士"们正围坐在一张长桌旁大声说笑，空阔敞亮的屋里乌烟瘴气。所有人都是背冲墙、面朝屋子的三个出口——估计这是俱乐部的规矩。德夫估摸有二十人左右。音乐很吵，是滚石乐队的《杰克狂跳着一闪而过》。

"警察！"德夫吼道，"都别动！否则别怪我们对这小子下手。"

时间好像忽然停住了，德夫看见桌子那头一个人像放慢动作般抬起头。红润的"猪脸"上，两个鼻孔引人注目，扎得过紧的辫子把眼睛拉成两根细长的、充满仇恨的直线。他的嘴角叼着一根细长的雪茄。斯威诺。

"我们不救人质。"他吐出几个字。

年轻人昏倒在地。

接下来的两秒，屋里的一切都静止了，只有滚石乐队的声响。

直到斯威诺抽了一口烟："拿下他们。"他说。

德夫注意到至少三个"诺斯骑士"同时动手，于是扣下 AK-47 的扳机，端在手中开火。7.62 毫米口径的子弹倾巢而出，击碎酒瓶、削过长桌、砸进墙壁、穿透血肉之躯，令米克·贾格尔[1]停在了两句"高兴的事"之间。他身旁的麦克白从码头被打死的"诺

---

[1]　米克·贾格尔（Mick Jaggar，1943—　　），滚石乐队主唱。《杰克狂跳着一闪而过》（*Jumpin' Jack Flash*）这首歌里有一句"这是件高兴的事"，在副歌部分多次重复。

斯骑士"身上顺了两把格洛克手枪，还有他们的夹克、座驾和头盔。德夫手中的枪像个女人一样温暖而柔软。吊灯被打成碎片，屋里渐渐暗了下去。当德夫最后开启全自动扫射时，灰尘和飞絮在空中飘浮，一盏吊灯在天花板上来回晃动，令墙上乱窜的黑影如同亡命的鬼魂般四散奔逃。

第三章

"我看了看四周,昏暗中那些'诺斯骑士'脸朝下趴了一地,"麦克白说,"到处是血、碎玻璃和空弹壳。"

"上帝!"安格斯含着瓦匠坊的啤酒沫说。这个位于中央车站背后的俱乐部是特警队常来光顾的地方。安格斯用水晶般的蓝眼睛盯着麦克白,眼神里满是崇拜:"你就这么把他们从地球上消灭了!哦,上帝啊!太好啦!"

"喂,喂,注意用词,你都快成牧师了。"麦克白说。可当到场的十八名特警队队员纷纷朝他举起酒杯时,他还是笑了,摇摇头,也举起自己的酒杯。他喝下一大口,然后转向奥拉夫森——他左手正拿着一个沉沉的一品脱的大酒杯。

"伤口疼吗,奥拉夫森?"

"一想到他们其中一个人的肩膀也酸溜溜的,我就感觉好多了。"奥拉夫森咬着舌头说。他腼腆地拉了拉绷带绳,引得一阵哄堂大笑。

"真正的功臣是班柯和奥拉夫森,"麦克白说,"我只是给这两位大师掌灯的,就像某个摄影师的助手。"

"接着讲,"安格斯说,"你和德夫把所有'诺斯骑士'都干掉了。然后呢?"他挠了挠耳朵后面的金发。

麦克白望着桌边一张张期待的面孔，和班柯交换了一个眼神，然后继续往下讲："他们中一些人尖叫着投降。等到尘埃落定、音响系统被我们打烂后，屋里终于安静下来，但仍旧是漆黑一片，情况也不明朗。我和德夫从我们这头开始勘查情况。没有人死亡，但多数都需要送医。德夫大声告诉我，他没有发现斯威诺。"麦克白用一根手指抹掉酒杯上凝结的水珠，"我发现桌子那头，也就是斯威诺坐的位置后有一扇门，而就在此时我们听见摩托车发动的声音，于是，我们没管那些人，冲进院子，刚好看见三辆摩托车从大门逃走。其中一辆是斯威诺的红车，还有一个门卫和一个留着八字胡的秃顶，他们跳上车跟着逃走了。德夫很生气，想去追，但我说屋里有好几个重伤员……"

"你觉得那会阻止德夫吗？"一个声音轻轻传来，"当他有可能抓住斯威诺时，还会去管那些躺在地上流血的小混混儿？"

麦克白转过身来。质疑声来自邻座长椅上一个独坐之人，他的脸隐藏在这家飞镖俱乐部奖杯展示柜下的阴影里。

"你觉得德夫会在意一帮普通人的性命而放弃眼前立大功的机会吗？"阴影里举起一只啤酒杯，"还是为前途着想要紧哪。"

麦克白这桌安静下来。

班柯咳了一声："去他妈的前途。我们特警队是不会让无助的人就这么死掉的，西登。我们不知道你们缉毒处是什么做法。"

西登探身朝前，脸上有了光："缉毒处里没一个人知道我们会怎么做，这就是德夫这种领导的问题。不过，别让我打断你的故事，麦克白。你回去给他们治伤了吗？"

"斯威诺是个杀人犯，一有机会便会再开杀戒，"麦克白盯着西登的眼睛说，"德夫担心他们会从桥上逃走。"

"我怕他们和那辆卡车一样想过桥,"德夫说道,"所以,我们跳回车上,全力追赶他们。不,是比全力更快一点才对。没想到柏油路面湿滑,弯道不好走……"在铺有里昂绸布的桌子上,德夫将吃了一半的金黄的法式焦糖布丁推到一边,从冰箱里拿出一瓶香槟,重新给另外三只杯子倒满酒,"经过谷底第一个险弯后,我瞧见了四辆车的尾灯,然后追了上去。我通过后视镜看到麦克白还在后面追赶我。"

德夫偷偷瞄了邓肯局长一眼,想看看自己的叙述是否得到领导的认可。他温柔和善的微笑让人难以捉摸。邓肯还没有对当晚的行动给出直接评价,不过他出席这场小型庆功会本身不就表明他对此是肯定的吗?或许吧,可局长的沉默让德夫心里直打鼓。倒是反腐败处的列诺克斯警督让他感到安心——这位一头红发、面色苍白的警督一向热情,此刻正倚着桌子聚精会神地听着。还有法医处处长凯思妮斯,她绿色的大眼睛告诉德夫:她相信他说的每一个细节。

德夫放下酒瓶:"我们在通往隧道的那条路上追上了他们,前头的车尾灯越来越亮,他们好像放慢了速度,我都能看到斯威诺头盔上的犄角了。这时发生了意外。"

邓肯把他的香槟酒放在红酒杯旁边,德夫不知该把此举解读为紧张或者根本就是不耐烦。"有两辆车在经过公交车车站后直接往弗瑞斯的出口去了,另外两辆车继续开向隧道。我们就快到岔路口了,我必须作出'决定'……"

德夫强调了"决定"一词。他当然可以说"作出选择",但"选择"是任何一个傻子都不得不做的事,而"作出决定"则显得积极主动,需要魄力和一个思维过程,是一个领袖要做的事——这样的领袖正是局长任命新成立的有组织犯罪处处长所需要的。

这个处由缉毒处和团伙犯罪处合并而来。鉴于城里全部的毒品交易都被赫卡忒和"诺斯骑士"两家瓜分，这样的合并本身也是合理的。问题在于谁来做处长，是德夫还是考德？考德是团伙犯罪处的资深领导，在城西有一座令人起疑的用全款买下的大房子。麻烦的是市议会有一股势力挺考德，他在警局总部也有肯尼斯的旧臣撑腰。虽然大家都知道邓肯已准备好冒险除掉考德这类人，但他为了避免警局失控，也不得不表现出一些政治上的理性。清楚的是在考德和德夫中间只有一个人会胜出，另一个则当不了处领导。

"我示意麦克白，我们应该追那两个去弗瑞斯的。"

"真的吗？"列诺克斯说道，"如果这样的话，另外两个人就会逃出这个郡了。"

"是，这便是两难的地方。斯威诺是只狡猾的狐狸。鉴于他是唯一我们握有把柄的'诺斯骑士'，他是不是想诱我们去抓那两个去弗瑞斯的下属，好自己逃往城外？或是他笃定我们会猜他这么想，然后便反其道而行之？"

"我们有吗？"

"有什么？"德夫试图掩盖被人打断的恼火。

"斯威诺的把柄。据我所知，斯托克大屠杀已经过了追诉期。"

"一区两家邮局的抢劫案还是五年前的事，"德夫不耐烦地说，"我们有斯威诺的指纹和一切证据。"

"那其他'诺斯骑士'呢？"

"齐尔希。我们当晚也没有什么收获，因为他们都戴着头盔。不过，我们转向弗瑞斯时看到了那顶头盔——"

"斯托克大屠杀是什么？"凯思妮斯问道。

德夫发出一声抱怨。

"你那时候大概还没出生呢,"邓肯友善地说道,"那案子发生在战争刚结束后的首府。斯威诺的哥哥因为当逃兵而面临逮捕,而他脑子进水,抓起一把枪。来抓他的两个警察都是在战壕里待过的,他们开枪打死了他。几个月后,斯威诺在斯托克给他哥哥报了仇。他走进当地警局,打死了四名警官,其中一名还怀有数月的身孕。之后斯威诺从我们的视野里消失了,当他再次出现时那案子已经过了追诉期。来吧,德夫,继续讲。"

"谢谢。我感觉他们不知道我们已经追得很近,近到在斯威诺转向弗瑞斯和老桥时我们都能看见他的头盔了。我们只行驶了大概几公里就追上了他们。当时的具体情况是:当我们之间还有一段距离时,麦克白朝天开了两枪,他们停了下来,于是我们也停车了。我们已经把山谷甩在身后,所以雨已经停了,月光和能见度都很好,我们之间有五六十米。我拿着AK-47命令他们下车,朝我们走五步跪下来,手放在头后。他们照做了,我们下车朝他们走去。"

德夫闭上眼。

他们又浮现在眼前。

他们跪了下来。

德夫朝他们走去,身上的皮夹克嘎吱作响。他看见自己打开的面罩边缘挂着一滴水,马上就要落下。马上。

"我们之间有十到十五步时,斯威诺拔出枪来,"麦克白说道,"德夫马上作出反应,开了枪。斯威诺胸口中了三枪,头盔还没着地就死了。但与此同时,另一个人也掏出枪瞄准德夫,好在他还没来得及开火。"

"我的天!"安格斯大叫道,"你打死他了,是吧?"

麦克白朝后坐了回去："我用匕首搞定了他。"

班柯欣赏地看着他本领过人的同事。

"精彩，"西登躲在阴影里轻声说道，"不过话说回来，斯威诺掏枪时，德夫比你的反应快？我觉得你应该更快的，麦克白。"

"你错了。"麦克白说道。西登在干吗，他想干吗？"和德夫一样快。"麦克白举起酒杯送向嘴边。

"我犯了个错误，"德夫示意领班服务员再来一瓶香槟，"当然，这不是指开枪，而是选择追赶哪一路人。"

领班服务员走到桌边，轻声提醒他们快打烊了，而法律不准午夜之后卖酒，除非局长……

"谢谢，不用了，"邓肯十分擅长在调皮微笑的同时挑起满含责备的眉毛，"我们会遵纪守法。"

服务员走开了。

"我们当中最优秀的人也有可能犯错，"邓肯说道，"你什么时候发现的？摘下头盔时吗？"

德夫摇了摇头："就在要摘之前，我在尸体旁跪下来，无意间看了一眼他的车。那不是斯威诺的车，那柄军刀不在那儿。而且'诺斯骑士'是不换车的。"

"他们换了头盔？"

德夫耸了耸肩："我早该料到的，我和麦克白不就刚使了这一招吗？斯威诺把头盔换给他，然后，他们把速度放得足够慢，故意让我们看见戴着那顶头盔的人向弗瑞斯驶去了，而他本人则穿过隧道和新桥逃走了。"

"狡猾的招数，相当狡猾，"邓肯说，"可惜他的手下并不聪明。"

"这怎么讲？"德夫问道。他顺便朝下瞟了一眼服务员摆在他面前的皮夹子里的账单。

"干吗要朝警察开枪呢？就像你刚才说的，既然他们知道我们除了斯威诺之外没有其他人犯罪的证据，他们完全可以任由我们抓走，过几个小时就可以自由地走出警局了。"

德夫耸了耸肩："或许他们不相信我们是警察。或许他们认为我们是赫卡忒派来杀他们的人。"

"又或者就像局长说的，"列诺克斯说，"他们傻。"

邓肯挠了挠下巴："我们关了几个'诺斯骑士'？"

"六个，"德夫说道，"我们回到俱乐部会所时，没逃走的大多是重伤员。"

"我觉得像'诺斯骑士'这种团伙不会给对手留活口。"

"他们知道自己会得到更快的救治。这会儿他们正在接受治疗，但明天我们就会拘留一批人，就斯威诺的情况进行讯问，不管他们的伤好没好。我们会找到他的，长官。"

"很好。4.5 吨苯丙胺可是不少。"邓肯说。

"确实是。"德夫笑道。

"足以让你问问自己为什么不事先向我报告。"

"时间，"德夫迅速答道。对于这个无法回避的问题，他早已权衡了各种答案的利弊，"从收到线索到采取行动没有多少时间。作为处长，我必须在程序规定和放任 4.5 吨苯丙胺流向城里年轻人的风险之间作出权衡。"

德夫和邓肯目光交会，后者在仔细打量着他。局长的食指在下巴上来回滑动，他舔了舔嘴唇。

"但依然造成了很多伤亡。桥梁损毁严重，河里的鱼估计已经变成瘾君子了。可斯威诺还逍遥法外。"

德夫暗自咒骂道。这个虚伪、自大的蠢货一定能看清大局。

"不过，有六个'诺斯骑士'被拘留起来了，"局长说，"即便未来几周我们在吃鱼时会比平常略感兴奋，那也比放任这批毒品落到年轻人的手里要强。或者——"邓肯握住他的香槟酒杯，"被人扣下。"

列诺克斯和凯思妮斯笑了。众所周知，警局的仓库里还在莫名其妙地丢东西。

"所以，"邓肯举起酒杯，"干得不错，德夫。"

德夫眨了两下眼。他的心轻快地跳动着。"谢谢您。"他一饮而尽。

德夫一把抓过皮夹子："这次我请，"他取出账单，拿在手里，举起来觑了一眼，"虽然我不知道这是不是我的账单。"

"谁知道！"列诺克斯带着僵硬的笑容说道。其他人都没笑。

"让我看看。"凯思妮斯抢过账单，戴上她边缘上翘的金框眼镜。德夫知道她并不需要这副眼镜，只是她觉得戴上后能显得成熟一些，让人不再关注她的容貌。邓肯把法医处交给凯思妮斯还是挺有勇气的。并非有人质疑她的专业能力——她是警察学院的优等生，还学习了化学和物理——但她比其他处长都年轻，单身外加美貌过人，很容易被怀疑是通过什么潜规则上位的。烛光使她镜片后泛着笑意的双眼水盈盈的，饱满的红唇光润亮泽，湿润的皓齿闪闪发亮。德夫闭上眼。泛光的湿柏油路，轮胎在湿路上的声响，飞溅的水声，匕首抽出脖子时喷溅到地上的鲜血——这一切像一只挤压着德夫胸口的手。他睁开眼睛，倒吸一口气。

"你没事吧？"列诺克斯拎起一壶水，连着水底的渣子一起倒进德夫的酒杯，"喝点水，德夫，醒醒酒。你得开车去了。"

"不行，"邓肯说，"我不想看到我的英雄因为酒驾而被捕或是死在路上。我的司机不会介意绕点远路的。"

"谢谢您，"德夫说道，"可法夫——"

"——差不多和我家顺路，"邓肯说道，"该谢我的应该是德夫太太和你那两个可爱的孩子。"

"劳驾。"德夫向后拉开座椅，站了起来。

"了不起的警官。"列诺克斯看着德夫踉跄地走向屋后的厕所。

"德夫吗？"邓肯问道。

"他也了不起，但我心里想的是麦克白。他战功赫赫，备受手下拥戴，尽管曾在肯尼斯的领导下工作，但我们反腐败处的人都知道他是块硬骨头。可惜他缺少晋升所需要的正式学历。"

"只要有警察学院的文凭就行了，看看肯尼斯。"

"是，可麦克白仍然和我们不是一类人。"

"一类人？"

"是这样，"列诺克斯举起香槟酒杯苦笑道，"不管我们喜欢与否，我们选择的头儿都被大家视为精英。要么来自城西，要么来自首府，受过正规教育，或是出身名门。麦克白属于普罗大众，你明白我的意思吗？"

"我明白。听着，我有点担心德夫喝醉了。你能……"

所幸厕所没人。

德夫解完手，站在洗手池旁打开水龙头，洗了一把脸。他听见身后的门开了。

"邓肯让我过来看看你。"列诺克斯说。

"嗯，你觉得他怎么想？"

"想什么？"

德夫抽出一张纸巾，擦了擦脸："想……我的表现。"

"他应该和我们想的一样吧：你干得不错。"

德夫点点头。

列诺克斯咯咯笑起来："你真的很想当有组织犯罪处的头儿，对吧？"

德夫关上水龙头，往手上打了打肥皂，看着镜子中反腐败处的处长。

"你的意思是，我是个有野心的人？"

"往上爬有什么不对？"列诺克斯笑道，"我想知道你怎么定位自己，这真是太有趣了。"

"我是够格的，列诺克斯。在有组织犯罪处尽己所能，这不正是我对这座城市、对你我的孩子的未来要担负的责任吗？难道我该把这个最大的好处让给考德？你我都清楚，这个人在肯尼斯手下干了那么长时间，肯定不干净。"

"啊哈，"列诺克斯说道，"所以你是被责任所驱使，完全没有个人的野心？好吧，圣徒德夫，让我给您把着门。"列诺克斯装模作样地深鞠了一躬，"我想你会拒绝涨工资，拒绝其他随之而来的特权。"

"工资、荣誉和名声对我而言都不重要，"德夫说，"但社会要给作出贡献的人回报。蔑视工资就相当于蔑视社会。"他看着镜子中的那张脸。你怎么能看出一个人在撒谎？这个被质疑的警官能成功说服自己相信这些话吗？他要花多长时间才能说服自己相信那个故事——他和麦克白设计的那出在路上杀掉两个人的故事？

"你洗完手了吗，德夫？我想邓肯要回家了。"

特警队队员们在瓦匠坊门外分了手。"忠诚！友爱！"麦克白大声说道。

其他人则口齿不清、音量有高有低地齐声说："浴火而生，共赴劫难。"

然后他们各自散开。麦克白和班柯向西行，路过一个用号而非唱在表演《在拐角处见我》的街边艺人，然后穿过中央车站废弃、破烂的大厅和走廊。一股奇怪的暖风从过道袭来，吹走了两根多立克圆柱之间的垃圾：这两根柱子历经陈年的污染再加上缺乏维护，已尽失往日的风采。

"现在你可以告诉我到底发生什么了吧？"班柯说。

"你倒是给我讲讲那辆卡车和肯尼斯是怎么回事，"麦克白说，"90米的自由落体啊！"他的笑声在砖砌的天花板下回荡。

班柯笑了笑："得了，麦克白。乡村路上发生了什么？"

"他们说过修复工程要把桥关闭多久吗？"

"你可以骗过他们，但骗不了我。"

"我们干掉了他们，班柯。你还需要知道更多吗？"

"我需要吗？"班柯挥去楼梯下厕所的臭气，那儿有个年龄不详、披头散发的女人正弯着腰抓着扶手。

"不需要。"

"真拿你没办法。"班柯说。

麦克白停下脚步，冲墙边一个举杯乞讨的小男孩弯下腰。那孩子抬起头：他一只眼睛戴着眼罩，另一只眼睛显出嗑药后浑浑噩噩的状态。麦克白将一张纸币放进他的杯子，一只手放在他的肩上："最近怎么样？"他轻柔地问道。

"麦克白，"小男孩说，"你这不是看见了吗？"

"你能做到的，"麦克白说，"永远记住这句话。你可以戒掉。"

男孩的声音含含糊糊，从一个字囫囵到另一个字："你肯定？"

"相信我，有人就做到了。"麦克白站了起来，男孩在他们身后颤抖地叫了一声："上帝保佑你，麦克白。"

他们走进车站东大厅，这儿异乎寻常的寂静，就像一座教堂。瘾君子们要么坐着，要么靠墙站着，要么在长椅上躺着，要么像跳慢舞般东倒西歪地走着，仿佛异域空间里的宇航员，身处不同的引力场。他们有些人狐疑地盯着这两名警官，但大多数人干脆视而不见，好像他们的眼睛有透视功能，早就知道这两个人身上没有东西可卖。大多数人已经到了形销骨立的地步，很难知道他们在世上究竟存活了多久——抑或死了多久。

"你永远不会再动复吸的念头了吧？"班柯问道。

"不会。"

"多数戒掉毒瘾的人都渴望再吸上最后一口。"

"我不会。我们出去吧。"

他们走向西出口的台阶，一直走到屋檐再也无法替他们挡雨为止。旁边一座低矮基座的黑色栏杆上，站着一只来自黑暗的史前怪兽——一百一十岁的"伯莎号"——这个国家的头一列火车，它是当时普遍洋溢的乐观精神的绝佳象征。一级级宽阔、雄伟、平缓的台阶通向废弃的工人广场，那儿曾是一派熙熙攘攘的景象，到处是货棚和来去匆匆的旅客，但如今只有风呼啸而过，无比瘆人。广场一头儿的灯光点亮了一座历史悠久的砖砌建筑，它曾是国家铁路局的办公大楼，但在这条铁路被废弃后已不再使用，直到被人重新买下、重新装修，成为城里最优雅、绚丽的建筑——因弗尼斯赌场。班柯进去过一次，但立马就意识到这儿不是他这种人来的地方，或者更确切地说，他不是这里的顾客。他大概适合去方尖塔，那儿的顾客衣着不那么光鲜，饮品不那么昂贵，妓女不那么漂亮，也不那么谨慎。

"晚安，班柯。"

"晚安，麦克白。睡个好觉。"

班柯看见他朋友的身体微微颤抖了一下，白牙在黑暗中闪闪发亮："替我向弗里斯问好，然后告诉他：他父亲今晚干得漂亮。我真没想到肯尼斯会从他自己的桥上自由落体……"

班柯听这位朋友低声笑着，然后渐渐消失在黑暗和工人广场的雨中。可当他自己的笑声也消失后，一阵不安袭上心头。麦克白不仅是朋友和同事，他还像一个孩子，一个篮子里的摩西[1]。他几乎和弗里斯一样受到班柯的疼爱。这就是班柯要一直等到麦克白出现在广场另一头，走进赌场入口光亮中的原因。从赌场里走出来一个飘逸着火红的头发、身穿红色长裙的高个子女人，她搂住了麦克白。仿佛有个幽灵事先向她预告过：她的情人正在路上。

夫人。

或许她对今晚的事情已有所耳闻。像夫人这样的女人一定有渠道能满足她想知道的、关于这座城市表面下涌动的一切，否则她也不会有今天的地位。

他们还彼此抱着。她是个美人儿，过去恐怕姿色更佳。没人知道夫人的年龄，但绝对比三十三岁的麦克白要大好几岁。不过，他们说的那句话也许是对的："真爱无往不胜。"

也许不对。

班柯掉头朝北走去。

---

[1] 摩西（Moses），《圣经》中犹太人的领袖。摩西出生时，埃及法老正对犹太人实施迫害。摩西的父母将他放进一个篮子里，然后将篮子搁在法老女儿经常游泳的那条河的河边芦荻中，吩咐摩西的姐姐远远看守，观察他的结局到底怎样。后来，埃及公主发现了篮子里的摩西，决定收养他并将其视如己出。

司机按照局长的吩咐，把车开上法夫的一条碎石子路。碎石子在轮胎下发出嘎吱嘎吱的碾轧声。

"就停在这里吧，剩下的路我自己走回去。"德夫说。

司机刹住车。四周一片静谧，他们能听见蚂蚱跳过的动静以及落叶树木哗啦啦的响声。

"你不想吵醒他们，"邓肯说，他朝路的尽头望去，一间小小的白色农舍沐浴在月光下，"好吧，就让我们爱的人在不知不觉中安心地睡去。你这小房子真不错。"

"谢谢您。不好意思，让您绕远路了。"

"生活中我们都得绕点远路，德夫。下次你得到'诺斯骑士'的线索时，要绕远路来找我，明白吗？"

"明白。"

邓肯的食指在下巴上前后滑动："我们的目标是让这座城市变成对所有人而言更美好的地方，德夫。但这意味着所有积极的力量必须拧成一股绳，为这个社会最大的利益服务，而不仅仅是为个人利益。"

"当然。长官，我表个态吧，只要对警局和城市有好处，我做什么都可以。"

邓肯露出微笑："果真如此，该谢你的人是我，德夫。哦，对了，还有最后一件事……"

"您请讲。"

"你提到十四名'诺斯骑士'，包括斯威诺本人，这比你预想的要多。而且他们通常都不会这么谨慎，而是只派几个人来取货，是吧？"

"是的。"

"你有没有想过，斯威诺兴许也听到了什么风声？他可能早就怀疑你会出现在那儿。所以你担心告密者也不是没有道理。晚安，德夫。"

"晚安。"

德夫沿路走向他的小屋，呼吸着泥土和沾有露水的青草的芳香。他的确想过这种可能性，现在邓肯自己说出来了。告密者。报信的。而他——德夫，会找出这个告密者。他明天就会把他找出来。

麦克白在他那边躺下来，闭上双眼，听着背后她均匀的呼吸声和楼下赌场低沉的音乐——仿佛隐约的心跳声。因弗尼斯赌场通宵营业，但对于疯狂的赌徒和饥渴的酒鬼来说，现在也够晚了。走廊里整夜都是客人穿梭的脚步声和开启房门的声音。有些是独自一人，有些带了配偶，有些则跟着其他人的伴侣。夫人对此不太在意，只要那些常来光顾赌场的女人遵守她不成文的规矩——永远小心谨慎，永远穿戴整洁，永远头脑清醒，永远不染病，还有就是，永远永远妩媚动人。他们在一起不久后，夫人曾问麦克白为什么对她们不感兴趣。当他回答说，这是因为他的眼里只有她时，夫人笑了。过了一阵儿，她才明白他确实是这样想的。他不必为了看她而回过身，因为她的身影早已烙进他的视网膜。不管她人在哪里，他要做的就是合上眼，然后他便会自动浮现。在夫人之前，麦克白没有其他女人。自然，会有一些女人让他血脉偾张，也肯定有女人因为他而心跳加速，但他从未和她们亲热过。当然，也有人伤过他的心。夫人得知后笑问他是不是真正的处男，于是他便对她讲了自己的故事——那个此前只有两个人知道的故事，然后她也分享了她的故事。

他光着身子，套房的丝绸被单让他感到既沉重又昂贵。那感觉像在发烧，冷热交加。他能从她的呼吸里听出她醒了。

"怎么了？"她带着困意问道。

"没什么，"他说，"就是睡不着。"

她挪过去依偎在他的怀里，抚摩着他的胸膛和肩膀。有时他们的呼吸韵律和谐——正如现在——仿佛属于同一个有机体，就像共用肺部的连体婴儿。他们对彼此袒露心扉后就有这样的感觉，他知道自己不再孤独。

她的手沿着他的大臂拂过文身，滑落到他的小臂，然后抚摩着他的伤疤。这伤疤的来历他也说过了。还有洛瑞尔。他们对彼此可谓毫无保留。那些其实不是秘密，但有一些可怕的细节，他曾央求她不要再追问。她爱他——这是唯一重要的事，也是他唯一需要从她身上了解的一点。他平躺过来。她用手拍了一下他的肚子，放在上面一动不动。她才是女王。而她的仆人听话地从丝绸布料下站了起来。

当德夫爬上床凑到妻子身旁，听到她均匀的呼吸声、感受到她后背的热度时，那晚的记忆已然逐渐消退。这个地方对他就是有那种魔力，一直都有。他是在学生时代和她相识的。她来自城西一个富裕的家庭，尽管她的父母最初并不看好他，但经过一段时间的接触后，他们接受了这个努力、上进的年轻人。何况在岳父眼中，德夫出身于一个受人尊敬的家庭。剩下的事就顺理成章了：结婚，生子，在法夫有一间房子——这样孩子们就不必呼吸城中的毒气，事业，平平淡淡的日子。伴随着漫长时光与等待着升迁提拔的，许多平淡的日子。时光飞逝，生活就是如此。她是一位贤妻良母，聪明、体贴、忠贞不贰。那他呢？他难道不是个好丈夫吗？不是他供养这个家，给孩子攒学费，在湖边建起一座小屋吗？是的，她和她父亲都没什么好抱怨的。他就是以自己的方式活着，无法改变。不管怎么说，关于拥有一个家、拥有一个家庭，总有许多可说的话：家能给你安宁，家有自己的生活步调，家有自己的议事日程，不太关心外界发生了什么。也不见得如此。而他需要那种现实感，抑或无视它，他必须得到其中一个，时不时地。

"你终于回来了——"她咕哝道。

"回到你和孩子身边。"他说。

"大晚上才回来。"她补了一句。

他躺下来，聆听他们之间的沉默，试图判断情形是好还是坏。接着，她的手温柔地搭在了他的肩膀上，指尖轻揉他疲劳的肌肉——他知道那些地方的疼痛会得以减轻。

他闭上眼。

那一幕又浮现在眼前。

雨点悬挂在他面罩边缘。那个人跪倒在他面前，一动不动，戴着那顶犄角头盔。德夫想对他说些什么，可又说不出口。他举起枪，对着他的肩膀。那人就不会动一下吗？雨点可要落下来了。

"德夫，"麦克白在他身后说道，"德夫，不要……"

雨点落了下去。

德夫开了枪。接着又是一枪。最后又是一枪。

三枪。

跪在面前的那个人栽倒在一旁。

死一般的沉寂。他在死者的身旁蹲下，摘掉他的头盔。当他发现这个人不是斯威诺时，仿佛被一桶冰水从头顶浇遍全身。年轻人闭着眼，像是躺在那里，在安静地沉睡。

德夫转过身，看了一眼麦克白，眼中噙满泪水，仍是说不出话，只摇了摇头。麦克白点头回应，摘掉了另一个人的头盔。也是个年轻人。德夫感觉有什么东西涌上喉咙，他用双手捂住自己的脸。啜泣之间，他听见这个人的哀求声在空中回荡，仿佛海鸥在荒凉的平原上空哀鸣。"不，不要！我什么都没看见！谁也不会告诉！求求你了，陪审团不可能相信我的。我明白——"

话音戛然而止。德夫听见一具躯体重重地砸在柏油路上，一阵低沉的、骨碌碌的声音，然后一切安静下来。

他回过身，这才注意到另一个人身穿白衣。鲜血从他脖子的伤口里汩汩流出，浸透了衣服。

麦克白站在那个人身后，拿着一把匕首。他的胸脯上下起伏。"这回，"他的声线有些粗哑，于是清了清嗓子，"这回我把欠你的还清了，德夫。"

德夫用手指按住那处他知道痛苦不会减轻的地方，另一只手捂住对方的嘴，不让他叫出声，然后将他摁倒在病床上。对方拼命拉扯着铐在床头上的手铐。透过从窗户洒进来的阳光，德夫能够清楚地看见那对巨大的瞳孔周围细小的血管网，那充满惊惧的黑色眼眸，圆睁的双眼，以及额头上文的"诺斯骑士，至死不渝"。德夫的食指隔着绷带戳进肩膀的伤口里，发出"咕唧咕唧"的声音，手指变成了红色。

"只要对警局和城市有好处，"德夫暗自念道，"做什么都可以。"

然后他重复了一遍问题："警局里谁给你们报的信？"

他把手从伤口上拿开。那人不叫了。德夫把手从他的嘴上拿开。那人没有了反应。

德夫扯下绷带，把所有手指都戳进伤口。

他知道他会得到一个答案，只是时间问题。只要超过承受力的极限，那个人便会屈服，便会打破所有文身上的誓言，做出任何原以为自己永远都做不出的事——绝对是任何事。

永远的忠诚不符合人性，背叛才是人之常情。

第四章

整整二十分钟。

二十分钟前，德夫走进医院，将手指插进额头文着字的人的肩膀上的伤口里，挖出了关于告密者及其作案时间、地点的充足信息，带着震惊离去。除非遭人诬陷，否则这个告密者无法抵赖。令人震惊是因为事情已经到了十分严重的地步——他们中一直有个内鬼。但另一方面，事情的进展却又好得令人难以置信。

整整三十分钟。

三十分钟前，德夫开车穿过滴滴答答，像老年人排尿一般洒落在城市里的雨，将车停在警局大楼外。在得到局长办公室前台女士礼貌的点头许可后，德夫终于坐在了邓肯面前，说出了那两个字——"考德"。局长从桌上探过身子，问德夫是否确定，毕竟他们谈论的是团伙犯罪处的一把手。然后他坐了回去，一只手捂着脸。德夫第一次听见邓肯发誓。

整整四十分钟。

四十分钟前，邓肯宣布给考德放一天假，然后打电话命令麦克白将其逮捕。八名特警队队员随后包围了考德的住所——坐落于一块面朝大海的开阔土地上，由于远在西面，垃圾还没清运干净，流浪者也没赶尽。图特尔市长是他最近的邻居。特警队把车停在外围，两名队员从两侧爬上房。

麦克白和班柯坐在地上，背靠房子南面的高墙，旁边是几扇门。考德和他的多数邻居一样，在墙顶插满了玻璃碴儿，但特警队有特制的毯子可以克服这类障碍物。突袭按部就班地进行，队员们在到达预先指定的位置后通过对讲机报告情况。麦克白瞥了一眼街对面，一个六七岁的男孩在他们抵达后一直在朝一面车库的墙扔球玩。现在他停下来，张着嘴，盯着他看。麦克白将一根手指放到唇边，那孩子梦游似的点头回应——这表情在麦克白的印象里就和昨晚跪在地上那个穿白衣服的小子一模一样。

"醒醒。"是班柯在他耳边轻声说话。

"怎么了？"

"所有人都到位了。"

麦克白做了几次深呼吸。现在务必要忘掉其他事，集中精力。他按下对讲机的按钮："50秒后行动。北路？完毕。"

安格斯用牧师诵经般令人宽慰的声音答道："一切正常。屋内没有动静。完毕。"

"西路？完毕。"

"一切正常。"这是替补队员西登的声音，单调而冷静，"等一下，客厅的窗帘动了一下。完毕。"

"明白。"麦克白说。他连想都不用想，这便是他们每天反复演练的模拟情境处置流程的一部分，"伙计们，咱们可能已经暴露了。现在缩短时间，提前行动。三、二、一，行动！"

于是，作战区出现了。它像一个房间，当你关上身后的门，唯一存在的便是任务、你和你的下属。他们站起来。当班柯把毯子在墙顶的玻璃碴儿上铺开时，麦克白注意到那个玩球的男孩正缓慢地、机械地挥动着他腾出来的一只手。

他们只用了几秒便翻墙而入，迅速穿过花园。麦克白来了感觉，那种眼观六路、耳听八方的感觉。他能听到风中一根树枝折断的动静，能看到一只乌鸦从隔壁房顶的屋脊上飞起，能闻到草丛中一个正在腐烂的苹果的味道。他们跑上楼梯，班柯用枪托砸碎了正门旁边的窗户，伸手从里面把门打开。他们一进屋便听到房中其他地方传来的玻璃碎裂声。八对一。当麦克白问邓肯是否怀疑考德会反抗时，邓肯答道：这不是他进行一场大搜捕的原因。

"这是为了发出一个信号，麦克白。我们不会姑息自己人。恰恰相反，砸碎玻璃，踹开房门，闹出大动静，然后将带着手铐的考德从正门押出来，这样就能让所有人看见，并且一传十，十传百。"

麦克白身先士卒，肩顶着一支突击步枪，目光扫过前厅。他背靠着墙，在客厅门外站定。在接触了外面刺眼的阳光后，他的眼睛正在逐渐适应这里的黑暗。房子里所有的窗帘似乎都被拉上了。班柯走到他旁边，又继续进入客厅。

当麦克白离开墙壁，跟着班柯进去时，情况发生了。

屋里有两个楼梯。袭击者动作敏捷，悄悄从其中一个黑暗的楼梯后冲出，撞上麦克白的胸口，将他向后撞飞。

麦克白感到喉咙上方涌起一股热气，他设法将枪筒横在自己和冲出来的那条狗之间，将它的嘴扒到一边，獠牙转而嵌进他的肩膀。他痛苦地尖叫着，血盆大口已在撕咬他的皮肉。麦克白极力想要击退它，但腾出来的那只手却被枪带束缚。"班柯！"考德不会养狗。他们行动前总会做这方面的调查。可这绝对是一条凶猛的狗。它一把将枪筒推开，直冲他的咽喉而来，颈动脉眼看就要被撕开。

"班——"

那条狗突然不动了。麦克白回过头,盯着它呆滞的双眼。它软了下去,瘫在他身上。麦克白将它推开,抬起头。

西登站在麦克白眼前,伸出一只手。

"多谢,"麦克白自己站了起来,"班柯呢?"

"他和考德在里面。"西登朝客厅走去。

麦克白走向客厅的门。窗帘已经拉开,日光中,他看见班柯的背影,他正注视着天花板。上面有一个顶着太阳光环的天使:他低垂着头,仿佛在祈求宽恕。

整整一个小时。

从麦克白说"行动"到邓肯召集所有部门领导到总部的大会议室开会,整整一个小时。

邓肯站在台上,低头看着几张纸。德夫知道,邓肯把话按照自己想要表达的方式写在了上头,但他会根据时机和气氛即兴发挥。这并不是说邓肯局长是个我行我素的人,实际情况远非如此。德夫知道,邓肯有节制的表达能力,他是一个情感和理智兼备、心口如一的人,一个理解自我,因此也理解他人的人。他是一位领导者,人们愿意跟从的领导者。一个德夫希望自己成为或可能成为的人。

"大家都知道发生了什么。"邓肯的声音低沉而庄严,却有雷霆万钧之力,"我就是想在下午的新闻发布会之前,先向各位全面介绍一下情况。我们最信任的考德警督涉嫌严重贪污犯罪,目前已被证实。鉴于他和'诺斯骑士'关系密切——我们昨天刚刚对他们开展了成功的行动——考德很有可能见此而毁灭证据并且逃逸。因此,今天上午十点,我们命令特警队对考德立即实施抓捕。"

德夫刚才正在想局长会不会提他的名字，但他也知道邓肯不会透露任何细节。干警察这行要明白一件事：规矩就是规矩，即便它不成文。所以当邓肯抬起头说"麦克白警督，可否请你上来简要介绍一下抓捕情况"时，德夫颇感意外。

德夫转过身，看着他的同事从一排排椅子中间走向讲台。麦克白显然对此也很意外。在这种情况下，局长一般不会委托别人发言，而是会自己简单说两句，然后宣布散会，好让大家回到各自的工作岗位，继续为打造一个更好的城市而奋斗。

麦克白在放松时显得气色不好。他仍旧穿着黑色的特警队队服，但脖子的拉链很靠下，大家都能看见他右肩洁白的绷带。

"好。"他开口说道。

不算特别优雅的开场白，可谁也不会指望特警队队长是一位语言大师。麦克白看了看手表，好像和谁有约似的。屋里所有人都知道他这么做的原因：这是警察在被命令汇报工作、自信心不足时的本能反应。他们看手表，似乎以为过去事件的准确时间都刻在那上面，或者表盘会放慢他们的回忆。

"十点五十三分，"麦克白说着咳了两声，"特警队对考德警督的住所展开搜捕。露台的门开着，但没有闯入和打斗的迹象，也没见其他人在我们之前到过这里，除了一只狗。考德本人没有他杀的迹象……"麦克白停下来看了一眼手表，继续对听众说，"露台门口有一把椅子被踢翻。我不打算对现场勘查预下结论，但目测考德上吊时没有直接从椅子上迈下来，而是跳下来的，当身体回摆时将椅子踹翻到房间另一头。这一点与死者的粪便散落一地是吻合的。尸体是凉的，看上去自杀似乎是最明显的死因。我们队员里有人问，考虑到考德当了一辈子警察，我们可否跳过相关流程，把他放下来，我说不行……"

德夫注意到麦克白戏剧性的停顿，似乎是想让下面的人聆听他的沉默。这是德夫可能会用到的技巧，他肯定也见邓肯用过，但没想到为人务实的麦克白在说话时也会有这种心思。也可能没有，因为他又在看表。

"十点五十九分。"

麦克白抬起头，把手表上方的袖子放了下来，表示他已经讲完了。

"所以考德还挂在那儿。不是出于调查的目的，而是因为他是一名腐败的警察。"

屋里出奇的安静，德夫能听见雨水打在高窗上的声音。麦克白转向邓肯，礼节性地点了点头，然后走下讲台，回到座位上。

邓肯待麦克白落座后说："谢谢麦克白。这部分内容不会在发布会上讲，但我认为它很适合做这次内部通报的结尾。记住，谴责我们内部一切的软弱和黑暗，就相当于致敬我们的强大和光明。各位，回去好好工作吧。"

年轻的护士站在门口，看着病人脱掉上衣。他把自己长长的黑发扯到脑后，以便大夫揭开他左肩上血迹斑斑的绷带。她只知道这位病人是一名警察。一名肌肉发达的警察。

"天哪，"大夫说，"我们得给你缝上几针。还得打一针破伤风，被狗咬伤都得打。不过，先上一点麻醉吧。玛丽亚，你能……"

"不用。"病人眼睛直视着墙说道。

"什么？"

"不用打麻药。"

一阵沉默。

"不用麻药？"

"不用麻药。"

大夫刚要向他解释疼痛的相关问题，就看到了他大臂上的旧伤疤。不过，她在搬到这座城市后已经见过太多这样的伤疤了。

"好吧，"她说，"不打麻药。"

德夫背靠着办公椅，将听筒压在耳朵上。

"是我，亲爱的。你们在干吗呢？"

"埃米莉跟朋友游泳去了。埃文牙疼，我准备带他去看牙医。"

"好吧。亲爱的，我今天要加班了。"

"为什么？"

"我可能得在这儿过夜。"

"为什么？"她重复道。她的声音没有显示出任何不满或失望，听起来只是想索取一些信息，也许是为了向孩子们解释他不在家的原因，而不是因为她需要他，不是因为……

"新闻很快就会播的，"他说，"考德自杀了。"

"哎，考德是谁？"

"你不知道吗？"

"不知道。"

"团伙犯罪处的头儿。他本来是有组织犯罪处处长的有力竞争者。"

沉默。

她对他的工作从来都不太感兴趣。她的世界就是法夫、孩子和丈夫（至少他在家时是这样），这对他来说是好事，因为他们无须接触这份工作的阴暗面。但从另一角度来看，她对他的进取心缺乏兴趣，也导致她一直不能理解这份工作会让他花费多少时间，作出多少牺牲，付出多少……天知道有多少努力。

"有组织犯罪处的处长，在总部排名第三，仅次于邓肯和副局长马尔康。所以，是的，这是一个很重要的位置，也就是说我必须待在这儿。未来几天可能也得这样。"

"只要你能来参加提前庆生会就行。"

提前庆生。噢，天哪！这是他们的传统，在孩子生日的前一天庆祝，就他们一家四口，加上肉汤和爸爸妈妈的礼物。他真把埃文的生日给忘了吗？也许这个日子和过去几天发生的所有其他事情一道，不慎从他的脑海里溜走了。不过，之前在德夫告诉埃文缉毒处卧底的工作方式后——他们有时为了防止暴露会做些伪装——他马上出去买了埃文想要的东西。德夫面前的抽屉里放着一个精心包装的礼盒，里面是假胡子、胶水、假眼镜以及一顶绿色的羊毛帽，全是成人尺寸，这样他便可以信誓旦旦地告诉埃文：爸爸和同事们的穿戴和这个一模一样。

座机的指示灯闪了一下：是内线。他已经预感到是谁打来的了。

"等一下，亲爱的。"

他按下指示灯下方的按钮："你好？"

"德夫吗？我是邓肯。想跟你讲一下今天下午新闻发布会的事。"

"哦，好的。"

"我想让大家看到，我们没有被考德的事击垮，而是在着眼于未来，所以我打算在会上宣布由谁来担任有组织犯罪处的代理处长。"

"有组织犯罪处？呃……已经定了吗？"

"不管怎样我到月底都要把人选定下来，可团伙犯罪处的头儿现在空出来了，倒不如直接任命一个代理处长。你能来一趟我的办公室吗？"

"没问题。"

邓肯挂了电话。德夫坐在那里，盯着熄灭的指示灯。局长亲自打电话，这可不寻常，因为一般都是由他的秘书或助理负责通知。代理处长。在走完申请和职务委员会审议等诸多流程后，谁有可能最终坐上这个位置？他凝视的目光捕捉到另一盏亮着的灯：他完全忘了妻子还在线上等待。

"亲爱的，有事了。我得挂了。"

"哦？不是坏事吧？"

"不是，"德夫笑道，"完全不是坏事。你下午可以打开收音机听听新闻，看新任的有组织犯罪处处长是谁。"

"哦？"

"给我亲一口脖子。"他们许多年都不说这句亲昵的话了。德夫撂下电话，难以自制，撒腿就冲出办公室，跑向通往顶层的楼梯。向上，再向上。更高，再更高。

秘书请德夫直接进去："他们在等你。"她微笑道。微笑？她从来不微笑。

局长办公室宽敞通风，配的家具却十分朴素。除去邓肯，橡木圆桌旁还围坐着四个人：副局长马尔康戴着一副眼镜，一头早熟的银发。他在首府的大学专攻哲学和经济学，说话喜欢引经据典，被许多人视为警局的一只怪鸟。他是邓肯的老友，自称是邓肯把他请来的，因为他们需要他丰富的管理经验。其他人则说，这是因为邓肯需要马尔康在管理层会议上投永远的赞成票。马尔康的身旁，列诺克斯把身子凑到桌边。他依旧那么兴致勃勃，透着白化病人特有的苍白。他的反腐败处成立于邓肯重组警局期间。关于这个处的处名里要不要加"反"这个字，局里有过短暂的讨论，有一种观点认为，大家其实不说反毒处，也不说反凶案处。可肯尼斯在位时，缉毒处用老百姓的说法就叫腐败处。邓肯的另一侧坐着一名负责记录会议的助手，她的旁边是凯思妮斯警督。

邓肯不允许有人在办公室里吸烟，所以桌上没有插着烟蒂的烟灰缸供德夫判断他们在这里讨论多久了，但他注意到桌上的一些便笺本上沾着咖啡渍，有的茶杯几乎已经空了。屋里开放、温和、近乎宽松的氛围表明，他们已经拿定了主意。

"辛苦你，这么快就来了，德夫，"邓肯张开手掌，示意德夫坐在最后一张空椅子上，"我就开门见山吧。我们准备将你的缉毒处与团伙犯罪处合并成有组织犯罪处。这是我坐上那把椅子后，我们遇到的第一次危机。"德夫顺着邓肯点头的方向，朝他的办公桌望去。局长的座椅大，椅背高，但看上去并不舒服，有点过于笔直，缺少缓冲物。这是一把合乎德夫胃口的椅子。"所以我感觉，重要的是展现一下我们的精神风貌。"

"听起来有道理。"德夫说道。他一开口便后悔了。这句评论让他看上去像是被叫来评估高层管理者的，"我的意思是，您说得对。"

桌子周围一阵短暂的沉默。他是否又矫枉过正，显得没有主见了？

"我们必须保证，新任处长不能牵涉腐败。"邓肯说。

"当然。"德夫说。

"不仅是因为我们经不起第二桩考德这样的丑闻，也因为我们需要一个能帮我们抓住真正的大鱼的人。我说的不是斯威诺，而是赫卡忒。"

赫卡忒。这个名字念出后，屋里的沉默足以说明一切。

德夫在椅子上坐直。这的确是一项艰巨的使命。显然这份工作就是要让你上刀山、下火海。一项崇高的使命，从这里开始。你的人生将会与众不同，你将成为一个更杰出的人。

"这次你成功打击了'诺斯骑士'。"邓肯说道。

"不光靠我，长官。"德夫说。所谓"满招损，谦受益"，越是在别人没有要你谦虚的时候，就越要主动放低姿态。

"的确，"邓肯说，"麦克白帮了你，还帮了你很多。你对他整体印象如何？"

"印象吗，长官？"

"是的，你们在警察学院是同届。他在特警队干得无疑很出色，队里上下都对他的领导能力赞赏有加。当然，特警队是一个专业化程度很高的部门。你了解他，这也是为什么我们想听听你认为麦克白能否胜任这个位置。"

德夫咽了两下口水，才让声带发出一声："您的意思是，麦克白能否胜任有组织犯罪处的处长？"

"是的。"

德夫需要缓一缓神。他把一只手放到嘴上，垂下眉毛和额头，希望这样让自己看上去像是在认真思考，而非大失所望。

"德夫？"

"率领人马突袭住所、击毙罪犯并解救人质，这是一码事，"德夫说，"麦克白无疑很擅长这些。但领导一个有组织犯罪处，对素质的要求则略有不同。"

"我们同意，"邓肯说，"要求是略有不同，而非完全不同。无非就是领导一班人嘛。他这个人怎么样？可靠吗？"

德夫用拇指和食指挤压自己的上唇。麦克白。该死的麦克白！他该说什么？这次提拔应该是属于他德夫的，而不是那个原本可能会去马戏团里玩杂耍或扔飞刀的人！他的目光锁定在办公桌后面墙上的那幅画上。奋勇前进，赤胆忠心，敢为人先，精诚团结。他的脑海里又浮现出乡间小路上的画面：麦克白，他自己，两个死人。雨水正将鲜血冲走。

"是的，"德夫说，"麦克白是个可靠的人。但最重要的是，他懂得领导的艺术。从他今天的讲话就能看出来。"

"同意，"邓肯说，"这就是为什么我要他上去，就是要看他如何应对。我们刚才一致认为，他今天的表现是一个很好的范例，展现出一名警官对既定汇报流程的尊重，也展现出一个真正的领导者激励和动员的能力。考德还挂在那儿'是因为他是一名腐败的警察'。"

邓肯故意模仿麦克白粗鲁的工人阶级口音，把一桌子人逗得轻轻笑出了声。

"如果他真的具备这些素质，"德夫一边说，一边听见内心一个声音轻轻告诉自己不该说这些话，"你们应该问问自己，为什么他从警察学院毕业后一直没有走得更远。"

"太对了，"列诺克斯说，"但这正是支撑麦克白当选的最有力的观点之一。"他笑了，发出一个不合时宜、又尖又细的颤音，"这桌人没有一个在上任局长任职期间身居高位的，因为我们和麦克白一样不愿同流合污，拒绝接受贿赂。据我的消息，可以完全肯定地说，麦克白刚直的性格阻碍了他的职业发展。"

"那么你已经回答这个问题了，"德夫冷冷说道，"想必你们也考虑过他和那个赌场主人的关系了吧。"

马尔康看了邓肯一眼，在得到后者点头许可后说："诈骗处目前正在调查上一任管辖时期允许发展的商业活动。在这方面，我们刚刚对因弗尼斯赌场进行了全面调查。结论很清楚：因弗尼斯在账目、缴税和雇用员工方面都做得很规范。对于博彩公司来说，做到这一点还是不容易的。目前我们正对方尖塔进行更加细致的调查——"他诡秘地一笑,"坦率地讲,他们家是一团糟,用他们的话说,今后还会继续下去。所以,我们对夫人和她的业务不持异议。"

"麦克白来自城东,是圈外人,"邓肯说,"而我们这桌人被视为圈内人。大家都知道,我们反对肯尼斯,代表警局风气的革新,而且我们接受的是私立教育,来自上流家庭。我觉得选择麦克白将传递出一个良好的信号。在警局,在我们的警局,不论出身和背景,只要努力工作,为人正派——一定要正派——任何人都能做到顶层。"

"很好的想法,长官。"列诺克斯说。

"那么好,"邓肯双手合拢,"德夫,你还有什么想补充的吗?"

你没见过他胳膊上的伤疤吗?

"德夫?"

你没见过他胳膊上的伤疤吗?

"你怎么了,德夫?"

"没什么,长官。我没有什么可补充的。我相信麦克白是一个好的选择。"

"很好。那么,感谢大家参加这次会议。"

麦克白凝视着红色的交通指示灯,雨刮器在班柯的PV544型沃尔沃轿车的挡风玻璃上来回摆动。这辆车虽说和班柯一样小,同周围的车相比有些老掉牙,但它功能齐全,性能可靠。它的外观设计有点小问题,特别是内扣的弧形车尾和前突的车头,让整辆车看上去有点临阵退缩的样子。不过,照车主的话来说,看看车子内部和引擎盖的下面,你就会知道麻雀虽小,五脏俱全。雨刮器奋力拨开雨水，流动的水纹让麦克白想起熔化的玻璃。一个穿着雨衣的男孩横穿他们面前的马路。麦克白看见人行横道的指示灯从绿人变成了红人——一个从头到脚淋满鲜血的躯体。麦克白打了个寒战。

"怎么了？"班柯问。

"我可能发烧了，"麦克白说，"眼前总会出现一些东西。"

"幻觉？"班柯说，"那就是得了流感。也难怪，昨天淋了一天的雨，今天又被狗咬了一口。"

"说起那条狗，找到它是从哪儿来的了吗？"

"只知道不是考德的。肯定是从阳台开着的门进来的。我搞不懂它是怎么死的。"

"我没告诉你吗？是西登干掉的。"

"我知道，但是我没看见任何伤口。他掐死的吗？"

"我不知道。问他吧。"

"我问过了，但他的回答并不靠谱，只是在——"

"灯绿了，爸。"后座的男孩凑到他俩之间说。麦克白看了一眼这个十九岁的瘦高个儿：比起班柯的乐观爽朗，弗里斯更多继承了他妈妈的稳重和谦逊。

"儿子，是你开车还是你爸开车？"班柯一边起步一边温暖地笑道。麦克白看着路上的行人，有去购物的家庭主妇，有酒吧外的失业者……过去十年间，这座城市的早晨变得越来越忙碌了。它赋予这座城市一种喧嚣的气氛，但实际情况却恰恰相反：那一张张冷漠的、无所事事的脸令人更多地想起活死人。过去几个月，他一直在寻找改变的迹象，看看在邓肯的领导下，情况是否有所改观。最明显和最野蛮的街头犯罪似乎减少了，有可能是因为出动了更多的巡警，抑或它们只是转向了偏僻的街区和犄角旮旯。

"警察学院竟然下午还有课，"麦克白说，"我们那个时候没有。"

"不是上课，"男孩说，"我和一些人搞了个学习小组。"

"学习小组？是什么？"

"弗里斯跟一些好学的孩子在考试之前集体用功，"班柯说，"这是个好主意。"

"爸爸说我应该去念法律，警察学院还不够。你觉得呢，麦克白叔叔？"

"我觉得你应该听你爸的。"

"可你也不是搞法律的呀。"男孩反驳道。

"所以看看他的下场，"班柯笑道，"你可得努力呀，弗里斯。比起你这个没本事的老爸和旁边这个粗人，你得立下更高的目标。"

"你说我没有领导力。"弗里斯说。

麦克白抬起眉毛，瞥了一眼班柯。

"真的吗？我以为父亲的责任是让孩子相信只要他们足够努力，就能做成任何事情。"

"是这样，"班柯说道，"我没说过他不具备领导力，只是不擅长。这意味着他必须认真学习。他有头脑，只是要学着去相信自己的判断，也就是说自己拿主意，而不是永远跟随别人。"

麦克白转向后座："你有一个很难对付的老爸。"

弗里斯耸了耸肩："有些人总喜欢发号施令、越俎代庖，而其他人就不像他们。你说怪不怪？"

"不怪，"班柯说道，"可如果你想实现某个远大理想，就必须改变自己。"

"可你改变了吗？"弗里斯的问话里带着一丝情绪。

"没有，和你一样，"班柯说，"喜欢让别人做主。可我真希望有人能告诉我，我的想法不比别人的差，有时甚至更好。而一旦你有了更好的判断力，你就应该去领导，这是你对社会应尽的责任。"

"你觉得呢，叔叔？你能说改变就改变，就这么变成一个领导吗？"

"我不知道，"麦克白说道，"我觉得有的人生来就是当领导的命，变成领导是自然而然的事。就像邓肯局长，他们的信念能感染你，让你为某种东西付出生命。而我认识的其他人既没有信念，也不擅长领导，只是被欲望驱使着一直向上爬，直到他们坐上领导的位置。他们也许有智慧、有魅力，能说会道，但他们并不理解人性，因为他们看不透别人，只能理解和看见一样东西：他们自己。"

"你是在说德夫吗？"班柯笑道。

"德夫是谁？"弗里斯问道。

"跟你没关系。"麦克白说道。

"有，有关系。告诉我嘛，叔叔。我就是来向您学习的，不是吗？"

麦克白叹了口气："我和德夫在孤儿院和警察学院时是朋友，现在他是缉毒处的处长。但愿他能在工作中明白这一点，好好改进。"

"他做不到。"班柯笑道。

"缉毒处，"弗里斯说，"就是那个有一道伤疤斜穿过脸的人吗？"

"是的。"班柯说。

"那道疤是从哪儿来的？"

"生来就有。"麦克白说,"到学校了,好好表现。"

"知道啦,麦克白叔叔。"

"叔叔"这个称呼弗里斯从小就叫,现在多被他用于调侃。但当麦克白看着这孩子穿过雨、一路跑进警察学院的大门时,他心头还是泛起一阵暖意。

"他是个好孩子。"他说道。

"你应该要个孩子,"班柯把车从路边开走,"他们是生命的馈赠。"

"我知道,但对夫人来说有点晚了。"

"那就跟更年轻的生。跟你同龄的怎么样?"

麦克白没有回答,心事重重地注视着窗外。"当我看到信号灯里的小红人时,我就想到了死亡。"他说道。

"你在想考德吧,"班柯说道,"对了,安格斯盯着考德在上面晃荡的时候,我们说了几句话。"

"关于宗教的冥想吗?"

"不是。他只是说自己不明白为什么有钱又有权的人会自杀。就算考德丢了饭碗,可能还得暂时坐牢,但他仍然有很好的物质基础,可以继续漫长而悠闲的生活。我不得不向这孩子解释,是眼前的失败造成的失望,加上知道未来也达不到自己预期时的失望,让他选择了死亡。这就是为什么人不能有太高的预期,起步要慢,不可少年得志。要有计划地成长,你说呢?"

"你刚才还在跟你儿子保证,如果他学法律就能过得比你好。"

"儿子不一样。他们是你生命的延续,他们应该走得更远才对。"

"其实不是考德。"

"啊?"

"我刚才想的不是考德。"

"噢？"

"是乡村路上的那个年轻人。他——"麦克白望向窗外，"他是红的。浸透在血中。"

"别想这个了。"

"冷冷的血。"

"冷……你什么意思？"

麦克白深吸一口气："在弗瑞斯追上的那两个人，他们已经投降了，可德夫还是打死了戴着斯威诺头盔的那个人。"

班柯摇了摇头："我就知道是这样。另一个呢？"

"他是目击者。"麦克白露出痛苦的表情，"他们是从聚会上逃跑的，他穿着白衬衫和白裤子。我拿出匕首，他开始哀求，他知道会发生什么。"

"我不想再听下去了。"

"我站在他身后，可下不去手。我站在那儿举着匕首，动不了。可我看见德夫，他坐在地上，用手捂着脸，哭得像个孩子。然后我动手了。"

远处传来一阵警笛声。是一辆消防车。还有什么东西能在这样的雨里燃烧？班柯思忖道。

"我不知道是不是因为他的衣服湿透了，"麦克白说，"但鲜血染遍了他的全身，包括衬衫和裤子。他躺在柏油路上，胳膊朝下，略微向外撇开，就像交通信号灯：停下来。不要走。"

他们在沉默中行进，通过警局总部的车库入口。只有处长和更高级别的官员才有资格获得车位。班柯转向大楼后部的停车区，停车、熄火。雨水从车顶滴滴答答地落下。

"我理解。"班柯说道。

"你理解什么？"

"德夫知道就算你逮捕了斯威诺，把他拽到这个国家里最腐败的城市的一名贪婪的法官面前，最长又能判他几年呢？两年？最多三年？还是无罪释放？我也理解你。"

"是吗？"

"是的。如果斯威诺的手下起诉德夫，他会有什么下场？二十年？二十五年？我们当警察的就得学会自己保护自己，别人都靠不上。而且更重要的是，局长刚让公众对法律和秩序产生一些信心，要是再来一桩关于警察的丑闻，这得造成多大危害。你得有大局观，有时候残忍是站在正义一边的，麦克白。"

"也许吧。"

"别再想了，我的朋友。"

雨水从挡风玻璃上涓涓地流下，扭曲了面前警局总部的大楼。他们坐着没动，似乎得消化一下刚才说的话才能下车。

"德夫应该感谢你，"班柯说，"如果你不做，他就不得不自己动手，你们彼此都清楚。不过，现在你们相互握有对方的把柄，形成一种制衡，这一点倒是能让人晚上睡得着觉了。"

"德夫和我不是美国和苏联。"

"不是吗？那你们到底是什么？你们在警察学院形影不离，可现在却几乎不跟对方说话。发生了什么？"

麦克白耸耸肩："没什么。我们大概就是一对奇怪的组合吧。他是德夫家族的人，家里原先是有些底子的，而那种东西会一直留存下去。那种语言、上层社会的做派，在孤儿院里会孤立和暴露他，所以他好像跟我走得很近，我们成了形影不离的一对。可到警察学院后，你就能感觉到他慢慢变回自己了，就像一头驯化的狮子被放归丛林。德夫考上了大学，找了一个上层社会的女孩结婚，生小孩。我们分道扬镳。"

"你就是厌恶他那副自私自大的德行，是吗？"

"大家对德夫的看法经常是错的。在警察学院，我和他曾发誓要将那些大恶棍绳之以法。德夫确实渴望改变这座城市，班柯。"

"这就是你救他的原因？"

"德夫有能力，也刻苦。所有人都知道，他很有希望去有组织犯罪处。所以，何必让一次激战的失误阻挡这个能为大伙做好事的人的前程呢？"

"因为你不会以那样的方式杀死一个无助的人。"

麦克白耸了耸肩："也许我变了。"

"人是不会变的。但现在我明白了，你把这件事当成一名士兵的职责。德夫、你和我在这场战争中是同一条战线上的人。你们杀死两个'诺斯骑士'，就能阻止他们继续用毒药残害我们的下一代。但你不是完全自愿去履行这项职责的。我明白当你在交通信号灯里看见死去的敌人时，付出了什么样的代价。我不如你，麦克白。"

麦克白苦笑："在战斗的迷雾里，你看得比我更清楚，老伙计。所以有你的原谅也让我略感宽慰了。"

班柯摇了摇头："我不比任何人看得更清楚。我只是个话痨，怀疑是我唯一的指引。"

"怀疑，是啊。它有时会让你苦恼吗？"

"不，"班柯透过挡风玻璃注视着外面，"不是有时，是永远。"

麦克白和班柯从停车区走向总部后面的员工入口。这座拥有两百年历史的建筑位于三区东部的中心，原先是一座监狱，传说执行过死刑和酷刑。许多工作到深夜的人还说，他们感觉办公室之间有一股莫名其妙的阴冷的穿堂风，还能听见远处有人在尖叫。班柯曾对麦克白说，这只是那个神经兮兮的门卫搞的鬼，他每天五点钟准时关暖气，当看见有人离开办公桌没关台灯时便会尖叫。

麦克白注意到有两个亚裔面孔的女性混杂在人行道上一群失业的男人中间。她们瑟瑟发抖、左顾右盼，似乎在等什么人。城里的妓女过去多集中在国家铁路局后面的勤俭街，直到几年前市议会将她们赶走。如今这个市场已分成两部分：那些足够漂亮的在赌场里工作，剩下的只好忍受街头的风餐露宿，但是，由于她们可以随时闻风而动，反而感觉更加安全。警方迫于政客和媒体不时的压力，以大规模搜捕的方式开展街头"扫黄"行动——如果来得简短迅速，对各方来说都省心省力。很快，一切会恢复如常，而且你根本无法排除嫖客来自警局内部的可能性。不过，麦克白相当长的时间里都礼貌地拒绝各类投怀送抱，所以她们也就不再叨扰他了。因此，当他看见这两个女人朝他和班柯走来时，心想她们大概是初来乍到。他对见过的人还是过目不忘的。即便在这条标准相对较低的街上，她们的相貌也没有给人留下什么好印象。根据麦克白的经验，准确判断亚裔女性的年龄的确是件难事，但不管她们的岁数有多大，饱经岁月的风霜却是无疑的，这一点从她们的眼睛里就能看出来。那种冷漠的、令人难以捉摸的眼睛，不允许被人看透，只是反映出她们的周围和自身。她们驼着背、穿着廉价的大衣，但还有别的什么东西引起了麦克白的注意——这个从道理上讲不通的东西便是她们丑陋的脸。其中一个人张开嘴，露出一排肮脏发黄、疏于保养的牙齿。

"女士们，对不起，"麦克白没等她们开口便轻快地说，"我们倒是想说可以，但我老婆是个可怕的醋坛子，而这位先生身上由于性病长着可怕的疹子。"

班柯嘟囔着什么，摇了摇头。

"麦克白。"其中一个女人用断断续续、娃娃般尖锐的嗓音说道——和她冷酷的双眼形成鲜明的对比。

"班柯。"另一个女的说道。同样的嗓音。

麦克白停住步伐。那两个女人把乌黑的长发披散在脸上，大概是为了遮掩，却没有挡住那两个不像亚洲人的火红大鼻子，以及宛如玻璃吹管下的炽热琉璃般的嘴唇。

"两位女士既然知道我们的名字，"他说，"那么有什么可以效劳的？"

她们没有回答，只是朝街对面的一座房子点了点头。从一道拱门的阴影里，第三个人走进光线之中。和另外两人相比，她的反差简直不能更明显了。这个女人——如果是女人的话——长着保镖一样肩宽体长的身材，穿着蜥蜴纹的紧身衣，使女性的线条感尤为突出，就像骗子夸大产品的虚假功效一样。但麦克白知道她葫芦里卖的什么药，至少是她过去经常卖什么药。还有那些虚假的功效。她的一切都很极致：身高、肩宽、隆起的乳房、强壮的手指上弯曲的爪子似的红色指甲、暴突的眼睛、夸张的妆容，以及高至大腿的细高跟长靴。唯一让麦克白感到惊讶的是她一点都没变。这么多年过去了，岁月似乎没有在她身上留下任何印记。

她好像只迈了两大步，便跨过街来。

"先生们。"她嗓音低沉，麦克白觉得自己都能听见身后的玻璃在颤抖。

"斯特雷加[1]，"麦克白说，"好久不见。"

"是啊。你那会儿还是个小毛孩呢。"

---

[1] 原文是 Strega，意大利语，意为女巫。

"你记得我？"

"我记得我所有的客户，麦克白警督。"

"这两位是？"

"我的姐妹。"斯特雷加笑道，"我们代赫卡忒道喜来了。"

麦克白看见班柯在听到赫卡忒的名字时下意识地将手伸进夹克，便警觉地将一只手摁住他的胳膊。"道什么喜？"

"当然是你被任命为有组织犯罪处的领导啊，"斯特雷加说，"麦克白万岁。"

"麦克白万岁。"两姐妹应和道。

"你在说什么？"麦克白的目光迅速扫过街对面的失业者。就在班柯准备掏枪时，他捕捉到一个举动。

"一人之失，他人之得，"斯特雷加说，"这便是丛林法则。死得越多，面包也就越多。可如果邓肯局长死了，谁会得到这块面包呢？"

"嘿！"班柯朝她走近一步："如果这是赫卡忒在威胁我们的话，那么……"

麦克白把他拉了回来。他这会儿看见马路对面有三个男的抬起头，虎视眈眈地望着这边。他们分散在人群里，但有一个共同点：他们都穿着灰色的轻便外套。"让她说。"麦克白低声道。

斯特雷加笑道："不是威胁，赫卡忒不会有任何行动，他只是在陈述一个有趣的事实：他觉得你会成为下一任警察局局长。"

"我？"麦克白笑了，"接班的当然是邓肯的副手，他叫马尔康。你们走吧。"

"赫卡忒的预言永远不会错，"这个半男半女的人说，"你是知道的。"她站在麦克白的对面一动不动，而麦克白意识到她的个子还是比他高。

"哦，对了，你那位赌场夫人没有影响你的名声吧？"

班柯看见麦克白僵住了。这个斯特雷加应该为自己被视为一个女人而庆幸。他想道。麦克白哼了一声，好像要说点什么，但改了主意。他把重心从一只脚换到另一只脚，又张开嘴，还是吐不出一个字。然后，他转身朝警局总部的大门走去。

高个子女人看着他。"至于你，班柯，你就不好奇命运对你的安排吗？"

"不。"他跟着麦克白离开。

"如果是你儿子弗里斯呢？"

班柯停住脚步。

"一个刻苦的好孩子，"斯特雷加说，"赫卡忒保证，如果他和他的父亲按照游戏规则行事，他到时机成熟时也会成为警察局局长。"

班柯朝她转过身去。

"既定提拔。"她说着稍一躬身，笑吟吟地转过去，挽起两姐妹的手臂，"走吧，姐妹们。"

班柯注视着这诡异的三人组，直到她们消失在总部大楼的拐角处。她们和这里如此格格不入，以至于班柯不敢相信她们真的来过。

"现如今大街上有这么多的怪人。"班柯说着，追上了站在大厅前台的麦克白。

"现如今？"麦克白不耐烦地又摁了一下向上的按钮，"这个城市一直盛产怪人。你没注意到这些女的身后有人吗？"

"赫卡忒的隐秘武装？"

电梯门打开了。

"德夫，"麦克白说着让到一边，"怎么现在才……"

"麦克白，班柯。"这个金发男人和他们擦肩而过，朝着通往大街的出口大步流星地走去。

"老天，"班柯说，"他压力这么大。"

"这就是你当上大领导以后的状态。"麦克白笑着走进去，摁了去地下一层的按钮——特警队在地下办公。

"你没注意德夫的鞋总是叽嘎叽嘎地响吗？"

"因为他买的鞋号总是太大。"麦克白说。

"为什么？"

"不知道。"麦克白一边回答一边挡住正在关闭的电梯门，眼前是从前台跑来的接待员。

"刚接到局长办公室电话，"他气喘吁吁地说，"让我告诉你一到单位就去找他。"

"好的。"麦克白说着放开手。

"有麻烦了？"班柯等门关上后问。

"十之八九。"麦克白摁下去四层的按钮，肩上缝合的伤口开始发痒了。

第五章

　　夫人走过赌场大厅。巨型吊灯洒下轻柔的光，落在宾客们玩扑克牌和二十一点的深色红木桌上，落在夜晚骰子跳舞的绿色毛毡上，落在旋转的轮盘赌桌中间，有如光塔耸立的矛形金锥上。在伊斯坦布尔的多尔玛巴赫切宫，有一顶重达 4.5 吨的吊灯，赌场的吊灯便是她叫人照此仿造的缩小版，而从天花板中央倒垂到轮盘赌桌上的锥体则是轮盘中心那座光塔的翻版。吊灯的灯绳被固定在赌场夹楼的楼梯扶手上，这样便可以每周一把它放下来清理。这是被多数宾客直接忽略的一类细节。例如，她在厚重、吸音的酒红色地毯上绣的一朵朵小巧素雅的百合花——这块地毯是她花小钱在意大利买的。然而这些细节却不会被她忽视：她的眼里有相称的锥体，只有她知道那些百合花有何值得回忆。这便够了，因为一切是属于她的。

　　夫人所经之处，赌台管理员纷纷站得笔直。他们知道自己该干什么，也很认真高效，对待顾客礼貌而又坚决。他们精心修剪了指甲，头发梳得整齐，身上的制服一尘不染。制服分红、黑两色，造型优雅，每年都会更换，而且是为每一名员工量身定做。最重要的是他们诚实——这不是她想当然的东西，而是看来和听来的东西。看是从眼睛里看：那些不由自主的颤抖、肌肉的抽动、夸张的松弛；听是从颤动的声带听出微妙的区别。这是她拥有的一种本能的敏感，从她母亲和外婆身上继承的。不过，当这种敏感随着年龄增长而导致她们滑向精神错乱的深渊时，夫人则学会用技巧逼出别人不诚实的一面。就这样，她从童年苦难的谷底一路攀升到今天的高峰。一轮轮的巡视有两个作用：一是督促她的员工再专注一点，这样他们无论白天和黑夜都会表现得比方尖塔的员工更出色；二是找出所有欺骗行为。人就像湿黏土，即便他们昨天表现得老实诚恳，却仍会被今天的各种机会、动因和外界的言论所左右，从而改变自己的"形状"，甚至可能会轻率地干出自己昨天还难以想象的事来。是的，人心向来贪婪，这一点你任何时候都可以确定。夫人对此了如指掌。她自己就有一颗这样的心，一颗她时而咒骂、时而庆幸拥有的心。它能让她变得腰缠万贯，也能让她变得一无所有。可那是一颗在她胸腔里跳动着的心。你无法改变，无法让它停止，唯一能做的便是随心而动。

她向轮盘赌桌旁熟悉的面孔点头致意，都是常客。他们来这里玩都有各自的缘由。有的人需要在一个压力巨大的工作日后换一种活法。有的人则需要在一个无聊的工作日后寻求挑战。有的人既没工作，也没挑战，只有钱。有的人上面这些都没有，最后只得跑到方尖塔鬼混，只要赌够五百块钱，就能领到一份没滋没味儿的免费午餐。真有那种傻子，以为自己可以设法确保一份长期收益。这种人虽越来越少，但奇怪的是从来就没有灭绝。还有就是这里最主要的客源（虽然没有赌场老板会大声承认）：一群上瘾的赌徒。他们感觉非来这里不可，因为他们无法阻止自己不惜一切代价去冒险。一夜又一夜，他们疯狂地盯着赌球在明晃晃的轮盘里嗖嗖地飞旋，就像被太阳的引力场吸住的一颗渺小的地球，日日从太阳中汲取生命，但最后仍会在物理作用下不可避免地化为灰烬。上瘾者：夫人的面包与黄油。

说说上瘾吧。她看了一眼手表，晚上九点。虽说时间尚早，但她真希望桌边的人能再多一点。尽管她在内部装潢、餐食和客房改造方面投入重金，但从方尖塔报回的情况来看，对方正在持续抢走她的生意。有人觉得她定价过高，正被挤出市场，因为开业三年的方尖塔已被人们视为更加合理的选择。她可以，也应该降低成本，削减开支。毕竟她不愿失去城里独此一家的地位。可他们不了解夫人。他们不知道对她来说，首要的任务不是守住底线，而是成为独一无二的。不仅比方尖塔更优雅，而且要在各个方面都做得更好。夫人的因弗尼斯赌场应该成为一个你想被别人看见的地方，一个你想和自己的身份联系起来的地方。而她——夫人本人，应该是你想被人看到与之交往的那种人。有钱人来这里潇洒，还有名人圈里的高官、演员、体育明星、作家、美女、赶时髦者和知识分子——他们一个个走到夫人的桌前，恭敬地鞠躬，亲吻她的手，看她用一丝微笑谨慎地拒绝他们同样谨慎提出的赊账请求，然后心怀感激地接受赌场里的这位"血腥玛丽"。无论赚钱与否，她从来不准备仿照方尖塔开什么下流的妓院，因为那样会招来一群垃圾，她十分不愿看到那些人站在因弗尼斯赌场的吊灯下——那可是货真价实的吊灯。可潮流变了。投资人已经开始提出质疑，而且他们不喜欢她的回答：因弗尼斯需要的不是便宜的饮料，而是更多、更大的吊灯。

不过，眼下她脑子里想的不是生意，而是上瘾，以及麦克白怎么还没来——他总爱说那句"要是我晚到的话"。突袭斯威诺那天发生的事想必让他久久不能释怀。他没有这么说，但她能察觉到。在夫人看来，麦克白有时心地异常柔软。可她亲眼见过他杀人，见过他在杀人之前刻意让自己狠下心来，杀人时冷冰冰的效率，以及杀人后无情的微笑。

　　可她知道，这回不一样。那个人没有招架之力。尽管她有时无法理解麦克白这种人坚持的道义标准，但她知道这类事有可能使他不堪重负。她穿过大厅，看见吧台旁有两个男人在注视着她，很年轻，但她提不起兴趣。虽然她一直想方设法被人觊觎，但她鄙视那些觊觎她的男人——除了麦克白。她当初没料到有人竟能如此彻底地征服她的思想和情感。她也经常自问：过去从来没对任何男人动心的她为何单单对麦克白情有独钟？她最后的答案是，因为他爱她身上让其他男人惧怕的东西：她的力量、意志，还有一份从不羞于掩饰、比他们更胜一筹的心智。一个男人要付出许多代价才能爱一个女人的这些特质。她站在面向工人广场的巨窗下，朝对面的"伯莎号"望去。这辆黑色列车正守护着通往废弃车站的入口，还有那里的沼泽。多少年来，她见过无数人陷进去，最终被吞噬。他会不会——？

　　"亲爱的。"

　　多少次这个声音在她耳畔轻轻响起？可每一次都像头一次。他将她红色的长发撩到一边，嘴唇接触到脖子的那一刻，一股股暖流在她体内涌动。姿势不专业——她知道吧台旁那两个男人正在瞅她——但她不在乎。他来了。

　　"你去哪儿了？"

　　"我的新办公室。"他说着用一只手臂搂住她的腹部。

　　"新办公室？"她摩挲着他的小臂，感受着指尖下伤疤的纹理。他告诉过她这道疤的由来，是因为他得在黑暗中注射，但又看不清自己的血管，所以只好循着上次注射的伤口，找到同一个位置下针。几年下来，再加上时常无法避免的感染，小臂便成了这个样子，仿佛被刺圈划伤。但这已经是好多年前的事了，她现在感觉不到任何新的伤口。已过去这么久，她有时甚至会像孩子一样乐观地认为，他已被治愈。

"你不会是在说地下办公室里那一间间隔断吧？"

"在三楼。"麦克白说道。

夫人回头看他："什么？"

他洁白的牙齿在黑黢黢的胡子下闪着亮光："站在你面前的是本市新上任的有组织犯罪处处长。"

"真的？"

"是的，"他笑道，"你这个惊讶的表情大概跟我在邓肯办公室里的表情一模一样。"

"我并不惊讶，亲爱的。我……我只是高兴。我不是一直跟你说吗，这是众望所归！我不是一直跟你说吗，你的价值不止于地下那间办公室！"

"是啊，亲爱的，你一遍又一遍地说过，但只有你这么说。"麦克白朝后仰起脖子，又笑了。

"现在轮到我们一步步高升了，亲爱的。再也不去角落里的小隔断！我希望你已经要求涨薪水了。"

"薪水？没有，我忘问了。我唯一的要求是让班柯做我的副手，他俩都同意了。我简直是疯了——"

"疯了？才没有。用班柯是明智之选。"

"我不是说用人。在去总部的路上，我们遇见了赫卡忒派来的三姐妹，她们预言我会得到这个职位。"

"预言？"

"是啊！"

"她们肯定提前知道了。"

"不。我到邓肯办公室的时候，他说他们五分钟前刚刚作出决定。"

"嗯，那就是巫术一类的东西，没什么。"

"她们有可能是嗑药嗑高了正在兴头上，在那里胡言乱语。她们还说我会成为警察局局长。然后你知道吗，邓肯提议来这里为我的升职庆祝，来因弗尼斯！"

"你等等，她们说什么？"

"他说想来这儿庆祝。局长选择到你的赌场来开庆功会，这对你的声誉不是大有裨益吗？"

"不是，我说的是那三姐妹。她们真的说你会成为警察局局长？"

"是啊，但别管这个了，亲爱的。我向邓肯提议在晚上搞活动，他和住在城外的人可以在这里过夜。眼下你不是有好多空房吗……"

"当然可以，"她抚摩着他的脸颊，"亲爱的，我能听出来你很高兴，但你的脸色还是那么苍白。"

他耸了耸肩："我不知道。可能是生什么病了吧。我在红绿灯里看见了死人。"

她挽起他的胳膊："来吧。我有你的解药，臭小子。"

他扬起嘴角："我知道你有。"

他们一路穿过赌场。她知道是高跟鞋让自己比他高出半头，是年轻的体貌、优雅的晚礼服和端庄轻盈的步伐让吧台旁那两个男人的目光对她紧追不舍。她知道，这是那座方尖塔里没有的东西。

德夫躺在一张宽大的双人床上，盯着天花板，看着他十分熟悉的画作中的裂缝。

"后来散会的时候，邓肯把我拉到一边，问我是不是感到失望，"他解释道，"他说我们都知道我一直是这个岗位的合适人选。"

裂缝的枝杈向四周不规则地延展，但当他使劲揉弄眼睛，使之失焦后，它似乎变成了一个图案，构成了一个人形。只是他不知道那是什么。

"那你怎么说？"浴室的流水声中传来一个声音。即便到现在，当他们和众多男女一样见过彼此的身体后，她还是不喜欢在自己没准备好时被他看见。而他对此却无所谓。

"我说，是的，我感到失望。当他说他们选择麦克白就是因为他不属于圈子里的人时，我当初站在邓肯一边倒成了我的短板。"

"说来不错。那么——"

"邓肯说还有一个原因，但他不想当着其他人的面提。突袭斯威诺的行动因为主犯逃脱，所以只成功了一半。再加上我很早就接到线报，应该有足够的时间向他汇报。在他们看来，我自以为是的行动几乎毁掉了卧底一整年的辛苦工作。而麦克白和特警队则挽救了整个行动。所以如果选我而不选他，会让人起疑的。不过至少他给了我一个安慰奖。"

"他把凶案处交给了你，还不算太差，是吧？"

"比缉毒处要小，但至少能逃过在有组织犯罪处当个二等公民的羞辱了。"

"到底是谁劝服了邓肯？"

"你什么意思？"

"谁替麦克白说的好话？邓肯善于倾听，他喜欢达成共识，集体作决定。"

"相信我，亲爱的，没人替麦克白说项。我都怀疑他不知道说项是什么意思。他活着就是为了抓坏人，还有就是哄他那位赌场女王开心。"

"说起这个……"她在浴室门口摆起了姿势。薄纱睡衣泄出了比遮住部分更多的春光。德夫特别喜欢这个女人，喜欢她身上某种他无法言明的东西，但令他心驰神往的缘由却很简单：年轻貌美。地上闪动的烛光让她眼里、红唇上和皓齿间的水润更显灵动。不过，他还需要点儿别的。他没有兴致。在经历了白天的事后，他觉得自己不像一天开始时那样精神了。但这一点或许可以改变。

"脱了它。"他说道。

她笑了："我才刚穿上呢。"

"这是命令。站在原地，脱了它。慢慢来。"

"嗯。也许吧。如果我能得到一个更明确的命令……"

"凯思妮斯，现在我以高级长官的身份命令你，转过去，抽掉戴在头上的东西，身体前倾，抓住门框。"

德夫听见她惊讶地一声娇喘。也许她是为了他才这么做的，也许不是。他才不在乎。他现在来了兴致。

赫卡忒大步走过中央车站潮湿的地面，周围是剥落的墙体和自言自语的瘾君子。他注意到有两个人正佝偻着身子，俯身在一把勺子和一支注射器旁，显然是在共同经历一场醉生梦死。他们不认识他。没人认识他。也许他们在想，这个体形魁梧、身穿深黄色羊绒大衣、顶着梳得一丝不苟到几近做作的黑发、戴着厚重和扎眼的劳力士的人简直就是一只刚闯进狮子窝的完美猎物。或许他们心里在打鼓，在这自信而坚定的步态中可能有什么值得注意的地方，那根金柄拐杖中也许隐藏着什么秘密。一个肩宽个儿高的女人——如果是女人的话——紧随其后，她的高跟鞋和他的拐杖一起发出有节奏的踢踏声。三个穿着灰色轻便外套的男人似乎也有什么秘密，他们在赫卡忒之前走进车站，然后立在墙边。也许这才是他们觉得自己身处他兽穴的原因：他是那头狮子。

赫卡忒停下来，让斯特雷加先走下泛着尿臭味的狭窄楼梯。

他看见两个吸毒者低下头，专注于手中的工作——加热和注射。瘾君子。对赫卡忒来说，这个场景不过反映了一种客观现实，不带任何憎恶或恼怒，话说回来，他还得靠他们发财呢。

斯特雷加打开楼梯底下的门，把一个睡眼惺忪的男人从地上拎起来，冲他龇牙以示不满，然后用大拇指指明了他该去的方向。赫卡忒跟着她走过一个个隔间和漏水的便池。臭气熏天，赫卡忒都能流出眼泪来。但这臭气还有一层作用：它使好奇者无意涉足此地，就连最顽固的瘾君子来到这里也是停留得越短越好。斯特雷加和赫卡忒来到最远的隔间，门上写着"请勿使用"四个字，粪便溢出了便池的边缘。头顶天花板上的氖气灯灯管已被移除，这样就没法在这里看清血管打针了。斯特雷加取下这个隔间墙上的一块瓷砖，转动一只手柄，推了一下。墙向里开了，他们走了进去。

"快关门。"赫卡忒咳嗽道。他环顾了一下这间房。这里原先是铁路储藏室，还有另一扇门，通向南部线路的隧道。火车停运两年后，他把生产地点搬到这里，为此赶走了一批游民和吸毒者。虽然至今没人来过此地，而且肯尼斯局长一直是他们最大的后台，但他还是在隧道和通往厕所的楼梯上方安装了秘密的监控摄像头，并安排十二个人作为夜班值守，他们全部戴着面具，身着白色外套。一道玻璃幕墙将房间分隔成两部分，在墙的内侧，有七个人将"精酿"剁碎、称重，装进塑料包装袋。隧道门口坐着两名武装守卫，随时留意工人和监控画面。玻璃幕墙里的空间被他们称作密室，或简称厨房。那里放着煮药的大釜，只有三姐妹才有权进入。厨房是全密闭的，主要原因有三点：一是为了避免外界物质污染产品；二是防止某些蠢货不小心弹一粒火星或丢一个烟头，把他们都炸成灰；三是如果屋里的人每天都吸入悬浮在空气中的分子，他们很快便会上瘾——这也是最重要的原因。

　　赫卡忒是在曼谷唐人街的一间鸦片馆里找到其中两个姐妹的。她们此前建造了一间家庭实验室，用鸦片制造海洛因。他不太了解她们的身世，据说她们住的村庄疾病蔓延，导致她们毁容。只要赫卡忒按时付款，她们就会制造出他想要的任何东西。成分众所周知，比例也是，其他人可以透过玻璃窗看到生产全程。但她们混合、加热用料的方法却是个秘密。赫卡忒相信传言所说：她们用蛤蟆的腺体、大黄蜂的翅膀、老鼠尾巴的汁液来煎煮，甚至会朝沸釜里擤鼻涕——这些无不营造出一种黑魔法的气氛。如果说人们在过于真实的工作和生活中愿意花钱买点什么，那便是黑魔法。"精酿"一出，反响热烈。赫卡忒从未见过这么多人在如此短的时间里为之癫狂。同样明显的是，要是哪天姐妹们做出的产品药劲稍弱，他只好甩掉她们，另请高明。这便是事物的规律。任何事物都有盛极之时，也都会有盛衰交替。就像肯尼斯统治下的二十年，那是他们的好日子。如今邓肯上台，如果由着他恣意妄为，那么这个"魔法"产业便要迎来苦日子了。显然，如果决定你过好日子还是苦日子，决定人生老病死的是神，那么你就得想办法把自己变成神。做到这点没有你想象的那么难。对大多数人来说，阻碍他们坐上神明宝座的是恐惧和疑虑，而焦虑的重压则让他们屈服于自己坚信的道德准则——一套上苍为世人制定的规则。可制定这些规则的恰恰是那些告诉你他们就是神的人，而且奇怪的是，这些规则是服务于这些神的。好吧，并不是所有人都能做神的。每个神都需要追随者：一个客户群、一个市场、一座城市。许多城市。

　　赫卡忒在房间一头站定，双手搭在权柄上。这是他的工厂，在这里他是厂主。这是一个蒸蒸日上的产业。他很快就要扩张。如果他不这么做，别人就会做，这是资本主义简单的规律。他早就计划接过城里一座废弃工厂，用某些虚假业务作为掩护，在地下秘密生产他的"精酿"。保安，刺圈隔离带，他的卡车进进出出。他可以将产量增加十倍，运到全国其他地方销售。可这样做比较显眼，需要警察保护，需要一个像肯尼斯一样听话的局长。如果肯尼斯死了呢？你就得扶植一个新人，为他扫清道路。

他的加工员和包装员朝他僵硬地一笑，点了点头，然后便散开到各自的岗位继续以饱满的精神工作。他们害怕。此类巡查的首要目的不是去阻止——因为你无法阻止——而是拖延。这间小屋里的每一个人都想借机蒙骗他，偷几克产品自己带回去卖。他们会被揪出来并迅速受到刑罚。行刑的是斯特雷加，她似乎享受不同类型的任务，例如和两姐妹一起担当信使的角色。

"说说看，斯特雷加，"他说道，"你觉得我们种在麦克白身上的种子会发芽吗？"

"人的野心就像蓟草，永远会向着太阳生长，然后遮天蔽日，杀死周围所有东西。"

"希望如此吧。"

"他们就是蓟草，可以自我生长。他们邪恶、愚蠢。如果人们看到预言者的第一个预言应验，自然就会相信下一个。现在麦克白已经知道自己成为有组织犯罪处的负责人，唯一的问题是他内心这棵蓟草的野心是否足够大，是否有走完全程所必须的残忍。"

"麦克白没有，"赫卡忒说，"但她有。"

"她？"

"夫人，他宠爱的施虐狂。我从未和她谋面，但我知道她内心最深处的秘密。我对她的了解比对你都深。夫人需要的只是时间，到达那个无法逃脱的结局的时间。相信我。"

"结局是？"

"邓肯必须被除掉。"

"然后呢？"

"然后，"赫卡忒用拐杖敲击着地面——"嗒、嗒"，"好日子会再度来临。"

"你确定我们能控制麦克白吗？现在他是清白的，而且他⋯⋯他很有道德感，不是吗？"

"我亲爱的斯特雷加，和一个瘾君子或卫道士相比，唯一更好预测的就是被爱情俘虏的瘾君子或卫道士。"

班柯躺在一楼的卧室里听雨，听着屋里的寂静，听着从不到来的火车。铁轨从外面经过，他想象着那条湿得发亮的碎石子路，上面有些铁轨和轨枕已被偷走了。他们曾在此地欢愉：他和薇拉。他们一起度过美好的时光。他遇见薇拉时，她正为雅各布斯和桑斯珠宝店工作，那是体面人为彼此购买婚戒和礼物的地方。一天晚上，防盗警报响起，正在巡逻的班柯一路呼啸，只用了一分钟便赶到现场。店里一个惊慌失措的年轻女子正透过刺耳的扩音器绝望地喊叫：她刚才只是在关店门，自己是新来的，肯定是在设置防盗装置时做错了什么。他只听见不时蹦出的几个零散的词，绝大部分时间是在仔细观察她。当最后她哭起来时，他用温柔、抚慰的手臂搂住了她。她就像一只温暖、战栗、新生的小鸟。接下来的几周，他们一起去电影院，在隧道向阳的一侧散步，然后，他在门口吻了她。她出身于工人家庭，和家人住在一起。在她还是小女孩时就不得不为家里的生计出力，和父母一样在哀思戴工厂打工，直到患上严重的肺病，医生私下建议她换一份工作。于是，经过推荐，她来到了雅各布斯。

"工资变少了，"她说道，"但活得更长。"

"你还咳嗽吗？"

"只在雨天犯病。"

"最好让你多晒晒太阳。周日再出去走走？"

六个月后，班柯到珠宝店，问她有没有推荐的订婚戒指。她一脸困惑，逗得他直笑。

结婚以后，他们搬到一间有两张床的狭小公寓。他们省吃俭用，买来一张大床并在上面做爱——他这会儿正躺在上面。薇拉是个有激情却害臊的女人，为了不打扰邻居，她会一直等到火车来到。当火车呼啸而过，震动墙壁和顶灯时，她才放纵自己，大声尖叫，把指甲抠进他的后背。她在同一张床上生下弗里斯时也是这样：等到火车到来时放声尖叫，把指甲抠进他手背的肉里，然后挤出一个儿子。

第二年，他们盘下公寓底层，有好几间房。当时他们是三口之家，而且应该很快会再添许多新丁。但五年后，房子里只剩下两个人：一个男孩和一个男人。她的肺出了毛病。大夫把原因归咎于被污染的空气，停在城市上方的低压系统就像一个锅盖，把所有工厂的毒物都闷在了下头。何况她的肺本来就已经被毁……班柯为此自责。他没有攒够钱，把家搬到隧道另一头的法夫，到某个有点阳光和新鲜空气的地方。

如今他们的房间又太多了。他能听见楼下的收音机，知道弗里斯在做作业。弗里斯是个认真自觉的孩子，对自己要求很严。令人略感宽慰的是，那些觉得上学容易、起步还不错的人往往在生活变得越发残酷时丧失了动力，而像弗里斯这样的学生则在一开始就接受严格的教育，知道学习需要努力，他们将后来者居上。是的，事情会变好。而且谁知道呢，这孩子也许会遇上一个女孩，组建一个家庭，可能就在这栋房子里。也许新的更好的生活正向他们走来。也许他们能为邓肯做更多的工作，因为麦克白已接过有组织犯罪处的工作。这条消息让班柯和总部的许多人感到十分意外，楼下特警队小隔间里的里卡多就直言道，他无法想象麦克白和班柯坐在桌子后面穿西装、打领带、画表格、报预算，或是在鸡尾酒会上和局领导、议员以及其他体面的家伙文绉绉交谈的样子。可他们会看到这一幕的。是麦克白，他们不会不情愿。或许现在该轮到麦克白这样的人大展宏图了，他们过去太习惯于埋头苦干了。

除了德夫，总部没人知道麦克白年少时的毒瘾有多重，毒品曾让他变得多么疯狂，他一度有多么无助。班柯出勤那天，雨狠狠拍打着马路，他看见一个男孩蜷缩在巴士站台车棚的长椅上，正被毒品折磨得不省人事。他叫醒这孩子，想让他换个地方，但他可怜的棕色眼眸里有某种东西，他站起来时那警觉的动作里有某种东西，他苗条而紧实的身体里有某种东西，让班柯觉得正被无情地浪费。某种可能正在发育，仍有可能被挽救的东西。当晚，班柯将这个十五岁的孩子带回家，给他换上干爽的衣服。薇拉将他喂饱，让他上床好好睡了一觉。第二天是星期天，薇拉、班柯开车带着他穿过隧道，来到另一侧的阳光下，在绿草如茵的山上走了很久。麦克白一开始说话时结结巴巴，后来才慢慢好转。他在孤儿院长大，曾梦想去马戏团工作。他展示了杂耍的本事，走到离一棵高大的橡树五步开外的地方，将班柯的折叠刀朝树上一掷，刀便在树上打起战来。这孩子不愿轻易展示并谈论他小臂上的伤疤，直到他觉得班柯和薇拉是可以信任的人。即便那时，他也只是说这疤是逃出孤儿院以后才有的，具体的来由他则不愿多讲。那次之后便有了更多的星期天，更多的交谈和散步。但班柯对第一次出门的记忆尤为深刻，因为薇拉在回家的路上悄悄对他说："让我们像对待儿子一样对待他吧。"四年后，当骄傲的班柯陪着麦克白走进警察学院时，弗里斯已经三岁了，而麦克白也已戒毒三年。

班柯转身看向床头柜上的照片。那是他和弗里斯，他们站在花园里死去的苹果树下。那是弗里斯第一天去警察学院报到。他穿着制服，当时是清晨，太阳出来了，摄影师的影子笼罩在他们身上。

他听见椅子摩擦的声音，弗里斯在跺脚。生气了，沮丧了。博闻强识并不总是容易的事，吃透知识也需要一定的时间。这就像人需要时间和毅力去戒毒，逃出原先令你如此上瘾的旅途。就像人需要时间去改变一座城市，拨乱反正，铲除奸邪、贪官和罪恶的枭雄，还市民一片可以呼吸的天空。

楼下恢复平静。弗里斯回到桌前。

锲而不舍，金石可镂。也许有一天，火车会再次开动。

他听着，耳畔一片寂静，只有雨声。但如果闭上眼，薇拉不是正在他身边呼吸吗？

凯思妮斯的喘息声渐渐变弱。

"我得回家了。"德夫亲吻着她汗涔涔的额头，抬腿下床。

"现在？"她惊讶地说。从她咬下唇的动作里，他知道她并没有那么生气。谁说他不会看人呢？

"埃文昨天牙疼，我得看看他怎么样了。"

她没应答。德夫光着身子走过房间。他经常这么做，仿佛这是阁楼的斜角屋，没人能看见他。此外，即便被人看见裸体他也无所谓。他对自己的身材很骄傲。也许他尤其喜爱自己身材的原因是在他成长的过程中，总为脸上纵贯的伤疤而感到羞耻。房间很大，比你想象一个在政府机关工作的年轻女子所能拥有的要大。因为在这里过夜的次数太多，他曾主动提出要帮她分担一部分房租，但她说她父亲会料理这方面的事。

德夫走进书房，关上门，拨通了法夫的电话。

他听着雨打落在头顶上方阁楼的窗上。三声过后，她接了起来。不管她在家里什么地方，总是要响三声。

"是我，"他说，"牙医看得怎么样？"

"他现在感觉好点了，"她说，"我不确定是不是牙疼。"

"哦？那是什么？"

"其他原因也可能引起疼痛。他刚才在哭，我问他为什么哭，他不愿意告诉我，只把脑子里想到的第一件事说了出来。他现在睡着了。"

"嗯，我明天回家好好跟他谈谈。天气怎么样？"

"天上很干净，能看见月光。怎么了？"

"我们明天可以去湖边，孩子们也去。游个泳。"

"你在哪儿，德夫？"

他僵住了，她的语调里有一丝异样。"在哪儿？当然是在大酒店了。"他加入一丝夸张的愉悦，"劳累的宝宝要睡觉觉咯，你知道的。"

"我傍晚给大酒店打过电话，他们说你没有预订房间。"

他僵直地站在那儿，手里拿着电话。

"我给你打电话是因为埃米莉有些数学题要你帮忙。你知道我不太会算数。所以，你在哪儿呢？"

"在我办公室，"德夫嘴里呼出一口气，"我睡在办公室的沙发上。工作实在忙不过来。对不起，我刚才说自己在大酒店，但是我觉得你和孩子们没必要知道眼下的事情有多难。"

"难？"

德夫倒吸了一口气。"各种工作。另外，我还是没得到有组织犯罪处。"他弯了弯脚趾。他能听见自己的声音有多可怜，仿佛在求她出于同情开导他几句。

"但你还是得到了凶案处。还有一间新办公室。我听出来了。"

"什么？"

"在顶层。我能听见雨打在窗户上。我挂了。"

话筒里传来一个摁键声，她挂了电话。

德夫打了个寒战。屋里阴冷，他刚才应该穿点衣服，不该这么暴露。

夫人听着麦克白的呼吸，打了个寒战。

仿佛一股寒气穿过这间屋子。一个鬼魂，一个孩子的鬼魂。她必须摆脱压在自己身上的黑暗，努力摆脱戴在她母亲和外婆身上的精神枷锁，重新沐浴在阳光下。要为她的自由而战，不惜一切代价成为太阳，成为星辰，成为一个发光的母亲，在消耗自己的过程中给予别人生命，在燃尽的一刻成为宇宙的中心。是的，燃烧。如此刻，她那燃烧着的呼吸和皮肤正驱散这屋里的寒气。她用一只手抚过自己的身体，感受着肌肤的颤抖。还是同样的想法，和昨天一样的决定。这件事必须要做，无法逃避。唯一的出路便是前路，就像射出去的子弹，无论面前有什么，都会勇往直前。

她一只手搭在麦克白肩上。他沉睡的样子像个孩子。这便是最后一回。她摇醒了他。

他转过身来，嘟囔着什么，张开双手，随时准备效劳。她紧紧握住他的手。

"亲爱的，"她轻声道，"你必须杀了他。"

他睁开眼：它们在黑暗中对她发出亮光。

她松开他的手。

抚过他的脸颊。和昨天一样的决定。

"你必须杀了邓肯。"

第六章

夫人和麦克白初次相遇是在四年前一个夏末的夜晚。天气难得晴朗，太阳在无云的天空照耀，夫人相信她清晨听到一只鸟在鸣唱。但日落之后，夜幕降临，一轮邪恶的月亮爬升到因弗尼斯赌场上方。她当时正站在赌场大门外，月光将她笼罩，麦克白开着一辆特警装甲车出现。

"夫人吗？"他直视着她的眼睛说。她看见了什么？力量和决心？也许吧。或许这是她此刻想要看到的东西。

她点点头，觉得他似乎太稚嫩了些，后头那个年龄大的人一头白发、眼神冷静，似乎更适合这里的工作。

"我是麦克白警督。情况有什么变化吗，夫人？"

她摇了摇头。

"那好，在什么地方可以看见他们？"

"夹楼。"

"班柯，集合队伍，我要踩点。"

在他们上楼梯去夹楼之前，这名年轻的警官小声请夫人脱下高跟鞋，以减少响动。这意味着她不再比他高了。在夹楼上，他们先是靠后站在那面眺望工人广场的窗户旁，以免被下面赌场的人看到，然后沿着中间线慢慢摸向楼梯扶手，把身体的一部分掩藏在中央吊灯的灯绳和一副马克西米利安式盔甲后面。这副十六世纪货真价实的盔甲是她在奥格斯堡一场拍卖会上买到的，目的是让赌客们望见它高高在上时，下意识里产生一种被保护或被监视的感觉——他们的良心会决定是哪一种。夫人和那位警官蛰伏在栏杆旁，偷瞄楼下的动静，二十分钟前宾客和员工刚刚从这里惊慌失措地逃走。夫人当时正站在天台望着那轮圆月，当她听见下面的碰撞和尖叫时，本能地感到邪恶降临。她跑下去抓住一个正在逃跑的服务生，从他那里得知有人朝吊灯开了一枪，把杰克劫持为了人质。

她计算过一盏新吊灯的开销，但这显然无法和再开一枪的代价相提并论。那把枪正指着杰克的头，那是她最好的赌台管理员。说到底，她赌场的一大卖点就是安全的狂欢和放松，你可以暂时忘却外面大街上的犯罪。如果人们形成了因弗尼斯不能提供上述环境的印象，那么这家赌场就会和现场一样空荡。只有两个人在场，他们坐在赌场另一头二十一点赌桌的后面。可怜的杰克直挺挺、一动不动，脸色如纸一样苍白。

他的正后方坐着那名持枪的客人。

"如果他一直躲在管理员后面，很难在这个距离击毙他，"麦克白小声说道。他从黑色制服里掏出一个微型望远镜，"我们得走近点。你认识他吗？他想要什么？"

"欧内斯特·科勒姆。他说如果拿不回在赌场输掉的所有东西，就杀了我的人。"

"输得多吗？"

"比我们手头的现金要多。科勒姆是赌瘾很大的那种人。一个工程师，运算天才，所以他很了解赔率。他是最难对付的。我告诉过他我们会尽量拿钱来，但是银行关门了，所以需要一些时间。"

"我们没有太多时间了。我准备过去。"

"你怎么知道？"

麦克白从扶手旁撤回来，将望远镜折好并放入制服中。"他的瞳孔。他很激动，马上就要开枪了。"他摁了一下对讲机的按钮，"代码四六。现在由你指挥，班柯。完毕。"

"班柯收到。完毕。"

"我跟你一起去。"夫人跟着麦克白。

"你就别——"

"这是我的赌场。杰克是我的人。"

"听着，夫人——"

"科勒姆认识我，而且女人能让他冷静。"

"这是警察的事。"麦克白说着跑下楼梯。

"我要去。"夫人说着跟着他跑下去。

麦克白停住脚步，站在她面前。

"看着我。"他说。

"不，你看着我，"她说，"我像是不打算跟你去的样子吗？他指望着我带钱呢。"

他看着她，仔细看了看。是用别的男人看她的方式在看，也是用别的男人或女人没有用过的方式在看。他们看她是带着畏惧或仰慕，尊敬或欲望，仇恨、爱意或臣服，是用眼睛打量她，判断她，误判她。但这个年轻男人的目光，好像在说他终于发现了什么。那是他认识的东西，他一直在寻找的东西。

"那来吧，"他说道，"但不要说话，夫人。"

厚实的地毯掩盖住了他们进入赌场时的脚步声。

由于吊灯被打碎，两人所在的赌桌比平时的光线要暗。杰克的脸像一副被震惊凝固住的面具，看到夫人和麦克白朝他走来也没有变化。夫人注意到，那把枪的保险已经打开了。

"你是谁？"科勒姆的嗓音浑厚。

"我是特警队的麦克白警督，"警察说着拉出一把椅子，坐了上去，在桌上摊开手掌，这样一清二楚，"我是来和你谈判的。"

"没什么可谈判的，警督。我被这家该死的赌场欺骗好多年了。它毁了我。他们在牌上出老千。她就是老千。"

"你是在嗑了'精酿'之后得出的这个结论吧？"麦克白用手指无声地轻敲着毛毡，"它会扭曲事实，你知道的。"

"警督，事实是我有一把枪，而且比过去任何时候都看得清楚。如果你不给我钱，我就先毙了杰克，然后是准备掏枪的你，再然后是所谓的'夫人'，她大概在那一刻要么试图逃跑，要么想制伏我，但不管怎样都太迟了。最后大概是我自己，但还得看看我在把你们仨送下地狱、把这儿炸上天之后心情有没有好转。"他咯咯笑道，"我都没看见钱的影子，所以这些谈判就省省吧。现在就开始……"

保险抬得更高了。夫人下意识地露出痛苦的表情，等着"砰"的一声。

"加倍还是退出？"麦克白说。

"你说什么？"科勒姆说。完美无缺的发音，光滑洁净的面孔，一尘不染的晚礼服，熨烫平整的白衬衫。夫人猜他的内衣也很干净。他已料定结局，科勒姆不会提着满满一箱钱走出赌场。他会身无分文地被押出来，就和他进来时一样。不过，真是堪称完美。

"你我玩一轮二十一点。如果你赢了，就拿回所有在这儿输掉的钱，而且加倍。如果我赢了，你就得缴械投降，放弃所有的要求。"

科勒姆笑了："你这是虚张声势！"

"你要的取款箱已经到了，就在外面的警车里。女主人说了，如果我们同意，她愿意加倍。因为你我知道牌里有猫腻，所以这次要讲公道。怎么样，欧内斯特？"

夫人看着科勒姆的左眼，那是杰克脑后唯一可以看到的部分。欧内斯特·科勒姆并不愚蠢，相反还很聪明。他不相信取款箱的说法。可有时候，最聪明的顾客反而不愿相信十赌九输。只要时间够长，他们个个都会在和赌场的较量中一败涂地。

"你为什么要这么做？"科勒姆说。

"来吗？"麦克白说。

科勒姆眨了两下眼睛。"我当庄家，你当玩家，"他说，"她发牌。"

夫人看了一眼麦克白，后者点了点头。她拿起牌，洗了洗，然后在麦克白面前放了两张，牌面朝上。

一张 6，一张红桃 K。

"可爱的 16 点。"科勒姆坏笑道。

夫人在科勒姆面前放了两张牌，一张朝上。梅花 A。

"再拿一张。"麦克白伸出一只手。

夫人给了他最上面一张牌。麦克白拿到胸前偷瞄了一眼，抬头看着科勒姆。

"看样子你已经爆掉了，可爱的 16 点，"科勒姆说，"亮牌吧。"

"噢，我的手气不错呢。"麦克白说道。他朝科勒姆笑了笑，然后将牌向右掷去，桌子那一角笼罩在半明半暗的阴影里。科勒姆下意识地探过身去，好看得清楚些。

接下来的事发生得太快了，在夫人的记忆里犹如一道闪电。

一只手瞬间翻动，一片铁器飞过桌子，科勒姆的一只眼睛和她的目光交会，那圆睁的怒目里充满反抗，一股血注随着闪光从刀片两端喷涌而出，他的颈动脉已被割断。然后是声音——枪掉在昂贵、厚实的地毯上的沉闷响声，溅落在桌上的血声，科勒姆左眼熄灭时那深深的窒息声，杰克一下抽动的啜泣声。

她记得那副牌。不是 A，也不是 6，而是红桃 K，还有掩映在半块阴影中的黑桃 Q。两张都溅着科勒姆的血迹。

穿黑色制服的人进来了。迅速、安静，遵从麦克白的每一个手势。他们没有动科勒姆，而是把啜泣的杰克带了出去。她推开一只前来相助的手，坐下来看着特警队年轻的首领。他靠在椅子上，一副得意的表情，好像觉得自己是笑到最后的人。

"科勒姆会笑到最后。"她说。

"什么？"

"除非我们找到它。"

"找什么？"

"你没听见他刚才说的吗？把你们仨送下地狱、把这儿炸上天之后。"

他盯着她看了好几秒，先是惊讶，然后露出别的神色：是肯定，是尊敬。然后他大喊道："里卡多！有炸弹！"

里卡多是一名特警队队员。他的眼神、举止和轻声发布的命令里透着一股冷静的自信。他肤色特别黑，夫人觉得都能从上面照出自己的影子来。里卡多和他的人花了四分钟找到了炸弹，它被放在一个上了锁的厕所隔间里。那是科勒姆通过安检带进来的一个拉好拉链的手提包。他当时解释说，包里有四块金条，他打算用这些作为那张特殊的扑克牌赌桌的抵押物。在博彩委员会发布禁令之前，只要玩家同意，这里接受现金、手表、婚戒、抵押契据、车钥匙和其他任何物件。在这些涂金的铁棒下面，我们的工程师、运算天才科勒姆放了一个自制的定时炸弹，事后连特警队的爆破专家都认为制造水平一流。可她记住的是那几张牌。

红桃 K，黑桃 Q。那一晚，他们在邪恶的月亮下邂逅。

第二天晚上，夫人邀请他到赌场共进晚餐。他接受了邀请，但拒绝了开胃酒。酒虽然不行，但喝水可以。她在夹楼布置了一张餐桌，可以看到工人广场的景色，那儿正淅淅沥沥地下着雨，雨水从火车站的鹅卵石路流向因弗尼斯。建筑师把火车站建在了几米高的地方，因为他们认为这座城市的地面由于长期浸水而变得湿软，整个大理石结构和像"伯莎号"一样的火车会随着时间推移导致地面下沉。

他们谈天说地，但不触碰过于私人的话题，也不提前晚发生的事。总的来说，晚餐很愉快。麦克白是如此迷人和睿智——如果不用"礼貌"这个词的话。他身上那件灰色的、有点过紧的西服透出一股别致的魅力，他说这是一个叫班柯的年长同事给他的。她听了孤儿院、德夫老兄以及他儿时某个夏天加入的一个流动马戏团的故事。马戏团里有个胆小的驯狮员，总是感冒；有一对瘦削的姐妹，是高空吊杠的高手，只吃长方形的食物；有个魔术师，会邀请观众代表走进一个圆圈，然后让他们身上的东西——一枚婚戒、一把钥匙或一块手表——在他们眼前的空气中悬浮。他兴致勃勃地听夫人讲述了赌场从无到有的过程。最后，当她感觉已经讲完所有可以对他讲的话后，她举起酒杯问道："为什么他会做出这种事来？"

麦克白耸了耸肩："赫卡忒的'精酿'令人发狂。"

"赌场毁了他，这是事实，但牌里并没有猫腻。"

"我没觉得有。"

"不过，两年前，我们有两个赌台管理员在牌局里和一些玩家联手作弊，盗取财物。当然我把他们开除了，但我听说他们合伙找了一些出资人，还向市议会申请，要建一个新赌场。"

"方尖塔吗？是，我见过草图。"

"那你知不知道，曾经与他们合作的一些玩家是政客和肯尼斯的人？"

"是，我听说过。"

"看来这赌场是一定会建的。那我跟你打包票，像欧内斯特·科勒姆这种人有一千个理由相信他们会被方尖塔蒙骗。"

"我想你说得对。"

"这个城市需要新的领导者，新的开始。"

"'伯莎号'。"麦克白朝那扇对着中央车站的窗户点点头。进站口的基座上，那辆黑色的老火车在雨中矗立着，车身泛着亮光，车轮停在一条原先通往首府的八米长的铁轨上，"班柯说我们得让'伯莎号'再次开动起来。我们需要一股健康的新风气，而这座城市也需要蓬勃的朝气。"

"但愿如此吧。不过说回那天晚上……"她转动着酒杯，知道他正盯着自己的乳沟。她早已习惯了男人们这么做，看与不看对她来说没有任何感觉。她只知道自己的女性特质和其他商业工具一样，有时可以拿来使用，有时则不应该使用。但他的眼神却与众不同。他与众不同。他绝不是她的意中人，他不过是个心地善良的小警员罢了。那她为什么要和他一起吃饭呢？她完全可以用别的方式感谢他，不用亲自出面。他拿起水杯，她仔细观察了他的手。久经日晒的手上密布着粗壮的血管。他显然经常出城。

"如果科勒姆不同意玩二十一点，你打算怎么办？"

"我不知道。"他看着她说。棕色的眼睛。城里人都是蓝眼睛，但她之前肯定也见过棕色眼睛的男人。可他们不一样，他们没有如此……强壮。却也脆弱。老天，她是不是对他产生了爱慕？可她已经不再年轻。

"你不知道？"她问道。

"你说过，他是个赌瘾很大的人。我料定他会忍不住再赌一把。不惜一切代价。"

"你去过很多赌场，我看得出来。"

"那倒没有，"他笑道，一个男孩子的笑声，"我都不知道自己的牌是不是好牌。"

"16点对一个A吗？这可算不上什么好牌。你怎么就如此确定他会玩呢？你编的故事并不令人信服。"

他耸了耸肩。她透过酒杯看过去，看见她早已猜中的一件事。他知道上瘾是什么感觉。

"你就没有过怀疑自己的时候吗？觉得无法阻止他朝杰克开枪？"

"有。"

"有？"

年轻的警官小酌了一口。他好像不喜欢聊这个话题。她该不该放过他？她隔着桌子探过身来："那你倒说说看，麦克白。"

他放下杯子："在那种情况下，如果要抢在他开枪之前使他丧失知觉，要么朝他的头开枪，要么割断他的颈动脉。如你所见，割断颈动脉后会喷出一股短促而密集的血，剩下就是慢慢渗出来了。由于人脑需要的氧气储存在第一股血里，不等这股血落到桌上，他就已经失去了知觉。这里有两个问题：首先，掷飞刀的理想距离是五步，我们之间要近得多，但所幸我用的匕首质量均衡。

对经验不足的人而言，这种匕首更难操控，但对于一个飞刀老手，调整转速反倒更容易。其次，以科勒姆所坐的位置，我只能击中他左动脉，但我必须用右手掷。你知道我是左撇子。我只能指望一点运气，但通常我并不走运。另外，那张牌是什么来着？"

"黑桃 Q。你输了。"

"看见了吧。"

"你不走运？"

"在打牌上肯定是如此。"

"那在什么方面走运呢？"

他想了想，然后摇了摇头："没有。爱情也不走运。"

他们笑了，相互碰了杯，又笑了一阵，然后静静地听雨。然后她闭上眼，待了片刻。她想，她听到了吧台杯子里冰块的碰撞声，赌球与旋转的轮盘木头之间咔咔嗒嗒的声音。还有她自己的心跳声。

"什么？"他在黑暗的卧室里眨了眨眼。

她重复了一遍："你必须杀了邓肯。"

夫人听着自己说出的这句话，感觉它在嘴里膨胀，将自己跳动的心脏淹没。

麦克白从床上坐起来，仔细打量着她："亲爱的，你是醒着还是在说梦话？"

"不，我醒着。你知道，你必须这么做。"

"你刚才做噩梦了吧。现在——"

"不！好好想想！这符合逻辑。我们和他是势不两立的。"

"你觉得他特别希望我们不好是吗？他刚刚还提拔了我。"

"也许名义上你是有组织犯罪处的头儿，但实际上你还得看他的脸色行事。如果你想关掉方尖塔，如果你想把毒枭们从因弗尼斯周围赶走，如果你想增加街上的警力让大家感到安全，那你就必须当上局长。这还都是些小事。亲爱的，想想你当上局长之后我们能干什么样的大事。"

麦克白笑了："可是邓肯想做大事。"

"我不怀疑他真心实意想干大事。但要干成大事，一个局长必须得有来自人民的广泛支持。在城里人看来，邓肯不过是一个处于高位的势利鬼，和肯尼斯没有什么两样，和市政厅里的图特尔也一样。赢得人心的不是说多少漂亮话，而是你这个人。你和我是他们中的一分子，麦克白。我们的经历就是他们的经历，我们想要的就是他们想要的。听着，源于人民，服务人民，联合人民。你明白吗？只有我们能理直气壮地说这句话。"

"我明白，可是……"

"可是什么？"她拍了一下他的肚子，"难道你不想挑大梁？难道你不想做到第一的位置？你喜欢舔别人的靴子吗？"

"当然不是。可只要有耐心，我们总会得到的。作为有组织犯罪处的负责人，我仍然排在第三位。"

"可局长办公室不是给你这样的人留的，亲爱的！好好想想。虽然你的位置是他们给的，我们和他们看起来一样风光，但他们绝不会把第一的位置让给你。不会心甘情愿的。我们必须自己拿过来。"

他翻身转向另一侧，背对着她："断了这念想吧，亲爱的。你忘了，邓肯如果出事，接班的是马尔康。"

她抓住他的肩膀，一把拉过来，让他再次面对自己。

"我什么都没忘记。我没忘记赫卡忒说你会成为局长，这说明他有所计划。我们对付邓肯，他来对付马尔康。我没忘记你和科勒姆周旋的那一晚。亲爱的，邓肯就是科勒姆。他正拿枪指着我们满怀梦想的脑袋。你必须找回那天晚上的勇气，你必须成为那晚的自己，麦克白。为了我，为了我们。"她把一只手放在他的脸颊上，声音缓和下来，"亲爱的，人生不会给我们这种人太多的机会。我们必须抓住少数几次送上门的机会。"

他躺在那儿沉默不语。她等了半晌，听了听，可这会儿没有一句话盖过她的心跳声。他有野心，有梦想，有意愿，她知道他有——是这些让他挣脱早年一团糟的生活，让一个年纪轻轻的瘾君子脱胎换骨，成为实习警察乃至后来的特警队队长。这正是他们相互吸引的地方：两个人都做出了自己的成就，也都走过人生的弯路。他该不该见好就收，安于现状？他是个大胆、无情的行动派，但也有致命的弱点，那就是不够恶毒。你需要这份恶毒，即便它只在最后关头派上用场。那一刻，你必须学会抛弃道德的约束，始终牢记更大的目标，绝不逼问自己做得对不对，因为那不重要。麦克白热爱他所谓的正义，遵守别人的规矩是他的弱点，或许也是夫人欣赏的优点——在和平时期。而现在这让她鄙视，因为战争的号角已经吹响。她的手从他的脸颊滑向脖子，慢慢地抚过胸脯和腹部，然后原路返回。她听了听。他的呼吸平静而有规律。他睡着了。

麦克白呼吸深重，好像睡着了一样。她把手拿开，挪过去，贴着他的后背躺下。她的呼吸也平静下来。他试着和她一起呼吸。杀了邓肯？不可能。绝对不可能。

那为什么他睡不着？为什么她的话萦绕在他脑际？为什么他的思绪像蝙蝠一样在头顶盘旋？

"人生不会给我们这种人太多的机会。我们必须抓住少数几次送上门的机会。"他想起人生给过他的机会:一次是孤儿院的那一晚,他没有抓住;另一次是班柯给他的,他抓住了。第一次害他差点丢了命,第二次救了他的命。可你有时拒绝好机会,难道不是因为它们最终还是会把你打入不幸的深渊,让你不管抓住与否都会后悔不已吗?是啊,欲望哪有止境,它总会破坏刚刚好的幸福。可是转念一想,命运是否开启了一扇会迅速关闭的门?他难道还会胆怯,像孤儿院那晚让自己失望吗?他眼前浮现出当时躺在床上的那个人:他睡着了,毫无察觉,无力反抗。他挡在麦克白及任何人都有权获得的自由之间,挡在麦克白及任何人都渴望拥有的尊严之间,挡在麦克白及他有可能得到的权力之间。还有尊敬。还有爱。

天蒙蒙亮时,他叫醒了夫人。

"如果我这么做了……"他说道,"我就欠赫卡忒一个人情。"

她睁开眼,好像一直醒着:"你为什么这样想呢,亲爱的?赫卡忒只不过做了一个预言,你不亏欠他什么。"

"我当上局长,对他有什么好处?"

"那你最好去问他。但答案很明显,赫卡忒想必已经听说邓肯发誓要把他绳之以法。他的设想是,你大概会把打击街头暴力、相互残杀的贩毒团伙作为第一要务。"

"'诺斯骑士'?他们已经元气大伤了。"

"或是某些靠坑蒙拐骗套走人们兜里钱财的公司。"

"你说方尖塔?"

"只是举个例子嘛。"

"嗯。你说我们能干一些大事。你想的是对城市有利的事吗?"

"那当然。记得邓肯曾决定哪些政客需要被调查,哪些不需要。对市议会稍有了解的人都知道,过去十年间但凡掌权的人都不干净，经不起仔细调查。他们相应拿了不少好处。肯尼斯在位时，他们甚至不用刻意遮掩腐败，因为证据就摆在大家面前。这一点我们和他们彼此都清楚。换句话说，我们可以随心所欲地控制他们，亲爱的。"

她用食指拂过他的嘴唇。初夜那回她就告诉过他，她喜欢他的嘴唇。它们如此柔软和轻薄，她只需轻轻一咬，便可尝到他的鲜血。

"迫使他们信守承诺，把拯救城市的政策落到实处。"他轻声说。

"完全正确。"

"让'伯莎号'再次开动起来。"

"是的。"她轻咬他的下唇，而他感觉到一阵颤抖，那是她和他在共振，他们的心跳在加速。

他抱住她。

"我爱你。"他轻声说。

麦克白和夫人。夫人和麦克白。此刻，他们的呼吸彼此合拍。

第七章

夫人看着麦克白。他身穿晚礼服的样子真是帅气。她转过身，检查服务生有没有戴上她要求的白手套，银盘子里的香槟酒杯是不是杯身狭长的那种。大概是为了好玩，她在盘子里放了一个小巧的银制搅拌器——很少有顾客见过这东西，知道其用途的就更少了。麦克白把重心微微向后偏移，鞋子没入因弗尼斯厚厚的地毯，出神地注视着门口。他似乎一整天都很紧张，只有在温习计划实施的细节时才能重新集中精神，成为那支反应迅速的职业警察队伍里的一员，并且忘却目标的名字：邓肯。

外面的门卫打开门，一阵骤雨吹了进来。

第一拨客人。夫人换上她最喜悦、兴奋的笑容，挽着麦克白的胳膊。她感到他本能地挺起胸脯。

"班柯，老朋友了！"她兴奋地说，"你还带了弗里斯。他都长这么俊了——幸亏我没有女儿！"拥抱、碰杯，"列诺克斯！咱俩真该好好聊聊了，不过，先来点香槟吧。哟，凯思妮斯！你简直太漂亮了，亲爱的！我怎么就找不到这样的裙子？马尔康常务副局长！您这头衔有点太长了。我就叫您长官好不好？别跟别人说啊，有时候我让麦克白叫我总监，只想听听叫出来是什么感觉。"

她和他们大多数人以前几乎没说过一句话，可她还是成功地让他们觉得彼此已经相识多年。因为她能看透他们的内心，知道这些人想让别人怎么看待他们。虽然，她过人的敏锐为自己招来不少诅咒，但这却依然是一项天赋。这意味着她无须预热，上来就能打开局面。或许，是她不装腔作势的态度让人们对她产生了信任。她打破隔阂的方式是分享她生活中看上去属于隐私的细节，让他们变得大胆起来。而当他们注意到自己的小秘密获得一个"啊"和会心微笑的奖励时，便会冒险再讲一些更大一点的秘密。城里似乎没有人比她更了解这里的居民了。

"邓肯局长！"

"夫人。抱歉来晚了。"

"哪儿的话，这是您的特权。我们可不想让第一个到的人当警察局局长。我总是保证自己最后一个到，以免有人搞错到底谁是女王。"

邓肯哑笑一声，她一只手搭在他的胳膊上："您乐了，那在我看来今晚就已经成功了。不过，您应该尝尝我们上好的香槟，亲爱的局长。我想您的侍卫不会……"

"不行，他们几乎一晚上都不能睡。"

"一晚上？"

"要是你公开威胁过赫卡式，就至少得睁一只眼睡觉。我睡觉，得有两双眼睛睁着。"

"说起睡觉，我按照他们的吩咐，把您的侍卫安排在您套间隔壁，中间有一扇隔断。钥匙在前台。不过，我坚持要您的侍卫至少尝一口我家自制的柠檬汽水，我保证不是用城里的饮用水做的。"她朝捧着两只玻璃杯的服务生使了个眼色。

"我们——"一名侍卫清了清嗓子。

"你要是不喝，我可当这是人身侮辱哦。"夫人插话道。

两名侍卫和邓肯交换了一下眼色，然后各自拿起一只杯子，一饮而尽，又放回托盘。

"夫人，张罗这次聚会，让你破费了。"邓肯说。

"您提拔我丈夫做有组织犯罪处的领导，我为您做这点事算什么。"

"丈夫？我不知道你们结婚了。"

她把头歪向一边："局长是那种在乎形式的人吗？"

"如果你说的形式是指规矩，那我大概是。这是由我的工作性质决定的，我想你也是。"

"一座赌场的兴衰全靠大家严格遵守规矩，没有例外。"

"我恐怕得承认我之前从未来过赌场，夫人。我知道你这个当家的有很多事情要操心，但如果方便，可否请你带我稍微转一转？"

"非常乐意。"夫人笑着挽起他的胳膊，"跟我来。"

她带邓肯走上台阶，来到夹楼。即便他的眼睛和小心思有被她迈腿时裙子上那道长长的开口所吸引，他也掩盖得很好。他们在扶手边站定。今晚并不热闹。轮盘赌桌旁有四位客人，二十一点的桌边空无一人，他们脚下有四个玩扑克牌的。其他参加聚会的人集中在吧台，自成一片。夫人见麦克白站在马尔康和列诺克斯旁边，紧张地摆弄着手中的水杯，努力表现出在听别人讲话的样子。

"十二年前，铁路局搬走后，这里曾是一片被积水糟蹋得不成样子的废墟。你知道，我们是国内唯一一个允许开赌场的郡。"

"这要拜肯尼斯局长所赐。"

"倒是要感谢他那颗黑心。我们的轮盘赌桌是按照蒙特-卡罗法设计的，你可以在赌盘两侧相同的格子里下注。轮盘大部分是红木做的，用了一点花梨木和象牙。"

"夫人，坦率地说，你建的这个地方很令人印象深刻哪。"

"谢谢局长夸奖，不过这也是花了大力气的。"

"我明白。有时候我在想，做人的动力是什么？"

"那请您告诉我，您的动力是什么？"

"我？"他思忖了片刻，"希望有朝一日这座城市能变好吧。"

"除了这个呢？除了谁都会讲的大道理，您从自己的利益出发、从感情角度出发的动力是什么？那个不可告人的动力，晚上在你耳边低语、在所有庆祝的话都说尽后依然萦绕在您心头的动力，是什么？"

"这是个深刻的问题，夫人。"

"这是唯一的问题，我亲爱的局长。"

"大概是吧。"他的肩膀在晚礼服里转动了几下，"也许我并不需要这样强大的动力。上天给了我一手好牌，让我生在一个比较富裕的家庭，教育、志向和职业规划都是顺理成章的事。我的父亲对政府的腐败直言不讳，这大概是他没走太远的原因。我想我只是继承了他的未竟之志，从他犯的战略失误中吸取教训。政治是寻求可能的艺术，有时候你不得不用邪恶来对抗邪恶。我做的也是不得已的事。夫人，我不是媒体喜欢把我描述成的那种圣人。"

"圣人除了被封为圣人之外，没做出什么成就。我更赞同您讲求策略的原则，这一直是我的处世之道。"

"我理解你说的。虽然我不了解你的具体经历，但我知道，你走过的路比我走过的路更艰辛和漫长。"

夫人笑了："您得在一堆褪色的档案里才能找到我。为了维持生计，我曾在这世上最古老的行业里摸爬滚打数年，这已算不上什么秘密。谁都有过去，用您的话说，谁都做过不得已的事。局长赌吗？如果您愿意，我请您今晚在我这里赌上一把。"

"多谢你的慷慨，夫人，但那样就得打破我的规矩了。"

"纯粹的个人行为都不行吗？"

"当你坐上局长的位置，私人生活便不复存在。另外，我平时也不赌，夫人。我更愿意靠自己的实力取胜，而非仰仗运命的神明。"

"可是就像您自己说的，您坐到今天的位置是因为命运之神在您出生时就给了您一手好牌。"

他微微一笑："我说的是更愿意。生活是一场游戏，你要么用手里的牌打，要么就扔掉不打。"

"我能说两句吗，局长？您为什么在笑呢？"

"笑你的提问啊，夫人。我觉得你肯定会问的。"

"我亲爱的邓肯，我只想说您是一个绝对的好人。您有骨气，我尊敬您，也尊敬您捍卫的价值。这绝不只是因为您有魄力，把管理团队中如此显著的位置给了麦克白这种名不见经传的家伙。"

"谢谢你，夫人。麦克白谢他自己就行了。"

"这项任命是您反腐败运动的一部分吗？"

"腐败就像臭虫，有时你为了革除灾害，只好把整栋房子都推倒重建，使用麦克白这样未受侵蚀的材料。他不属于那个圈子，所以没有受到腐蚀。"

"就像考德？"

"就像考德，夫人。"

"我知道刮骨疗毒的痛苦。我曾经有两个不忠诚的员工。"她从扶手上方探出身子，朝轮盘赌桌点了点头："但我炒掉他们的时候，还是流了眼泪。受金钱和财富诱惑是人性非常普遍的弱点。我的心太软，没有用脚后跟踩死臭虫，而是放他们走了。可他们拿什么回报我呢？他们用我的主意、我教给他们的专业知识，还有很可能是从这里偷走的钱开了一家可疑的公司，不仅毁了这个行业的声誉，还从这个市场的开创者手里、从我们这里夺走了客源。你赶走臭虫，它们还会回来。我和你做了同样的事，局长。"

"和我？夫人？"

"您对考德。"

"他和斯威诺串通一气，我是不会放过他的。"

"我的意思是，你的做法是正确的。你们手里关于他的把柄不过是一个'诺斯骑士'的证词。连最傻的法官和陪审团都知道，考德会把所有能使自己脱罪的信息都告诉警方。他有可能躲过一劫。"

"我们掌握的东西比证词还要多一点，夫人。"

"但不足以坐实罪名。考德这只臭虫是有可能回来的。到那时，这桩丑闻会没完没了地继续下去。一次庭审但凡掀起一阵肮脏的风暴，就很容易把大伙都搞得灰头土脸。这不是警方在努力赢回民众信任时所希望看到的。我百分之百地支持你，局长。你必须把他们踩死。转一下你的脚后跟，他们就完蛋了。"

邓肯露出一丝微笑："真是细致的分析。不过我想，你不会是在暗示我与考德自杀有什么联系吧，夫人？"

"老天，当然不是。"她把一只手放在局长的胳膊上，"我只是在讲班柯经常讲的那句话：'实现目标有很多种方式。'"

"比方说？"

"嗯，比方说给一个人敲响警钟，告诉他最后的审判已经来临。铁证如山，特警队很快就会找上门，他会当众丢尽颜面，失去所有荣誉，他的名字会被拖过臭水沟，之后被关进仓库。而他只有几分钟的时间。"

邓肯仔细张望楼下的扑克牌桌。"如果我有一副双筒望远镜，"他说，"就能看清他们的牌了。"

"你会有的。"

"你的双筒望远镜是从哪儿来的，夫人？与生俱来的天赋吗？"

她笑了："不，我只能靠买。靠经验，花高价。"

"我当然什么都没说，但考德已在警局效力多年。和我们大多数人一样，他不是百分之百的好人，也不是百分之百的坏人。或许他和他的家人应该得到选择一条什么样的出路的权利。"

"您比我境界高，局长。我也是这么做的，但完全是出于私利。祝您健康。"

他们举起酒杯，碰了一下。

"说起识人这件事，"夫人朝吧台点了点头，"我看德夫警督和年轻的凯思妮斯很来电。"

"哦？"邓肯挑起眉毛，"从我这儿看，他们分别站在吧台的两头啊。"

"的确如此。他们彼此保持着最大的距离，但还是每隔十五秒就会确认一下对方的位置。"

"什么都逃不过你的眼睛，是吗？"

"当我问你那个不可告人的、自私的动力时，我看见了一样东西。"

邓肯笑了："你在黑暗里也能看清东西吗？"

"我天生就对黑暗十分敏感，局长。我在最黑暗的夜晚游走，也不会伤到自己。"

"我想，追求至仁至善的这种动机是可以被视为自私的，但我有一个简单的观点，出于好意的动机都是可以接受的。"

"所以，你想要肯尼斯得到的雕像，还是他没有得到的民众的爱戴？”

邓肯看着夫人的眼睛，在确认他们身后的保镖听不见之后，干掉酒杯里的酒，咳了一声：“我图的是一份内心的安宁，夫人。那种履行了职责，维护和完善我们前人遗产的满足感。我知道这听上去有些偏执，所以请不要对其他人说。”

夫人深吸一口气，推开扶手，露出灿烂的笑容：“可你们的女主人在干吗呢？当这里应该有一场派对的时候，她却在质问她的客人！我们去看看其他人吧，然后我去地窖里拿一瓶酒，现在喝正是时候。”

在忍受完马尔康对新税法漏洞的冗长分析后，德夫找了个借口走开，溜到吧台坐下，给自己点了一杯威士忌。

“怎么样？”一个声音在背后响起，“和家人共度的一天假期如何？”

“很好，谢谢。”他没回头，向服务生指了指一个瓶子，亮出两根手指，意思是要两杯。

“那么今晚呢？”凯思妮斯问道，“你还想……在酒店过夜吗？”

这是上床的代号。但他听得出来，这个问题不只限于今晚，还包括未来许许多多个夜晚。她要他重复那些老套的话：保证他想要她，不想回法夫那个家。可这一切需要时间，有好多因素要考虑清楚。令他难以理解的是，凯思妮斯并不比别人更了解他，她还怀疑他是不是真心想要这样。或许这就是为什么他用某种抗拒的语气回答，赌场已经为他安排了床位。

“你想在赌场过夜吗？”

德夫叹了一口气。女人到底想要什么？她们都想要把他绑在床头、拉到厨房里喂饭，掏空他的钱包和睾丸，迫使他撒下更多的种子，然后心存愧疚？

"不。"德夫一边说一边望着麦克白——他是这场派对的焦点，但他看上去似乎惴惴不安、心事重重。难道说新职位的重担已经让他的内心高兴不起来了吗？不管怎样，对麦克白和德夫而言，现在说什么都晚了。"你先去，我稍微待一会儿，然后去找你。"

德夫注意到她在自己身后犹豫了一下。透过酒柜的玻璃，他们看见了彼此。她刚要碰德夫，后者便给了她一个告诫的眼神。她把手收了回去，走开了。谢天谢地。

德夫闷了一口酒，起身去找靠在吧台另一头的麦克白。是时候好好祝贺他了。可这时邓肯来到他们中间，人群围拢上来，麦克白消失在一片混乱中。当德夫再次见到麦克白时，他正追随着夫人的脚步，朝屋外走去。

夫人打开酒窖的锁，麦克白一把抓住了她。

"我做不到。"他说。

"什么？"

"我不能杀自己的局长。"

她看着他。

夫人揪住他夹克的衣领，把他拉进来，关上门。"麦克白，我不许你这个时候让我失望。邓肯和他侍卫的房间已经安排妥当，一切都准备好了。你拿到万能钥匙了吗？"

麦克白从兜里掏出钥匙，举到她眼前："拿走。我不能做。"

"不能做，还是不想做？"

"都有。我不想做是因为我找不到做这种恶事的感觉。这是错的。邓肯是一个好局长，我哪方面都比不上他。除了满足我的野心，这件事有什么意义？"

"我们的野心！因为在饥饿、寒冷、恐惧和肉欲之后，剩下的无非就是野心了，麦克白。因为荣誉是打开尊敬之门的钥匙——而这就是一把万能钥匙，用了它！"她依旧拽着他的领子，她的嘴离他如此之近，他能闻到她呼吸里的愤怒。

"亲爱的——"他开口道。

"闭嘴！如果你以为邓肯真的有那么正直，那就去听一听他是如何杀死考德，免得他捅出的内幕让他陷入尴尬的境地吧。"

"不是这样的！"

"你自己问他。"

"你说这个只是为了……为了……"

"为了坚定你的意志，"她说道。她松开手，改用手掌抵住他的领子，仿佛要感受他的心跳，"你只要想，你要杀的是一个凶手，就像你杀死的'诺斯骑士'一样，这样就好过了。"

"我不想要好过。"

"如果是你的道德心占据了上风，那么就想想你昨晚是怎么向我许下毒誓的吧，麦克白。难道你想要告诉我，你在杀死欧内斯特·科勒姆时，我看到并以为是勇气的东西，不过是一个年轻人的鲁莽在作祟，因为你的命不要紧，杰克的命才要紧吗？而现在，当你要赌上一点自己的东西时，却吓得像一只胆小的鬣狗。"

她的话虽不讲理，却直击要害。"你知道，事情并不是这样的。"他绝望地说。

"那你怎么就不能遵守答应过我的事呢，麦克白？"

他哽住了，努力找寻说辞："我……你敢说你遵守了所有许下的诺言吗？"

"我？我吗？"她发出一声惊讶的尖笑，"我为了信守对自己的诺言，曾把胸口吃奶的孩子掉过个儿来，将他的脑袋在墙上撞得粉碎。我怎么会违背对你的诺言呢，我唯一的爱人？"

麦克白站在那里看着她。他在吸入她呼出的气体，有毒的气体。他感到这东西在一秒一秒地动摇着他。"可你想没想过，如果事情败露，邓肯会连你一起杀掉。"

"不会败露。听着，我会给邓肯这杯红酒，而且坚持要他的侍卫至少品尝一口。他们觉察不出任何异常，但入夜晚些时候会有点儿晕乎，上床之后则会沉沉睡去……"

"好，可是——"

"嘘！你到时候就用匕首，这样他就没机会醒来。然后将刀上的血抹遍侍卫的全身，把匕首留在他们的床上。之后你叫醒他们时——"

"我记得我们的计划，但这个计划有漏洞，而且——"

"这是你的计划，亲爱的，"她一只手抓住他的下巴，狠狠咬了一口他的耳垂，"而且它滴水不漏。所有人都会觉得侍卫是被赫卡忒买通的，他们烂醉如泥，没有掩盖住自己的罪行。"

麦克白闭上眼："你要是生孩子，应该全是虎崽子，对吧？"

夫人浅笑一声，吻了吻他的脖子。

麦克白抓住她的肩膀，将她推开："你这是把我往死里推，夫人，你知道吗？"

她笑了："那么你知道，你去哪里，我就去哪里。"

第八章

晚宴设在赌场的餐厅。德夫坐在女主人边上，她的另一边是邓肯。麦克白坐在他们对面，挨着凯思妮斯。德夫注意到凯思妮斯和麦克白都不怎么讲话，不过气氛还算好。餐桌很宽，要和对面的人聊天很难。夫人谈兴甚高，看样子很享受和邓肯的交流。德夫听着马尔康絮絮叨叨，努力不让自己打哈欠。

"凯思妮斯今晚真漂亮，你说呢？"

德夫转过头，是夫人。她朝他微笑着，大大的蓝色眼睛在火红的头发下显得天真无邪。

"是啊，但和夫人比还差一点儿。"德夫虽然出口恭维，但能听出自己这话缺乏生气。

"她不只是漂亮，"夫人说道，"我想，作为一个女警，她肯定做出了很多牺牲才坐到今天的位置。就拿成家来说吧，我看得出她牺牲了成家的机会。你也看出来了吧，德夫？"

灰色的眼睛。它们是灰的，不是蓝的。

"我想，所有想干成事的女人都得牺牲点什么吧，"德夫举起酒杯，发现又空了，"不是所有人都把家庭视为生命的全部要义。难道不是吗，夫人？"

夫人耸了耸肩："人是很实用的。当我们作出的决定暂时无法改变时，便会想尽一切办法为之辩护，这样我们的错误就不会过分骚扰和折磨我们了。我想快乐生活的秘诀就在这儿。"

"所以你会害怕知道自己决定的真相？"

"如果一个女人决心得到她想要的东西，就必须像男人一样思考和行动，不顾家庭，也不管自己和别人。"

德夫打了个哆嗦。他试图望向她的眼睛，但她已经躬身给周围的客人倒酒去了。接下来，邓肯敲了敲杯子，站起来咳了一声。

德夫一边望着麦克白，一边听着鼓动人心的致谢词。邓肯不仅致敬了女主人的晚宴和男主人的晋升，还向全体警员所投身的使命表达了敬意——他们致力于将这座城市打造成一个可以让大家安居乐业的地方。他最后表示，在经历了漫长的一周后，大家理应享受上帝恩赐的休整机会，而且应该好好利用，"因为未来几周内你们的局长十之八九不会扮演这么仁慈的主了"。

他祝愿在场的人晚安，强忍住哈欠，然后向主人们敬酒。在接下来的掌声里，德夫瞥了一眼对面的麦克白，以为他会回敬，毕竟邓肯是局长。可麦克白却干坐在那儿，脸色煞白，像木头一样僵硬，显然是被这新场面、新岗位和局长提出的新要求弄得不知所措。

德夫为夫人拉出椅子："感谢您今晚的盛情款待，夫人。"

"也谢谢你的光临，德夫。拿到你房间的钥匙了吗？"

"嗯，我得在……别处过夜。"

"回法夫的家吗？"

"不，去一个堂兄的家。但我明天一大早会来接邓肯。我们都住在法夫，家离得不远。"

"噢，那么几点钟呢？"

"七点。邓肯和我都有孩子，而且……是周末嘛。都得出去，你知道的。"

"其实我不知道，"夫人微笑道，"睡个好觉，代我向你堂兄问好。"

客人们陆续离开吧台和赌桌，回房或者回家。麦克白站在前台和他们一一握手，小声重复着空洞的"再见"。他在这里至少不用和吧台边那些无所事事的人交谈。

"你脸色真的不好。"班柯喝得说话都有点不利索了。他刚从洗手间出来，一只厚重的手掌拍在麦克白的肩上，"赶紧去休息吧，免得传染给别人。"

"多谢，班柯。但是夫人还在吧台招呼客人呢。"

"局长回房休息都快一个小时了，你也可以走了。我要在吧台痛快地干上几杯，然后跟弗里斯一起回家。我可不想看见你像门童一样站在这儿，好吗？"

"好。晚安，班柯。"

麦克白看着他的朋友跟跟跄跄地走回吧台。他看了一眼手表，离午夜还有七分钟。七分钟后，那件事便会发生。他等了三分钟，然后打起精神，透过通往吧台的双开门，看见夫人正站着听马尔康和列诺克斯说话。那一刻，仿佛是感应到他的存在般，她转过身和他目光交会。她不动声色地点了一下头，他也点头回应。然后她被马尔康的什么话逗乐了，回敬了几句，让那两个男人都笑了出来。她真是太出色了。

麦克白上楼，走进他和夫人的套房。他把耳朵贴在侍卫的房门上，里面的呼噜声平缓、安详，几乎毫无伪饰。他坐在床上，抚过光滑的床单。丝绸在他粗糙的手指下轻柔地低语。是的，她很出色。他一辈子也无法企及。也许他们真能做到，也许他俩——麦克白和夫人——携手可以干出点名堂，按照他们的想法塑造这座城市，继承邓肯的遗志，比他走得更远。他们有决心、有力量，有赢得民心的把握。源于人民，服务人民，团结人民。

　　他用手指弹了一下摆在床上的两把匕首。权力终究会将人腐蚀和毒化，他们本不必做这个的。假如邓肯内心纯洁，也足够理想化，他们其实可以坐下来谈谈，邓肯会觉得麦克白是实现自己梦想、带领这座城市走出黑暗的最佳人选。因为不管邓肯的梦想是什么，城里的老百姓不会追随一个从首府来的上流阶层的陌生人，对吧？对，他们需要自己的代表。邓肯是领航者，但麦克白才是船长——只有他才能让船员们服从，驾驶这艘船去他们都想去的地方，如开进一个安全的港湾。可就算邓肯同样认为交接权力对这座城市最有利，他也绝不会将位置让给麦克白。邓肯德行是好，但除此之外他不比其他任何掌权者更好——他把个人的野心放在第一位。看看他是怎么除掉可能会损害自己名誉或威胁他地位的人就知道了。考德的尸体在他们抵达时还是温的。

　　难道不是吗？是的，是这样的。是这样，是这样的。

　　十二点整。

　　麦克白闭上眼。他得上战场了。他从一数到十，睁开眼，发了誓，又闭上眼，再从十倒数到一。他看了眼手表，抓起匕首，插进肩上特制的双鞘皮套：两边各有一个鞘。他进入走廊，经过侍卫的房门，停在邓肯的房前。听了听，没动静。他深吸了一口气。之前准备了各种状况的应对办法，现在只剩下行动本身了。他将万能钥匙插进锁眼，看见自己的影子出现在小巧锃亮的铜质门把手上，然后握紧、拧动。借助于走廊的光，他努力观察里面的情况，然后溜进去，关上身后的门。

　　他在黑暗中屏住呼吸，聆听邓肯的气息。

　　安静，平缓。

　　像洛瑞尔的呼吸。那个孤儿院的院长。

不，不要分心走神。

邓肯的呼吸表明他已经睡着了。麦克白走向浴室的门，打开里面的灯，将门留了一条缝。这点光足够他做接下来的事了。

他接下来要做的事。

他站在床边，俯视着这个毫无戒备的沉睡之人，然后鼓起勇气。这真是太讽刺了。举起一把匕首，杀死一个无力反抗的人，还有比这更容易的事吗？决心已下，现在唯一要做的就是执行。他在去弗瑞斯的路上不是已经杀害过一个手无寸铁的受害者了吗？他的清白不是已经没了吗？他欠德夫的不是借各种机会都还清了吗？用德夫发明的一种叫"冷血"的币种还清的。他见过洛瑞尔温热的鲜血在白色的床单上漫延，那血在黑暗中是黑色的。所以此刻是什么让他下不去手呢？这一回的阴谋和上一回有什么区别？他和德夫破坏了犯罪现场，这样所有在弗瑞斯找到的证据便与他们勾兑的故事相吻合了。还有他们勾兑出的孤儿院的故事。何况有时候，残忍是站在正义这一边的，麦克白。他抬头看了一眼在浴室的光线下泛着寒光的刀刃。

他放低匕首。

没有刺进去。

可他必须这么做。必须。他必须刺进去。可如果上了战场都起不了杀心，那该怎么办？

他必须变成另一个麦克白——那个深埋于地下、嗜食人肉的死尸，那个他曾发誓永远不再醒来的自己。

班柯盯着那辆庞大的、毫无生气的火车，解开裤子扣。

他在风中摇摆，知道自己有点醉了。

"走吧，爸爸。"弗里斯的声音在背后响起。

"儿子，几点啦？"

"不知道，但月亮升起来了。"

"那就是过了十二点了。预报说今晚有暴风雨。"他解下挂在皮带第一和第二个圆环之间的枪套，递给弗里斯。

他儿子接过去，略带不满地抱怨道："爸爸，这是公共场所，您不能——"

"这是公共的小便池，这儿就是干这个的。"班柯口齿不清地说。正在这时，他看见一个黑色的人影从火车后面走过来，"枪给我，弗里斯！"

月光照在那个人的脸上。

"噢，是你呀。"

"啊，原来是你。"麦克白说，"我出来透透气。"

"我得在这儿亮亮老家伙了，"班柯醉醺醺地说，"不，我没打算撒在'伯莎号'身上。那样毕竟——圣约瑟夫教堂这个点儿也关了——是在亵渎城里最后一件圣物。"

"是啊，也许吧。"

"出什么事了吗？"班柯有些揪心。他和周围的陌生人相处总是不自在，但对麦克白和他儿子也这样吗？

"没事。"麦克白用一种不阴不阳的语调说。

"我昨晚梦见三姐妹了，"班柯说，"咱俩从未谈论过那天的事，但她们的预言真的应验了，不是吗？你怎么看？"

"噢，我都忘记她们了。下次找机会再谈吧。"

"随时。"班柯感觉那泡尿快来了。

"其实我是想问你，"麦克白说，"现在你是有组织犯罪处的二把手，但如果事情真像她们说的那样发生了呢？"

"然后呢？"班柯憋着嗓子说。他已没了耐性，开始使劲了，但一使劲反而尿不出来。

"我希望你那时也能跟我合作。"

"做你的副局长吗？哈哈，好啊，你真逗。"班柯突然意识到麦克白不是在开玩笑，"当然，我的孩子，当然。你知道，我总是乐于追随率领正义之师的人。"

他们彼此相视。然后，仿佛一根魔杖挥动般，尿来了。班柯低下头，一股气势磅礴的金色水柱无惧地溅射在火车硕大的后轮上，然后涌向下面的铁轨。

"晚安，班柯。晚安，弗里斯。"

"晚安，麦克白。"父子俩齐声说道。

"麦克叔叔[1]醉了吗？"弗里斯等他走后问。

"醉？你知道他不喝酒。"

"是，我知道，可他太奇怪了。"

"奇怪？"班柯严肃地咧着嘴，得意地看着袅袅升起的烟雾，"相信我，这小子来劲儿的时候不奇怪。"

"那他这是怎么了？"

"他疯了。"

麦克白在中央车站附近转了转。等他回来时，班柯和弗里斯已经离开。他走进空旷的候车室。

他向室内扫了一眼，立马将里面的人分成四类：贩毒的、吸毒的、两者皆有的，以及找地方避雨睡觉、很快便会加入前三者行列的。这便是他自己走过的路：从一个靠救世军[2]的食物和水生

---

[1] 对麦克白的昵称。

[2] 救世军（The Salvation Army），国际性宗教及慈善公益组织，以街头布道和慈善活动、社会服务著称。

存的孤儿院逃逸者，到一个靠贩毒糊口的吸毒者。

麦克白走向一个年纪偏大、坐在轮椅上的臃肿的男人。

"四分之一克'精酿'。"他说道。单靠这声音就足以让冬眠在他体内的某种东西苏醒过来了。

轮椅上的人抬起头。"麦克白，"他流着涎水吐出这几个字，"我记得你，你也记得我。你是警察，我不卖，好吧？从我眼前滚开。"

麦克白走向下一个交易者。他穿着格子衬衫，正在兴头上，连站都站不稳。

"你觉得我是白痴吗？"他吼道，"我是路过，否则我不会来这儿的，难道不是吗？要我卖给你，然后被关上二十四个小时？可四个小时我就得来一支。"他仰天大笑，笑声在屋顶下回荡。麦克白继续往里走，沿着走廊走向出发大厅，身后回响着那个交易者的喊叫声："兄弟们，便衣警察来了！"

"嗨，麦克白。"一个细弱的声音。

麦克白回过头。是那个戴眼罩的男孩。麦克白朝他走去，在墙边蹲下来。黑眼罩拉上去了，麦克白能看到眼窝里那股神秘的黑暗。

"我要四分之一克'精酿'，"麦克白说，"你能帮我吗？"

"不，"男孩说，"我谁也帮不了。你能帮帮我吗？"

麦克白从他的表情里认出了什么，就像在往镜子里看。他究竟在干什么？他在好心人的帮助下已经成功戒毒，难道现在要重蹈覆辙吗？去做一件连最绝望的瘾君子都羞于去做的恶事？他仍然可以拒绝，可以带着这个男孩一起回因弗尼斯，给他食物、热水澡和一张床。和之前的计划相比，这一夜可以变成完全不同的一夜，那种可能性仍然存在——他可以拯救自己，拯救这个孩子，拯救邓肯，拯救夫人。

"来吧，跟我——"麦克白开口道。

"麦克白，"他身后的声音隆隆作响，如同一阵雷在走廊间回荡，"你的祈祷我听到了。我有你想要的。"

麦克白转过身。他抬起眼睛，又往上抬了抬。"斯特雷加，你怎么知道我在这儿？"

"到处都是我们的耳目。给你，赫卡忒的礼物。"

麦克白低下头，盯着掉在手心里的一小包东西。"我付钱给你。多少？"

"礼物还需要付钱吗？我想赫卡忒会把这当成一种侮辱。晚安。"斯特雷加转身离去。

"那我不要了。"麦克白喊道。他将这包东西朝她身后扔去，但她已被黑暗吞噬。

"如果你不要……"独眼男孩用尖细的声音说，"我能不能……"

"待着别动。"麦克白压着怒火，没有起身。

"你想干什么？"男孩问道。

"想？"麦克白吼道，"从来就不是你想干什么，而是不得不干什么。"

他走向那包东西，捡起来往回走，没有搭理男孩张开的双手。

"嘿，你不是要去……"

"下地狱，"麦克白低声咆哮道，"地狱见。"

麦克白走下楼梯，进到臭烘烘的厕所，赶走一个坐在地上的女人，然后扯开袋子，将粉末撒在镜子下的水槽上，用一把匕首的刀背将这块东西碾碎，再用刀刃将其剁成更细的粉粒。他卷起一张钞票，将黄白色的粉末吸入一只鼻孔，然后是另一只。这种化合物只消片刻便可透过黏膜进入血液。在染毒的血进入脑部前，

128

他最后一个想法是：这感觉就像和一个情人旧情重燃。她是如此妖艳，又如此危险。虽历经多年，却容颜未变。

"我跟你说什么来着？"赫卡忒站在监视器旁，用拐杖敲击着地面。

"你说过，没有什么比被爱情俘虏的瘾君子或道德家更好预测的了。"

"谢谢你，斯特雷加。"

麦克白站在中央车站门前最高的台阶上。

眼前，工人广场像海洋一样摆荡，巨浪狠狠拍在下面的鹅卵石上，起伏声如同牙齿在打战。远处，因弗尼斯仿佛一艘洋溢着音乐和笑声的蒸汽船，在海水中璀璨生辉，浪花从尾部缓缓转动、轰鸣着的螺旋桨下奔涌而出。

他动身了。穿过黑夜，回到因弗尼斯。他仿佛御风而行，双脚离地般飘进门，进入前台区域，接待员冲他友善地点了一下头。麦克白转向赌场大厅，看见夫人、马尔康和德夫还在吧台聊天。然后他仿佛飞一样上了楼去，沿着走廊移动，直至停在邓肯的门前。

麦克白将万能钥匙插进锁眼，拧开把手，飘了进去。

他回来了。一切都没改变。浴室的门仍旧半开着，里头的灯亮着。他走向床边，低头望着这名沉睡的警官，左手伸进夹克衫，摸到那把匕首的手柄。

他抬起手。现在容易多了。对准心脏，就像过去他对准刻在橡树上的那颗红心。那把刀在树上的名字之间扎出一个洞：梅雷迪斯和麦克白。

"不要再睡了！麦克白正在杀死睡眠！[1]"

麦克白僵住了。是局长、毒品还是他自己在说话？

他低头看了一眼邓肯的脸。不，他的眼睛还闭着，呼吸依然平稳安静。可正当他注视之际，邓肯的眼睛睁开了。他安静地看着他。"麦克白？"局长的眼睛转向匕首。

"我刚才听见这里传出咝咝的声音，"麦克白说，"我去看看。"

"我的侍卫……"

"我听……听见他们在打呼噜。"

邓肯听了一会儿，然后打了个哈欠。"好吧。让他们睡吧。我在这里是安全的，我知道。多谢你，麦克白。"

"别客气，长官。"

麦克白走向房门。他不再飘飘然，一种如释重负，甚至是喜悦的感觉在身上蔓延开。他得救了。局长让他得以解脱。随夫人怎么做、怎么说吧，反正到此为止了。五步。他用空出的一只手抓住门把手。

抛光的铜面上，有什么东西在晃动。

仿佛是站在一个露天游乐场的镜子面前，借助浴室的光，他看到的景象好似一部荒诞、扭曲的电影——局长从枕头下抽出什么东西，指着他的后背。一把枪。五步。掷刀的距离。麦克白本能地作出反应。他突然转过身，失去平衡，匕首在移动之中从左手飞了出去。

---

[1] 出自原版《麦克白》第二幕第二场，原句："Sleep no more! Macbeth does murder sleep." 改写版略作改动，译文根据朱生豪译本相应调整。

第九章

不用想，肯定是德夫跟那两个女孩套近乎，邀请她们一桌吃饭。麦克白去吧台给他们所有人买了啤酒，回来就听见德夫自夸他和麦克白是警察学院毕业生里最优秀的实习警官。他说，他们的前程用"似锦"来形容还不够，两位小姐如有自知之明，就该早日行动起来。姑娘们笑了，那个叫梅雷迪斯的姑娘眼睛里闪动着波光，可当麦克白试图和她对视时，她却低下了头。酒吧打烊后，麦克白陪梅雷迪斯走到门口，像得奖一样和她友好地握手，并拿到一串电话号码。第二天一早，德夫就细致地描述了他如何在护士休息区一张狭窄的床上服侍了那个叫丽塔的朋友。当天晚上，麦克白给梅雷迪斯打了一个电话，用发颤的声音邀请她共进晚餐。

他在里昂的一家饭店订了位子，看到领班会意的注视时知道自己犯了错。德夫借给他的高档西服太肥，于是他只好借来班柯那件小两号的，可是又太紧，而且是二十年前的老款式。所幸梅雷迪斯的裙子漂亮又不失稳重，算是缓解了尴尬。他对法文菜单一窍不通，唯一能看懂的就是价钱。不过，梅雷迪斯对菜谱作了解释，告诉他这是法国人的脾气：他们拒绝承认自己在讲一种已经不再国际化的语言，同时他们的英语又太烂，所以无法忍受双重羞辱，被对手戏谑为蠢货。

"傲慢和不安全感往往相生相伴。"她说道。

"我就有不安全感。"麦克白说道。

"我倒觉得你的朋友德夫是这样，"她说，"你为什么感觉不安全呢？"

麦克白向她讲述了自己的背景：从孤儿院到班柯和薇拉，再到警察学院。和她谈心是一件很惬意的事，他几乎不由自主地交代了一切，在一个疯狂的瞬间甚至要抖落出洛瑞尔。当然，他忍住了。梅雷迪斯说，她在城西长大，父母为儿女们提供了无忧无虑的生活保障，但也对他们要求严格，而且望子成龙，对她的哥哥们尤其如此。

"保护，娇惯，同时也无聊，"她说道，"你知道吗，我从来没去过二区东面。"当麦克白露出不敢相信的表情时，她乐了："是的，真的！我从没去过！"

于是，晚餐过后，他带她下到河床旁，沿着崎岖不平的道路，走过破败的房屋，一直到彭妮桥。当他在门口说出"晚安"时，她靠过来，吻了他的脸。

他回房时德夫还没睡。"老实交代，"他命令道："一五一十地交代。"

两天后，电影院，《蝇王》[1]。他们撑着同一把伞走回家，梅雷迪斯挽着他的胳膊。"小孩子怎么能这么嗜血和残忍？"她说道。

"为什么小孩子就应该不如大人残忍呢？"

"他们生来是天真的啊！"

"天真，且没有任何道德感。难道不是大人们教孩子们学会平

---

[1] 根据英国作家威廉·戈尔丁（William Golding）同名小说改编的电影。故事设定在假想的第三次世界大战，一群六至十二岁的儿童在撤退途中因飞机失事而被困在一座荒岛上。他们起先尚能和睦相处，后来由于人性之恶不断膨胀，开始相互残杀，酿成悲剧。

静地被动接受，以便知道我们各自在社会上的位置，好让其随心所欲地拿我们开刀吗？"

他们在门前亲吻了彼此。星期天，他备好野餐篮子，带她去隧道另一头的森林里漫步。

"你会做饭！"她兴奋地喊道。

"班柯和薇拉教我的。我们以前经常来这儿。"

然后他们接吻，她喘着气，他将手伸进她的棉布裙里。

"等一等……"她说道。

于是他没有继续。他只是在一棵大橡树上刻了一颗心，用刀尖写下他们的名字：梅雷迪斯和麦克白。

"她准备好跟我上床了，"德夫回家向麦克白讲述细节时说，"我星期三去丽塔家，到时候邀请她上这儿来。"

梅雷迪斯按门铃时，麦克白已经开了一瓶酒，把蜡烛点好。他准备好了。可他没为即将发生的事情作好准备：一进门，她便解开他的皮带，把手伸进他的裤子里。

"别……别……别这样。"他说道。

她惊愕地看着他。

"停……停……停下来。"

"你为什么口吃了？"

"我不……不……不想让你……"

她把手撤回来，羞耻烧红了她的脸。

后来，他们安静地喝了一杯红酒。

"我明天得早起，"她说道，"快要考试了，而且……"

"当然。"

三周过去。麦克白试着打了几次电话，但好几次都是丽塔接的，她告诉他，梅雷迪斯没在家。

"我理解，你和梅雷迪斯不再交往了。"德夫说道。

"是。"

"丽塔和我也是。你介意我约梅雷迪斯吗？"

"你问她呗。"

"我问了。"

麦克白噎住了，仿佛有一只手捏住了他的心。"是吗？她怎么说？"

"她说好。"

"她真这么说？你是什么时候……"

"昨天。只是随便吃点东西，不过……挺好的。"

第二天，麦克白醒来时觉得自己病了。他没过多久就意识到病根在哪里，一颗破碎的心无药可救。你只能自己承受一切痛苦，而他的确是这么做的：安静地承受痛苦，不对任何人提她的名字，只对着隧道另一头的橡树念起她。过了一阵儿，他的症状就消失了，几乎全部消失。他发现人们说得不对——我们只能爱一次。但夫人不像梅雷迪斯，她既是病根也是解药，既是渴也是水，既是欲望也是餍足。此刻，她的声音从海的对面、夜的那头传到他耳边。

"亲爱的……"

麦克白乘风飞过海洋与天空、光明与黑暗。

"醒醒！"

他睁开眼。他躺在床上。应该还是夜里，因为屋子里是黑的。但天边有一丝模糊的东西、一抹难以察觉的灰色，预示着黎明即将到来。"

"谢天谢地！"她在他耳边轻轻地说："你去哪儿了？"

"去哪儿？"麦克白想努力抓住一星半点儿的梦境，"我不是一直在这儿吗？"

"你人是在这里，可我已经喊了你好几个小时，你像昏迷了一样。你怎么了？"

麦克白还趴在梦的船舷上，但突然不知这是好梦还是噩梦。邓肯……他脱了手，那些画面在黑暗中旋转。

"你的瞳孔，"她双手托住他的脸："你嗑药了。我明白了。"

他挣开她的束缚，躲开那光亮："我要它。"

"但你做了吧？"

"做什么？"

她用力摇晃他："麦克白，亲爱的，回答我！你做了你答应我会做的吧？"

"是！"他痛苦地呻吟，一只手捂住脸，"不，我不知道。"

"你不知道？"

"我能看见他站在我面前，身上插了一把匕首，但我不知道这是否真的发生了，或者只是我在做梦。"

"床头柜上还有一把干净的匕首。你本应在杀了邓肯后，将两把匕首全部放到侍卫身上的，一人一把。"

"是的，是的，我记得。"

"那另一把匕首在他们那儿吗？你给我振作一点！"

"不要再睡了！麦克白正在杀害睡眠。"

"什么？"

"他说了那句话。或者是我梦见了。"

"咱们最好过去查看一下。"

麦克白闭上眼，努力回想梦境，也许它有答案。宁可这样也不回去。可梦已然从他的指缝间滑走。当他再次睁开眼睛时，夫人正站在那儿，耳朵贴着墙。

"他们还在打呼噜，走吧。"她抓起床头柜上的匕首。

麦克白深吸了一口气。新的一天连同它的曙光马上就会来临。

他抬腿下床，发现自己竟然没脱衣服睡觉。

他们进入走廊，周围一片寂静。因弗尼斯的房客通常都不早起。

夫人打开侍卫的房门，和麦克白走进去。两个人分别躺在一张扶椅上睡着。可四处不见匕首，他们的西服和衬衫也没按原计划抹上血迹。

"我只是梦见了，"麦克白低声说道，"来吧，不要再干了。"

"不行！"夫人低吼一声，大步走向通往邓肯套房的门，将匕首换到右手。她没有表现出任何犹豫，扯开房门，径直走了进去。

麦克白等在原地，听着屋里的动静。

什么也没有。

他走向那扇打开的门。

灰色的光从窗户缝里透进来。

她站在床对面，将匕首举到嘴边，双手握紧刀柄，圆睁的眼睛透出恐惧。

邓肯躺在床上。他瞪着眼，似乎是注视着门边的什么东西。到处是血：羽绒被、落在羽绒被上的枪、枪上那只手。那把匕首的手柄像一只钩子，从邓肯的脖子上伸出来。

"哦，亲爱的，"夫人轻声说道，"我的男人，我的英雄，我的救世主，麦克白。"

麦克白张嘴想说些什么，但就在那一刻，星期天的寂静被一声干脆、连续的铃声所打断。

夫人看了一眼手表："是德夫。他来早了！亲爱的，下楼拖住他，我来解决这里。"

"你有三分钟的时间，"麦克白说，"别碰血，它们现在是半凝固状态，会留下指纹，明白吗？"

她扬起头朝他笑了笑："嘿，你终于回过神来了。"

他明白她的意思。他终于抵达了那里——那一片战场。

德夫站在因弗尼斯门口瑟瑟发抖，真想回到凯思妮斯温暖的床上。他刚要按第二遍门铃时，门开了。

"先生，赌场的入口在下头。"

"不，我是来接邓肯局长的。"

"噢，那好，请进吧。我会打电话告诉他您到了。德夫警督，是吧？"

德夫点点头。因弗尼斯的员工服务真是一流。他在一把宽大的扶椅上坐下来。

"没人接电话，先生，"接待员说，"本人和侍卫的房里都没人应答。"

德夫看了一眼手表："局长的房间号是多少？"

"213，先生。"

"我可以上去叫他吗？"

"当然可以。"

德夫爬上楼时，一个熟悉的身影蹦蹦跶跶地朝他走下来。

"早，德夫，"麦克白欢快地说，"杰克，能去厨房帮我俩弄杯浓咖啡吗？"

接待员闻声而去。

"多谢，麦克白，可我得按吩咐去接邓肯。"

"急吗？你是不是来早了点？"

"我们讲好时间回家的，而且我记得肯尼斯桥还没恢复通车，所以我们还得从老桥绕远路呢。"

"放松，"麦克白一边笑一边从下面抓住德夫的胳膊："她又不会设秒表，对吧？而且你的样子很疲惫，要是开车的话，得来点浓咖啡才行。来吧，我们坐一会儿。"

德夫有些犹豫不决："谢了，兄弟，咱们另找时间吧。"

"来杯咖啡，她就不大容易闻出威士忌的味儿了。"

"我开始考虑做你这种滴酒不沾的人了。"

"来真的？"

"酗酒会引起三个问题：酒糟鼻、嗜睡和撒尿。邓肯显然属于第二种。我还是上去看看吧——"

麦克白拉住他的胳膊："我听人说，酗酒是欲望的诡计。它燃起你的欲望，却减损你的表现。昨晚过得怎么样？老实交代。"

德夫挑起眉毛。老实交代？他是在拿警察学院审讯的那一套话调侃呢，还是他知道了什么？不，麦克白不会打哑谜，他没那个耐心和能力。"没什么可说的，我跟一个堂弟在一起。"

"哦？你从没跟我讲过你有家人啊。我以为你外祖父是你唯一的亲人。噢，咖啡来了。放桌上就行，杰克。再试着给邓肯打打电话。"

在确认接待员负责这事后，德夫从楼梯上走下来，贪婪地拿起咖啡。但他没有坐下。

"家人，是啊，"麦克白说道，"他们是你良心永远亏欠的对象，不是吗？"

"嗯，也许吧。"德夫嘬第一口就烫了舌头，这会儿正吹着咖啡。

"他们还好吧？享受法夫的生活吗？"

"谁不爱法夫。"

"先生，邓肯还是没接电话。"

"谢了，杰克，继续打。好多人今早起来头都会沉。"

德夫放下杯子："麦克白，我想我得先把他叫起来，然后再喝咖啡，这样我们就能走了。"

"我陪你一起上去。他就住在我们隔壁。"麦克白小酌一口咖啡,随之将其吐在手上和夹克袖子上:"啊,你有纸巾吗,杰克?"

"那我先——"

"等等,德夫。有了,好。谢谢,杰克。来吧,走吧。"

他们上了台阶。

"你受伤了?"德夫问道。

"没有,怎么啦?"

"我从没见你爬楼这么慢。"

"我可能在追捕'诺斯骑士'时拉伤了肌肉。"

"嗯。"

"但没受伤。睡得好吗?"

"不好,"德夫说,"昨晚太可怕了,电闪雷鸣又下雨的。"

"是,糟糕的一夜。"

"所以你也没睡着?"

"呃,我——"

德夫回头看着他。

"直到最猛烈的那阵暴风雨过后,"麦克白话音刚落,他们便来到了邓肯的房门口,"我们到了。"

德夫敲了敲门。等了一会儿,又敲了敲门。他拧动门把手,门是锁着的。他感到有些不对头。

"有万能钥匙吗?"

"我去找杰克问问。"麦克白说道。

"杰克!"德夫吼道。之后他猛吸一口气:"杰克!"

几秒后,接待员从楼梯口探出头来:"先生,怎么了?"

"你有能开所有门的钥匙吗?"

"有，先生。"

"快来把这扇门打开。"

接待员一路小跑过来，翻了翻夹克口袋，掏出一把钥匙，插进锁眼，拧动了一下。

德夫打开门。

他们站在那儿，目瞪口呆。第一个开口的是接待员。

"天哪！"

麦克白仔细勘查现场，双脚抵着门槛。他听见德夫砸碎火警的玻璃，警报声立刻响起。邓肯脖子右侧那柄匕首已被人取走，夫人从左侧又插进了一刀。羽绒被上的枪也不见了。除此之外，一切照旧。

"杰克！"德夫在警报声中大吼，"让所有人从屋里出来，在前台集合。刚才看见的一个字也不许说，明白了吗？"

"好……好的，先生。"

走廊里的门纷纷开了。最先走出来的是夫人，她赤着脚，穿着晨衣。

"怎么了，亲爱的？哪儿着火了吗？"

她真是出色。他们又回到了原来的计划，他依旧身处战场。在这一秒、这一刻，麦克白感觉一切看似混乱，实际上却按部就班。此刻，他和他爱的女人所向披靡；此刻，他们完全掌控这座城市、命运和星辰的运转。他现在感觉到了，那仿佛是一次高潮，如赫卡忒可以给他任何东西一样强烈。

"他妈的侍卫都去哪儿啦？"德夫狂怒着吼道。

他们没想到德夫会成为第一个目击者，他们原先是想让邻近房间的某个胆小的糊涂蛋来发现现场，如马尔康。可现在德夫出现了，那就不可能忽略他。

"进来，亲爱的，"麦克白说，"你也来，德夫。"

他将他们推进邓肯的房间，关上门，从皮带的枪套里掏出他的军用手枪："现在认真听我说。门锁着，没有闯入的迹象。唯一有万能钥匙打开这间房的是杰克……"

"还有我，"夫人说，"不管怎样，我觉得只有我们俩有……"

"除此之外，只有一种可能。"麦克白指向旁边一间屋子的门。

"贴身侍卫？"夫人战栗地说，一只手捂住嘴。

麦克白扣好扳机："我进去看看。"

"我跟你去。"德夫说。

"别，你别去了，"麦克白说，"这是我的工作，不是你的。"

"可我选择做——"

"你会选择做我命令的事，德夫警督。"

麦克白先看见的是德夫脸上的惊讶，然后那表情慢慢消退下去：有组织犯罪处的领导比凶案处的领导级别更高。

"德夫，照顾好夫人，好吗？"

不等对方回答，麦克白便打开侍卫的房门走了进去，然后从身后将门关上。侍卫们还在椅子上，其中一个哼唧了两声，或许是火警穿透了迷药沉重的帷幕。

麦克白用手背拍了他一下。

一只眼睁开了一半，眼珠在房内游移，落在麦克白身上。它停滞在那儿，慢慢才看清楚整个人。

安德里亚诺夫发觉自己的黑西服夹克和白衬衫上布满血迹，然后感觉少了什么东西——枪套里没有了枪的重量。他一只手伸进夹克，伸向他的枪套，可指尖碰到的并不是军用手枪，而是冷冰冰的钢刃和某种黏糊糊的东西……这名侍卫抽出手来看了看。血？他还在做梦吗？他呻吟了一声，大脑的一个区域接收到被它解读为危险的信号。他绝望地打起精神，本能地四下张望，然后在椅子旁边的地上看见了自己的枪。还有他同事的枪，散落在另一把椅子旁边，那人看样子还没醒。

"怎么回事……"安德里亚诺夫咕哝道。他看向面前一个对准他的枪口。

"警察！"那个人说。是麦克白，新任的什么……什么处长，"举起枪来让我看见，否则我开枪了。"

安德里亚诺夫困惑地眨了眨眼。为什么他感觉自己像陷入了一湾泥潭？他吃了什么？

"不要拿枪指着我！"麦克白吼道，"不要……"

某种感觉告诉安德里亚诺夫，他不该去捡地上的枪。如果他老老实实地坐着，面前这个人就不会朝他开枪。可这无济于事。或许常年做侍卫的经历让他产生了一种本能，一种不再依靠意志支配的反应，那就是不假思索地保护自己的性命。或许这就是他的本性，是他为什么选择干这一行的原因。

安德里亚诺夫朝那把枪而去，于是他的生命和思维被一颗子弹中断——它穿过他的额头、脑部和椅背，直到撞上墙才停止。那面墙贴着金线墙纸，是夫人在巴黎花小钱买的。爆炸传导出的一阵冲击波穿过他同事的身体，但他还没来得及恢复意识，额头便也吃了一弹。

第一枪响起时，德夫要往门里冲。

但夫人拉住了他："他说你——"

第二枪响了，德夫挣脱她的双手，踹开门冲了进去。他站在屋了中间，四下打探。两个人，分别在一把椅子上，额头各有一个弹孔。

"'诺斯骑士'，"麦克白将冒着烟的枪插回枪套里，"斯威诺指使的。"

走廊的房门外传来喊叫声和"砰砰砰"的敲门声。

"让他们进来。"麦克白说。

德夫按令执行。

"怎么了？"马尔康上气不接下气地说，"我的老天，他们这是……是谁……"

"我。"麦克白说。

"他们掏枪来着。"德夫说。

马尔康狐疑地看着德夫，又看了看麦克白："朝你开枪？为什么？"

"因为我要逮捕他们。"麦克白说。

"为什么逮捕？"列诺克斯说。

"谋杀。"

"长官，"德夫看着马尔康说，"恐怕要告诉您一个坏消息。"

他能看见马尔康的双眼在方形镜框后面眯缝着，身体前倾，像是拳击手准备接招的架势——虽然他还不知道这一拳从哪儿来，但他感觉正从某个方向袭来。所有人都转向隔壁房门口出现的一个身影。

"邓肯局长死了，"夫人说道，"睡觉时被人用刀捅死的。"

这最后一句话让德夫下意识地看向麦克白。并不是因为话里有他不知道的信息，而是因为这句话让他想起多年前在孤儿院的那个清晨，有人说了同样的话。

他们的目光短暂相接，却各自迅速看向别处。

第二部分

第十章

邓肯被发现死在因弗尼斯赌场床上的那个早晨，是夫人有史以来第二次下令立即谢客清场，在门口挂出歇业的牌子。

凯思妮斯带着她能召集到的所有法医处干警赶到现场，将一层楼整个封闭。

其他过夜的警官聚集到空荡的赌场大厅，在一张轮盘赌桌旁聚拢。

德夫看见马尔康副局长坐在这张临时会议桌的一头。他摘下了眼镜，或许是为了擦拭——至少当他死死盯着绿毛毡时正在擦，仿佛所有问题的答案都摆在上面。马尔康现在成了级别最高的警官。德夫时常纳闷，马尔康走路怎会如此驼背？或许是因为他身边的警官个个实战经验丰富，所以他感觉如履薄冰，不由得弓着身子，随时恭候各方指教和点拨？他脸色苍白或许不是因为昨晚饮酒，而是因为他忽然间成了代理局长。

马尔康朝镜片哈了一口气，继续擦着。他没抬头，似乎不敢直视那些冲他而来的目光和等他发话的同事。

德夫或许太刻薄了。众所周知，马尔康在推进邓肯的计划方面一直鞍前马后。可他能领导他们吗？这些人带领各自的队伍已有多年，而马尔康不过成天亦步亦趋地跟着邓肯，像个俸禄过高的奴才。

"先生们，"马尔康盯着绿毛毡说，"一个伟大的人离开了我们。在此紧要关头，关于邓肯我只想说上面这句话。"他戴上眼镜，抬起头，仔细看着桌边的人，"作为局长，他不会允许我们为此陷入伤感和绝望，而会要求我们恪尽职守，抓获真凶，将他们绳之以法，然后再流泪和怀念。这次会议，我们先对下一步工作做一个规划协调，下一次会议定于今晚六点在总部举行。我建议你们这次会后第一件事就是给老婆和家人打个电话——"

马尔康的目光落在德夫身上，但德夫没看出这背后有什么潜台词。

"——告诉他们，你未来有相当一段时间回不了家。"他沉默了片刻，"因为，首先，你们要抓捕将邓肯局长从我们身边夺走的人。"长时间的沉默，"德夫，你领导凶案处。我要在一个小时后听你的阶段性汇报，包括凯思妮斯和她的团队在犯罪现场找到和没找到的一切。"

"是。"

"列诺克斯，我要一份关于两名侍卫的全面背景审查和谋杀案发生前他们的详细行踪。他们到过哪儿，和谁说了什么，买了什么东西，银行账户的变动，还要对其亲友严加审讯。需要什么尽管开口。"

"谢谢长官。"

"麦克白，你已经为此案做了不少工作，但我需要的更多。请有组织犯罪处查查此案是否和一些头目有牵连，尤其是除掉邓肯后受益最大的那些人。"

"这不是显而易见的吗？"麦克白说，"斯威诺的货被我们倒进河里，两个手下被杀，一半的'诺斯骑士'被抓。这是斯威诺的报复，而且——"

"这一点并不明显。"马尔康说。

其他人惊讶地看着副局长。

"邓肯继续他的计划对斯威诺来说只有好处，"马尔康敲打着仓促清场时落在赌桌上的一些筹码，"邓肯对市民的第一个承诺是什么？他要逮捕赫卡忒。如今随着'诺斯骑士'彻底落败，邓肯便会集中所有警力对付赫卡忒。如果邓肯成功，那会是什么局面？"

"他会为斯威诺清理市场，这样斯威诺就能卷土重来了。"列诺克斯说。

"恕我直言，"麦克白说，"你真以为睚眦必报的斯威诺会这样理智地思考吗？"——马尔康微微挑起眉毛——"一个出身于工人阶级、没受过任何教育的人，三十多年来经营着城里最来钱的生意，他会为了一点儿钱而讲理智？就算他明白邓肯活着对他的生意有好处，他真能压制住他的报复心吗？"

"照你这么说，"德夫说，"赫卡忒是邓肯之死最大的受益者，所以你推测他是背后指使者？"他看着马尔康。

"我没有做什么推测，但大伙儿都知道，邓肯把追捕赫卡忒列为头等大事，这一点一直充满争议。从赫卡忒的角度来看，任何人取代邓肯都是他更希望看到的结果。"

"尤其是当这个继任者有把柄在赫卡忒手里……"德夫说。他立即意识到自己在暗示什么，后悔地闭上眼睛，"抱歉，我的意思不是……"

"没关系，"马尔康说，"大家可以畅所欲言，而且你们的话是顺着我的思路产生的。赫卡忒兴许以为没有邓肯的日子会好过一点。我们就让他看看，他的想法大错特错。"马尔康将所有筹码都推到赌桌的黑色区域，"那么，我们就暂时锁定赫卡忒，希望六点钟有更多线索。开工吧。"

　　班柯感到睡意渐渐远去，梦境渐渐远去，薇拉渐渐远去。他眨了眨眼。是教堂的钟声唤醒了他吗？不是。屋里有个人。他坐在窗边，正低头看着那相框，头也不抬地问道："宿醉吗？"

　　"麦克白？你怎么……"

　　"弗里斯放我进来的。我看他现在睡我那屋了，连你给我买的那双尖头皮鞋都归他了。"

　　"现在几点？"

　　"我刚才在想，尖头皮鞋都过时了。"

　　"所以你把它们丢在那儿。但弗里斯会穿你穿过的所有东西。"

　　"到处都是书和教材。他真刻苦，这是当尖子生应该有的态度。"

　　"是啊，他正朝这个目标努力呢。"

　　"不过，光有态度也不见得能出人头地。你是千军万马中的一匹马，所以问题的关键是有没有伯乐给你机会。当机会找上门时，你有没有经验和勇气去踢这临门一脚。你记得这张照片是谁照的吗？"

　　麦克白拿起相框。弗里斯和班柯，在死去的苹果树下。摄影师的影子笼罩在他们身上。

　　"你拍的。怎么了？"班柯搓了搓脸。麦克白说对了：他确实是宿醉。

　　"邓肯死了。"

　　班柯的手落在羽绒被上："你说什么？"

　　"昨晚在因弗尼斯，他的侍卫趁他睡着时捅破了他的脖子。"

班柯感到一阵恶心袭来，呼吸了好几口气才忍住没吐。

"这就是机会，"麦克白说，"一个岔路口。从这里，一条路通向地狱，另一条路通向天堂。我来这儿是想问你，你会选哪一条？"

"你什么意思？"

"我想知道，你会不会跟随我。"

"我已经回答过了，我会。"

麦克白转过身来，微笑着："你不问是去天堂还是去地狱就回答吗？"他脸色苍白，瞳仁异常小。肯定是因为刺眼的晨光。要不是班柯比别人更了解麦克白，他会说麦克白又复吸了。可他刚要抛弃这想法，心中又突然冒出肯定的感觉，像一股冰冷的洪水在全身暴发。

"是你吗？"班柯说，"是你杀了邓肯？"

麦克白把头歪向一边，目不转睛地看着班柯，像是跳伞前仔细检视你的降落伞，或在第一次接吻前凝眸注视对面的女子。

"是，"他说道，"是我杀了邓肯。"

班柯觉得喘不上气来。他死死闭着眼，真希望再次睁眼时，麦克白连同这件事在面前消失。"那现在怎么办？"

"现在我必须杀了马尔康，"他听见麦克白开口说，"不，是你必须杀了马尔康。"

班柯睁开眼。

"为了我，"麦克白说，"为了我的王子——弗里斯。"

第十一章

班柯坐在地下室单调的灯光下，听弗里斯在楼上跺着地板走来走去。这小子想出去了。见朋友，可能是个女孩。这对他有好处。

班柯让锁链从指间滑走。

他答应了麦克白。为什么？为什么这条底线如此轻易就被突破？因为麦克白承诺他源于人民、联合人民、服务人民，而像马尔康这种上层人士永远做不到？并不是。原因其实很简单，你无法对儿子的事说不。在涉及两个儿子时就更难了。

麦克白将这件事描述成响应命运的召唤，为升任局长开辟道路。他对在背后献策的夫人只字不提。没这个必要。麦克白更喜欢简单的计划——那种在关键时刻无须太多思考的计划。班柯闭上眼，试图想象未来。麦克白继任警察局局长，像肯尼斯一样掌管城市大权，但目标是好的——为了广大市民的福祉，让城市变得更美好。如果你想要达成所有必须的剧变，那么民主的低效和它对愚蠢的纵容便不是好东西。要有正义、强大的铁腕。这样，当麦克白快要老死时，他便会将接力棒交给弗里斯，而班柯也可以放心地离去。也许这便是他为什么无法想象未来。

班柯听见大门"砰"的一声关上。

虽然你需要一定的时间才能完全看清事情的走向，但这一点
显而易见。

他戴上手套。

时间到了五点半。滂沱的雨砸在鹅卵石路上，也砸在马尔康
的雪佛兰 454 SS 型轿车的挡风玻璃上。他在街道间穿梭，想着在
石油危机时买下这么一件耗油重器确实不明智。虽然是价格公道
的二手货，但在公民的责任感面前，他还是觉得理亏。首先是他
那个环保意识很强的女儿，其次是邓肯，他多次强调领导必须注
重节俭。马尔康最后承认了他的真实想法：他从小就酷爱夸张霸
气的美国车，而邓肯也说过，至少这表明节俭的人也是人嘛。

他刚才跑回家冲了个澡，换好衣服。还好用时不长，因为
今天是星期天，路上的车很少。总部入口有一大帮记者在等着
他，大概是希望请他予以置评，或是挖出比七点半的发布会更多
的内幕。图特尔市长已经在电视上发表了声明。"无法理解""悲
剧""我们的心同这家人在一起"以及"市民们务必团结起来对抗
邪恶"——是他说的话，当然还有一大堆有的没的。相比之下，马
尔康的回应极其简单，他请求媒体的理解，他现在的精力都在办
案上，建议媒体朋友以新闻发布会的消息为准。

马尔康开下通往地下停车场的斜坡，向门卫点头示意，待车
杆抬起，一打方向盘，开了进去。从车位到电梯的距离和你的级
别直接相关。当马尔康倒进自己的车位时，他忽然意识到，从理
论上来讲，他其实已经可以停进那个最近的车位了。

就在他准备拔出车钥匙时，斜后方的车门开了，一个人溜进
后座，迅速挪到驾驶员的正后方。邓肯被谋杀后，马尔康第一次
产生了这样的想法：随着局长一职而来的不仅有距离电梯更近的

停车位，还有无时无刻不在的死亡威胁，安全反倒成了那些车位更远之人的特权。

"开车。"后座那个人说。

马尔康觑了一眼后视镜。那个人动作之快、动静之小，只能用受过特警的专业训练来解释。"有情况，班柯？"

"是的，长官。我们发现有人计划刺杀你。"

"在警局里吗？"

"是。别着急，慢慢开。我们得离开这儿。我们还不知道是谁，但跟杀死邓肯的应该是一拨人。"

马尔康意识到，他应该感到害怕。他确实怕了，但还没到贪生怕死的程度。能让人产生悲哀和恐慌的经常是些小事，比如站在梯子中间，或是被愤怒的黄蜂包围。可就像今天早上，眼下的情形似乎不允许你产生那种恐惧感，相反，它迫使你迅速理智地思考，使你的意志更坚定，还有，奇怪的是，它让你冷静下来。

"如果情况属实，我怎么知道你不是他们中的一员，班柯？"

"如果我想杀你，你现在已经死了，长官。"

马尔康点点头。班柯口气里的某种东西告诉他，这个身材比他小，年纪却比他大得多的男人如果真有意，凭双手便能取了他的性命。

"我们去哪里？"

"集装箱码头，长官。"

"为什么不回家——"

"你不想把家里人卷进来吧，长官？到了那儿我会解释的。开吧。我蜷在后座上。最好不要让人看见，知道有人已经给你通风报信了。"

马尔康将车开了出去，门卫朝他点了个头，车杆抬起，他又重新回到雨中。

"我有个会议，在——"

"会有人应付的。"

"新闻发布会怎么办？"

"也会有人去的。你现在担心的应该是自己，还有你女儿。"

"朱莉娅？"马尔康这会儿真怕了，有种恐慌。

"会有人照顾她的，长官。尽管开好了。我们马上就到。"

"我们要做什么？"

"做该做的事。"

五分钟后，他们驶入集装箱码头的大门。当初千方百计阻挡流浪汉和小偷进入的码头，最终只留下了被砸烂的隔离带和闩锁，所以大门这几年干脆也就不关了。今天是星期天，码头空无一人。

"停在棚屋后面。"班柯说。

马尔康照做，停在一辆沃尔沃客车旁边。

"在这上面签字。"班柯说着朝前座递出一张纸和一支笔。

"这是什么？"马尔康说。

"用你的打字机敲的几行字，"班柯说，"大声念出来。"

"'诺斯骑士'发出威胁，如果我不帮他们杀了局长，他们会杀了我女儿——"马尔康停住了。

"继续。"班柯说。

马尔康清了清嗓子。"——朱莉娅。"他念道，"但如今他们握有我的把柄，要我继续为他们效力。我知道只要我还活着，对我女儿的威胁就永远存在。加上我对自己的所作所为感到羞愧，我决定投河自尽。"

"事实上的确如此，"班柯说，"只有在这封信上签字才能救你女儿。"

马尔康转身看着后座上的班柯，定定地望着枪口。班柯戴着手套，握着一把枪。

"没有人要杀我。你撒谎。"

"你说得对，也不对。"班柯说道。

"你骗我上这里来，就能杀了我，把我丢进这条水道？"

"信里说了，你是投河自尽。"

"我为什么要投河？"

"因为还有一种选择，那就是现在我爆了你的头，开车去你家，然后这封自杀信便变成这样。"班柯递给他另一张纸，"只是结尾不一样。"

"只要我和我的女儿还活着，威胁就永远存在。这就是为什么我选择结束我们的生命，省得她为我的所作所为而感到羞辱，一辈子活在无尽的恐惧中。"

马尔康眨了眨眼。他明白这话的意思，而且道理上也说得通，但他还是把信又读了一遍。

"签吧，马尔康。"班柯的声音听起来几乎像是慰藉。

马尔康闭上眼。车里悄无声息，他甚至能听见扳机在轻颤。然后他睁开眼，抓起笔，在第一封信上签了字。后座传来金属的碰撞声。"给，"班柯说，"把这个绑在外套下的腰上。"

马尔康估量了一下班柯拿出来的轮胎防滑链。是重物。

他接过去，一边将它们缠在腰上，一边在想自救的出路。

"让我看看。"班柯说着拉紧链条，然后将它们穿进一把挂锁，"咔"的一声扣死。他将签好字的信放在副驾驶的座位上，拿一把钥匙压着。马尔康料想这便是挂锁的钥匙。

"下车。"他们进入雨中。班柯用枪顶着马尔康，沿着码头边缘一条狭窄的水道向前走。这条水道是从主码头上分离出来的，两侧的集装箱宛如一堵堵墙，即便有人在码头上行走，也不会发现马尔康和班柯的位置。

"停。"班柯说。

马尔康眺望远处黑暗的海洋——它在雨的抽打下变得驯服、平静、波澜不惊。他垂下眼帘，看着下面被油污覆盖的黑绿色的水，然后转过身，背对着海，直视着班柯的眼睛。

班柯举起枪："跳下去，长官。"

"你的样子不像是行凶之人，班柯。"

"恕我直言，长官，我觉得你不知道这种人长什么样。"

"说得不错。可我看人还是很准的。"

"直到现在。"

马尔康向两侧张开手臂："那么，你来推我一把。"

班柯舔了舔嘴唇，换了一只手握枪。

"怎么了，班柯？让我看看你杀人的模样。"

"你可真够淡定的，长官。"

马尔康放低手臂："那是因为我知道失去是什么滋味，班柯。和你一样。我们能够承受大多数损失，但也有一些我们承受不起，因为它们会让我们失去存在的意义，甚至比失去自己的生命还要可怕。我知道你失去了妻子，这座城市带来的疾病夺走了她的生命。"

"是吗？你是怎么知道的？"

"邓肯告诉我的。他这么做是因为我的第一任妻子也是得这个病走的。我们探讨如何建立一座新城市，让这种事情不再发生，让城里最有势力的工业大亨也会因违法而面临审判，让每一桩谋杀都铁证如山，不管是用武器杀人，还是用毒气把市民们的眼睛熏得发黄，让他们闻起来像死尸。"

"所以，你已经失去了那不可失去的东西。"

"不。你虽然失去了妻子，但你的生命还有意义。因为你有一个孩子，不管是女儿还是儿子。我们的孩子才是不可失去的东西，班柯。如果我的死可以救朱莉娅，如果我不得不这么做，那也是值得的。我和邓肯之后还会有别人。你也许不相信我，但这个世界充满了追求正义的人，班柯。"

"可谁来定义什么叫正义？你和其他大老板吗？"

"问问你的心，班柯。你的脑袋会欺骗你，问问你的心。"

马尔康看见班柯把重心从一只脚换到另一只脚。他已口干舌燥，声音几近嘶哑。"你尽可以在我身上随意加挂铁链，班柯，但那没有任何意义，因为我终将浮出水面。正义终会浮现。我发誓，我会在某个地方浮现出来，揭露你的罪行。"

"那不是我的罪行，马尔康。"

"赫卡忒，还有你的，你们是一条船上的人。你我都清楚，这条船会渡过怎样一条河，你们很快会有什么下场。"

班柯慢慢点了点头。"赫卡忒，"他说，"一点不错。"

"什么不错？"

班柯好像出神地看着马尔康额头上的一个圆点："你说对了，长官。我是在为赫卡忒卖命。"马尔康试图解析班柯这凄然的一笑。雨水从他的脸上流下，仿佛在哭泣，马尔康这样想：他是在犹豫吗？马尔康知道自己必须继续说下去，逼班柯说话，因为每一个字、每一秒钟都在延长他的生命，增加逐渐渺茫的万一——万一班柯改变主意，万一有人出现。

"为什么要溺死呢，班柯？"

"嗯？"

"在车里毙了我，装成自杀的假象岂不是更容易。"

班柯耸了耸肩："实现目标的方法不止有一种。犯罪现场在水下，就算他们怀疑谋杀也不会留下痕迹。溺死的感觉更好，就像慢慢睡去。"

"你凭什么这样说？"

"我体验过。我年轻时有两次几乎淹死。"

班柯的枪管已经略微降低。马尔康估摸了一下他们之间的距离。

马尔康咽了一口唾沫："为什么你几乎淹死了自己，班柯？"

"因为我在城东长大，从来不会游泳。在一个海滨城市长大还会掉进海里淹死，这难道不可笑吗？所以我努力教儿子游泳，可奇怪的是他也学不会。也许是因为教他的人本就不会游泳。如果我们淹死了，他们也会淹死，这便是命运如何一代代地轮回。可你这种人会游泳，马尔康。"

"所以加了链条？"

"是的。"枪管又抬了起来。那阵犹豫消失了，决绝又回到班柯的眼里。马尔康深吸一口气。机会刚刚还在眼前，这会儿又没了。

"不管你是不是好人，"班柯说，"你的浮力我们学不来。我必须确保你沉入水底，永远浮不上来。如果不这样，我的任务就没完成。你明白吗？"

"明白什么？"

"把你的警徽给我。"

马尔康从夹克衫的兜里取出那枚黄铜警徽，班柯接过后一把扔了出去。它飞过码头的边缘，击中水面，然后沉没。"黄铜做的。锃亮，但会立马沉到水底。这就是引力，长官。它将万物拽入泥里。你必须消失，马尔康。永远消失。"

会议室里，麦克白看了一眼手表。六点二十九分。门又开了，麦克白认出是列诺克斯的助手，她探出脑袋，说还是无法联系上马尔康，他们只知道他到了总部，但在车库里又掉头走了，就连他的女儿朱莉娅也不知道他的去向。

"多谢，普丽西拉。"列诺克斯说完转向大伙："既然这样，我认为我们应该开会了，再等——"

麦克白知道这一刻已经来临——夫人口中所说的这一刻，领导权力真空的一刻，所有人都会把挺身而出的那个人视为新的领导。所以，他的打断来得格外响亮。

"抱歉，列诺克斯——"麦克白转向门口："普丽西拉，可否请你组织人手，搜寻一下马尔康和他的车？用词尽量低调。总部希望尽快联系他，类似这种。谢谢。"他转向其他人："抱歉征用了您的秘书，列诺克斯，但我想这里大多数人都和我一样不安。好吧，我们现在开会。有人反对我在马尔康到来之前主持会议吗？"

他的目光扫过桌面，扫过凯思妮斯、列诺克斯和德夫。他见他们怔了好几秒，最后，列诺克斯清了清嗓子，僵硬地说："按级别你是排在他后面的，麦克白。你来吧。"

"谢谢你，列诺克斯。你介意顺便把身后的窗户关上吗？先来说说侍卫吧。反腐败组在现场有什么发现？"

"还没有，"列诺克斯努力合上窗锁，"没有反常的迹象，也没有任何疑点。事实上，唯一让人怀疑的就是一切太正常了。"

"没有疑点，和什么人接触，突然买进奢侈品或银行账户的变化？"

"我的理解是，他们原先没有前科，"德夫说，"但即便是没有污点的骑士，如果你能找出他们身上的弱点，也能将他们毒死或腐蚀。赫卡忒便找到了那个弱点。"

"那我们也能，"麦克白说，"接着搜，列诺克斯。"

"我会的。"他的语调暗示这句话结尾处还留有"长官"一词。它没被说出口，但所有人都听见了。

"德夫，你之前提到，你问过你原来部门里的卧底了，是吗？"

"他们说，外头的卧底都对这次谋杀感到意外。没有人掌握任何线索。但所有人都料定赫卡忒是背后指使者。中央车站里的一个年轻人提到一名寻找毒品的警官——我不知道这是不是我们的卧底，但绝对不是这两名侍卫。我们会继续寻找和赫卡忒有关的线索，不过——大家都知道——难度至少和寻找斯威诺一样大。"

"谢谢，德夫。凯思妮斯，犯罪现场的调查如何？"

"都是预料中的发现。"她看着面前的笔记说道，"我们在死者房里辨别出若干指纹，它们分别属于三名女服务员、两名侍卫，以及到过房里的夫人、麦克白和德夫。还有一些指纹尚未辨别出来，但我们已有这间房以前客人的指纹比对。所以，我说的预料中的发现并不完全准确，酒店客房通常有许多无法辨别的指纹。"

"因弗尼斯的主人非常重视清洁工作。"麦克白郑重其事地说。

"病理学分析确认，导致死亡的直接原因是两处捅伤，它们和找到的匕首相吻合。尽管匕首用床单和侍卫的衣服擦拭过，但刀片和刀柄上仍有足够多的血迹是来自死者。"

"我们能说邓肯吗？"麦克白问道，"不要叫死者。"

"好。其中一把匕首上的血多于另一把，因为它切断了死——呃，邓肯的颈动脉，导致被子上被溅射了大量鲜血，就像这张照片展示的那样。"凯思妮斯将一张黑白照片推到桌子中间，大伙出于职业素养仔细检视，"完整的尸检报告明早会出来，届时会有更多发现。"

"更多发现？"德夫问道，"他晚饭吃了什么吗？大家都知道，我们吃了同样的东西。还是他有什么非致命的疾病？如果我们真要抓紧时间，当务之急就是把重点放在情报上。"

"一份尸检报告，"麦克白注意到凯思妮斯嗓音中的颤抖，"能够确认或否认我们假设的事件顺序。我认为这非常重要。"

"你说得对，凯思妮斯，"麦克白说道，"还有什么要补充的？"

她又展示了一些照片，分析了其他医学和技术证据，但没有超出会议的基本共识：是两名侍卫杀了邓肯。会议同时认为，侍卫杀人似乎并无动机，因此一定有其他势力在背后操纵，但至于是否有赫卡忒以外的嫌疑人，大伙的讨论很简短，也没得出什么结果。

麦克白建议将新闻发布会推迟至十点，其间找到马尔康并向其汇报。列诺克斯指出九点更好，因为媒体周日的截稿时间比较早。

"谢谢你，列诺克斯，"麦克白说，"但我们是按照事情的重要性来确定议程，而不是明早的发行量。"

"我认为这很愚蠢，"列诺克斯说，"我们这个管理团队刚刚成立，初次见面就得罪媒体并不明智。"

"我注意到你的意见了，"麦克白说，"除非马尔康出现并提出反对，我们九点在这里碰面，把在发布会上要说的话梳理一遍。"

"谁来主持发布会？"德夫问道。

麦克白还没来得及开口，门开了。是列诺克斯的助手——普丽西拉。

"抱歉打断一下，"她说道，"有巡警报告，马尔康的车停在集装箱码头。车里没人，马尔康也不知去向。"

麦克白感到屋里一片沉寂。他为自己是唯一的知情者而窃喜，也为能掌控这里的局面而感到享受。

"码头什么地方？"麦克白问道。

"一条水道旁。"

麦克白慢慢地点了点头："派潜水员下去。"

"潜水员？"列诺克斯说道，"早了点吧？"

"我觉得麦克白是对的。"普丽西拉插话道，其他人一脸震惊地看向她。她倒吸了一口气："他们在车座上找到一封信。"

第十二章

发布会在十点钟准时开始。当麦克白进入斯贡厅、走向讲台时，闪光灯从各个角度枪林弹雨般亮起，将他那怪异的、一闪而过的影子投射到背后的墙面上。他双手扶着讲台，朝台下望了几秒，然后咳了一声，目光扫过座无虚席的现场。他从前一直不喜欢当众发言。那是很久以前了，他一想到要发言就觉得比执行最危险的任务还要头疼。不过这一点后来有所改善。而此刻，就是今晚，他感到无比开心。他要享受这一刻，因为他掌握着全局，知道他们所不知道的内幕。此外，还因为他刚刚吸了一条"精酿"。这便是他需要的全部。

"各位晚上好，我是麦克白警督，有组织犯罪处负责人。大家知道，今早六点四十二分，邓肯局长被发现在因弗尼斯赌场遭人暗杀。就在此后不久，两名涉案嫌疑人，也就是邓肯的侍卫安德里亚诺夫警官和亨尼西警官，在邻近一间房内因拒捕而被警方击毙。一个小时前，我们向各位发放了事件的详细经过、我们目前的发现以及关于此案的假设，所以这块内容我就不赘述了。但我还想补充几个技术层面的细节。"

麦克白努力克服紧张的情绪，可一名记者却按捺不住了：

"关于马尔康你有什么消息？"提问声在大厅里回响。

"他死了吗？"又一名记者抛出问题。

麦克白低头看了一眼答问要点，然后将它们放到一边。

"如果这些问题意味着媒体朋友认为我们已经完成了报告邓肯局长谋杀案的责任，那么我们现在可以谈一谈副局长失踪案。"

"不行，但最近的事情优先，"一名年龄较长的记者喊道，"我们快要截稿了。"

"好吧，"麦克白说道，"你们可能知道了，马尔康副局长六点没有在警局总部的内部会议上出现。在局长被发现身亡的同一天，发生这种事令人感到不安。所以我们立即展开了搜索，今天下午在集装箱码头找到了马尔康的车。我们随后对这片区域也进行了搜索，并派出了潜水员。他们发现了——"

"他的尸体？"

"——这个。"麦克白举起一枚圆形铁片，它在电视灯光的照耀下熠熠生辉，"这是马尔康的警徽，是在靠近码头一侧的海床上找到的。"

"你认为他遭人暗算了吗？"

"有可能，"麦克白眼睛一眨不眨地说，全场静默，"如果这个人包括马尔康本人。"他望了一眼场下，继续说道，"我们在他车子的前座上找到一封信。"

麦克白展开信，清了清嗓子。

"'诺斯骑士'发出威胁，如果我不帮他们杀了局长，他们会杀了我女儿——朱莉娅。但如今他们握有我的把柄，要我继续为他们效力。我知道只要我还活着，对我女儿的威胁就永远存在。加上我对自己的所作所为感到羞愧，我决定投河自尽。"

信上有副局长的签名。

麦克白抬头看着满屋的记者："我们要问的第一个问题——我

想你们也会问——当然是这封信的真伪。我们的法医处已经确认，这封信是用马尔康在总部的打字机写的。信纸上有马尔康的指纹，签名也出自马尔康之手。"

大厅里的人似乎需要好几秒钟来消化这些信息。随后是刺耳的声音。

"还有其他证据证明马尔康是谋杀邓肯的凶手吗？"

"马尔康怎么会帮着'诺斯骑士'谋杀邓肯呢？"

"马尔康和侍卫之间是什么关系？"

"你认为还有其他警官涉案吗？"

麦克白抬起手："我现在不会回答任何关于邓肯谋杀案的问题，因为都是猜测。我只回答关于马尔康失踪的问题。请大家一个一个来。"

一阵沉默。接着，大厅里唯一一名女记者问："我们是否可以这样理解，你们找到了马尔康的警徽，但并非马尔康本人？"

"我们搜寻的那片海床泥层很厚，我们港口的水质又不好。一枚轻型的黄铜徽章不一定会像尸体那样沉入泥里，何况黄铜会反光。潜水员得费些工夫才能找到马尔康。"

麦克白望着那些埋头于电脑和笔记的记者。

"难道最明显的原因不是水流把尸体带走了吗？"一个发着各种卷舌音的声音说。

"是。"麦克白回应道。他循声找到对应的那张脸——它属于少数几个不记笔记的人——沃特·凯特。他不用记，广播台的麦克风就摆在麦克白面前。

"如果马尔康后悔杀了邓肯，为什么——"

"打断一下，"麦克白抬起一只手，"我刚才说了，在掌握更多情况前，我不会回答任何关于邓肯谋杀案的问题。希望大家能够理解，我们必须回去工作。我们的当务之急是用现有的资源，迅速、高效地把案子调查清楚。我们也必须尽快任命一位新局长，以便继续推进警局的工作。"

"你目前应该是代理局长吧，麦克白？"

"理论上，是这样。"

"实际上呢？"

"实际上……"麦克白停顿了一下，低头扫了一眼纸面，他舔了舔嘴唇，"我们各部门的主管经验都很丰富，他们已经接过指挥棒——坦率地说，现在是我们集体决策。当然，我也不怕承认，接管警局不会是一件轻松的事。邓肯是一个有远见的人，一名在同恶势力的斗争中牺牲的英雄。我们的敌人以为他们得逞了。"他抓住讲台，身体前倾，"但他们唯一做到的就是让我们越发坚定地相信，这场失败恰恰吹响了正义必将战胜邪恶的号角。为了正义而战，为了安全而战。我们通过正义和安全来重建、重塑、重获繁荣。但我们无法凭一己之力取胜。为了完成使命，我们需要你们的信任、市民们的信任。有了信任，我们就能继续邓肯未竟的事业，而我——"他停下来举起手，像是在宣誓，"以个人名义保证，我们将前赴后继、持之以恒，直到完成邓肯为本市以及为全体市民立下的目标。"

麦克白放开讲台，挺起胸膛。他望着台下的一张张脸，在他眼前逐渐模糊成一片瞠目结舌的海洋。不，他没有胆怯。他见到了效果，仍在回味自己那番话的余音。是夫人的话。他身体前倾的时机刚好，和预先的设计完美吻合。她在镜子前给他做了指导，解释肢体语言如何能强有力地制造自然的激情和战斗的渴望，肢体语言比他说出来的话更加重要，因为它不经大脑分析，直击人心。

"明早十一点，我们将在这里，也就是斯贡厅再举行一场新闻发布会。感谢各位。"

麦克白收好他的发言稿，听到台下传来失望的抱怨声，接着是一阵抗议和质疑。他眯着眼朝对面望去，想在上面多待几秒。他费了好大的劲儿，终于在最后一刻收住了一开始的笑容。

还真他妈有点船长的风范。坐在前排的德夫心里念叨。一名无惧惊涛骇浪的船长。他背后想必有高人指点。这不是我原先熟悉的那个麦克白。

麦克白略微点了点头，穿过讲台，消失在普丽西拉为他把守的门后。

"你觉得怎么样，列诺克斯？"德夫在记者们不依不饶地喊着返场时间。

"我被感动了，"这位红头发的警督说，"而且很受鼓舞。"

"确实。与其说是新闻发布会，不如说更像是一场竞选演说。"

"可以这么理解。你也可以把它理解成一种富于担当的高明的计策。"

"担当？"德夫哼了一声。

"不论是城市还是国家，都离不开'信念'二字。是信念让我们相信纸钞能够兑换黄金，相信我们的领袖心里装着你我而不是他们的私利，相信正义最终能够得到伸张。如果没了这些信念，文明社会便会在旦夕之间分崩离析。在失序之神前来叩门之际，麦克白刚刚向我们保证，这座城市的公共体系没有受到任何影响。这是一场具有政治家风范的演讲。"

"或者说是女政治家。"

"你觉得那些是夫人的话，不是麦克白的？"

"女人工于心计，懂得如何对心说话。因为心是我们身体里的女人。尽管脑袋比心脏更大，表达得更多，并且相信男性的统治地位，但心才是悄悄做决定的那个人。这场演讲触动了你的心，脑袋自然就会跟着受触动。相信我，麦克白没有这本事，这场演讲出自夫人之手。"

"那又怎么样？我们都需要更优秀的另一半。只要结果是我们想要的，就算是恶魔导演的也无所谓。你不会是嫉妒麦克白吧，德夫？"

"嫉妒？"德夫不屑一顾地说，"我为什么要嫉妒？他的外表和谈吐就像一个真正的领袖，如果他在行动上也能这样，那么让他而不是让别人当领导显然对所有人都是最好的选择。"

他们身后发出椅子拖过地面的响声。麦克白没有返场，而截稿时间却不等人了。

距离午夜还有一个小时。风已经减弱，但昨晚的风暴留下的垃圾和废物仍然在街道上被吹来卷去。潮湿的西北风鼓足劲，加速通过车站大厅的走廊，掠过躺在墙边的一群人，然后又向里面行进了几米，找到一个用围巾包住口鼻的人。

斯特雷加朝他走去。

"怕被人认出来吗，麦克白？"

"嘘，别叫我的名字。我今晚做了一场演讲，怕是失去匿名的便利了。"

"我看《晚间新闻》了，你在台上的表现很不错。我几乎相信你说的每一句话。不过话说回来，一张帅气的脸蛋总能对我产生那种效果。"

"为什么我才到这儿你就出现了，斯特雷加？"

她笑了："要'精酿'吗？"

"你有别的货吗？苯丙胺？可卡因？'精酿'会让我产生幻觉，并且让我做非常可怕的噩梦。"

"让你不堪噩梦的不是'精酿'，而是这场风暴，麦克白。我不碰那东西，可我也梦见全天下的狗被一阵雷逼疯，看见它们嘴吐白沫，朝彼此扑去，趁还没死时相互蚕食。我满头大汗，醒来时才如释重负。"

麦克白指着走廊远处那群人："那儿就有你的梦。"

"什么？"

"那是一具被吃掉一半的狗的尸体，你看不见吗？"

"我想你又产生幻觉了。给。"她将一小袋东西放进他手里，"'精酿'。现在可别疯掉，麦克白。记住，那条路并不绕，它就笔直地躺在你面前。"

麦克白经过"伯莎号"，匆匆走向荒凉的工人广场，脚下如同一条下坡路，通往因弗尼斯赌场灯火通明的正面。就在这时，他看见一个人影站在黑暗的雨中。走近一看，竟是班柯。

"你在这儿干什么？"麦克白说。

"等你。"班柯说。

"在'伯莎号'和因弗尼斯中间，淋着雨？"

"我下不了决心。"班柯说。

"什么决心？"

"马尔康的事。"

"你没用链子缠住他，是吗？"

"什么？"

"潜水员还没找到尸体。不加点分量，水流就把他带走了。"

"不是那样的。"

"不是？咱们去因弗尼斯再说，别站在这儿淋雨挨冻。"

"对我来说太晚了。我的心已经凉透。我在这儿等你是因为赌场外都是记者。他们在等你这个新局长。"

"那就长话短说。怎么回事？"

"我没按原计划行事。你不用怕，马尔康已经永远消失，永远不会再回来了。即使他回来，也不知道你牵涉此事。他以为赫卡忒是幕后主使。"

"你什么意思？马尔康还活着？"

班柯打了个寒战。"马尔康以为我被赫卡忒收买，策反了邓肯的侍卫。我知道这不是我们原先的计划，但我解决了问题，同时也保住了一个好人的性命。"

"马尔康现在在哪儿？"

"走了。"

"去哪儿了？"麦克白盯着班柯的脸，抬高了音量。

"我开车带他去了机场，让他上了一班去首府的飞机。他会从那里出境。他明白，只要他试图联系任何人或是走漏一点儿他还活着的消息，他女儿朱莉娅就会被立马撕票。马尔康是个做父亲的，麦克白，我知道这意味着什么。他永远不会拿女儿来冒险，永远不会。他宁可让一座城市堕落和灭亡。相信我，就算浑身跳蚤的马尔康在一个四面透风的阁楼上每天忍饥挨饿，在寒冷和孤独中醒来，他依旧会感谢造物主让他的女儿又多活了一天。"

麦克白抬起手，然后看见班柯眼里有一种他迄今只见过一次的东西——不是在他们联手对付劫持儿童的亡命徒或疯子的无数行动里，也不是在班柯面对比他更魁梧强壮的对手，况且他明知自己会被——也确实被——痛打一顿时。麦克白只有一次看见过班柯脸上出现这种表情，那便是他从医院探望薇拉回家、医生告知他最新检查结果的那一次。恐惧。百分之百、纯粹的恐惧。麦克白怀疑班柯不是为自己而感到恐惧。

"谢谢你。"麦克白说。他一只手重重地拍在班柯肩上，"谢谢你，我亲爱的朋友，在我缺少仁慈时能够展现仁慈。我原以为一个人牺牲事小，却可成就我们无量的伟业。但你是对的：一座城市若放任好人无谓地死去，是无法免于堕落和灭亡的。这个人可以被赦免，而且他应该被赦免。或许你已经使我俩免于为如此残忍的暴行而最终堕入地狱了。"

"真高兴你能这么想。"班柯兴奋地说道，麦克白能感到班柯肩膀上颤抖的肌肉在他的手掌下松弛下来。

"回家睡觉吧，班柯。代我向弗里斯问好。"

"我会的，晚安。"

麦克白穿过广场，心事重重。有时候好人确实会无谓地死去，可有时候，他们确实必须死去。他走进因弗尼斯的灯火中，不顾记者们叫嚷着关于马尔康和邓肯侍卫的问题——杀死两名侍卫的到底是不是他。

屋内，夫人给他接风。

"整场新闻发布会在电视上都播了，你真了不起。"她拥抱了他。他不会再失去她了。他没有放手，一直等到温暖重新回到自己的身体，等到那股令人心神激荡的电流从后背传导下去——她的嘴唇碰到他的耳朵，轻声说："局长大人。"

回家了。和她一起。双宿双飞。而这便是他想要的一切。但想要拥有这一切，你就必须靠自己去争取。世道就是如此。而且——他想到——下一个世道也是如此。

"你回来了？"

德夫正站在孩子们的房门口，背后这声吓了他一跳。梅雷迪斯已换上睡衣，交叉着双臂，站在那里瑟瑟发抖。

"就是回来看看，"他轻声说："本来不想吵醒你的。埃文不想回自己屋里睡吗？"他冲儿子点点头，后者蜷缩在姐姐身旁。

梅雷迪斯叹了口气："他现在一睡不着就去找埃米莉。我以为你会一直待在城里，处理那些棘手的事。"

"是，是。但我也得逃出来透口气。拿点干净衣服，顺便看看你们。我在客厅睡几个钟头，然后就走。"

"好吧，我给你铺床。你吃饭了吗？"

"我不饿。睡醒吃个三明治就好。"

"我可以给你做点早饭。反正也睡不着。"

"你去睡吧，梅雷迪斯。我还得等一会儿再睡，我来铺床。"

"随你吧。"她交叉着双臂站在那儿看着他，但黑暗中他看不见她的眼睛。她转身离去。

第十三章

"但我想知道为什么，"德夫说着把胳膊肘架在桌上，手托着下巴，"安德里亚诺夫和亨尼西为什么不跑呢？为什么两个叛变了的侍卫会先杀了他们的老板，然后在隔壁的屋里躺下来睡觉，满身是血，留着可以直接下狱的证据？说话啊，你们这些探员，你们都他妈的没有点头绪吗？！"

他环顾周围。凶案处十二名探员中的一些人坐在他面前，但唯一张口的人却是为了打哈欠。现在是星期一早晨。也许这就是他们不爱说话、病恹恹的原因？不，除非他们对事情上心，要不这些脸明天还是这个熊样。凶案处过去两个月群龙无首是有原因的。两个月前，邓肯给前处长下了最后通牒：要么辞职，要么接受涉嫌贪污的内部审查。没有合格的竞聘者。在肯尼斯时期，凶案处的破案率全国垫底，贪腐并不是唯一的原因。首府的凶案处在业内相当出色，而相比之下，局里这个处都是一帮废物：要么毫无工作热情，要么啥也不会。

"这种状况必须扭转，"邓肯曾经发话，"凶案处的成败在很大程度上关乎老百姓对警察的信任。这就是为什么我对你——德夫——这样一名最优秀的警官委以重任。"

邓肯深谙如何用鼓励性的方式让下属接受坏消息。德夫发出一阵抱怨。他身边有一大摞的报告，但这些报告的价值还不如写它们的纸值钱——那上面净是些没用的面谈笔录，因弗尼斯赌场的客人众口一词：他们除了糟糕的天气，什么也没听到或看到。德夫知道，这帮探员保持沉默可能只是畏惧他的怒火，但他才不管这个。这又不是在拼谁的人缘好。如果他们无论怎么都怕，那好。

"所以我们觉得，两个有罪的侍卫只是傻乎乎地睡了一觉，是吧？因为一天下来太累了。你们这些笨蛋，谁同意？"

没有反应。

"那谁不同意？"

"不是因为他们傻，"凯思妮斯接过话茬儿，从门口蹿了进来，"而是被人下了药。对不起来迟了，但我一直在等这个。"她挥舞着一本可怕得像是报告的东西。就是报告——当它落在桌子那一摞纸上、发出"砰"的一声时，德夫看清楚了，"从安德里亚诺夫和亨尼西身上提取的血液样本表明，他们体内有大量苯二氮䓬类物质，足以睡十二个小时。"凯思妮斯挑了一张空椅子坐下来。

"侍卫吃了安眠药？"德夫不相信。

"它们有镇静作用，"屋子后面一个摇晃着椅子的家伙说，"要是你准备对自己的上司下手，十之八九都会有点肝儿颤。许多抢银行的就会吃苯二氮䓬。"

"所以他们砸锅了。"一名探员说道——他的鼻子紧张地抽动着，白色的圆高领衫上挎着一只枪套。

一阵笑声，很短促。

"凯思妮斯，你怎么看？"德夫问。

她耸耸肩："探案不是我的专业领域，但对我来说，显然他们需要服用一些药物来缓解紧张的情绪，但由于不太懂药，所以用错了剂量。在实施谋杀的过程中，这些药物按计划发挥了作用。他们的反应依旧敏捷，但是紧张感消失了，那些清晰的刀痕表明他们下手很稳。但谋杀过后，当药劲儿真正上来，他们失去了对局面的控制，开始东倒西歪，弄得浑身是血，最后干脆在椅子上昏睡过去。"

"很典型，"圆领衫说道，"有一次我们抓了两个嗑药的银行抢劫犯，他们居然在路灯下逃逸的车子里睡着了。我没开玩笑。这帮罪犯真他妈的蠢，你——"

"谢谢你，"德夫打断了他的话，"你怎么知道他们的反应很快？"

凯思妮斯耸耸肩："不管是谁捅的第一下，他的手在血喷出来之前就脱离了刀身。我们的血迹分析员说，刀柄上的血是溅上去的，不是靠流、滴或是抹上去的。"

"如果是这样，我同意你其他所有的分析，"德夫说，"有不同意见吗？"

没有反应。

"有人同意吗？"

众人默不作声地点头。

"好，姑且认为这种说法成立。现在我们转向另一个没有解决的问题：马尔康的自杀。"德夫站了起来，"他在信上说，如果他不配合他们杀了邓肯，'诺斯骑士'就威胁杀他的女儿。我的问题是：为什么非要听从斯威诺和'诺斯骑士'的摆布并且自杀，而不是找邓肯帮忙，把他的女儿转移到安全屋呢？威胁对警察来说也不算什么新鲜事了。你们怎么看？"

大家要么低头看地，要么面面相觑，或是望向窗外。

"没想法吗？整个凶案处的探员，竟然没——"

"马尔康知道斯威诺在警局里有人，"摇椅子的那个人说道，"他知道斯威诺怎么着都会找到他的女儿。"

"很好，我们开始活跃起来了，"德夫弯着腰在他们面前踱来踱去，"我们假设马尔康认为，按照斯威诺的吩咐去做，可以保女儿无恙；或者通过死亡，斯威诺不再有任何理由杀他的女儿，怎么样？"他发觉在场没有一个人跟上他的思路。

"好，那么如信上所说，如果马尔康既无法接受失去女儿，也无法接受成为谋杀邓肯的帮凶，为什么他不在邓肯被杀之前了结自己，让两个人都得救？"

众人瞪眼看着他。

"我可以说一句吗……"凯思妮斯开口道。

"请讲，警督。"

"你的问题也许符合逻辑，但不符合人的心理规律。"

"不符合吗？"德夫回应道，"我觉得符合。马尔康明显的自杀行为背后有某种矛盾之处。人脑总会根据已知的信息，通过十分精确的分析来衡量利弊，然后作出无法辩驳的、符合逻辑的决定。"

"如果逻辑无法辩驳，为什么在没有掌握新信息的情况下，人有时候会感到悔恨？"

"悔恨？"

"悔恨，德夫警督，"凯思妮斯直视着他的眼眸，"凡是具备人类特质的人都知道，这是一种我们但愿自己做了什么或者没做什么的感觉。我们无法排除马尔康属于这种情况的可能性。"

德夫摇了摇头："悔恨是一种病态。爱因斯坦说过，精神病的症状就是一个人再次经历同样的思维过程，希望得到一个不一样的结论。"

"那么爱因斯坦的论点是可以被驳斥的，因为人随着时间的推移会得出不同的结论。这并不是因为我们掌握的信息有任何改变，而是因为人自身的改变。"

"人是不会变的！"

德夫注意到，屋里的警官已经清醒，正在认真地听他们的分析。他们或许在怀疑，他同凯思妮斯的交锋不止关于马尔康之死。

"也许马尔康变了，"凯思妮斯说，"也许邓肯的死改变了他。这一点无法排除。"

"我们同样无法排除他留下一封遗书，把警徽扔进大海，然后逃走，"德夫说，"这也是人性使然。"

门开了。是缉毒处的一名警官。"德夫警督，有电话找你。对方说是关于马尔康的事，很紧急，而且他只想跟你说。"

夫人站在卧室当中，看着她的床上睡着的男人。是他们的床。时间已经过了九点，她很早就用了早餐，但丝绸被单下的身体依旧没有一丝生气。

她在床边坐下来，拍了拍他的脸蛋，揪了揪他浓密的黑色鬈发，然后摇了摇他。眉毛下现出一条狭窄的白缝。

"局长！醒醒啦！城里着火了！"

她笑起来。麦克白呻吟着翻了个身，背冲着她："几点了？"

"太阳当头了。"

"我梦见今天是星期天。"

"我猜你梦见了好多东西。"

"嗯，那袋该死的……"

"什么？"

"没什么。我听见风暴的钟声，但后来意识到是教堂的钟声。

召唤做礼拜的人去忏悔和洗礼。"

"我告诉过你,不要说那个词。"

"'洗礼'吗?"

"麦克白!"

"对不起。"

"离新闻发布会还有不到两个小时。他们可能纳闷,他们的新局长出什么状况了。"

他抬腿下床。夫人挡住他,两只手捧着他的脸,仔细检视。瞳仁小了。又是这样。

她摘掉他眉毛上的一根头发。

"今晚还有一顿饭,"她一边说一边在找更多的头发,"你没忘吧?"

"邓肯刚走就搞这种活动,不太好吧?"

"这是为了培养人脉,又不是搞大型宴会。我们也得吃饭呀,亲爱的。"

"都谁来?"

"我请的人都来。市长,还有一些你的同事。"她找到一根灰发,但从她细长的红指甲间滑落了,"我们准备探讨一下如何加强对赌场的管理。今天的'领袖专栏'说了,方尖塔明显属于打着赌场的幌子在开窑子,所以应该关停。"

"如果没人读他的报纸,你那个编辑好友按你的吩咐写什么都没用。"

"不会,我丈夫现在可是警察局局长。"

"噢!"

"你应该再长几根银头发。当老大的一头银发,多好看。我今天跟我的发型师说说,他兴许可以稍稍把你的鬓角给染一下。"

"我的鬓角藏在后边，看不见。"

"真的啊，所以我们要把你的头发给剪了——就这样。"

"绝不！"

"图特尔市长心中的局长形象大概得是个成熟的男人，而不是个孩子。"

"哦？你很担心吗？"

夫人耸耸肩："通常来说，市长不会干预警方的人事安排，但是新局长得由他来任命。我们必须确保他别冒出什么新奇的想法。"

"怎么才能做到？"

"我们得确保能牢牢控制住图特尔，避免他在这个小概率事件上无理取闹。不过你不用担心这个，亲爱的。"

"好吧。说起无理取闹……"

她不再搜寻不规整的头发了。他刚才的口气似曾相识。"亲爱的，你是有什么事情瞒着我吗？"

"班柯……"

"他怎么了？"

"我开始怀疑能否信任他了。他有没有在为自己和弗里斯谋划什么。"麦克白深吸了一口气，她知道下面他要讲一些重要的话，"班柯昨天没有杀马尔康，而是送他去了首府。他狡辩说，我们不必冒险杀人，可以放他一马。"

夫人知道他在等自己的反应。看她一声不吭，他说从没见过她这样目瞪口呆。

她笑了。

"现在还不是目瞪口呆的时候。你觉得他在谋划什么？"

"他说他已经把马尔康吓得不敢发声了，可我怀疑他们之间达成了某种交易，他给班柯的好处比我给的更丰厚、更可靠。"

"亲爱的，你不会相信我们的老好人班柯有成为局长的野心吧？"

"不，不，班柯一直是那个愿意被人领导，而不是领导别人的人。我是担心他儿子——弗里斯。我比弗里斯大十五岁，到我退休时，弗里斯也该是一把年纪的老人了。所以对他来说，更好的选择是做马尔康这种年纪更老之人的接班人。"

"你不过是累了，亲爱的。班柯忠心耿耿，绝不会做出这样的事。你自己说过，他可以为你下地狱。"

"是，他一直很忠诚，我对他也是如此。"麦克白起身站在墙上一面巨大的金框镜子面前，"可你仔细想想，这种肝胆相照难道不是对班柯更有利吗？他难道不像一条鬣狗，只要跟随狮子的足迹就能不费吹灰之力享用别人的猎物？是我叫他做了特警队的二把手，是我让他当上了有组织犯罪处的副处长。可以说他为我做得并不多，但得到的回报倒是不少。"

"那你更应该相信他的忠诚，亲爱的。"

"是，我也是这么想的。可现在我看见……"麦克白皱起眉头，走近镜子，将手放在镜面上，查看那里头有没有东西，"他爱我就如同父亲爱儿子，可如果他饮下了嫉妒的毒药，这爱便会转化为恨。我在上升的道路上超越了班柯，他没有成为我的老板，我却成了他的上司。除去服从我的命令外，他还要忍受亲生儿子弗里斯对我难以启齿的厌恶——他看着自己的父亲竟然对寄人篱下的麦克白卑躬屈膝。当一条狗对你摇尾乞怜时，你仔细观察过它忠贞不贰的棕色眼睛吗？它坐在那儿，一动不动地候着，因为平时你就是这么教它的。你对它微笑，拍拍它的脑袋，却看不见这顺从背后的仇恨。殊不知一旦有了机会，看见摆脱惩罚的希望，它便会对你发起攻击，咬断你的喉咙，你的死便是它自由的呼吸，它会将你的残躯丢在某个肮脏的走廊里。"

"亲爱的，你究竟怎么了？"

"这便是我梦到的。"

"你太多心了。班柯真的是你的朋友！如果他要背叛你，完全可以直接去找马尔康，把你的计划向他和盘托出。"

"不，他知道最后使出绝招才会让他更强大。先是杀了我——一个危险的杀人犯，然后令马尔康回归，将他推上局长的宝座。多么英勇啊！对这样一个人和他的家庭，你该怎么奖赏才好？"

"你真的相信这些？"

"不。"麦克白说道。他这会儿靠近镜子站着，鼻子贴到玻璃上，雾气氤氲开来，"我不是相信，是料定。我能看见，看见他俩，班柯和弗里斯。我必须先发制人，可怎么做？"突然间，他转身对着她，"怎么做？你，我的唯一，你必须帮帮我。你必须帮帮我们。"

夫人交叉起双臂。不管麦克白的推理听起来多么怪异，其中却不无道理。他也许是对的。就算他错了，班柯仍然是一个同谋、一个潜在的知情者以及告密者。这样的人越少越好。何况他们对班柯和弗里斯到底有什么用呢？没有。她叹了口气。杰克会说："如果你在玩二十一点时手里不到十二点，就该要另一张牌。因为你不可能输。"

"找一个晚上，约他们来这里，"她说，"这样我们就能掌握他们的行踪了。"

"我们在这里下手吗？"

"不，不，因弗尼斯的血案够多了，再来一起会让人怀疑我们，而且会把顾客吓跑。我们在路上下手。"

麦克白点点头:"我会叫班柯和弗里斯开车来这里。我会告诉他们,我们答应了一个朋友搭他们的车回去。我对他的路线一清二楚,所以如果我嘱咐他们准时,我们便能精确掐算他们在路上的位置。我的梦中女郎,你知道吗——"

是的,她被他揽入怀中时想道,姑且让他把话讲完吧。

"我爱你胜过这人世和宇宙间的一切。"

德夫找到码头边一个坐在系船柱上的小男孩。雨暂时停了,头顶上白色的云层透出比往常更多的亮光。但河的远处,新一波蓝灰色云团已整齐列队,准备乘着西北风向他们袭来。这风是城里唯一不变的东西。

"我是德夫。你是打电话的那个人吗?"

"你的疤够酷,"男孩拉直他的眼罩,"他们说你不再是缉毒处的头儿了?"

"你说你有急事。"

"事情没有不急的,缉毒老总。"

"我无所谓。快说吧。"

"我觉得你该说,掏钱吧。"

"噢,怪不得这么急呢。你什么时候得再打一针?"

"已经熬了几个小时了。鉴于这条线索重要到需要请老板亲自出面,我觉得你不只要付下一针的钱,还要再付十针的钱。"

"或者我等上半个钟头,让你痛痛快快地吐出来,再给我来个半价。再多等半个钟头,拦腰再砍一半……"

"我无法否认你这招管用,缉毒老总,不过问题是:我俩谁更着急?我今早读了报纸上关于马尔康的报道,从照片里认出了他。淹死了,好像。是个什么破副局长。一桩要案。"

"那你倒是说说看呀，小伙子。我看看值多少钱。"

独眼男孩咯咯笑道："缉毒老总，真对不住，可我已经不相信警察了。给你先透露一点儿吧。我打盹儿之后醒了，就坐在那边——你能看见的几排集装箱之间。那地方可以安插狙击手，从来都不会有人抢劫，明白我的意思吗？没人看得见我，但我能看见他——马尔康——在河道另一侧。怎么样，缉毒老总？第一针给你免费好了，下一针可要让你放放血啦。听人说起过这个吗？"男孩笑了出来。

"我怀疑自己是被骗来的，"德夫说道，"我们知道马尔康来过这儿，我们找到了他的车。"

"可你们不知道他不是一个人，或者谁跟他在一起。"

过去的教训告诉德夫，瘾君子的嘴里没多少真话，尤其是当他们用这种伎俩能骗钱购买毒品的时候。不过按照经验，他们偏向于用更简单、快捷的方式行骗，而不是给警局打电话，坚持跟其中一个部门的领导私聊，然后在雨中等上一个小时，还未必能得到报酬。

"那么你是知道的了？"德夫问道，"这个人是谁？"

"我过去见过他，是的。"

德夫掏出钱包，拿出一卷钱点了点，给了这孩子几张钞票。

"我本来想打给麦克白的，"男孩一边点钱一边说道，"但转念一想，他大概不会相信我指认的这个人。"

"亲戚吗？"

"马尔康当时正跟麦克白的死党说话，"男孩说道，"那个老头，白头发的。"

德夫不由得倒吸了一口气："班柯？"

"我不知道他叫什么，但我在车站见过他和麦克白在一起。"

"那班柯和马尔康都说了些什么？"

"他们离得太远，听不见。"

"那……呃……那他们看上去像在聊什么？他们在笑吗？还是发出吵闹、愤怒的声音？"

"我没法说。雨噼里啪啦地拍打着集装箱，而且他们多数时候是背对着我。他们也许在争论。那个老家伙挥舞了一阵手枪。但后来他们平静下来，走进那辆沃尔沃，开走了。开车的是那个老头。"

德夫挠了挠头。班柯和马尔康串通一气？

"这张面值忒大了。"男孩举起一张钞票说道。

德夫低头看了他一眼。给一个吸毒者找零？他接过这张纸币。"你告诉我这个不只是为了再打一针吧？"

"啊？"

"你刚才说你读了报纸，知道这是一桩大案。确实是。大到如果你打电话对记者讲这个故事，会得到比一个警察给的多十倍的报酬。所以，你要么是赫卡忒派来散播假消息的，要么就是另有所图。"

"去死吧，臭警察。"

德夫抓住吸毒者的衣领，将他拽下系船柱。这小子几乎没什么重量。

"听着，"德夫试图避免吸入这小子臭烘烘的口气，"我可以把你关进去，看看你赌瘾发作时是什么感觉，你知道自己要么要在那个鸟不拉屎的地方待上两天才能出来，要么就现在告诉我，为什么来找我。我给你五秒。四……"

男孩回瞪了德夫一眼。

"三……"

"臭狗屎的警条子，你他妈的……"

"二……"

"我的眼睛。"

"一……"

"我的眼睛，我说了！"

"眼睛怎么了？"

"我只想帮你抓住那个取走我眼睛的人。"

"谁？"

男孩哼了一声："就是那个千方百计要把你们毁了的人。难道你不知道这一堆烂事后面是谁在捣鬼吗？这座城里只有一个人可以杀了警察局局长并且逍遥法外，那就是'隐形之手'。"

赫卡忒？

第十四章

    麦克白开车沿着旧工厂之间肮脏的道路行驶着。烟囱上方的云重重地压下来，每个周一都灰蒙蒙的，让人难以分清是哪个烟囱在冒烟，但有些工厂的大门能看见"关闭"的标志，或者被铁链锁起来——它们相互缠绕的样子就像一个个讽刺的蝴蝶结。

    新闻发布会不痛不痒地结束了。没有痛感是因为他嗨得上了天，什么都感觉不到。他只是放松地坐在那儿，双臂交叉，把问题统统丢给列诺克斯和凯思妮斯。对于问他本人的问题，他一律回答"我们目前无法置评"，同时带着一副警方掌握了许多信息、完全掌控局面的表情。冷静、自信——这就是他希望给人留下的印象。一个不允许自己被周围的喧嚣左右的局长，一个用某种逆来顺受的微笑回应"难道公众无权知道"的尖锐提问的局长。

    不过，新闻发布会一结束，那个爱发卷舌音的记者凯特就在他的节目里说，这位代理局长在会上一副哈欠连天、事不关己的样子，并且总在看手表。去他娘的凯特。巡逻大队绝对认为新局长对工作足够投入，因为他亲自下到大队，将巡逻范围由二区西部扩大到一区东部。他说是时候让周边普通百姓的居住区也能得到巡逻了。这传递出一个重要信号：警方并不把有钱有势的地区作为优先保护的对象。虽然凯特对麦克白感到厌恶，但班柯却欣然地收到了一张晚饭的请柬，上面还嘱咐他带上弗里斯。

"得让这小子习惯跟大孩子一起混，这对他有好处，"麦克白曾这样说，"然后我觉得，你应该好好想想自己喜欢干什么。接管特警队、有组织犯罪处还是当个副局长？"

"我？"

"别给自己太大压力，班柯。偶尔想想就好，好吗？"

班柯苦笑几声，摇了摇头。温文尔雅，一向如此。仿佛他的脑海中从未有过邪恶的念头，或至少不具备产生邪念的意识。好吧，这个叛徒今晚就会见到造就他和终结他的人。

"诺斯骑士"的俱乐部门前空荡荡的。他们大概没有留任何人值守。

麦克白下车走进俱乐部，在门口驻足，环顾四周。距离他上次和德夫站在这儿仔细检查同一间屋子好像已过去很长一段时间。如今那张长桌已经不见，吧台旁站着三个大腹便便、穿着俱乐部皮夹克的男人，两个乳房高耸的女人。其中一个女的抱着一个婴儿，那孩子在她怀里扭动着身体，她结实的臂膀上文着一个名字：肖恩。

"柯林，那个人不是……"她小声说。

"是他，"那个头顶全秃、留着海象胡子的男人低声说，"就是他抓走了肖恩。"

麦克白记得报告里的这个名字。虽然他从不记得自己当面见过谁，但奇怪的是，对于报告里出现的名字，他却过目不忘。肖恩，那个在门口放哨的人，肩部被麦克白刺伤，并被他们劫为人质，到现在还被关着。

秃顶男抬起下巴，冲着他一脸怒火。麦克白深吸了一口气。屋内鸦雀无声，他甚至能听见自己走到吧台时，地板在鞋底下吱呀作响。他朝吧台后面的人打了个招呼，在开口的瞬间意识到自己不该在离开总部前吸食最后一条"精酿"——那东西有让他变得自以为是的倾向。这一点顾虑被他嘴里冒出的话所证实："你好，这儿的人不多嘛，都跑哪儿去啦？噢，对啊，在监狱里。要么就是太平间。一杯格伦多拉，谢谢。"

麦克白看见吧台招待员的眼睛瞥了一下，知道一波攻势即将从左侧袭来，而他的时间还多得很。他向来反应敏捷，可"精酿"却使他飘飘然——他会打哈欠、挠后背，在一拳打来时还在慢吞吞地看手表。不过，就在留着海象胡子的柯林认为自己马上就能打到对手时，麦克白向后一闪，冲他新剪的鬓角而来的这一拳便落了空。麦克白肘部向外一挥，几乎没有击中的感觉，只听得一声惨叫，软骨嘎吱作响，然后是几步趔趄和高脚凳翻倒的声音。

"加冰。"麦克白说。

然后，他转向旁边那个人，刚好见他攥紧右手、肩膀后拉，准备再来一拳。就在这招赶到之际，麦克白一抬手，和柯林的拳头半路相逢。然而，柯林的关节撞上了刀柄，于是随之而来的不是骨头相撞的嘎吱声，而是利刃穿肉而过的光滑声音。柯林见那匕首穿透了自己的拳头，刺进小臂，扯着嗓子号叫起来。麦克白猛地抽出匕首。

"……再来点苏打。"

海象胡子跪倒在地。

"他娘的，在搞什么？"一个声音说道。

这声音来自通往车库的那扇门。说话的男人蓄着一大把络腮胡，皮夹克的两肩上各有三道"V"字形的臂章，手里端着一把上膛的猎枪。

"我在点饮料啊。"麦克白说着转向吧台招待员——他还是一动不动。

"点什么？"那男的走上前来。

"威士忌。还有别的东西。"

"还有什么？"

"你就是小队长吧？斯威诺不在这儿时，由你来经营这间店，是吗？噢对了，他这会儿藏哪儿去了？"

"说完你想说的就给我滚蛋，死条子。"

"我不想讲这个地方的坏话，不过你们的服务可以更友好和快捷些。你我何不去里屋平心静气地谈一谈，队长？"

那男的盯着麦克白看了半晌，然后放下枪管。"反正能砸的你也砸得差不多了。"

"我知道。斯威诺会喜欢我的这项任务的，你放心。"

队长的小办公室——它确实很小——张贴着摩托车海报，架子上摆着发动机的小零件。一张桌子、一部电话，还有标着"入"和"出"的文件收纳筐。另有一把为访客准备的椅子。

"别把自己弄得太舒服了，警官。"

"我要你们帮我干一票。"

若说震惊，队长并未露出震惊的神色。"找错地方了。我们不再帮警察干这种事了。"

"所以传言是真的了？你过去常帮肯尼斯的手下劫道杀人？"

"你要是没别的事……"

"但这回你们要处决的不是什么对手，而是两个警察。"麦克白在椅子上凑近说："作为回报，事成之后'诺斯骑士'会被立马释放，所有指控全部撤销。"

队长挑起眉毛："你怎么做到？"

"程序错误，证据被毁，这种破事又不是一两回了。局长发话不立案，那就不立案。"

队长交叉起双臂："继续。"

"这次要处决的就是千方百计把你们赖以为生的毒品倒进河里的那个人——班柯警督。"麦克白看队长慢慢点了点头，"另一名警察是个新手，跟他同车。"

"为什么要处决他们？"

"这重要吗？"

"通常我不会问，但这一次是杀警察，会惹很多麻烦的。"

"他俩不会。我们明知班柯跟赫卡忒是一伙儿的，只是苦于无法证明，所以得想别的办法除掉他。在我们看来，找你们做是最好的选择。"

队长再次点了点头。麦克白原先并不确定他是否会接受这个逻辑。

"我们怎么相信你会信守承诺？"

"这个嘛，"麦克白觑了一眼队长头顶上方的挂历女郎，"酒吧里有五个目击者可以做证，代理局长麦克白亲自来这儿给你们下达任务。你知道我不想给你们任何理由将这件事捅出去的，嗯？"

队长靠着椅背，直到把椅子贴上墙。他一边仔细打量着麦克白，一边扯着胡子，发出低沉的嘟囔声："什么时候？在哪儿下手？"

"今晚。知道二区西部的绞架山吗？"

"那是他们把我曾曾祖父吊死的地方。"

"小路上方的主干道上，在西区市民逛超市的地方有个大的交叉路口。"

"我知道你说的地方。"

"他们会坐一辆黑色的沃尔沃，在六点半到六点五十到达那个路口。很有可能是差一刻七点，他这人很准时。"

"我想想，那地方老是有许多巡逻车。"

麦克白露出微笑："今晚不会有了。"

"噢？真的吗？我考虑考虑，四点钟给你答复。"

麦克白笑道："你的意思是，斯威诺会考虑考虑吧？很好。拿支笔，我给你我的电话号码和那辆沃尔沃的车牌号。还有一件事。"

"哦？"

"我要他们的人头。"

"谁的？"

"那两个警察的。我要看到他们的人头，送上门来的。"

队长注视着麦克白——也许他疯了。

"你的顾客要求开发票，"麦克白说，"上次我叫人半路劫杀就没要发票，结果犯了个错误，货没拿到。"

傍晚时分，德夫做了一个决定。

此前，他的思绪已连续几个小时在脑子里不停地搅动，就如同他面前的道路一般在缓慢地移动，而前方的路则充满了各种选择。肯尼斯桥上的围栏还没更换，向东行驶的车流只得改走老桥。长长的队尾排到了二区，德夫的车就在这儿像蜗牛一样爬过一个又一个十字路口。它们抛来同一个问题：向左，向右，向前，哪一条路才是最快的？

德夫自己来到了这样一个十字路口：

他该把码头的发现告诉麦克白和其他人，还是对此保密？可万一独眼男孩在撒谎，或者班柯有能力否认指控呢？在这种混乱的局面下，如果德夫冤枉了班柯，会有什么后果？他和麦克白的地位如今可都非同一般。

　　德夫当然可以原封不动地直接汇报这条线索，让列诺克斯和麦克白自己去评估。但如此一来，他便放弃了凭一己之力揭露和逮捕班柯，由此取得一场急需的个人胜利的机会。

　　另外，在袭击集装箱码头失利后，他再也犯不起大错。上次的事已经让他丢了有组织犯罪处处长的职位，再出错的话很可能连饭碗都丢了。

　　还有一个难题：如果麦克白成为局长，有组织犯罪处处长的位子便会再次空出，那么，只要德夫抓住机会，一鼓作气，这个处就是他的了。

　　他也反复考虑过咨询凯思妮斯的意见，但那样就泄露了秘密。他此时切不可天真，否则可能会陷入被动。例如冒险。

　　他最后选择的这条路不用冒太大险；不过只要一切按照他的预期进行，他仍然可以获得功名。

　　德夫拐下一座小铁路桥，开进那栋简朴砖房的院子。他花了超过四十五分钟才走完从警局到班柯家这短暂的车程。

　　"德夫，"班柯在门铃响了数秒之后才开门，"有事吗？"

　　"这是要去聚会呀？"德夫说。

　　"是啊，所以我没想好该不该带这个。"班柯拿起装着手枪的枪套。

　　"别带了，揣在西服里鼓鼓囊囊的。但是那个领带结不好看。"

　　"是吗？"班柯用下巴紧贴白衬衫的领口，但还是没看到那个结，"从我入职起五十年了，一直都很好。"

　　"可怜虫才会打出这种结，班柯。来吧，我告诉你怎么打……"

　　班柯捂住那个结，挡掉德夫的援手："我是个可怜人，德夫。你是来找我帮忙，而不是来帮我忙的吧。"

"你说得对，班柯。我能进来吗？"

"我很愿意帮你，请你喝咖啡，但这会儿我们恐怕要出门了。"班柯把枪套挂在身后的帽子架上，冲楼上喊道："弗里斯！"

"来了！"楼上应道。

"我们一块出去吧。"班柯系着扣子说。

他们站在屋檐下白色的台阶上，雨水从天沟欢快地汩汩而下。班柯递了一支烟，可德夫没接，于是他自己点了一根。

"我今天回集装箱码头了，"德夫说，"见了一个男孩，也是个年纪轻轻的瘾君子，他主动找的我。他就一只眼睛，告诉了我另外一只眼睛是怎么没的。"

"噢。"

"毒瘾把他给逼疯了，但他身上没钱。他在中央车站遇见一个老头，向他行乞。那老头有一根金柄头的拐杖。"

"赫卡忒？"

"老头站住了，拿出一袋东西在这个小子面前晃悠，说是刚出锅的顶级'精酿'。这孩子只要做两件事就能得到它。第一件事是回答他：你最怕失去哪一种感官？当男孩说视力后，老头说，他想要他一只眼睛。"

"是赫卡忒。"

"男孩问老头为什么要他的眼睛，赫卡忒回答说，他该有的都有了，剩下的就是问买家还有什么最值钱的东西，而不是问他自己。何况这不过是夺走他一半的视力，兴许连一半都不到。想想看，他的另一只眼睛在这之后会变得多珍贵。不错，失去的和得到的几乎差不多。"

"我不懂这话。"

"也许你不懂，但世上有些人就是这么想的。他们对权力本身的觊觎超过了权力能赋予他们的东西。他们宁愿拥有一棵没用的树，也不要树上可食用的果实。这样他们便能指着它说：'那是我的。'然后将它砍倒。"

班柯吐出一圈烟雾："那小子准备怎么做？"

"老头身边有个不男不女的人，她把那孩子的眼睛取走了。事后一针下去，所有的疼痛都没了——它抚平一切伤疤，带走一切烦恼。男孩说，那感觉太美妙，他至今都不后悔。他还想要那完美的一针。"

"那他今天见你想要什么？"

"同样的东西。还有那个夺走他眼睛的人——只是因为他能夺走。"

"那他得在追杀赫卡忒的队伍里找个位置了。"

"他倒是觉得能帮我们抓住赫卡忒。"

"一个被'精酿'奴役的可怜虫？"

"马尔康所谓的自杀信试图把矛头指向'诺斯骑士'。但这小子觉得，一切是赫卡忒在背后指使的。那封信和邓肯之死都是他策划的。而赫卡忒跟马尔康是一伙的。可能还有局里其他人。"

"如今都流行这一说，"班柯弹掉烟灰，看了一眼手表，"你给他钱了吗？"

"没有，"德夫说，"他没得到一分钱，直到他告诉我马尔康失踪前，他在码头上看见了你跟他在一块。"

送向班柯嘴里的烟停在半空，他笑了："我？胡说。"

"他描述了你和你的车。"

"我和我的车都没到过那儿。真是难以置信，你竟把公家的钱花在这种口供上。所以，现在是谁在吓唬我？那个瘾君子，还是你？"

一阵猛烈的寒风袭来，德夫打了个哆嗦。"那小子说，他看见马尔康和一个年纪较大的人。他见过那人跟麦克白在一起。有辆沃尔沃轿车。一把枪。你不会为这条线索付钱吗，班柯？"

"除非我走投无路，"班柯将烟头在台阶一侧的铁栏杆上捻灭，"如果牵涉局里的人，我走投无路也不会相信。"

"因为你总是把忠诚看得很重，是吗？"

"一支警察队伍，如果人人都不讲忠诚，那就是一盘散沙。这是前提。"

"那你对这支队伍的忠诚度有多高？"

"我是个简单的人，德夫。我不懂你的意思。"

"如果你所谓的忠诚是认真的，就应该交出马尔康。为了这支队伍，"德夫指着他们面前一片灰蒙蒙的雨雾，"为了这座城市。谋杀邓肯的人藏在首府什么地方？"

班柯吹掉烟上的灰，将它装进大衣口袋里。"我完全不知道马尔康的去处。弗里斯！抱歉警督，我们得出去吃饭了。"

班柯走下三级台阶，走进雨里。德夫追着他喊道："咱们聊聊，班柯！我能看出你背负着愧疚和良心的不安。你不是邪恶的小人，只是被某个职位更高的人所蛊惑，相信了他们的判断。你被出卖了。我们必须抓住他，班柯！"

"弗里斯！"班柯朝房子高喊一声，给院里的车解了锁。

"你想让我们再这么恶性循环下去，变成一团糟吗，班柯？我们的先辈建造了铁路和学校，我们却造了妓院和赌场。"

班柯坐进车里，发动了两下。房门开了，穿了一身西服的弗里斯出现在台阶上，费力地撑着一把伞。

大概是因为车里烟太大，班柯"啪"的一声打开窗。德夫扒在窗上，一边想把它再压下来一点，一边透过缝隙朝里面说话：

"听着，班柯。如果你可以，如果你坦白，我能为你做的并不多，你知道的。但我向你保证，我不会允许任何人伤害弗里斯。他将来不会是一个叛徒的儿子，而是为这座城市牺牲的千万个男人中其中一个的孩子。我对你发誓。"

"嘿，德夫警督，是你吗？"

德夫直起身："嘿，弗里斯，是我。晚饭吃好点儿。"

"谢了。"

德夫看着弗里斯坐进车厢，班柯发动车。然后，他走向自己的车。

"德夫！"

他转过身。

班柯开了车门。"不是你想的那样。"他喊道。

"不是吗？"

"不。午夜，在'伯莎号'等我。"

德夫点点头。

那辆沃尔沃挂上挡。于是，父子俩穿过大门，驶入一片迷雾之中。

第十五章

夫人爬上通向因弗尼斯赌场天台大门的最后一级阶梯。她打开门，朝黑暗中凝视。耳畔只有雨在喃喃低语。似乎每个人、每件事都有自己的秘密。她刚要转身下去，一道炸裂的闪电照亮了天台，让她瞧见了他。他立在天台边缘，低头望着赌场后面的勤俭街。夫人在劝市议会开展扫黄行动前，妓女们一直在这条几乎没有路灯的大街上招揽客人，不仅奉上自己的肉身，还经常提供现场服务——她们在拱门里做，在轿车里做，躺在车上做，或干脆靠着墙做。据说国家铁路局在这里办公时，他们的领导下令把所有面向勤俭街的窗户用砖砌死，以求手下能把心思放在工作而不是外头乌七八糟的东西上。

她打开伞，走到麦克白身边。

"怎么跑这里淋雨来了，亲爱的？我一直在找你。晚饭的客人快到了。"她低头看了一眼那堵没有窗户、一黑到底的墙，仿佛勤俭街上竖立起的堡垒。她熟悉这街上的每一个角落，而这足以构成将窗户继续封死的理由了。

"那下头有什么看的？"

"一座深渊，"他说，"恐惧。"

"我最亲爱的，别这么悲观。"

"你没有吗？"

"如果胜利不能让我们扬起嘴角，那么我们的胜利还有什么意义？"

"我们只赢了几场战斗。战争才刚开始，而我已经快被这恐惧所吞噬。天知道它从哪儿来的。我宁愿面对一帮拿着武器冲我而来的骑士、土匪，也不愿面对这条被我们斩杀却仍未断气的毒蛇。"

"别说了，亲爱的，没人能抓住我们。"

"邓肯。我能看见他在下头。我真嫉妒他。他死了——我送他去了极乐世界——可他留给我的却是焦虑和这一场场噩梦。"

"是'精酿'，对吗？是'精酿'让你做了噩梦。"

"亲爱的……"

"还记得你是怎么说科勒姆的吗？你说'精酿'会让人发疯。你不能再碰它了，否则你会失去我们赢得的所有东西！你听见了吗？不许再沾'精酿'！"

"但那些噩梦不是我幻想出来的。那条蛇在召唤我。那笔交易完成了。你不会忘了我们今晚谋划的大事吧？你有没有压制住自己，不去想我唯一的父亲和最好的朋友就要被人屠戮了？"

"我不知道你在说什么，你也一样不知道。做了就做了，没什么好念念不忘的。'精酿'也不会给你慰藉与勇气。现在你的灵魂就要得到回报，所以别再沾染'精酿'！把领带打上，亲爱的。笑一个。"她挽起他的手，"来，让我们把他们一个个都迷倒。"

凯思妮斯坐在扶椅上，手捧一杯葡萄酒，听着雨水拍打着阁楼的窗户，还有收音机里凯特的声音。他正在谈论代理警察局局长的实权比民选市长还大的问题，这全怪肯尼斯当初对城中法律

的践踏。她喜欢他发卷舌音的方式和他平静的声音，喜欢他敢于
彰显自己的知识和见地，最重要的是，她喜欢凯特一贯反抗的状
态。反抗肯尼斯、反抗图特尔，甚至是反抗邓肯——邓肯自己就
一直在反抗各种事情。这是一场孤独的行动。可但凡有选择，谁
想要孤独呢？

她偶尔在想，要不要给他的广播台寄一封匿名信，表示社会
上还有像他这么讲原则的人让她很安心；他担起了一个孤独而无
畏的守护者的角色。说起守护……那是她第二次听见门口有声音
了吧？她关掉收音机，竖起耳朵听着。又来了。她蹑手蹑脚地走
到门边，把耳朵贴上去。一个熟悉的脚步声。她打开门。

"德夫。你在这儿干吗？"

"我……呃……在这儿站一会儿，想点事情。"他双手深深
插进大衣兜里，穿着过大的鞋子来回晃悠，脚底踩出嘎吱嘎吱的
声音。

"为什么不按门铃？"

"我按了，"德夫说，"我……肯定是门铃坏了。"

她大敞着门，但他好像还在犹豫。

"你怎么闷闷不乐的，德夫？"

"我闷闷不乐吗？"

"抱歉，我知道这个时候没有太多值得高兴的事，不过你到底
想不想进来？"

他的目光游移不定："我能待到半夜再走吗？"

"当然可以，赶紧进来好吗？我冷了。"

队长把双手放在他的本田 CB450 "黑色轰炸机"的车把上。这
辆车他买了不到五年，遇上好天时，他会开足马力，好好拉出去

跑一圈。但鉴于 CB750 已经上市，这辆车感觉有点过时了。他看了一眼手表，差十六分到七点。晚高峰已渐渐退去，黑暗早早降临。他等在路边，可以看见朝绞架山路口驶来的每一辆车。斯威诺从南方的俱乐部派了三个被称作堂兄弟的援兵，他们跳上车后不到三个小时便到了城里。他们坐在车上蓄势待发，守在路边加油站的油泵旁，等待那辆车从这条路上驶来，顺便品评着路上各种车型和车牌。沿这条路下去，在路口的另一头，他看见柯林蹬着脚扣，立在一根电线杆的接线箱旁。他们到目前为止只做过一件找乐的事——那就是进行一次实战演练。柯林将一把改锥插进去，然后拧了一下。路上一阵急刹车，因为信号灯毫无征兆地由绿变红。几秒后，当它们变回绿色时，发动机的转动声犹豫而谨慎地响起，一辆辆车缓慢地通过那个十字路口。队长闪了一下前灯，告诉柯林一切照旧。

队长又看了一眼手表。差一刻七点。

斯威诺花了一些时间才作出这个决定，但队长感觉这更多是出于谨慎而非疑虑。他的感觉在那三个堂兄弟出现在俱乐部门口时得到了印证，他们开着一辆超高车把的哈雷戴维森，一辆哈雷 FL1200 至尊滑翔，还有一辆带边车和固定机枪的俄国乌拉尔。那个骑至尊滑翔的家伙有一把剑，虽然不像斯威诺军刀是曲线形的，但也能完成任务。

距离七点还有十四分钟。

"弗里斯……"

父亲声音里的某种东西让弗里斯瞟了他一眼。他的父亲向来冷静，但事情不对劲时就会发出这种更加平静的声音——就像弗里斯七岁那年，他父亲从医院探望妈妈回来后，也曾用这种平静得令人发毛的声音叫他的名字。

"今晚的计划变了，"他父亲变更车道，插到一辆福特星辰后面，"还有未来几天。"

"说真的吗？"

"你得去首府。今晚就去。"

"首府？"

"发生了点事。你肯定有好多不解，孩子，但这会儿我给不了你任何答案。把我放在因弗尼斯，然后你立马开走。直接回家，只带你需要的东西，去首府。开得稳一点，别太快，明天晚些时候就能到。明白了吗？"

"好，可是——"

"别问了。你得在那儿待上几天，也可能是几周。你知道你妈继承了一间单元房。把副驾驶储物柜里的笔记本拿出来。"

"就是被她叫作耗子洞的那个单间小屋？"

"对。难怪我们一直卖不掉它。好在现在派上用场了。地址是六区制革厂街 66 号，紧挨着海豚夜总会，二楼右手边。你到那里就安全了。记下来了吗？"

"嗯。"弗里斯撕下那张纸，把笔记本放回储物柜，"但是我没钥匙啊，屋里没人怎么进？"

"有人。"

"你租出去了？"

"不完全是。我让一个可怜的老表弟阿尔弗暂住在那儿。他一把年纪，耳朵又聋，不一定能听见你按门铃，到时候自己想辙吧。"

"爸爸？"

"嗯？"

"这是不是跟德夫要做的事有关？他看起来特别……紧张。"

"是，你就别再问了，弗里斯。你待在那儿就好，念一念带过去的课本，无聊几天，但不要打电话，不要写信，不要跟任何人透露你的住处。照我说的做，等可以安全回来的时候，我会派人去接你。"

"那你会安全吗？"

"我说的你都听见了吧。"

弗里斯点点头。

他们默默地开着车。挡风玻璃上，雨刮器磨坏的橡胶发出一阵阵吱吱呀呀的声音，好像要对他们说什么似的。

"是，"班柯说，"我是安全的。但从现在起不要在意那些新闻，它们可能只是在胡说八道。那房子里还住了个人，他大概铺了一张床垫在地上，所以你就睡沙发吧，如果还没被耗子咬坏。"

"有趣的家伙。你保证你会没事吗……"

"你不用担心……"

"红灯了！"

班柯猛踩刹车，差一点就撞上了福特星辰的后保险杠——那辆车显然也没注意到信号灯的变化。

"给，"班柯说着递给儿子一个鼓鼓的旧钱包，"这些钱拿去，足够你支撑一阵儿的了。"

弗里斯拿出一沓钞票。

"红灯怎么这么长……"他听见父亲嘟囔道。

弗里斯瞥了一眼侧面的后视镜，后面已排起长长的队伍。队伍的外侧，一排摩托车正朝他们驶来。

"奇怪，"他父亲说道，又是那种超级平静的声音，"好像前头的路也是红灯。而且好一阵了。"

"爸爸，有几辆摩托车开过来了。"

　　弗里斯见父亲通过车里的后视镜看了一眼。然后他突然踩下油门，向右打方向盘，松开离合器。这辆旧车从油腻湿润的柏油路上冲了出去，挤到车队右侧，轮毂撞上高高的缘石，然后刺啦一声擦着福特星辰而过。两辆车同时发出受伤一般的尖叫，福特星辰侧面的后视镜被整个撞掉。

　　前方道路传来巨大的轰鸣声。信号灯变成了绿色。

　　"爸！停车！"

　　但他的父亲没有停车，而是一脚踩下油门。他们冲进十字路口，眼看就要撞上左边一辆货车和右边一辆巴士——只听见两边都在鸣笛，这两股声音在他们从夹缝突围之际交织成难听的和弦。待他们冲过绞架山奔向市中心时，弗里斯紧紧盯着后视镜，那阵痛苦的音乐在身后降了调门。他看见信号灯已变回绿色，那些摩托车已纷纷跨过路口。

　　麦克白站在因弗尼斯赌场入口，双脚牢牢钉在坚实的瓷砖上，可还是感觉像漂浮在海上。他面前一个穿黑西装的胖子正吃力地从一辆豪华轿车的后座里挪出来。穿红色制服的门童一只手为他把着车门，另一只手撑着伞，不知该主动拉一把还是让他保持自己的尊严。当他终于喘着气靠自己下了车时，夫人快步迎了上去。

　　"我们最亲爱……我最亲爱的市长！"她笑着拥抱了他。这可真不是件容易事。麦克白想道。当他见到夫人纤细的手紧紧扒住图特尔厚实的"龟壳"时，不禁偷偷笑出声来。

　　"每次见面，您都是越来越帅，越来越健壮了！"她咯咯地笑道。

　　"而您，夫人，也是越来越漂亮，也越来越会说假话了！麦克白……"

麦克白和他握了握手，惊讶于市长的拇指下方竟然能按出那么一堆肥肉。

"哟，这个小帅哥是谁呀？"夫人问道。

一个小男孩从后座另一头下车，绕着车尾小跑过来。他皮肤光滑，长得像个女孩，想必还很小。他对着图特尔怯生生地笑，好像在求他帮忙。

"夫人，这是我儿子。"图特尔说。

"胡说，你哪有什么儿子。"夫人说着拍了一下市长夹克的翻领。

"婚外生的。"图特尔更正道。他拍着男孩的后背，对麦克白挤挤眼睛，轻笑了一声："你知道吗，我也刚发现有这么个儿子。不过你能看出他长得像我，不是吗，夫人？"

"你就是个狡猾的老狐狸，亲爱的图特尔，永远都是。你给他起名字了吗？"

"叫小卡西·图特尔怎么样？"市长摸着他萨尔瓦多·达利式的八字胡说道。当夫人翻了个白眼时，他爆发出一阵狂笑。

"进屋里暖和暖和，吃点东西吧。"夫人说。

父子俩走进门，夫人站到麦克白身边。

"这头变态猪，他可真有胆，"麦克白说，"我还以为图特尔是个值得尊敬的人呢。"

"他是个受人尊敬的人，有这一点就够了，亲爱的。权力给你为所欲为的自由，可人们依然对你毕恭毕敬。你现在总算笑了。"

"我有吗？"

"像个花枝乱颤的小丑。"夫人已然在朝着驶向入口的一辆出租车露出满面笑容，"笑得不要太夸张，亲爱的。这是亚诺维茨，首府的一名地产商。"

"又一个捡破烂的，是冲着工厂的便宜地皮来的吧？"

"他是来看赌场的。态度好点，跟人家打个招呼，然后找机会告诉他这里的街头犯罪已经在减少了。"

后窗"啪"的一声爆裂，弗里斯下意识地低头，发出一声尖叫。

"多少人？"他父亲平静地问道。他猛然向右打方向盘，开进一条铺着鹅卵石的小巷。弗里斯回过头。他们的身后，摩托车的轰鸣声渐渐加大，像一条愤怒的恶龙。

"五六个，"弗里斯喊道，"把你的枪给我！"

"我没带，"班柯说，"抓紧了。"他扭转方向盘，车轮撞上缘石，车子随之蹿起来，从一家时装店门前抄了个近道，拐进左边一条更为狭窄的巷子。弗里斯明白其中的策略：在单行道的窄巷，摩托车至少无法一齐涌入，将他们结果。但追兵已离他们越来越近了。身后又是"砰"的一声。弗里斯还没学会区分不同种类的武器，他知道父亲可以，但这一声连他都听出是猎枪打的。这起码要好过——一连串子弹砸在车身上——自动化武器。

他父亲毫不迟疑地再次突然转弯，仿佛知道自己要去哪里。他们此时已开进购物区深处，但周围的商店都没开门，街道在雨天也空荡荡不见人影。父亲知道这迷宫的出路吗？班柯突然右拐，经过一个写着"坏消息"的路牌。

"爸，这是条断头路！"

班柯没有反应。

"爸！"

还是没有反应，只见他死死盯着前方，双手紧紧抓着方向盘。弗里斯这才发现，鲜血正从父亲的脸上淌下，顺着脖子流进他的衬衫，白色的领口像吸墨纸一样被周围涌出的血染成粉色，而渗血的地方好像少了点什么。弗里斯将目光转向方向盘。难怪他没反应。他的耳朵。它贴靠在仪表盘上，一小片苍白的表皮，血肉模糊。

弗里斯抬起眼睛，看向挡风玻璃。眼前正是路的尽头。这条死路的终点是一座外形坚固的木屋，它的底层是一扇部分亮灯的巨大橱窗。眼看就要撞上终点了，可他们没有停止的迹象。

"系上安全带，弗里斯。"

"爸！"

"快！"

弗里斯抓住安全带，一把拉过胸部。就在他扣好的一瞬间，前轮撞上缘石，他们腾空而起。引擎盖冲破橱窗正中间，弗里斯感觉窗户好像自己打开了，他们正飞过一片白色的玻璃帷幕，飞进一片未知的天地。接着，当他惊讶地四顾、发觉某些东西被弄乱时，这一连串事件出现了片刻间歇，他知道自己肯定是晕了过去。耳边响起地狱般的铃声。他的父亲一动不动地趴在方向盘上。

"爸！"

弗里斯摇了摇他。

"爸！"

没有反应。挡风玻璃已经没了，引擎盖上有什么东西在闪。弗里斯眨了眨眼才意识到那些东西是什么——戒指、项链和手镯。他面前的墙上写着几个金色的大字："雅各布斯和桑斯珠宝店。"他们开进了一家该死的珠宝店。他听到的铃声并非耳鸣，而是警报在响。他终于明白了。警报。城里所有的银行、赌场和大型珠宝店都和警局的总机相连，而后者会立即联系该地区的巡逻车。父亲一开始就知道他要去哪里。

　　弗里斯试着去解安全带，但解不开。他一通生拉猛拽，可搭扣无动于衷。

　　队长坐在他的车上，一边看着轿车冲进前面的商铺，一边读着秒数。警报声几乎盖过了其他所有声音，但他能从尾气管冒出的烟里看出发动机还在工作。

　　"喂，我们在等什么？"骑至尊滑翔的家伙问道，他说话的方式里有种令人恼火的东西，"上去干掉他们啊。"

　　"再等等，"队长数道，"二十一、二十二。"

　　"喂，要等多久？"

　　"直到确认那个请我们做事的人信守诺言，"队长说，"二十五、二十六。"

　　"动手吧。我想赶紧干完砍头的差事，离开这鬼地方。"

　　"等一等。"队长平静地打量着他。这家伙看上去像个成年人。两个成年人那么大。他魁梧得像一扇谷仓大门，浑身肌肉，连脸上都是。可他还像个男孩一样戴着牙套。这情形队长在监狱里见过，那些犯人一边练举重一边服用促蛋白合成类固醇，于是长出十分强壮的下颌骨，以至于牙齿都撑弯了。二十九、三十。三十秒过去了，没有警笛声。"你去吧。"队长说。

　　"谢了。""谷仓大门"从腰带上抽出一把长管左轮手枪，拔出一把剑，下车走向那辆沃尔沃。他冷漠地用剑刃刮过墙壁以及"禁止停车"的标牌。队长留意了一眼他皮夹克的背面。一面海盗骷髅旗，下头是纳粹的标志。"俗气。"他轻叹了一声，"用猎枪给他掩护，柯林。"

　　柯林用一只绑着绷带的手捋了捋他的海象胡子，然后打开一支短管猎枪的枪膛，塞进两颗子弹。

　　队长透过窗玻璃看见马路对面出现一些面孔，但还是没有警笛声，只有单调重复的警报在响。那家伙进入商店，走向那辆车。他把剑夹在胳膊下面，用腾出的一只手拉开副驾驶的车门，对着里面的人举起左轮手枪。队长不经意地咬紧牙关，等待那"砰"的一声。

　　弗里斯用力拉扯安全带，但令人恼怒的搭扣死不松口。他尝试扭动身子退出来，膝盖贴着下巴，在座位上调整自己的方位，用双脚顶着副驾驶的车门，将自己推向父亲和驾驶席。就在此刻，他看见一个人走进商店，双手各拿着一把剑和一把枪。现在逃跑已来不及，弗里斯连害怕的时间都没有了。

　　副驾驶的车门被猛地拉开。弗里斯看见一副牙套的闪光，一把举起的左轮手枪。他意识到自己踹不到那人，于是改用一只脚绝望地伸向那扇打开的门。一般的鞋够不着车门内侧的开关，但麦克白老款的尖头皮鞋却很容易伸进去。他瞥了一眼枪口那永恒的黑暗，然后拼尽全力将门拉了回来。"吭"的一声，那人的手腕被门击中并被狠狠夹了一下，车里传来手枪掉在地上的一记闷响。

　　弗里斯听到那人在咒骂，一只手猛地关上门，另一只手搜寻着那把枪。

　　门又被拉开了，牙套男站在面前，剑举过了他的头顶。弗里斯在地上四处摸索——"该死，枪到底在哪儿？"牙套男显然觉得门缝太小，不够他挥剑，于是不得不改用刺杀。他肘部后撤，剑尖瞄准弗里斯，然后向他扑来。弗里斯迅速出击，用张开的双腿在半路猛踹对手。牙套男向后趔趄几步，翻倒在地，一个玻璃柜台随之倒地摔碎。

"柯林，"队长叹了口气，"你去结束这场杂耍。"

"好的，老板。"柯林在下车前检查了一下，他还能用被麦克白拿匕首刺伤的那只手扣动扳机。

弗里斯放弃了挣扎，意识到自己已被困住，根本来不及解开安全带。他侧身躺在座位上，看那家伙拿着剑从砸烂的柜台后站起来，玻璃碴儿从他宽阔的肩膀上掉落。这回他更加小心了。他选了一个弗里斯够不着的位置，确认自己抓牢剑柄。弗里斯知道，那人正在寻找可以对他造成直接伤害，又令他无法反抗的地方下手。他的腹股沟。

"臭小子。"他号叫着，朝剑上吐了一口唾沫，拿回他的武器，然后不得不走近些，露出一排紧咬的牙。店内柔暖的灯光让他的牙套闪闪发光，乍一看好像店里的货品。弗里斯举起枪，射出一发子弹。他瞅见一副惊愕的表情，还有牙套正中的小黑洞，然后，那人倒了下去。

钢琴柔和谨慎的音调搔弄着麦克白的耳朵。

"尊敬的来宾、挚友、同事，以及赌场的朋友，"他看着周围一张张面孔说道，"虽然人还没有到齐，但我想代表你们都认识也都害怕的那位女士——"观众发出礼貌的轻笑声，冲着微笑的夫人颔首致意，"对大家表示热烈欢迎。我提议，我们在落座前共同举杯。"

柯林见南方来的兄弟倒在地上，怔了一下。那枪响盖过了警报声，他见一只手握着左轮手枪从打开的车门里伸出来，于是迅速作出反应，开了一枪。他瞅见弹壳击中了那只手，车门内侧的浅色变成了红色，车门玻璃爆碎，左轮手枪掉在商店的地上。

柯林快步走向那辆一动不动的轿车。肾上腺素使他的感官变得高度敏锐，对周围的一切都分外警觉。尾气管微弱的颤动，砸碎的后挡风玻璃不见任何探出的人头，还有他从嗡嗡的警报声中刚分辨出的一个声音——是引擎的喷吐声，见鬼！

柯林朝开着的车门跑出最后几步。座位上是一个穿着西服的男孩，他的身体扭成一个奇怪的角度：他系着安全带，一只满是鲜血的手和他的左脚伸向倒在方向盘的司机的位置。柯林举起猎枪，引擎突然发动，牵引着汽车向后冲去。打开的门撞到柯林的胸部，但他及时伸出左手抓住了门的上沿。他们冲出商店，但柯林没有放手。猎枪还在他隐隐作痛的右手，但他必须把枪换到左臂下才能朝车里开火……

弗里斯刚才设法将一只脚伸到踏板的位置，将父亲的脚踢开，踩下离合器，这样便能把变速杆从空挡挂到倒挡。接着，他慢慢抬起脚后跟，松开离合器，同时用鞋尖去点油门。打开的车门撞到了什么人，那家伙依旧抓着车子不放，但他们这会儿已出了商店，正在往回开。弗里斯什么也看不见，但他决定全速后退，但愿不会撞上什么东西。

扒门的家伙在挣扎着鼓捣什么，他一晃眼终于看清了——猎枪的枪口正从他的胳膊下方探出头来，不过，下一秒钟便消失了。

弗里斯眨了眨眼。

持枪的家伙不见了。副驾驶的车门也没了。他从仪表盘上方望去，看见车门和那家伙挂在禁止停车的标杆上，弯成了一个弧形。

然后他看见一条小巷。

他踩下刹车，在发动机熄火前同时踩下离合器。后视镜里有四个人正跨下摩托车冲他而来。他们的车并排停着，挡住了那条窄巷，这辆沃尔沃没法从它们所在的地方倒出去。弗里斯握住变速杆，这才发现他的手在流血。他试图换成一挡，但怎么也推不动，大概是因为他的姿势没法把离合器踩到底。见鬼，见鬼，见鬼！发动机咳了几下，发出噼里啪啦的声音，就差最后一口气了。他从镜子里看见他们掏出枪来。不，是机枪。结束吧。这便是一切的结尾。他突然冒出一个奇怪的想法。当他终于破解难题，弄懂了错误与违法的区别、道德与法规的区别，以及权力与犯罪的区别时，却无法参加法律期末考试，这有多么悲哀啊！

他感到一只温暖的手搭了上来，握住变速杆的顶端。

"开车的是谁，是儿子你还是你爸爸？"

班柯的视线有点模糊，但他坐直身子，两只手放在方向盘上。下一秒钟，引擎衰弱的嗓音扩展成一阵巨大的轰鸣，他们在鹅卵石路上飞驰而去，机枪在他们身后"噼噼啪啪"地响起，热闹得像中国的春节。

麦克白望着夫人。她坐在和他相隔两把椅子远的地方，正热情地跟那个叫亚诺什么玩意儿的客人谈笑风生。首府的地产大亨。她把手搭在了他的胳膊上。去年，城里一个颇有权势的工厂老板就坐在这位大亨所坐的椅子上，引起了她的注意。可今年那家厂子倒闭了，它的老板没得到邀请。

"咱俩应该聊聊。"图特尔说。

"是啊，"麦克白说着转向市长——他正用叉子将一大块牛肉送进张开的嘴里，"聊什么？"

"聊什么？当然是聊这座城市。"

麦克白着迷地看着市长展开一层层下巴，然后在咀嚼时慢慢合拢，就像人肉手风琴。

"聊聊怎么做才对这座城市最好。"图特尔微笑着说。仿佛这是个玩笑。麦克白自知应该专注于对话，但他无法集中精神，保持专注。例如，他现在正在怀疑牛犊的母亲是否还活着。如果她活着，那么她现在——就在此刻——能否感觉到她的孩子正被分食？

"有个广播台的记者，"麦克白说，"叫凯特。他散步恶毒的流言，明显有不可告人的目的。你怎么让这样的人闭嘴？"

"记者啊，"图特尔说着翻了个白眼，"听着，这事儿不好办。他们只对自己的主编负责。即便这帮主编转而对他们追逐利益的雇主负责，记者也会严肃地相信他们服务于一个更崇高的目的。非常难办。你怎么不吃东西，麦克白？在担心吗？"

"我吗？完全没有。"

"真的？一个局长死了，另一个失踪，所有的责任都在你肩上，你却不担心？要是连你都不担心，我就要担心了，麦克白！"

"我不是这个意思。"麦克白看向夫人，寻求帮助。她坐在市长另一边，但这会儿正跟一个女士聊得热火朝天，那人好像是市议会的财政顾问。

"失陪。"麦克白说着站起身。他见夫人疑惑而略带不安地看了他一眼，然后便大步流星地走向前台。

"电话给我，杰克。"

接待员递给他电话，麦克白拨通了总部交换台的号码。铃响第五下，有人接了。警局这种反应速度是快还是慢呢？他不知道，也从没想过。但现在他不得不想了。想一想这类事。还有就是："给我接通巡逻大队。"

"好的。"

他听见接通的声音，另一头的电话铃开始响。麦克白看着他的手表。他们在拖延时间。

"我一直没在赌场大厅里见到你，杰克。"

"我不再做赌台管理员了，先生。自……唉，那个晚上，你知道的。"

"我知道。需要一段时间才能平复。"

杰克耸了耸肩："不仅仅是这个。实际上我觉得做接待员比做赌台管理员更适合我。所以也不算太惨。"

"但是做赌台管理员挣得要多得多吧？"

"如果你是一条出水的鱼，挣多少钱都无所谓。就算有一座金山堆在旁边，它还是无法呼吸，最后渴死。这才是悲惨的事，先生。"

麦克白刚要说什么，就听见话筒里传来接通巡逻大队的通报声。

"我是麦克白。你们上一个小时有没有接到任何报告，说绞架山附近发生了枪击案？"

"没有。需要我们问一下吗？"

"我们这里有位顾客说，他刚从那边开车过来，听到'砰'的一声巨响。肯定是车胎爆了。"

"嗯，肯定是这样。"

"所以二区西没有什么情况吧？"

"只有一家珠宝店被砸了，长官。最近的巡逻车离那儿也有一定距离，但我们正赶过去。"

"我知道了。好吧，晚上一切顺利。"

"您也是，警督。"

麦克白挂断电话。他盯着地毯，盯着那些怪异的花形刺绣。他从未留意过，可现在它们仿佛想要告诉他什么。

"先生？"

麦克白抬起头。杰克一脸担忧的神情。

"先生，您流鼻血了。"

麦克白用手摸了一下上唇，意识到接待员没骗他，匆匆跑向洗手间。

班柯在主路上加速前进。风在缺了门的车外哀号。他们经过方尖塔，用不了多久就到中央车站了。

"他们还在后边吗？"

弗里斯说了些什么。

"大点声！"

"没有。"

班柯靠近弗里斯一侧的耳朵听不见声音，或许是因为耳道被血堵住，或许是因为那一枪已使他丧失了听力。但不管怎样，他担心的不是那一枪。他看了一眼油箱——指示灯在他们离开购物区后的四五分钟内下降得很快。那些机枪也许听上去没有造成伤害，但它们已经打穿了油箱。但他担心的也不是这几枪，他们有足够的油开到因弗尼斯，得到庇护。

"爸，那些人是谁？他们为什么追杀我们？"

眼前就是中央车站了。

"我不知道，弗里斯。"班柯专注地看路、呼吸。他必须呼吸，让空气进入肺里。加油。加油。直到弗里斯获得安全。除了这个，其他的都不重要。他不在乎眼前开始模糊的道路，不在乎刚才击中他的一枪。

"肯定有人知道我们会从那条路来，爸。那个信号灯不正常。他们对我们经过绞架山的时间揣算得很准。"

班柯也想到了这一点。但现在已经没有意义了。真正有意义的是他们已经开过中央车站，因弗尼斯的灯光近在眼前。在正对入口的地方停车，把弗里斯送进去。

"他们上来了，爸爸。至少离我们二百米。"

如果车不停，这点距离绰绰有余。他本该把蓝灯和警笛放在车里的。班柯注视着因弗尼斯。光。他必要时可以开过工人广场。警笛声。什么东西堵住了他的喉咙，堵住了他的脑子。

"你刚才听到警笛声了吗，弗里斯？"

"啊？"

"警笛。巡逻车。你在珠宝店时有没有听到？"

"没有。"

"你敢肯定？二区西的巡逻车一直都很多。"

"绝对肯定。"

班柯感到痛苦和黑暗袭来。"不，"他轻声说道，"不，麦克白，我的孩子……"他握住方向盘，向左打方向盘。

"爸！这不是去因弗尼斯的路。"

班柯按下喇叭，超车加速。他能感觉到一股令他瘫痪的疼痛从后背蔓延至胸口。很快他就无法让右手保持在方向盘上了。那颗子弹可能没有在座椅上制造一个大洞，但它击中了那里。这才是他担心的一枪。

前方空荡荡的。只有集装箱码头、海洋和黑暗。

但还有最后一种可能。

麦克白仔细观察着水池上方镜子里的自己。血止住了，但他知道这意味着什么。他的鼻黏膜已经无法承受更多的"精酿"，他应该停用一段时间。现在的他已不比当年，过去他怎么作践自己都行。如果他继续吸食"精酿"，他的鼻子就会疼痛和流血，他的大脑就会不停地旋转，直到把脑袋从脖子上扭断。他需要的是一次休整。所以想想看，为什么他卷起一张钞票，将它放在水池一行粉末的最右端？因为这回是例外。这是他最最需要它的一刻——他一方面要应付变态的肥猪市长，另一方面还要应付似乎没有守约的"诺斯骑士"。还有夫人这边。不，她不是问题，而是他生命的全部——他的诞生、存续和死亡，他存在的理由。但正如这份爱能带给他欣喜的颤抖，当他想到这份爱可能会夺走什么的时候，他同样能感受到痛苦——她有多么爱他，也就可以有多么不爱他。他猛吸一口，将"精酿"用力吸入脑髓，直到它仿佛击中头骨。他又看了看镜中的自己。他的脸扭曲、变形了。他冒出白发，还有一只女人的红嘴唇。一道伤疤徐徐横亘在脸上。他的下巴上长出了一层层新的下巴。泪水充满他的眼眶，滚下他的脸颊。他必须马上停用。他见过有人因为过量吸毒，最终装上了假鼻子。趁现在还有时间，还有可以挽救的东西，他必须停用。他得换成注射类的针剂才行。

　　队长眼看那辆沃尔沃的尾灯越来越近。他开足马力，知道其他人可能跟不上自己。尽管他的引擎排量只有 450 毫升，但在油滑湿润的马路上平稳驾驶，经验和灵敏度比起引擎的排量更为重要。这便是他通过镜子看见一辆摩托车飞驰而来时，为什么会略感惊讶。他不敢相信自己的眼睛。那位骑士的头盔。那辆红色的'印第安首领'和队长擦肩而过，犄角尖差一点就蹭到了他。他从哪儿冒出来的？他怎么知道的？他为什么总能在他们需要他的时候出现？队长放慢速度，让斯威诺在前面领头。

班柯开上了他们追逐俄式卡车的那条老路。经过几次危险的超越，他们暂时拉开了和摩托车队的距离。他们很快就会再次追上来，但可能还有时间。隧道前方有一个路障，还有一块写着"大桥维修，临时关闭"的路标。沃尔沃冲过路障时火星四溅，前灯照进隧道的黑暗。他一只手放在方向盘上开车，另一只手像死尸一般搭在大腿上。在他们听见摩托车引擎愤怒的狂叫进入身后的隧道时，已经可以看见出口了。

班柯在接近上桥的急转弯时点了点刹车，然后再次加速。

转眼间他们到了桥上，天地遽然寂静，头顶是一片澄明的天空，月光照在他们身上。河水泛起点点浮光，远远看去是一片铜色。接着传来橡胶在柏油路上的哀啼，那是因为班柯突然在桥中间肯尼斯像的原址刹车，开上了路肩。微风拂动着高速路管理局设立的红色警戒带——那正是 ZIS-5 裹着防护栏一起坠桥的地方。弗里斯吃惊地回过头，父亲把车挂入空挡。班柯朝儿子探过身来，拿刀割断了他的安全带。

"这是干吗……"

"油箱漏了，儿子。很快我们就会耗尽燃料，所以听我说。你知道，我从来不信布道者的那一套，但我对你说……"班柯背靠身旁的车门，抬起膝盖，像弗里斯之前那样在座位上转过身来。

"自由地做自己吧，弗里斯。别像我一样，只会做别人的应声虫。"

"爸爸……"

"然后，现在给我下车。"

他用鞋底去蹬儿子的屁股和肩膀，看见弗里斯试图去抓什么东西，于是拼尽全力将他猛蹋出去。这孩子拼命叫喊反抗，那恐惧就像他刚出生时一样，但顷刻间他便被踢了出去，最后一根脐带也随之断裂，孑然于这苍茫的天地间，坠向命运的掌心。

班柯痛苦地呻吟着，转身更换挡位，加速冲向自己的命运。

下桥三公里后，他耗尽了燃油，追兵尾随而至。那辆车行进了最后几米，班柯感到倦意袭来，于是把头靠在椅背上。一阵冰冷蔓延至他的整个后背，进入他的胃部，并且正朝心脏前进。他想起了薇拉。终于，隧道这头也下起了雨——铅雨。它穿透车身、座椅，还有班柯的身体。他的目光停在侧窗之外的山坡上。在接近山顶的地方，他能看见那个从城里望去像献祭给邪恶的东西。但从这里望去，那是一座在月光下熠熠生辉的十字架。它近得触手可及，照亮了前方的路。那扇门已为他开启。

"蓄谋已久的上位，"班柯喃喃自语道，"蓄谋——"

第十六章

德夫听着凯思妮斯的呼吸渐渐平静下来。他挣脱她的怀抱，转向床头柜。

"我的灰姑娘，"她轻声说，"快到午夜了吗？"

"时间还早，但我不能迟到。"

"你进屋后每隔半个小时就看一次表。谁都能看出来你不想久留。"

他又朝她转过身去，把手放在她脖子后面。"不是这样的，我美丽的女人，只是我和你一起待在这儿时，一点儿时间观念都没有了。"他轻吻她的嘴唇。

她咯咯笑出声："你还是会讲些甜言蜜语的嘛，罗密欧。可我不停地在想……"

"听上去要说吓人的话。"

"闭嘴。我不停地在想，我爱你。还有——"

"真吓人。"

"我说了，你闭嘴。我不止要你在此时此地陪我。我不想你总是在我面前消失，就像一片半梦半醒的梦境。"

"我也不想这样，亲爱的，可是——"

"我不想再听更多的可是，德夫。你一直说会把我俩的事情告诉她，但之后总是这个可是、那个可是，意思是你急不得，还说是为了她和孩子考虑，为了——"

"但确实得考虑呀，凯思妮斯。你得理解这一点。我是有家室的人，随之而来的就是——"

"我无法逃避的责任。"她模仿他的口吻说，"那你能不能为我考虑考虑？你好像从来不觉得从我身边溜走是个问题。"

"你很清楚不是这样的。但是你年轻，还有选择。"

"选择？你什么意思？我爱的人是你！"

"我的意思只是，梅雷迪斯和孩子们正处在需要呵护的时候。要是等孩子长大一岁，事情便会好办些，那时候我就能——"

"不！"凯思妮斯在羽绒被上狠拍一下，"我要你现在就告诉她，德夫。你知道吗？这是你第一次提她的名字。"

"凯思妮斯……"

"梅雷迪斯。是个好名字。我嫉妒她的名字好久了。"

"为什么突然这么着急？"

"我过去几天想明白了一件事。要得到你想要的东西，坐等别人给你是不行的。你必须狠下心来，甚至完全不替别人考虑，快刀斩乱麻。相信我，我犹豫了很久才要你做这个的，牺牲你的家庭——牵连无辜的人，这并不是我的本性。"

"我知道，凯思妮斯，你本性不是这样的。那你这想法从哪儿来的，要一刀两断？"

"德夫，"她坐起来，盘腿坐在床中间，"你爱我吗？"

"当然了！我的天，当然。"

"那你会做这件事吗？为了我？"

"听我说，凯思妮斯——"

"我更喜欢梅雷迪斯。"

"亲爱的。我爱你胜过世间的一切。我可以为你献出生命。是的，我自己的生命，毫不犹豫。但其他的人呢？"德夫摇了摇头，吸了口气，欲言又止。快刀斩乱麻，非要现在吗？这个想法令他吃惊。他是不是一直都走在那条路上，却不自知？他是不是正从凯思妮斯身边回归法夫的家？他又深深吸了口气。

"我从没见过我母亲，她为我牺牲了自己。为了我能够活下来，她牺牲了自己的生命。所以，即便我的本性里有和我母亲一样为爱牺牲的基因，对孩子的爱还是最难割舍的。仅仅是为微不足道的小事而牺牲我的孩子这种想法——比如为了我对另一个女人自私的爱而让他们失去家庭，都像在我对母亲的记忆上吐唾沫。"

凯思妮斯捂住嘴，忍不住啜泣，泪水充满了眼眶。接着，她起身离开卧室。

德夫闭上眼，头朝后重重砸在枕头上。然后他跟了出去，发现她在客厅里，站在一扇斜窗下，出神地望着窗外。她赤裸着身体，外面的霓虹灯让她通体闪动着白色，也让窗上一行行雨滴看上去像泪水从她脸上滚下。

他站在她身后，用一只手臂抱住她的裸体，向她的发际轻柔地低语："如果你现在想让我走，我就走。"

"我哭不是因为我无法得到你的全部，德夫。我哭是因为我自己的铁石心肠。而你，亲爱的，你是一个有着一颗真心的男人，一个孩子能信赖的男人。我无法停止爱你。原谅我。如果我无法拥有一切，就请你尽量把你纯洁的心给我吧。"

德夫没有回答，只是抱着她。吻她的脖子，抱着她。她的屁股开始蠢蠢欲动。他想起了时间。还有班柯。他们要在那列火车旁见面。但离午夜还早着呢。

"因弗尼斯赌场，我是杰克。"

"晚上好，杰克。麦克白在吗？"

"他跟人在吃晚饭呢。我能帮您带——"

"让他接电话，杰克。拜托了。"

一阵缄默。

队长看了一眼电话亭四周的摩托车。玻璃外面蜿蜒而下的一股股水蛇让它们的样子扭曲、变形，但这对他而言依旧是最美的景象——两轮机动车，还有驾驭它们横行霸道的兄弟们。

"我可以帮您问问，先生。您怎么称呼？"

"你就说他在等这个电话。"

"好的，先生。"

队长等着。重心从一只脚换到另一只脚。把血迹斑斑的包裹从一只胳膊换到另一只胳膊。

"我是麦克白。"

"晚上好。我就想告诉你，大鱼抓到，宰了，但小鱼溜了。"

"哪儿去了？"

"不过是一条小鱼，也就有千分之一的机会活下来。我觉得我们可以当他死了，沉在了海底。"

"好吧。然后呢？"

"鱼头正在路上。真佩服你，麦克白。没多少人敢吃这鱼头。"

麦克白放下电话，扶着柜台快速地喘气。

"您今晚还好吧，先生？"

"还好，谢谢你，杰克。只是有点头晕。"

麦克白压制住一个又一个想法和画面。然后他整了整夹克衫和领带，返回餐厅。

宾客们在长桌旁聊天喝酒，但气氛并不热烈。或许这些人不会像他们在特警队时那么高调地庆祝，但他怀疑邓肯之死给赌场留下的阴影其实比夫人表面上承认的要更严重。市长看见麦克白，招呼他过去。他看见有人坐在他的椅子上，以为是图特尔的同伴。但当他意识到自己看走眼时，他忽然怔住了。仿佛心脏停止了跳动。

班柯。

他坐在那儿。就在此刻。

"怎么了，亲爱的？"是夫人在说话。她转过来惊讶地看着他，"坐下来呀。"

"我的位置被占了。"他说道。

图特尔也转了过来："来，麦克白。坐呀。"

"坐哪儿？"

"当然是你的座位了，"夫人说，"你怎么了？"

麦克白尖叫着，看班柯像猫头鹰一样转过头来。他的白色领口上方有一道长长的、蜿蜒的伤口，看上去整整绕脖子一周。血从伤口涌出，就像一个斟满酒的杯口，有人还在往里不停地倒。

"谁……是谁把你弄成这样的？"麦克白痛苦地呻吟，双手拢住班柯的脖子，用力挤压、止血，但涓细的血像稀释过的酒一样从他的指缝里流出。

"亲爱的，你在干吗？"夫人捏着嗓子笑道。

班柯张开嘴："是……你……干的……我的孩子。"他机械地说出这几个字，像口技艺人的玩偶一样面无表情。

"不！"

"我……看见……你了……主人……我……在……等……你……主人。"

"闭嘴！"麦克白更用力地挤压。

"你……要……掐死……我了……麦克白。"

麦克白吓得松开手。他感觉有人在用力拉他的胳膊。

"咱们走。"是夫人。他刚要甩开胳膊，就听她在耳边发出咝咝的嘘声："现在不行！你还是警察局局长呢。"

她挽着他的手臂，装作跟随他的模样，从餐厅飘然离去，像是被宾客们的表情给吹走了。

"怎么回事？"她先锁好套房的门，然后压低嗓音说。

"你没看见他吗？班柯！他就坐在我的椅子上。"

"我的老天，你嗑高了。你出现了幻觉！你想让市长觉得他找了个疯子来当他的局长吗？"

"他的？"

"你那该死的'精酿'在哪儿？在哪儿？"她把手伸进他的裤兜，"这件事要露馅儿了！"

麦克白一把抓住她的手腕："他的警察局局长？"

"图特尔准备任命你，麦克白。我让你俩坐到一起，是因为我觉得至少你不会毁了他当你是合适人选的印象。哎哟，放手！"

"让图特尔市长爱干吗干吗吧。我有他太多把柄了，明天就把他关起来。如果我没有，我也能搞到手。我才是警察局局长，女人！你明白这意味着什么吗？我统领着六千人，其中两千人有武器。一支军队，亲爱的！"

麦克白见她的双眼变得温和起来。

"说得对，是这样，"她轻声道，"你终于恢复理智了，亲爱的。"

他还抓着她纤细的手腕，但她的手早已在他的裤兜里游动了。

"现在我又能感觉到你了。"她说道。

"来吧，让我们——"

"不，现在不行，"她堵住他的嘴，抽出手来，"我们还有客人呢。但我给你准备了点别的，庆祝你当选的礼物。"

"哦？"

"看看床头柜的抽屉。"

麦克白拿出一个盒子。里头是一把明亮、耀眼的匕首。他举到灯光下，"银的？"

"本来想晚饭后给你，但我觉得你现在需要它。谁都知道，银是唯一能杀死鬼魂的物质。"

"谢谢你，我的甜心。"

"不客气。告诉我，班柯死了。"

"班柯死了。他死了。"

"好，那我们以后再悼念他。现在让我们回到他们中间。你告诉他们，刚才是我俩之间开的一个玩笑。走吧。"

十一点十分。

凯思妮斯还在床上，而德夫已经穿好衣服，站在厨房的操作台旁。他沏了一杯茶，在冰箱里找到一颗柠檬，但唯一一把干净的刀更适合扎孔而非切片。他把刀尖扎进果皮，一股汁水喷溅出来。入夜已深，只需花费平常一半的时间就能到中央车站，找一个停车位，然后走到"伯莎号"。他不打算迟到。班柯不像要找借口搪塞他。德夫看出班柯想对他说些什么。他想得到解脱……是什么呢？内疚？或仅仅是他掌握的内情？班柯不是领头羊，他是一只温顺的绵羊，不过是中间一环。德夫希望自己很快就能知道另一群人的身份。有了这个，他便能……安静被一阵铃声打破，墙上软木板旁的电话响了。

"电话！"他吼道。

"听见了。我来接。"凯思妮斯在卧室里答道。她给每一间屋子都装了电话，这是他们在一起时让他感觉自己变老了的事情之一。他和梅雷迪斯也许有点守旧，但他们觉得家里有一部电话就足够了——多跑几步路也没什么大不了。他找到一块布，擦了擦手，竖起耳朵听她说话，以判断对话的类型。是谁这么晚打过来？梅雷迪斯？这个想法刚冒出来就被他否掉了。第二个想法停留的时间稍长。情人。另一个情人，比他年轻。不，是个仰慕者，潜在的情人。某个准备就绪，只待德夫今晚没有给她想要的答案就乘虚而入的人。是的，这便是她为什么这样着急。德夫没有满足她的要求，于是他的最后通牒便转化成了她的。她原先选了他。想到这儿，他真希望是个仰慕者。人就是这么奇怪，对吧？

"你能再重复一遍吗？"他听见凯思妮斯在卧室里说，职业的声音，只是比平时更加兴奋，"我马上到。叫上其他人。"

绝对是工作。现场勘查的工作。

他听见她在屋里翻找东西。希望不是去法夫的现场，否则她有可能会要他开车送她。他的手汗津津的。他舔了一口，顺便朝下看了一眼柠檬。汁液流进他在港口跌倒时划到的一处伤口。他怔了一秒。然后拔出刀，又扎进柠檬。这回又快又狠。他迅速抽出刀，同时把手拿开，但还是有刺痛感。不可能。不可能捅进去，然后在喷出来之前把手拿开。

凯思妮斯冲进厨房，拎着一个黑色的医用手提包。

"什么事？"德夫看到她脸上的神情后问道。

"总部打来的。麦克白在特警队的副手……"

"班柯？"德夫感到喉咙一紧。

"是的，"她说着拉开抽屉，"有人在肯尼斯桥上发现了他。"

"发现？你的意思是……"

"是。"她一边说一边生气地翻找着抽屉。

"怎么会？"一时间问题太多，德夫无助地抓向自己的额头。

"我还不清楚，但现场的警察说，他的车上全是弹孔，头也被人割了。"

"割了？就是……砍掉了吗？"

"我们很快就知道了，"她说着从抽屉里拿出一副乳胶手套，塞进包里，"你能开车送我过去吗？"

"凯思妮斯，我要约见个人，所以……"

"你没说在哪儿见，不过要是绕远路的话……"

他又看了一眼那把刀。

"我跟你去，"他说，"我当然得去。我是凶案处的处长，这桩案子是头等大事。"

他转过身，用力将刀掷向软木板。它绕轴心转了一圈半，先是撞上木板的把手，然后"哐啷"一声掉在地上。

"你要做什么？"她问道。

德夫盯着那把刀："一件需要反复训练才能成功的事。走吧。"

第十七章

"那么，西登，"麦克白说，"我能为你做什么？"

阳光透过云的缝隙，从局长办公室脏兮兮的窗户斜射进来，落在他的办公桌上、夫人的照片上、显示今天是周二的日历上、一张加特林机关枪的图纸上，以及坐在麦克白桌前那个光头锃亮、清瘦结实的警官身上。

"您需要一名贴身侍卫。"西登说。

"我吗？我需要什么样的侍卫？"

"一个能以恶制恶的人。邓肯曾有两名侍卫，这回班柯的事发生后——上帝保佑他的灵魂——有足够的理由相信他们也会冲你来的，局长。"

"他们是谁？"

西登疑惑地看着麦克白，然后答道："'诺斯骑士'。我认为是他们策划了这次斩首行动。"

麦克白点点头："二区的目击者表示他们看见了摩托车，其中一些人穿着'诺斯骑士'的夹克，对着一辆闯进珠宝店的沃尔沃开枪。我们怀疑那是班柯的车。"

"如果马尔康牵涉其中，对局长的威胁可能来自警局内部。我不全相信所谓的领导。依我看，德夫是个既缺乏骨气也不讲道德的人。至于警局外部的威胁，显然是赫卡忒。"

"赫卡忒是个商人。涉嫌参与谋杀对他的生意一点儿好处也没有。斯威诺倒是有比做生意更重要的动机。"

"复仇。"

"是的，相当传统的复仇。我们有些经济学家似乎低估了人类放弃金钱、转而遵从他们最基本的冲动的可能性。当黑寡妇的情人趴在她的背上，厌倦了缠绵和性爱时，他自知距离被吃掉的命运已经不远了。可命运由不得他有别的选择。这说的便是斯威诺。"

"所以你并不怎么害怕赫卡忒？"

"我今天已经跟你说过，我们的资源应该得到更合理的分配，针对赫卡忒的搜捕必须缩小规模，以便我们腾出手来应对城里其他更紧迫的问题。"

"比如？"

"比如我们有一家令人相当起疑的赌场，公然欺骗勤恳老实的人，抢走他们的积蓄。不过，跑题了。前几任局长和侍卫之间有过不好的经历，但我没有忘记在考德家被狗袭击那回，你非常勇敢和果决。所以，这件事容我再想想，西登。其实我在考虑给你另一个职位，和你要求的那个差别不大，真的。"

"哦？"

"现在我是局长，班柯又死了，特警队缺一个领导。而你，西登，是这里资历最深、经验最丰富的警官。"

"谢谢局长。这实在是受宠若惊。问题是我不知道自己值不值得信任。我不是政客，也不是当领导的料。"

"不，我知道你属于哪种人。你是一条需要男主人和女主人的看门狗，西登。但特警队就是某种像看门狗一样的部门。你到时就知道上层的指示有多细了。之前，我几乎不动脑子就知道该怎么抓捕那些恶人。考虑到过去两天的谋杀案，坐在我这个位置的人显然受到了巨大威胁，因此有必要动用特警队主动保护警局的一把手。"

"你的意思是特警队会成为局长的私人卫队？"

"我想没有人会反对这种安排，即便有也可以镇压下去。这么做可谓一石二鸟，你的愿望和我的愿望都能满足。你说呢，西登？"

太阳渐渐落下，或许是屋里突然降临的黑暗让西登压低嗓音，他听上去像在鬼鬼祟祟地说话："您只管明确下令好了，局长。"

麦克白打量了一番眼前的人。西登刚才提到班柯时说，上帝保佑他的灵魂。麦克白不禁在想，这算哪门子的保佑？

"忠诚的西登，我的命令会非常明确。至于镇压反抗，我刚刚订购了两把这种型号的加特林机枪。"他把图纸递给西登，"速运过来。价格有点贵，但我们两天之内就能拿到。你觉得怎么样？"

西登仔细浏览了一遍图纸，若有所思地点头："好东西，"他说，"说真的，很漂亮。"

德夫打了个哈欠，从一片晴朗的天空开进乌云中。

埃文刚才跳到给客人预备的床上，把他叫醒。他的姐姐紧随其后。

"爸爸，你回家了！"

他们在厨房一起吃早饭，旭日低垂在湖面。梅雷迪斯叫孩子们停止打闹，坐在爸爸的腿上好好吃饭，他们还得去学校呢。德夫知道她想用严厉的口吻说话，但是她忍住了。他看到她眼神中带着笑意。

此刻他经过案发现场，那辆千疮百孔的车已被拖走，路面上的血迹也被清理干净。凯思妮斯和她的属下行动高效，发现了现场遗留的证据。他要做的并不多，除去陈述班柯被击毙和斩首这个显而易见的事实。弗里斯不知去向，但德夫注意到车座上那条安全带被人割断了。任何可能性都存在，眼下他们能做的只有发布一份关于班柯儿子的普通人口失踪通告。案发现场是一条废弃的岔路，由于大桥关闭，周围不大可能有目击者。所以一个小时后，德夫决定回法夫过夜——反正离家只有一半的路程。

他醒着躺在床上，一边思索，一边听蚂蚱在屋外吟唱。他早就知道。知道但没有理解。他没有一下子看清事件的全貌，那些相互契合的碎片也不是突然就拼合成一幅画面。只是一个普通的细节——凯思妮斯厨房里的那把刀。但随着思考一步步深入，其他碎片渐渐浮出水面，慢慢组合到一起。然后他睡着了，直到孩子们在黎明时分突然把他唤醒。

德夫开车到老桥上。和肯尼斯桥相比，这座桥很窄，其貌不扬，但它修建得很结实，许多人也认为它会挺立得更长久。

问题是：他该找谁说呢？

这个人不仅得有足够的权力、影响力和魄力，还得让他信任，而且没有牵涉其中。

他开进总部的地下车库，云随之合上缺口，太阳结束了短暂的停留。

列诺克斯从打字机上抬起头，见德夫走了进来："都快吃午饭了，你还在打哈欠，好像刚睡醒一样。"

"最后问一次，那玩意儿是真的吗？"德夫冲着一根发乌的棒子问道。它的一头是一团生锈的铁块，被列诺克斯用作纸镇。德夫一屁股坐在门口的一张椅子上。

"我也再说最后一次——"列诺克斯无奈地叹气，"这是我祖父留给我的，在索姆河的战壕里，这家伙直接从他头上掉了下来。你看，幸亏德国人忘记拔掉引信。他的战友老拿这件事说笑。"

"你是说，他们在索姆河还能说说笑笑？"

"据我祖父的描述，情况越糟糕，他们笑得越起劲。他把这个叫作对战争的嘲笑。"

"我还是觉得你在说谎，列诺克斯。你不是那种敢把没引爆的手榴弹放在桌上的人。"

列诺克斯笑着继续打字："我祖父一辈子都把它放在家里。他说这东西能让他想起一些重要的东西——人生的短暂、机遇的重要性、个人生命的有限，以及别人有多么无能。"

德夫转向那台打字机："你没找个秘书代劳吗？"

"我现在开始自己写信了，然后出门自己邮寄。昨天公诉处告诉我，我写给他们的一封信好像被人拆开过，又给封上了。"

"我不吃惊。多谢临时接待我。"

"接待？太客气了吧。你在电话里没说想聊什么。"

"是没有。我刚才说了，有人拆你的信，我不吃惊。"

"你是说总机。你觉得——"

"我没觉得有什么，列诺克斯。我和你的看法一样：以眼下的情势，冒险没有意义。"

列诺克斯会意地点点头，歪向一边："不过，我的好德夫，你来这儿就是为了告诉我这个？"

"也许吧。我手里有一些证据，涉及杀死邓肯的凶手。"

列诺克斯坐直身子，椅子"吱呀"一响。他双手推开打字机，肘部架在桌上："把门关上。"

德夫伸出胳膊，关上门。

"什么样的证据？实物吗？"

"你说话真有趣……"德夫从列诺克斯桌上拿起一把裁纸刀，掂量了一下，"你知道，在邓肯和侍卫两个案发现场，一切看上去都顺理成章。"

"'看上去'这个词意味着表面合理，但实际上却不合理。"

"完全正确。"德夫警督将刀放在食指上，等它找到平衡，然后两指交叉成"十"字，"如果你用匕首去捅一个人的脖子，想要杀他，难道不应该握紧匕首，以防没扎到颈动脉，还得再捅一刀吗？"

"是这个道理。"列诺克斯盯着那把裁纸刀说。

"如果你一下就扎到了颈动脉——我们知道有一把匕首做到了这一点，那么大量的血便会射出，形成几次短促的井喷。受害者的血压会下降，心脏会停跳，剩下的血只会慢慢地涌出来。"

"我想我明白。"

"但我们在亨尼西身上发现的匕首的手柄沾满了血，他的指纹印在血上，手的内侧也有邓肯的血。"德夫指向裁纸刀的手柄，"这说明血从邓肯的脖子里喷出来时，凶手并没有握刀，是后来才握上去的。或者说后来有人让他的手握住了刀柄。"

"我明白了，"列诺克斯说着挠了挠头，"但掷和捅有什么区别？结果是一样的。"

德夫将裁纸刀递给列诺克斯。"试着扔一下这把刀，扎进那块告示板。"

"我……"

"试试。"

列诺克斯站起来。那块板离他大概两米远。

"你得用力扔，"德夫说，"需要一定力量才能扎进人的脖子。"

列诺克斯扔了一下。刀撞上板子，弹落到地上，"哐啷"一声。

"再试十次，"德夫说着捡起刀，让它在手指上稳住，"我赌一瓶上好的威士忌，你还是扎不进去。"

"你对我的实力或运气没什么信心嘛。"

"如果我给你的刀重量不均衡，要么刀柄沉，要么刀身重，我的胜算就更大。但就像邓肯脖子上那把匕首，这把刀的重量是均衡的。扔这把刀的人必须是个老手。在这栋楼和我打过交道的人里，没有一个听说或见过邓肯的侍卫会扔飞刀。事实上，我认识的人里只有一个有这种本事。他原先差一点就留在了马戏团，专门表演这项绝活。而且他当晚就在因弗尼斯。"

"你说的人是谁？"

"你把有组织犯罪处托付给他的那个人——麦克白。"

列诺克斯怔在原地，紧紧盯着德夫的脑门儿："你不会是想告诉我……"

"是的，我想告诉你，邓肯局长是被麦克白杀死的。那些无辜的侍卫遭到的冷血屠杀也出自同一人之手。"

"上帝保佑，"列诺克斯说着重重地坐了下去："你跟法医处和凯思妮斯说过这个吗？"

德夫摇了摇头："他们注意到刀柄上有血，但认为那是匕首抽出时溅上去的，而没有想到匕首是被掷出去的。他们的推论足够合理。毕竟很少有人掌握这种绝技。而且只有麦克白身边最密切的同事知道他有这项绝活。"

"很好。这件事一定不能对任何人说。谁也不能。"列诺克斯握紧拳头，咬紧牙关，"你知道你这么做会把我置于什么境地吗，德夫？"

"我知道。现在你知道了我的想法，这点已无法改变，咱们成了一根绳上的蚂蚱。抱歉，我没有给你选择的机会，可我还能怎么做？揭开真相的时候到了，列诺克斯。"

"的确如此。如果你说的是对的，麦克白确实是你认定的禽兽，仅仅打伤他还不够——那会让他加倍地危险。我们必须保证一击致命。"

"是，但怎样才能做到？"

"要讲究策略，小心谨慎，德夫。容我再想想。我不是天才，所以得费些时间。我们再约见一次吧。这里隔墙有耳。"

"六点，"德夫说着站起来，"中央车站，'伯莎号'见。"

"那节旧火车？为什么选那里？"

"我和班柯本来约在那里见面的。他本来要告诉我所有这些凭我自己也能想明白的事。"

"可以。回头见。"

麦克白盯着桌上的电话。

他刚刚放下听筒，和斯威诺通过话。

他的神经在皮层下抽搐和纠结。他需要某样东西。不是某样，他知道那东西是什么。他抄起夫人给他买的大帽子。当麦克白大步走向前厅时，普丽西拉微笑道："局长要出去多久？"

她之前照麦克白的吩咐，从列诺克斯的办公室搬了上来，整个过程不到两个小时。他本想炒掉邓肯原来的助手，但后来让她搬到楼下去了——行政部门的主管向他解释，在公务员系统，就连局长也不能说炒谁就炒谁。

"一个小时，"麦克白说，"两个小时吧。"

"那我就跟来电话的人说要两个小时。"她说。

"就这么办,普丽西拉。"

他走进电梯,按下去一层的按钮。来电话的人,而不是如果有人来电话。因为总有人来电话,该死的响个不停。部门主管、法官和议员。其中有一半人的想法他都完全搞不懂,他们成天追着他问一些他听不懂的问题,而这意味着等在线上的人排起了长队。还有各路记者。邓肯的死、马尔康的失踪,现在又多了一名警官和他的儿子。"一切都失去控制了吗?"他们问道,"局长能否保证……""不予置评。可否请你关注下一次新闻发布会……"

然后是斯威诺。

电梯门开了,两个穿制服的警官刚踏进来,又收住脚步,退了出去。这是肯尼斯定下的规矩,邓肯已经废除了——局长乘坐的是专梯。但麦克白还没来得及招呼他们进来,电梯门就再次关闭,他一个人继续下行。

总部外的人行道上,他跟一个穿灰色大衣、正在读报的男人相撞,对方小声嘟囔道:"对不起,麦克白。"这没什么奇怪,因为当麦克白抬起头时,他看见自己的脸出现在报纸头版上。"第三名警官接力掌舵"。标题不赖。可能是夫人的建议。那位编辑对她言听计从。

麦克白拉低帽檐、挡住脸,大步流星地走着。正午时分,街上堵得水泄不通,走路去中央车站反而比开车快。正好免得让人看见局长的豪华轿车出现在那里。

天知道斯威诺对普丽西拉说了什么,让她同意把他的电话接进来。不管怎么样,麦克白跟他通话时,他没有说自己的名字。他的声音你但凡听过一次就忘不了。那低音弄得听筒里的塑料都在颤。他提醒麦克白,当初的承诺是立即释放"诺斯骑士",现在已经过去了十二个小时。麦克白说事情没那么简单：由于已经提起公诉，法官和律师还得签署一堆文件才行。不过，斯威诺大可放心准备一篇欢迎词，两天之内就能给他们接风。

"又是两天，"斯威诺说，"我给你最后两天时间。后天十一点整，我会派人给城里一名法官的家里打电话——我不会告诉你是谁——向他坦白自己参与谋杀班柯，还有我们是怎么知道班柯和弗里斯出现的确切地点的。"

"你的神风敢死队吗？"

"另外，我们有七个目击证人看见你来过我们的俱乐部。"

"放松，想想你的演讲，斯威诺。明天下午三点半，我们会把你的人送到俱乐部门口。"

麦克白说完挂了电话。

在通往中央车站的台阶口，麦克白仔细观察这片区域。他看见另一个穿灰大衣的人，但不是同一个。帽子遮住他的脸，他不过是众多经过巧妙装扮的人之一。他们每天奔上这一级级台阶，购买一切满足他们需要的东西——那些神奇的物质可以让他们像过去那样惊人地高效运转。

他来到上次站立的地方——在走廊，挨着通往楼下厕所的楼梯。那个小男孩已不见踪影。麦克白焦急地跺着双脚。离他上次发作已过去数小时，但只有此刻——当他迫切需要满足自己时——才是真正的生不如死。

她出现时仿佛已过去一个小时，但他的手表显示只过了十分钟。她手里拿着一根白色拐杖，不知用作什么。

"我需要两包。"他说。

"你需要见一个人，"斯特雷加说，"把这个塞进耳朵，再戴上这个。"她递给他一对耳塞和一副介于泳镜和焊接防护镜之间的眼镜——他见盲人戴过。

"凭什么让我做这个？"

"因为如果你拒绝，就别想得到一滴'精酿'。"

他犹豫了。不，他没有犹豫，只是在拖延时间。其实让他用手走路都可以，只要他们开口。那副眼镜加了涂层，什么也看不见。斯特雷加扶着他转了好几圈，明显是为了让他丧失方向感。然后她把白色拐杖交给他，领他上路。十分钟后，他意识到他们走进雨里，周围是人群和车流——耳塞并未挡住所有声响。斯特雷加扶他登上一级水泥台阶，一点五米高，然后脚下变成了碎石子或沙子。接着他们又上了另一级水泥台阶，走进某个地方，他这样猜想——至少空气变得暖和、干燥起来。他在一张椅子上坐下来，有人取走了耳塞，告诉他不要摘眼镜。

他听见有人走过来，一阵"嗒嗒"的声音停在他正对面。

"我很遗憾，非得用这种方式把你带到这里。"声音出奇地温柔，好像一位老者，"但再三考虑，我认为还是见面最好。你当然看不见我，但如果我是你，麦克白，我会为此感到高兴。"

"我明白。意思是你打算让我活着离开。"

"你并不聪明，麦克白，但比起愚蠢，你要聪明些。这就是为什么我们选择了你。"

"为什么带我来这儿？"

"因为我们担心。我们在选择你之前就知道你有毒瘾，但没想到它会发展得这么迅速和彻底。总之，我们必须确保你可靠，否则只能把你换掉。"

"为什么要换我？"

"你以为自己与众不同吗？我希望局长的职衔还没有植根于你的大脑，你知道那只是一个幌子。没有我，你什么都不是。邓肯以为他能摆脱我，真的，以为他能跟我对着干。你也这么认为吗，麦克白？"

麦克白咬牙切齿，强压怒火。他只想拿到东西，然后走人。他深吸一口气。"依我看，我们之间有一种默契，对双方都有好处，赫卡忒。你也许导演了一系列事件，让我当上了警察局局长；而我会除掉斯威诺，确保警察不会给你和你的垄断制造太多麻烦。"

"嗯。这么说你没有道德顾忌？"

"我当然有，但我是实用主义者。在任何一座这样大的城市，都会有像你这样的毒贩的市场。如果你和斯威诺不做，别人也会做。我们的合作至少可以把其他可能更难搞的毒贩拒之门外。我可以把你当作构建城市美好未来这一目标的手段。"

老者咯咯发笑："听起来像是直接从夫人嘴里拿来的话。轻巧、美妙，但虚头巴脑。我站在十字路口，麦克白。为了决定走哪条路，我必须对你进行考查。我看见报纸上的比喻了：第三名警官从船长手里接过舵。可现在，你的船正经历一场飓风。邓肯、班柯和一名警校学生已被处决。考德、马尔康和两名侍卫死了，还被怀疑贪腐。你的船在物质和道德层面都已严重损毁，麦克白，所以，如果我准备帮你，我必须知道你究竟如何把这条船开进相对平静的水域。"

"当然要把那些罪犯绳之以法。"

"很高兴听你这么说。罪犯指的是谁？"

"明摆着嘛，'诺斯骑士'。他们胁迫马尔康和他的心腹同他们合作。"

"很好。这样你我就两不相欠了。不过，如果斯威诺能够证明他和邓肯的死没有关系呢？"

"我觉得他做不到这一点。"

"嗯。我希望你有实力兑现你的诺言，麦克白。"

"我有，赫卡忒。我希望你也能满足我的要求。"

"你什么意思？我已为你铺就了成为警察局局长的道路，这难道还不够吗？"

"除非我得到保护。我感觉现在所有人都要动我：法官、记者、罪犯，甚至是同僚。不管是用枪、用文字还是用武器。电话一直响个不停。瞧吧，我可能在光天化日之下像个盲人一样被绑架或劫持。"

"你没叫特警队保护你吗？"

"谁知道他们可不可靠。我需要更多保护。"

"我懂了。那我现在就告诉你，你已经有了我的保护。对你的保护已经持续了一段时间。只是你没有觉察。"

"它在哪儿？"

"这不劳你费心。你应该知道，赫卡忒向来保护他的投资。只要有我在，只要是我支持的，你就大可放心。没有人——城里绝对没有一个人能伤害你，只要你是我的人，麦克白。"

"没人能？"

"我向你保证，那个能动你一根汗毛的人还没出生呢。你不会被任何人推翻，除非古老的'伯莎号'会再次开动起来。这够让你满意了吗，麦克白？"

"是的，我对这两项保证感到满意。"

"很好。还有一件事我不得不说。留心德夫警督。"

"哦？"

"他知道是你杀了邓肯。"

麦克白知道他应该感到警觉、恐惧和焦虑。可他现在能容下的只有那熟悉的、仇恨的渴望。

"对你来说，幸运的是现在只有一个人知道德夫心里的想法。"

"谁？"麦克白问道。

"就是提议并支持你担任有组织犯罪处处长的人——奉我的指示。这件事做得天衣无缝，邓肯事后还以为是他自己的主意。"

"那个人是谁？"

"你自己看。"

一条椅子腿擦过地面，麦克白随之转了过去。接着，他的护目镜被摘除。麦克白的第一反应是他正望着一个隔音的审讯室。它的窗户是单向的，接受审讯的人无法看见或听见外面的动静。区别在于它很像一间大实验室，里头摆着各式各样的玻璃烧瓶、试管和导管，最终连通到一个巨大的沸釜。这口釜和种种现代仪器形成有趣的反差，让麦克白想起卡通漫画里食人族大煮活人的场景。沸釜后的墙上挂着一块"禁止吸烟"的牌子，锅前面的屋子里灯光刺眼。在靠近玻璃的地方，有个红发男人笔直地坐在躺椅上，一只衬衫的袖口挽了起来。他扬起脸望向天花板，嘴半张，眼半闭。他和他们几乎只有一壁之隔，麦克白甚至能看见那人眼睑下半露出的蓝色虹膜在微微颤抖。他认出那对亚裔姐妹中的一个，她正端着一支注射器，将针头刺进列诺克斯警督的小臂。

一个温柔的声音在麦克白身后说："列诺克斯在邓肯脑中植入了一颗种子，那就是他应该任命一个不属于精英阶层，而是让普通百姓感觉来自他们中间的人。"

"列诺克斯告诉邓肯，他应该让我管理有组织犯罪处？"

"列诺克斯当然是反其道而行。邓肯当初不选你是因为你没有正经资质，而且风头过盛。驾驭自负的老倔驴，就得用这种办法。"

"你说往东，列诺克斯就往东？"

"列诺克斯没说往东,邓肯自己就往东去了。"麦克白背后传来咯咯的笑声,好像有人在倒威士忌,"人心就像错综复杂的迷宫,麦克白。首先要找到宽广的大路,然后就好驾驭了。我控制列诺克斯已经超过十年。他是个勤劳的人,列诺克斯警督。"

麦克白试图观察身后这个人在镜中的影子,但只看见斯特雷加,似乎赫卡式无法被反射。但他就站在那儿,因为麦克白耳边响起他的声音:

"但是当我说往东,你绝不能往西。"

"哦?"

"杀了德夫。"

麦克白咽了口唾沫:"德夫是我朋友。你应该知道。"

"班柯是你父亲,但依然没能拦住你。杀德夫是绕不开的一步,麦克白。另外我还想给你介绍一位更好的朋友。它的名字叫权力。"

"我不需要任何新朋友。"

"不,你需要。'精酿'使你状态不稳,性情多变。你已经出现幻觉了,不是吗?"

"也许吧。也许是幻觉。权力是什么?"

"一种既新潮又古老的产品。'精酿'是可怜人的权力。权力可以给你七倍力量,但造成的伤害却不到一半。它令你的思维更敏锐和坚韧。权力正是这个时代呼唤的东西。"

"我更喜欢'精酿'。"

"麦克白,你更喜欢继续做警察局局长。"

"这种新型毒品,它会让我产生依赖吗?"

"我告诉过你了,它很古老。权力会取代所有你已经依赖上的东西。所以,德夫相比于权力,你觉得该怎么做呢?"

　　麦克白看见列诺克斯的头稍向前倾。他听见斯特雷加在他身后轻声说了些什么。三姐妹之一扶着列诺克斯平躺下来，然后走向那口沸釜。

　　"给我。"

　　"什么？"

　　麦克白清了清嗓子："我说，给我。"

　　"把那几袋东西给他。"赫卡忒说。

　　麦克白听见"嗒嗒"的声音渐渐远去，护目镜又回到眼前。周围的世界消失了。

第十八章

"它真漂亮，你说呢？"列诺克斯说着，轻抚那一条条曲线。

"不，"德夫说，"'伯莎号'有很多优点，但漂亮不在其列。"

列诺克斯笑了笑，低头看他的手掌，上面沾满了煤灰。"人人都喊它'伯莎号'，但它的全名叫伯莎·勃南。这名字源于一个黑发的建筑工地厨师。当年他们修建从这里到首府的铁路，他是唯一和他们共同见证修建全程的雇员。"

"你怎么知道？"

"因为我的祖父参与了修建。从这里到首府。"

"所以你的祖父抡过大锤、拖过枕木？"

"不，当然不是，他出面帮这条铁路融资。"

"这听起来更像是真的。"德夫望向对面的因弗尼斯赌场，它在暮色中亮起诱人的灯光。

"没错，我们列诺克斯家族是地地道道的银行家。其实我是家里最没出息的人。你们家原来是干什么的，德夫？"

"一般工作吧。"

"警察？"

"据我所知是这样。"

"我知道城里有好多叫德夫的，但没有一个是警察。"

"我搬到这里后随了我外祖父的名字。"

"那么他……"

"死了。我后来去了孤儿院。然后上了警察学院。"

"既然你不是本地人,为什么不去首府的警察学院?那边的条件更好,天气和空气也比这里强。"

"大鱼都在这里。'诺斯骑士'、赫卡忒……"

"我明白了。你是真想去有组织犯罪处,是吧?"

"嗯,大概是吧。"

"那么这个位子还空着呢。等我们抓住谋杀邓肯的麦克白,你想去哪个部门随你挑好了。我们会被当成城里的救世主,德夫。"

"我们会吗?你真觉得他们在乎?"德夫朝广场点点头——那儿的人正步履匆匆地躲进阴暗中寻求庇护。

"我知道你想说什么,但我们不应该低估广大的市民。"

"列诺克斯,处理问题的办法有两种,要么解决它,要么忽视它。肯尼斯让这座城市走了第二条路。同情腐败,推卸责任。看着大家四散而逃,就像见光的蟑螂。"

"一座可鄙的城市,一群可鄙的居民。但你甘愿赌上一切?"

列诺克斯看着德夫摇了摇头。

"拜托,列诺克斯,是什么让你觉得我做这个是为了这座城市?这不过是当他们想被选为议员或成为警察局局长时的借口罢了。说说我们上次见面后你都发现了什么吧。"

"好。我跟首府的一名法官说了——"

"我们不能和任何人说!"

"先别紧张嘛,老兄。我没透露具体案情和牵涉的人员,只告诉他涉及一名高官的腐败问题。关键是,这名法官很靠谱。他不住这儿,所以不受麦克白、斯威诺和赫卡忒控制。作为联邦法院的法官，他可以联系联邦警局，这样我们就能跳过总部直接在首府起诉麦克白，他在首府动用不了什么关系。这名法官会在三天内赶到这里，他同意和我们秘密见面。"

"他叫什么名字？"

"琼斯。"

列诺克斯见德夫死死盯着他。

"拉尔斯·琼斯，"列诺克斯说，"有什么不对吗？"

"你的瞳孔，像是吸毒者才有的样子。"

列诺克斯润了润舌头，笑出声来："出生时得半白化病就是这样。眼睛对光很敏感。这就是我们家更愿意选择在室内工作的一个原因。"

德夫在大衣里瑟瑟发抖。他又望了一眼因弗尼斯赌场。"好吧，三天。我们可以利用这三天做点什么。"

列诺克斯耸了耸肩："低调。不要自找麻烦。还有……我想不出第三种说法了。"

"我已经在害怕和麦克白的下一次碰面了。"

"为什么？"

"我不会装。"

"你从来没骗过谁吗？"

"骗过，但人们总能看穿我。"

列诺克斯瞥了德夫一眼："哦？在家吗？"

德夫耸耸肩："连我的小孩都知道他爸爸什么时候在撒谎。他还有几天就九岁了。麦克白比谁都了解我。"

"怪事，"列诺克斯说，"你俩差别这么大，竟然能成为如此亲密的朋友。"

"咱们找时间再聊吧，"德夫说着朝西望去，"如果我现在出发，日落时应该能到法夫。"

列诺克斯站在那儿，朝同一个方向望去。一阵雨总会遮住幕后黑手，让你乐观地期待天气能够迅速转好——一想到大自然有这样的安排，他心情很不错。

"我有种感觉，我们已经熬过了最难熬的日子，"麦克白说着伸手去拿床头柜上的打火机，然后点了根烟，"从现在起，一切都会好起来，亲爱的。我们回到了正轨。这座城市是我们的。"

夫人一只手放在她的胸口，感受着丝绸被单下依旧狂奔的心跳。她在喘息之间说道："如果你新燃起的热情是力量的一种反映，亲爱的——"

"嗯？"

"——那么我们就所向披靡。你知道外头那些人有多么爱你吗？人们在赌场里谈论你，说你是城里的救星。你读报纸了吗？今天《泰晤士报》的'领袖专栏'认为你应该出来参加市长选举。"

"是你朋友写的，那个编辑？"麦克白咧嘴笑道，"你请他写的？"

"不，不。今天的'领袖专栏'不是关于你的。那篇评论是在说图特尔没有真正的竞争对手，就算不得民心也照样能连任。"

"做肯尼斯的跟屁虫，怎么可能得民心。"

"所以提到了你的名字，你是理论上可能挑战图特尔的人。你怎么看？"

"做市长吗？我？"麦克白笑着挠了挠他的小臂，"谢谢你，不过算了吧。我的办公室已经足够大，现在我们有足够多的权力去做我们想做的事。"他的指甲搔过皮肤上的小洞。权力。他给自己打了一针，那个推销员的宣传真不是吹的。

"你说得对，亲爱的，"她说道，"不过还是稍微考虑一下吧。

当这种想法成熟的时候，或许感觉就不同了——谁知道呢？哦，对了，杰克今早代你收了一个包裹。一个骑摩托的人送来的。可沉了，包得严严实实的。"

麦克白等着血管里泛起凉意，但那种感觉没来。肯定是因为新品。"你把它放哪儿了？"

"你衣橱的帽架上。"她说着指了指。

"谢谢。"

他悠悠地抽着烟，看她在身旁渐渐睡去。他望向衣橱那扇坚实的棕色橡木门，然后把头枕在枕头上，朝窗外射进的月光里吐出一个个烟圈，看它们扭曲缭绕，就像一位跳阿拉伯肚皮舞的舞者。他不怕。他有特警队保护，他有赫卡式保护，命运众神正朝他微笑。他抬起头，又望向那间衣橱。里面没有一点声音。鬼魂已经溜走了。屋外是彻底的寂静，窗户上没有一丝响动。因为雨后必有阳光。爱情必会洗净你手上的鲜血。罪恶必能得到宽恕。

第十九章

"早安，各位，"麦克白说着看向桌边每个人的眼睛，"可惜今早并不让人感到安宁。从班柯死去的那一秒开始，已经过去了三十六个小时，凶手仍逍遥法外。让我们为班柯默哀一分钟。"

德夫闭上眼。

很少见到麦克白一脸严肃地走进屋子，他通常会微笑着跟每一个人道早安，不管下雨或晴天，不管他认不认识他们，就像他们在孤儿院初次见面时那样。他肯定关注过德夫，关注过他的着装和发型，他俩有多么不同，但他的笑容似乎表明他们有比这些外在的东西更深层次的共同点，某种将他们紧紧绑在一起、成为秘密兄弟的东西——或许他正是用这种毫无保留的完美微笑给所有人带来这样的感觉。这个微笑还传递出一种天真的信念：麦克白身边的人都会为彼此祝福，它也让德夫觉得自己冷酷，在这种时候还会把人往坏处想。德夫愿意付出所有来获得这样具有感染力的微笑。

"德夫？"有人轻喊他的名字。他转过头，望着凯思妮斯清澈的绿色瞳孔。她朝桌子远端点点头，麦克白正在那里看着他。

"我刚才问，是否有关于调查进展的汇报，德夫。"

德夫在椅子上坐直，咳了一声，红着脸回过神，然后开始汇报。他讲到有人看见了"诺斯骑士"——是从他们皮夹克的标志上判断——还有针对雅各布斯和桑斯珠宝店外那辆沃尔沃轿车的枪击。他讲到那件夹克衫和弗里斯的钱包，它们被发现落在肯尼斯桥下的河岸上，但尚未找到尸体。凯思妮斯全面介绍了法医证据，它们只不过证实了警方已经掌握的信息——是斯威诺的团伙杀害了班柯，可能还有弗里斯。

"有证据表明斯威诺在作案时就在现场，"德夫说，"车旁的路面上有一个小雪茄的烟头。"

"许多人都抽小雪茄。"列诺克斯反驳道。

"不是所有人都抽大卫杜夫细长小雪茄。"德夫回答。

"你知道斯威诺抽什么烟？"列诺克斯挑起眉毛说。

德夫没有回应。

"我们不能容忍这样的事，"麦克白说，"市民们不能允许我们容忍这样的事发生。杀害警察就等于在攻击这座城市。为了让在座的各位主管明天还能获得市民的信任，我们今天必须做点什么。所以我们拖不起，我们必须放手一搏，即便要冒牺牲的风险。这是一场战争，我们就得用战争的辞令。大家知道，打仗靠的不是嘴皮子，而是子弹。为此我任命了一位新的特警队队长，放宽了他们动武的权限，还有下指令打击有组织犯罪的权限。"

"打断一下，"列诺克斯说，"什么指令？"

"你很快就知道了。有人正在研究和制定。"

"谁在制定？"凯思妮斯问道。

"西登警官，"麦克白说，"特警队的新队长。"

"他在给自己下指令？"凯思妮斯问道，"没有我们的——"

"当务之急是行动起来，"麦克白打断她，"而不是打磨那些指令的修辞。你们很快就会见到结果，我相信你们——还有城里其他人——会和我一样高兴。"

"可是——"

"指令制定出来时，你们自然可以发表意见。现在散会。伙计们，大家动起来！"然后又是那种微笑，"德夫，可以稍微留一下吗？"

椅子迟疑地向后擦地。

"你也先去吧，普丽西拉，"麦克白说，"帮忙带上门，谢谢。"

人都走了。德夫打起精神。

"来，坐近点儿。"麦克白说。

德夫站起来走向麦克白身边的一把椅子。他试图放松，放慢呼吸，避免不自觉地绷紧脸部肌肉。他意识到自己就坐在杀害邓肯之人一臂之遥的地方。

"我一直想问你件事，"麦克白说，"而且我希望你说实话。"

德夫感到嗓子发紧，心怦怦直跳。

"我想让别人来接有组织犯罪处处长的位置。我知道你的第一反应是失望——"

德夫点点头。他的嘴巴干得要死，不知道自己能不能发出正常的声音。

"——但原因只是，我想让你做我的副手。你觉得怎么样？"

德夫清了清嗓子："谢谢。"他嘶哑地说道。

"你不舒服吗，德夫？"麦克白露出担忧的神色，一只手放在德夫肩上，"还是有那么一点点失望？我知道你有多么想去有组织犯罪处，我也理解你更倾向于去一个行动类的岗位，帮助像我这么笨的可怜虫不要出洋相。"他露出完美的微笑，而德夫则不知该如何回答。

"你是我的朋友，德夫，我想把你留在身边。那句谚语怎么说来着？"

德夫咳了一下："哪一句？"

"谚语是你的专长，德夫，不过算了。如果你坚持去有组织犯罪处，我会考虑的。这些话我还没对列诺克斯讲。你看上去很不好。我给你倒杯水好不好？"

"不，谢了，我还好。我只是有点累了。突袭行动之前我几乎一夜没睡，邓肯死后连眼都没合过。"

"只是有一点累吗？"

德夫沉默片刻，摇了摇头："不，我其实在想能不能请两天假。我知道局里正忙着调查，但凯思妮斯可以……"

"当然，当然，德夫。没必要因为骑手着急就把马累死。回法夫的家。替我向梅雷迪斯问好，告诉她你至少要在床上睡两天。不管她信不信，这是局长的命令。"

"谢谢你。"

"我可告诉你啊，我会去法夫检查你有没有休息。"

"好。"

"三天之后，你回来告诉我对副局长一职的考虑。"

"我答应你。"

德夫直接去了卫生间，一口吐在水池里。

他的衬衫被汗水浸透。一个小时后，当他终于开上老桥时，他的脉搏才渐渐恢复正常。

夫人走过餐厅和赌场大堂。她数出九位顾客，然后试图告诉自己：午饭刚过是最冷清的时候。她去前台找杰克。

"今天有什么新客人吗？"

"现在还没有，夫人。"

"现在还没有？那今天晚些时候会有？"

他抱歉地笑了笑："恐怕不会。"

"你有没有照我说的，去方尖塔看看？"

"当然，夫人。"

"那里的情况怎么样？"

"我觉得，很冷清。"

"你撒谎，杰克。"

"是，夫人。"

夫人忍不住笑了："杰克，你总是能安慰我。你觉得是因为这里发生了凶案吗？"

"也许吧。但也有人打电话，非要住邓肯死的那间房。如果预订不上，侍卫的房间他们也可以考虑。"

"脑子有病。对了，说起病，我想让你稍微调查一下图特尔身边的那个小男孩，查查他几岁了。"

"你是觉得……"

"要是为他好，希望他已经过了十六岁。要是为我们好，希望他还不到。"

"查这个信息有什么特殊原因吗，夫人？"

"储备弹药，以备不时之需，杰克。市长任命警察局局长，就算他通常会按照排位来确定人选，但眼下这种情况我们绝不能掉以轻心，你说呢？"

"就为这个吗？"

"还有，我们想让图特尔给博彩委员会施加更大压力，严查方尖塔的业务活动——必须要这么做。我一直很有耐心，也试过柔和的手段，但如果还不奏效，我们就得用更严厉的手段。"

"我会去查查看的。"

"杰克？"

"怎么了，夫人？"

"我最近有没有一直梦游？"

"我当班的时候没有，夫人。"

"你又在骗我？"

"你好像昨晚突然跑到前台，但我不确定你是不是睡着了。"

她笑了："杰克，杰克，如果他们都像你这么会说话就好了。我是在怀疑。我醒来时，钥匙插在门外的锁眼里。"

"你有心事吗？人在有烦心事的时候才会梦游。"

"除了烦心事，就没有别的原因吗？"夫人叹气道。

"那就是做梦？你是不是一遍遍地做那个梦？"

"我告诉过你，杰克，那不是梦，是回忆。"

"恕我直言，可你无法确认它是什么，夫人。如果你每晚都梦见它，你是无法确认它是否就是按照那样发生的。你要知道，那孩子是自然死亡。"

"又来安慰我了。但我不需要安慰。我不需要忘记。恰恰相反，我需要记住。记住我放弃了什么才走到今天，一辈子不要孩子所付出的代价，正因如此，我才能在每一天早晨，从丝绸被单之间醒来，身旁是我选择的共度良宵的男子，我才可以下楼走到我的位置，走进一场我为自己创造的生活。在那里，人们会因为我的身份而尊敬我，杰克。"

"没有人会因为身份而被人尊敬，夫人。我们得到尊敬是因为我们有用。尤其是当对于那个我们希望从他那里得到尊敬的人有点用的时候。"

"你太聪明了，杰克，当接待员太屈才。"

"——不幸的是，这就是一个接待员的智慧不怎么受人尊敬的原因。他是一个无关紧要的旁观者，一个无权无势的人，偶尔会成为那些受尊敬者的慰藉。"

"幸亏你没有孩子，杰克。我只能跟你讲述我抛弃亲生孩子的故事，而不用担心你会像别的父母那样产生震惊之余的厌恶。你是一个聪明、包容的人，更愿意选择理解而非谴责。"

"有什么可谴责的呢？一个出身贫寒的小姑娘，十三岁时遭人强奸怀了孕，然后在被抛弃、无家可归时生下一个她养不活的孩子？"

"如果我没有尽力呢？"

"如果你中间死了呢，你是想说这个吗？你才十三岁。虽说不是成年人，但很聪明。该不该为一个新生儿牺牲你的未来？那粒种子还不知道自己被生了下来，不懂什么叫渴望、愧疚、羞耻、真爱，其实都不算是一个真正的人，只不过是一个命已经够苦的小姑娘的包袱而已。这个十三岁的孩子没办法把两个人都养活，只能保住自己的性命——这已是不幸中的万幸了。看看她后来的成就吧。她开了一家小妓院。然后开了一家更大、更奢华的妓院，满足从警察局局长到城里最显赫的政客的需求。然后卖掉它，开了城里最好的赌场。眨眼之间，她已是城里的女王了。"

夫人摇了摇头："你言过其实了，杰克。美化我的动机，宽宥我的罪恶。和一个实实在在的孩子的性命相比，赌场算什么？那些蠢货的梦想算什么？如果我对自己生活的要求少一点，或许就可以救她的性命。"

"你对现实的要求这么多吗？"

"我想得到别人的认可。不，更多——是尊重。是的，还有爱。这些礼物不是每个人都能得到的，但我要做那些为数不多的幸运儿。而代价就是一次又一次、一夜又一夜地失去我的孩子。"

杰克点点头："如果你可以再作一次选择呢，夫人？"

夫人看着他："也许我们都是自身欲望的奴隶，杰克——不管是好还是坏。你相信这一点吗？"

"我不知道，夫人，不过说起欲望的奴隶，明天我会查一查图特尔身边的那个男孩。"

麦克白走出电梯，来到地下一层。他站了几秒，呼吸着皮革、枪油和男性汗水的味道。他看着一条吐火的红龙下特警队的口号："忠诚，友爱，浴火而生，共赴劫难。"一切恍如隔世。

他穿过门，走进特警队的公共休息室。

"奥拉夫森！安格斯！嘿，这是干吗？坐下，别像新人一样突然站起来。西登在哪儿？"

"在里面，"安格斯用他牧师般油滑的腔调说，"听到班柯的事很难过。大家在凑钱买花环，不过你大概不——"

"不是你们中的一员？我当然是。"麦克白掏出钱包，"我还以为你在休假养伤，奥拉夫森。你的绑带呢？"

"扔了，"奥拉夫森的大舌头让他像在说西班牙语，"医生觉得我肩膀上所有的肌腱都毁了，再也无法从事射击。但西登看了看，突然又好了。"

"所以说嘛，别相信医生。"麦克白递给奥拉夫森一沓钞票。

"太多了，长官。"

"拿着。"

"都够买一个棺材了。"

"拿着！"

麦克白走进他原来的办公室。其实不算办公室，只是一个工作间，弹药和枪支部件在架子和工作台上摆着，不用的打字机已被移到一张椅子上。

"怎么样？"麦克白说。

"已经向队员们传达过，"西登坐在一本厚厚的任务手册前说，"准备好了。"

"我们的两位'加特林小妞'呢？"麦克白冲那本手册点点头。

"机枪大概明早八点运到。我想你应该已经跟管码头的人打过招呼了，所以那条船是可以插队的，是吧？"

"当然，我们不能让那两个'小妞'误了聚会。另外，明天晚些时候你们还有一个小任务。"

"好的。在哪儿？"

"法夫。"

第二十章

星期四清晨。法夫沐浴在阳光里。

德夫正在游泳。

舒展、有力的蛙泳，在冰冷、沉重的水中犁出一道浅沟。

他过去很长时间都偏爱这条河的咸水区，在那里游泳感觉更轻松。这件事说来奇怪，他知道咸水浮力更大，而这就意味着水的密度更大，反过来就是说咸水比淡水要重。不过直到最近他都一直偏爱这条河，除去冷得刺骨外还脏得要命，他每次从水里出来都觉得浑身肮脏。但现在，他是干净的。他早早起了床，在客用床旁冰冷的木地板上健身，为家人做早饭，给埃文唱了一曲短小的《生日歌》，开车送孩子们上学，然后和梅雷迪斯一起散步大约半英里，来到这片湖边。她聊起秋天的树上结了多少苹果，他们的女儿收到第一封情书——尽管梅雷迪斯私下里很失望，因为写信的男孩比她小三岁。还有埃米莉想要一把吉他作为她十二岁生日的礼物。埃文在学校操场上打了一架，然后带了一张写给家长的便条回家。他答应妈妈会亲自跟爸爸讲这件事，但可以等到今天他的生日聚会之后再说——那时就有充裕的时间了。德夫问推迟交代错误会不会让埃文担惊受怕太长时间，没必要那样。

"我搞不懂他到底在想什么，"梅雷迪斯笑道，"期待某件事，还是害怕某件事？昨天和他打架的男孩比他高一年级，埃文说那孩子先打的小彼得。"

"谁？"

"埃文最好的朋友。"

"噢，他呀。"德夫撒谎道。

"埃文说他感到抱歉，但他必须保护自己的伙伴，爸爸也会这么做。所以他很想听听你会怎么说。"

"看来我得两头找平衡了。批评他的做法，但表扬他的勇气。告诉他要主动修补关系，而不是发动战争。要和解，对吧？"

"深表赞同。"

当他和梅雷迪斯滑进水里时，德夫在那一刻决定：他今后游泳哪儿也不去，只来他们在法夫的这片小湖。

"就是这儿了。"梅雷迪斯在他身后喘着气说。

德夫仰面朝上，这样就能一边看着她，一边浮起来，双手划水，双脚蹬踏。他白皙的身体在水下显出一抹浅绿，而她的身子即使在这种光线下也是古铜色的。他在城里待了太久，得多晒太阳才行。

她游过他身旁，爬上岸边一块被水冲洗得光滑的巨石。

那不是一般的岩石，而是他们的岩石。十一年前的一个夏天，他们就是在这块岩石上孕育了他们的女儿。他们为逃离那座城市，来到法夫，几乎是无意间发现了这片湖。他们当时在这里停下，是因为看见了一幢废弃的小农舍，梅雷迪斯觉得它看上去十分可爱。他们看见波光粼粼的湖水，于是，他们走了十到十五分钟，发现了这片湖。虽然湖边除了几头牛之外杳无人烟，但他们还是游到湖对面这块隐秘的岩石边——一个似乎不会被人发觉的地方。一个月后，梅雷迪斯告诉德夫，她怀孕了。他们带着极大的欣喜回到这里，买下主路和湖中间的一栋房子，而在他们的第二个孩子埃文出生后，他们又买下湖边的一块地，就是现在这幢小屋的所在。

德夫跟着她爬上那块石头。从他们坐着的地方，可以看见湖对面那幢红色的小屋。

他在被太阳晒得暖洋洋的石头上躺下来，合上眼，感受阵阵舒畅之意涌遍全身。他想，有时在享受温暖前先挨一会儿冻，还是值得的。

"你又回家了吗，德夫？"

当某件东西失而复得时，那快乐比你在失去它之前要更加强烈。

"嗯。"他说。

她的影子笼罩在他身上。

当他们接吻时，他在想为什么现在——而不是以前——他觉得一个女人被淡水弄湿的嘴唇要比被咸水弄湿的味道更好。但他最后认为，肯定是身体在某一刻告诉你：淡水能喝，但咸水不能喝。

过了一阵儿，当他们交缠在一起，在日光下汗涔涔地做爱时，他告诉她自己得回城一趟。

"好吧。我还会做平时的肉汤。"

"我会提前赶回来。我只是去拿埃文的礼物，在我办公室桌子的抽屉里。"

"他想要卧底警察的全套装备，是吧？"

"是的，还有一件事需要我尽快解决。"

她用一根手指从他的额头滑到鼻尖："出事了？"

"是，也不是。我早就该解决的。"

"既然这样，"她的手指——对他如此了如指掌——轻抚他的嘴唇，"就去做你认为必须要做的事吧。我会在这里等你。"

德夫用胳膊肘撑着坐起来，低头看着她："梅雷迪斯。"

"怎么了？"

"我爱你。"

"我知道，德夫。你只是一时忘了。"

德夫笑了笑。他再一次吻了那沾满淡水的嘴唇，然后站起来，准备跃入水中。接着，他停了下来："梅雷迪斯？"

"怎么了？"

"埃文有没有说，谁打赢了？"

"局长有没有说，为什么非得把这帮人送到他们的俱乐部？"司机问道。

狱监低着头，从一大串钥匙里找出旁边这间牢房的钥匙："证据不足，没法再关了。"

"证据不足？去他的，整座城市都知道'诺斯骑士'在码头提了一批毒品。大家都知道，是'诺斯骑士'杀了那个警察和他儿子。但我没问为什么要放了他们——那些鬼话我都听惯了——我奇怪的是，干吗不直接放他们走。我送犯人通常都是从一个监狱去另一个监狱，不是提供该死的出租车服务，好让他们不用走着回家。"

"别问我，"狱监说着打开牢门，"嘿，肖恩！从床上下来，回家见你老婆和女儿了！"

"麦克白万岁！"牢房里一声高呼。

狱监摇了摇头，转向司机："你最好把大巴车开到出口，我们会在那儿集合。我们会派两个持枪的警官和你同行。"

"为什么？他们不是自由了吗？"

"局长想确保他们被顺利地放回去。"

"能给他们也戴上脚镣吗？"

"按照规定不行，但随你吧。嘿！起来穿鞋。我们没有闲工夫。"

"你说的是真的吗？是不是好日子又回来了，像肯尼斯那时候？"

"哎，哎，现在说这个还有点早，不过他们说，麦克白干得还不错。"

"他要解决的难题是那几桩悬而未决的警察谋杀案。要是想不出好办法，很快就会下台。"

"也许吧。凯特今天在电台里说，麦克白是个灾难。"他说了好几遍"灾难"，把卷舌音发得特别夸张，逗得司机直笑。可当这名司机看见走出牢房的犯人额头上的文身时，不禁打了个哆嗦。

"就当运牲畜好了。"他嘟囔了一句，狱监推着犯人朝他们该去的方向行进。

德夫跑进办公室，把给埃文的东西塞进夹克，然后匆匆离开。在二楼的法医处，他得知凯思妮斯在车库的暗室。于是，他坐电梯下楼，径直走进车库。凯思妮斯和一名女伴合住公寓那会儿，德夫曾经说服看门人，他作为缉毒处处长有必要配一把车库钥匙。法医处在车库里有一个分析弹道的靶场、一间化学实验室和一间冲洗犯罪现场照片的暗室，在面向街道的车库门内还有一片空地，可用于停放车辆等大型物件，以备勘查。下班后，几乎没人会在阴暗潮湿的地下室里加班，人们通常会返回二楼的办公室。曾经有一年，德夫和凯思妮斯每天下班后都会在地下室里幽会，每周都会找一个午餐时间以米特鲍姆的名义在大饭店的 323 房间见面。说来也怪，凯思妮斯买下阁楼的公寓后，德夫反倒怀念起以前这些仓促而就的幽会了。

他打开门，寒气扑面而来。他觉得他们肯定一直以来都非常相爱。车库当中停着班柯那辆弹痕累累的沃尔沃。车身外面罩着一块防水帆布，大概是因为副驾驶的车门已被拆走，他们想防止车内潜在的证据被夜晚出没于地下室的老鼠破坏。德夫在暗室的门外驻足，深吸了一口气。他已经作出决定。现在只需要把事情办妥就好了。办妥。他转动门把手，走进黑暗。关上身后的门。随后闻到一股定影液散发出的氨水味儿，然后等待自己的瞳孔放大。

"德夫？"他听见黑暗中有人在叫他。还是那样友好、有点怯怯的声音，如同昨天早晨在会议室里唤醒他的那一声，也如同过去许多个早晨在她阁楼里唤醒他的那一声。以后，他再不会听见这种友好的、怯怯的声音，不会和以前一样，在相同的地方听到。

"凯思妮斯，我们不能——"

"罗伊，"她说道，"能让我俩单独说会儿话吗？"

德夫的眼睛刚好适应了这里的黑暗，看见这位法医摄影师从屋里离开。

"你见过这些吗？"凯思妮斯问道。她用一束红光指着三张挂在绳上、刚洗出来的照片。

第一张是班柯的车。第二张是车旁道路上班柯的无头尸体。第三张是班柯颈部皮肤被割断处的特写。她指向最后一张照片："我们认为是被一把大刀斩断的，例如斯威诺的军刀。"

"看出来了。"德夫盯着那张照片说。

"我们在脊柱上发现了其他人的血迹。有趣吧？"

"什么意思？"

"斯威诺，或者是其他什么人显然没有仔细清洗他的军刀，所以当刀切过脊柱这里时，"她指向一处地方，"把刀刃上原先干掉的血迹也给刮了下来。如果我们能确定血型，也许可以帮我们解决其他几起谋杀案。"

德夫感到自己又要反胃了，一把抓住长椅。

"还是不舒服？"凯思妮斯问道。

德夫做了几次深呼吸："是。不。我只是得赶紧离开这里。我们需要好好谈谈。"

"谈什么？"他能从她的声音里听出来，她心里有数。她大概从他闯进来那一刻就知道了；谈论照片只是一种焦虑的反应。

"我们的约会，"他说，"不能再继续下去了。"

他试图去看她的脸，但周围太黑。

"我们所做的就只是，约会？"她的眼睛里流着泪。

"不，"他说，"不，你说得当然对——不只是约会。所以更不能继续下去了。"

"你想收手，甩了我，在这里，工作的时候？"

"凯思妮斯——"

她的苦笑打断了他："倒是很合适。一段发生在暗室里的感情，也在暗室里结束。"

"对不起。我是为了——"

"你自己。你自己，德夫。不是为了孩子、家庭，而是你自己。你是我见过的最自私的人，所以别试着跟我说是为了其他什么人，你是为了你自己。"

"随你吧。我是为了我自己。"

"那你到底为什么要甩掉我，德夫？是不是外面还有更年轻、更幼稚的姑娘，你知道她不会缠着你发誓，要你牺牲某样东西？不管怎样，一定尚未提出。"

"如果我说，我只是在意自己希求的那一份自私的幸福，为了我负有义务的人，我要去做正确的事，你会不会好受一点？如果我与你分手的原因是惧怕自己在末日审判时无法成为那些被拯救的灵魂，你会不会好过？”

"你觉得你会吗？"

"不会。但我已经作出了决定，凯思妮斯。你只管告诉我，你想让我怎么了断吧，是慢慢来还是一刀两断？"

"干吗要让这场折磨现在终止呢？四点钟来我公寓。"

"为什么？"

"来听我哭泣、咒骂、哀求。我不能在这儿做这些。"

"我已经答应五点钟陪家人吃饭了。"

"如果你不来，我就先把你所有的东西扔到大街上，然后打电话把你出轨的事告诉你老婆。"

"她已经知道了，凯思妮斯。"

"还有你的岳父岳母。告诉他们你是怎么欺骗他们的女儿和孙子、孙女的。"

德夫噎住了："凯思妮斯——"

"四点钟。如果你表现得好，听我的话，你会吃上那顿该死的饭。"

"好，好，我会去的。但别以为这会改变什么。"

德夫出来时，那位刑侦摄影师正靠在车库门上抽烟。

"恶心吗？"他问道。

"你说什么？"

"像那样砍下他的头。"

"一切谋杀都很恶心。"德夫说着朝出口走去。

夫人站在卧室里，面对着麦克白的衣橱，听着湿乎乎的老鼠在木地板上窜来窜去。她告诉自己，这些声音不过是她的幻觉罢了，地上铺着厚厚的地毯。幻觉中的声音。很快它就会变成一阵说话声。那是她母亲不肯让她安宁的说话声，也是她母亲的母亲曾经听到的声音——她们的祖辈在说话，命令她们在晚上梦游，冲向死亡的终点。自她看见麦克白在那次晚餐的餐桌前出现幻觉后，她的内心一直非常害怕。她是不是把这种病传染给了她唯一的挚爱？

那只乱窜的老鼠的脚在她的幻觉里已经停留了很久。它们不想消失。

她唯一能做的就是让自己动起来。远离这些声响，远离幻觉。

她打开衣橱的门。

拉开隔板下方的抽屉。那里有一小包粉末。麦克白的世外桃源。它会管用吗？要是她前往麦克白去过的同一个地方，能不能逃脱？她不这么认为。她又合上抽屉。

抬头看向放帽子的隔板。看着杰克拿到的那个包裹。它用纸包着，用绳子捆着，顶上是透明塑料。只是个包裹罢了。可它仿佛在朝下盯着她看。她又拉开抽屉，拿出那包东西。在镜子前的桌上撒了一点点，卷起一张钞票——不知道你究竟是怎么做的——一头放进鼻孔，另一头置于粉末上方，然后吸了进去。一半用鼻子，一半用嘴。鉴于这种做法行不通，在尝试几次后，她把粉末整理成一条线，将钞票卷插进鼻孔里，一边用力吸气，一边将钞票卷沿那条线移动，吸得一干二净。她坐了一会儿，仔细打量镜子中的自己。乱窜的老鼠声消失了。然后她爬上床，躺下来。

"他们来了！"队长喊道。他站在"诺斯骑士"大本营的门口，看着一辆黄色的押囚车从远处驶来。下午三点半，很准时。他瞥了一眼蒙蒙细雨中在俱乐部外面聚集的那群人。俱乐部的每一名成员都必须出来迎接他们那晚不得不留给警方的伤员归来。女人们也来了——有的姑娘是被放回的犯人的女友，有些则水性杨花、四处留情。队长朝贝蒂怀里咧着嘴的小毛头微笑，贝蒂则在寻找她的肖恩。连南方的堂兄弟也来了。今天的场景势必会成为一场传奇。斯威诺已下令备足好酒和毒品，犒劳全体将士，因为他们庆祝的不仅仅是兄弟得到释放，不仅仅是处决班柯，雪耻旧恨，更重要的是他们有了一位崭新的、镀金的盟友。正如斯威诺所言，麦克白在现身俱乐部并委托他们劫杀班柯时，就把灵魂出卖给了魔鬼，并且无权赎回。现在，他们彼此握有对方的把柄。

队长走上街，示意那辆车在门外停下。除了真正的自己人，谁也进不来。这是俱乐部的新规矩。

接着，他们成群结队地下车，俱乐部里随之传来音响声——《共度今宵》。有的人走着，有的人蹦蹦跳跳，和迎面的兄弟击掌相庆。女人们用拥抱和湿吻迎接他们归来。

"别腻歪啦，"队长说，"屋里还有酒喝啊。"

一阵笑声与响应。他们纷纷进了屋。但队长站在门口，又张望了一下四周。囚车已朝远处开走。姓张的和另外两个人在门口望风。他们也检查过周围空荡的工厂，确保没有人监视俱乐部。西边的天空似乎有一团蓝色的东西在朝这边移动。现在他也许可以稍微放松一下了。也许斯威诺是对的：也许更好的日子真的在向他们走来。

队长走进屋，拒绝了大麻，拿起一大杯啤酒送向嘴边。聚不聚会不打紧，现在是关键时刻。他看了看四周。肖恩和贝蒂正在角落里拥吻，孩子被他们挤在中间——巡佐想，一条小生命要是就这么被搞死，还挺奇怪的。不过，还有一大堆事情比被爱情闷死要糟糕得多。

"'诺斯骑士'！"他吼道。音乐声弱下来，屋里的对话也渐渐停止。

"今天是高兴的日子，也是悲伤的日子。我们没有忘记失败。但哭过之后，也有笑的时候。今天，大家就放开庆祝吧。干杯！"

一阵欢庆和碰杯声。队长干掉一大杯酒，抹去胡子上的泡沫。

"这，是一个新的开始。"他继续说道。

"要发表演讲吗？"肖恩喊了一句，众人大笑。

"我们失去了几个人，他们也死了几个人，"队长说，"从俄国进口的货物掉进了桥下的河里。"不再有笑声，"但正如你们都知道的，一个人今天对我说：'借助于警察局局长的斩首行动，更好的日子正向我们走来。'"

欢呼声越发炽烈。队长感觉自己好像还能讲上好一阵儿，讲讲俱乐部，讲讲兄弟情谊和牺牲。但他已经占用了够多的时间和空间。除了队长，没人知道斯威诺这会儿正在舞台一侧候场。是时候让今晚的主角登场了。

"说了这么多，"他说，"现在我请出——"

就在这戏剧化的一刻，他听见了什么。是一辆卡车低沉的轰鸣声，有力的引擎，过低的挡位。不过，这里有许多差劲的司机。

"请出——"

他听见一声咆哮。意识到大门已脱离铰链飞了出去。看来，今晚的主角遇见了对手。

德夫站在灰色的五层公寓楼外。他看了一眼手表。差五分到四点。他还有足够的时间参加生日聚会。他按响门铃。

"上来。"对讲机里传来凯思妮斯的声音。

暗室里的对话结束后，他去了瓦匠坊，坐在一张长条椅上喝了杯啤酒。当然，他本可以在办公室里工作以此来打发时间，但麦克白的命令是让他待在法夫的家里。然后他又喝了一杯。给自己时间思考。

这会儿他走上楼，没有那种上绞邢架般沉重、缓慢的步伐，而是迈着轻快的脚步，想赶紧翻过这一页，求饶了事，找回属于自己的另一种生活。

公寓门开了。

"进来。"他听见凯思妮斯在什么地方喊道。当看见她已经把他的东西都堆在客厅时，他舒了一口气。一个洗漱包、一把刮胡刀、几件衬衫和内衣，还有她买给他的网球拍。他俩都打球，但这个拍子从未用过。一串项链，两只珍珠耳环。德夫的手指轻抚过他买给她的首饰。她经常戴。

"里面。"她喊道。声音是从卧室传出的。

音响开了。猫王。《温柔地爱我》。

德夫走向敞开的卧室门，犹豫了片刻，脚步不再那么轻快。他从自己站着的地方能闻到她的香水味儿。

"德夫，"他出现在门口时，她带着哭腔说，"我现在把你给我的东西还给你，但我想要一件临别赠礼。"

她躺在床上，穿着黑色束身衣和尼龙丝袜。也是他买的。床头摆了一只香槟桶，里头有一瓶打开的酒。她显然已经入戏了。他出神地欣赏着她的样子。她是他交往过的最美丽、最性感的女人。每次见她的时候，他都会像第一次见面时那样被她的美所震撼。他能感到他们每一次的缠绵、每一次的放纵。可现在他要宣布断绝这种关系了。从今往后，再无瓜葛。

"凯思妮斯，"德夫说，他感觉嗓子发紧，"我亲爱的、亲爱的、美丽的凯思妮斯。"

"过来。"

"我不能……"

"你当然能。你这么长时间、这么多次都能，这只是最后一次。你欠我的。"

"你不会感到愉快的。我俩谁也不会。"

"我不想感到愉快，德夫。我想要一个结束。这一次，我要你爬着过来。我要你收起你的美德，照我的意思去做。这就是我现在想要的。仅此而已。之后你可以去死，或者回家和你不再爱的老婆吃饭。过来。我从这儿能看见你已经准备好——"

"不，凯思妮斯。我不能。你说过，不管你能得到多少我的心，你都会满足。但我无法只给你其中一点点，凯思妮斯。那样相当于我第二次欺骗了你，同时欺骗你和我孩子的母亲。你说我不再爱她了，这不是事实。"他吸了一口气，"因为我曾经忘了她，但后来又想起来了。我爱她，永远都爱。我有自己的妻子，所以我对你是不忠的。"

他发觉这些话刺痛了她。发觉那层浅浅的、勾引的伪饰融化成深深的震惊。接着，她泪如泉涌，蜷起身子，扯过被单盖在自己身上。

"再见，凯思妮斯。该怎么恨我就怎么恨我吧。现在我得走了。"

德夫拿起门口的衣服和梳妆包，夹在胳膊下面。球拍可以留下。在一小片空地上没法打网球。他站在那儿，看着耳环和项链，听见凯思妮斯在卧室里痛苦地啜泣。都是些昂贵的首饰，严格来说他都买不起。但如今在他手里没有价值。他没法给别人，除了当掉。可他能忍受一个陌生人戴这些首饰吗？

他犹豫了。看了一眼手表。然后放下其他东西，拿着首饰回到卧室。

见到他时，她停止了哭泣。她的脸上满是泪痕，妆也哭花了。她的身体随着最后一次抽噎颤抖了一下。一只长筒袜已经滑落，还有一条肩膀吊带。

"德夫……"她轻声说。

"凯思妮斯。"他哽咽着说。胃里的糖分在燃烧，血液在脑中奔涌。首饰掉落在地上。

队长抓起吧台后的步枪朝窗前奔去，俱乐部其他成员也纷纷跑向他们的武器架。外面，一辆卡车停在俱乐部旁边，引擎正轰轰作响，俱乐部的大门还挂在它的前保险杠上——另外还有姓张的那个看守。队长刚把步枪架在肩上，卡车尾部的防水帆布就落了下来。眼前是穿着丑陋的黑色制服、荷枪实弹的特警队队员。但车上还有比这更丑陋的东西，它让队长的血液在血管中瞬间凝固。三个怪物。其中两个钢制的已全副武装，配有供弹系统、旋转枪管和冷却装置。第三个戳在它们中间——一个秃顶、清瘦、结实的男人。队长虽然从未见过此人，但他知道自己一直在和对方打交道，也一直离他很近。就在这时，这个人举起手喊道："忠诚！友爱！"

其余的人呼应："浴火而生，共赴劫难。"

然后是一句干脆的口令："开火。"当然。开火。

队长瞄准对面那个人，扣下扳机。一枪。最后一枪。

雨点从天而降，穿过迷雾，朝下面肮脏的码头坠去。它飞向一座阁楼的窗户，窗下是一对正在做爱的恋人。男人一言不发，臀部上下移动着，缓慢而有力。处于下方的女人抓着被单，一边由他摆布，一边不耐烦地哭泣。留声机甜美的旋律已播完好一阵儿，唱针在单调地振动——就像那个男人——打磨着那张《温柔地爱我》的唱片。可这对恋人除了陷入重复的动作外，似乎没有注意到任何事，他们甚至在抽动之间都没有意识到彼此的存在。就在这寥寥数分钟、短短一个小时里，他们造出了魔鬼，造出了现实，也造出了一片忘我的世界，忘我的城市，忘我的一天。可雨点终究没能落在他们头顶的玻璃窗上。一阵凛冽强劲的西北风裹挟着它飘过将这座城市纵向切开的河的东面，以及将其斜向割裂的废弃铁路的南面，在工厂区落下，经过哀思戴工厂熄灭的烟囱，朝东边更远处飘去——飘向一座掩映在关停工厂之间、被围栏拱卫的矮木屋。那滴雨就在那儿结束了它的行程，穿过空气，落在一个精瘦男人锃亮的光头上，然后从他的额头流下，在他短小的睫毛上稍作停留，仿佛一滴眼泪，滚下那张从未流过一滴真正眼泪的脸颊。

西登没有意识到自己被打中——被一滴无心的雨打中，被队长的子弹打中。他举着手站在那儿，双腿叉开，唯一的感觉便是加特林机枪开火时那贯穿整个车身的震动，从他的鞋底一直蔓延到屁股，声波有规律地敲击着他的耳膜。随着枪管射出的子弹越来越快，那声音从窃窃私语扩展为喧闹，然后是协调一致的轰鸣声。过了一阵儿，当他们面前的俱乐部被打得七零八碎时，他感到两部机器已经在冒热气了。这两位地狱来客只有一个功能，那便是吞下喂给它们的金属，然后像得贪食症的机器人一样将它们吐出，速度比世上其他任何东西都要快。枪手们一开始没有见到太多破坏，但随着窗户和门被崩飞打烂，墙上一些地方整个沦陷，破坏就变得越来越明显。门里躺着一个女人，头已残缺不全，可身体仍像过电一般在抖动。西登感觉他勃起了。肯定是卡车震的。

一把机枪停止了射击。

西登转向枪手。

"怎么了，安格斯？"

"任务已经完成了。"安格斯将他的金色刘海儿向边上一撩，回喊道。

"我不说停，谁也不准停。"

"但——"

"听明白了吗？"西登吼道。

安格斯憋了回去："为了班柯？"

"这是我的命令！为了班柯！开火！"

安格斯的枪再次开动。但西登看得出安格斯是对的。任务完成了。他们面前无一寸土地没被击穿，无一件东西免于摧毁，无人生还。

他还在等。闭上眼，只是聆听。但该让这些姑娘休息一下了。

"停！"他喊道。

机枪安静下来。

俱乐部的废墟上腾起一股玫瑰色的烟雾。西登又闭上眼，吸了口气。魂灵的气息。

"怎么停了？"奥拉夫森在车头口齿不清地问道。

"我们得省省子弹，"西登说，"今天下午还有任务。"

"你流血了，长官！你的胳膊。"

西登朝下看了一眼他的夹克衫，发现他的衣服和他的肘部粘连在一起，那儿有个窟窿正往外冒血。他用一只手捂住伤口："不碍事，"他说，"所有人，准备好手枪。我们进去统计一下死亡人数。找到斯威诺时告诉我。"

"要是有人还活着呢？"安格斯问道。

有人笑了。

西登抹去脸上的一滴雨："我再说一遍。麦克白的命令是，杀死班柯的凶手一个都不留。这个回答够清楚吗，安格斯？"

第二十一章

梅雷迪斯正在前门阳台的晾衣绳上晾晒床单。她爱这栋小屋，爱那种乡村朴实、传统、朴素但又实用的气息。当人们听说她和德夫住在法夫的农场时，他们本能地以为那是一座奢华的别墅，而且在听到她描述他们简朴的生活时，大概会觉得她很做作。他们一定在想，像她这种姓氏的女人，跑到一片废弃的小耕地上到底要干什么？

她把房子里所有的床单和枕套都洗了，这样德夫就不会觉得她只洗过婚床用品。那是他们今晚睡觉的地方。忘记糟糕的事吧，别在意过去。重新唤醒他们经历过的东西。它一直处于休眠状态，就这么简单。想到这儿，她感觉自己的胃变得温暖起来。他们今早在岩石上的缠绵如此美妙，和当年的初遇一样美妙。不，是更美妙。她哼起从收音机里听来的一段旋律——她不知道那是什么歌——晾好最后一张床单，然后轻轻拂过潮湿的棉花，吸入芬芳的香气。风将床单撩向高高的空中，阳光洒满她的裙子和脸庞。温暖、惬意、敞亮。这便是生活应有的意义。做爱，工作，生活。这是她成长的信仰，现在依旧如此。

她听见一只海鸥尖声鸣叫，眯起了眼睛。它从老远的海洋飞到这儿来做什么？

"妈妈！"

刚刚浆洗过的东西晾满了好几根绳子，她得穿梭一阵儿才能走到门口。

"怎么了，埃文？"

她的儿子坐在一张长椅上，一只手托着下巴，望向远处，斜觑着夕阳。"爸爸快回来了吗？"

"是的，他快了。汤做得怎么样了，埃米莉？"

"几万年前就好了。"女儿一边回答一边尽职地搅动着大锅。

肉汤。简单而有营养的农家菜。

埃文吐了下舌头："他说他会在晚饭之前回来的。"

"他要是说话不算话，你就在他的脚指头上系根绳，把他吊起来。"梅雷迪斯说着，将了捋他的刘海儿。

"撒谎的人是不是都该被吊死？"

"无一例外。"梅雷迪斯看了看手表。也许是晚高峰堵车吧，现在只有老桥开放。

"谁来呢？"男孩问道。

"什么谁来？"

"谁来吊死说谎的人呢？"埃文的眼神飘向远方，仿佛在自言自语。

"当然是诚实的人了。"

埃文转向母亲："那说谎的人岂不是很蠢？因为他们比诚实的人要多得多。他们可以打败诚实的人，反过来吊死他们。"

"听！"埃米莉说。

梅雷迪斯竖起耳朵。她这会儿也听见了。远处轰鸣的引擎声正越来越近。

男孩从长椅上蹦下来："他来了！埃米莉，我们躲起来，吓唬他一下。"

"好！"

孩子们躲进卧室，梅雷迪斯走向窗边。她眯起眼睛，躲避刺眼的太阳。她感到莫名的不安。也许她害怕回家的德夫和早上离开的不是同一个人。

德夫把车挂到空挡，让它滑过到家之前最后一段碎石子路。石子在轮胎下像地下巨兽一般喃喃低语、躁动不安。他刚才开车时好像被凯思妮斯附体一样，打破了他一贯遵守的原则——永远不滥用副驾驶储物箱里的蓝灯。借助于车顶上的这盏灯，他成功地插队超车，飞奔到老桥，可由于那儿的道路太窄，即便有警灯开道，他也不得不咬牙切齿地随着车流缓慢地前进。他用力踩下刹车，地下的声音随之消失。关掉引擎，下车。阳光照耀在阳台的白色床单上，招手欢迎他回家。她洗过了。所有的床单和枕套，这样他就不会觉得她只洗了婚床上的用品。即便他现在不想做爱，这样的情景依旧让他感到暖心。因为他已经离开了凯思妮斯。凯思妮斯也离开了他。她站在门口，抹去最后一滴泪，给了他最后一次告别的吻，然后说，那扇门已经对他关上了。她已下定决心，所以能够接受分手。也许有一天，会有另外一个人走进他离开的这扇门。他说希望如此吧，那个人将是一个幸运的家伙。他怀揣着失而复得的释然、高兴和自由，在大街上向空中纵身一跃。是啊，想想看——自由。和他妻子、孩子在一起！生活既怪异，又美妙。

他走向阳台。"埃文！埃米莉！"通常，当他回家时，他们会跑出来欢迎他。但有时候他们也会躲起来，给他来个突然袭击。

他在一排排床单之间来回寻找。

"埃文！埃米莉！"

他停下来。前后的床单将他遮掩，它们洒下的长影跨越阳台的地面。他闻见洗床单时用过的淡水和肥皂的香气。还有另一种气味。他笑了。肉汤。他想起一次愉快的交谈，埃文非得粘上胡子才肯喝汤。他笑得更加灿烂了。此情此景依旧完美。突袭随时都可能发生。

床单洒下的阴影里，有太阳微小的光点。

他站在那儿望着它们。

然后低头看自己。他的毛衣和裤子上也有太阳微小的光点。他感到心脏骤停了一下。他用一根手指拂过一张床单，立马发现一个洞。然后是另一个。他屏住了呼吸。

他从后面将床单扯开。

厨房的窗户不见了。墙上千疮百孔，看上去不像是一堵墙，而是一个大洞。他从窗户原先的位置望进去。电炉上的锅像个筛子似的。炉灶和周围的地上溅满了热气腾腾的黄绿色的肉汤。

他想进去。他必须进去。可他做不到；他的双脚好像在阳台的地面上冻住了，鼓不起勇气。

但厨房里没有人，他告诉自己。空的。也许房子其他地方也没人。被毁了，但是没人。也许他们逃到小木屋去了。也许他还没有失去一切。

他强迫自己走进原先是门的入口。走进孩子们的房间。先是埃米莉的，然后是埃文的。察看被机枪扫射过的壁橱，看了看床下。没人。客厅里也没有。他走向最后一间屋子，他和梅雷迪斯的卧室，里面有一张宽大柔软的双人床。星期天早晨，他们四个人会背靠着背挤在这张床上，挠挠小朋友的脚指头，听他们放肆地尖叫，或是轻抓彼此的后背，聊各种奇怪而又美好的事情，然后为了谁第一个起床而比试一番。

卧室的门没有被打掉，但弹孔的密度和别处一样。德夫倒吸了一口气。

也许还没有失去一切。

他握紧门把手，打开门。

他当然知道，他一直在对自己撒谎。他已经变得很擅长撒谎了：一个人自我欺骗的次数越多，就越容易看到他一心想要看见的东西。但到了最后关头，他再也无法欺骗自己，走到今天这一步，他再也不能无视眼前的一切：到处都是床垫里的羽毛，好像下过雪。也许这便是为什么一切都显得如此安详。梅雷迪斯好像在尽力为埃文和埃米莉取暖，他们坐在远处角落的地上，她的两只胳膊环抱着他们。红色的羽毛陷进周围的墙里。

德夫的呼吸变成倒抽气。接着是啜泣。一声痛苦、愤怒的啜泣。

一切都没了。

是的，一切都没了。

第二十二章

　　德夫还站在门口，望着床上的毛毯。他知道把上面的羽毛搞乱没有好处，那样只会破坏犯罪现场，而且可能会破坏证据。但他无论如何也要为他们披上，为他们最后一次披上。他们不能就这样待着。他朝一旁走去，但停了下来。

　　他听见一个声音。喊叫声。

　　他退出房间，大步走进客厅，来到被击碎的东南朝向的窗口旁，望向那片湖。又一声喊叫。离得太远了，他看不清是谁在喊，但声音在午后的那个地方可以很顺利地传来。它听上去带着愤怒，并且重复着同一个词，但德夫听不清是什么。他拉开被打烂的衣柜抽屉，拿出里面存放的一只双筒望远镜，瞄准那座小木屋。一边镜片碎了，但另一边足以让他看清一个金发男人正沿着一条窄路匆匆跑向房子这边。在他身后、木屋的前面，停着一辆卡车，后车厢里有个人。他认得那张脸——西登。他站在两架巨型绞肉机似的东西之间。"至少在床上躺两天……这是命令。"麦克白早就知道。知道德夫要告发他杀了邓肯。列诺克斯。列诺克斯这个叛徒。哪有什么首府法官明天会来城里。

　　德夫看见西登的嘴在动，然后声音传到他耳边。还是那个愤怒的词："安格斯！"

德夫从窗口撤回，防止望远镜的反光暴露自己。他必须逃走。

暮色降临城市，"诺斯骑士"俱乐部大屠杀的消息已经传开了。九点，城里多数记者、电视台和广播台纷纷聚集到斯贡厅。麦克白站在舞台一侧，听列诺斯欢迎他们参加新闻发布会。

"请大家在局长讲完话之前不要使用闪光灯，请在提问时先举手。现在，有请我们伟大城市的警察局局长——麦克白。"

这个开场白——可能还有在俱乐部战役中打赢"诺斯骑士"的传闻——足以让一些入行不深的记者在麦克白现身讲台时兴奋地鼓掌。然而，稀薄的掌声很快淹没在更老到的记者犀利的目光下。

麦克白走上讲台。不，是夺过讲台才对。说来也怪，公众演讲本来是他最害怕的事，然而，他现在不仅喜欢讲，而且渴望讲，他需要讲。他咳了一声，低头看了一眼讲稿。接着，他开始了。

"今天，警方开展了两次武装行动，打击近期谋杀我们警员——包括邓肯局长——的幕后黑手。我很高兴地告诉大家，根据目前状况，第一场行动取得圆满成功，一个名为'诺斯骑士'的犯罪团伙已被彻底铲除。"观众里的一个叫好声打破了寂静，"这次有组织行动是根据我们释放部分'诺斯骑士'后获得的新情报而制定的。行动期间，'诺斯骑士'向特警队开枪，我们除了全力还击别无选择。"

大厅后面有人喊道："死者里有斯威诺吗？"

"有，"麦克白说，"因多处受伤而无法辨认的尸体中肯定有他，我想大家应该都认得这个……"麦克白举起一把亮闪闪的军刀。更多欢呼声响了起来，一些老到的记者也开始不由自主地鼓掌，"它证明，一个时代终结了。谢天谢地。"

"据说死者中有妇女和儿童。"

"一半对，一半不对，"麦克白说，"对于选择协助案犯的成年女性，是的。她们中许多人都有前科，而且没有人阻止'诺斯骑士'朝我们开枪。至于孩子，纯属无稽之谈。现场没有无辜受害的人。"

"你提到还有第二场行动，能否讲讲？"

"第二场行动紧接着第一场，地点在城外的法夫，一个相对荒凉的地区，你们可能都没听说过。这场行动是为了抓捕一个据我们掌握一直在同'诺斯骑士'合作的共犯。当然，令人遗憾的是，这名警官竟然属于我们的领导层，但这也证明了邓肯局长的判断并非全对——他先前任命此人为缉毒处处长，后来又把凶案处交给了他。德夫警督。我们的判断也不全对。我们体谅他的家人，以为他会作出同样的选择，接受逮捕。所以抵达现场后，特警队队长西登警官走向他的住所，请德夫单独出来接受逮捕。德夫的回应是朝西登开枪。"

他朝西登点了点头，后者站在大厅前门的灯光下，这样所有人都能看见他的胳膊吊着绷带。

"所幸那一枪不是致命伤。西登警官很快接受了救治，应该不会落下永久性的损伤。尽管遭受重伤，西登警官还是指挥了反击。不幸的是，德夫在绝望和怯懦中选择用家人作为挡箭牌，导致他们不幸丧生，但德夫却设法从住所后门逃脱，驾驶他的车辆逃逸。他现在已被通缉，我们已经展开了搜捕。我在此向大家承诺，我们一定会找到德夫，将他绳之以法。顺便，我也想借此机会宣布，我们很快就不能叫西登警官，而要改口叫西登警督了。"

这一次，更多的人加入鼓掌的行列。掌声消失后，传来一声咳嗽，然后是那个带着卷舌音的人："干得漂亮，麦克白，但指控你们袭击对象罪行的证据在哪里？"提问者把"证据"二字吐得十分缓慢和清晰，仿佛是难念的外国词汇。

"对于'诺斯骑士'，我们有目击者看见他们朝班柯的车开枪，我们在车身和车内找到了指纹，班柯座椅上的血和今晚俱乐部行动中部分死者的血型也一致。法医也可以确证，那些在内侧挡风玻璃上找到的指纹，以及司机一侧的指纹，和——"麦克白停顿了一下，"德夫警督的指纹是匹配的。"

大厅里一阵骚动。

"说到这里，我想表扬一下我们的法医处警官。谋杀案发生后，德夫立马赶到现场。这很不正常，因为凶案处当时没人能找到德夫向他汇报情况。他到现场去显然是为了清除自己的指纹和他认为留下的其他线索。但我们的法医处没有让任何人接近尸体并破坏证据。我个人还想补充一点。在集装箱码头那次突袭中，我就开始怀疑德夫跟'诺斯骑士'串通一气。当时，缉毒处和我们特警队都收到了明确的线报。德夫对此无法视而不见，否则就会被怀疑在袒护'诺斯骑士'。德夫聪明地设计了一场注定以失败而告终的突袭，召来一群人数和经验都十分有限的手下来执行任务。碰上这种案子，通常的做法是寻求特警队协助。所幸我们得知了突袭计划，所以，特警队单独作出了反应。我不是自吹，但'诺斯骑士'和德夫从此便走上了一条失败的道路。'诺斯骑士'和德夫警督为了货物被毁、五个成员被杀而实施复仇，先后杀死了邓肯、班柯和他的儿子，这无异于自掘坟墓。顺便提一句，这是我最后一次提德夫的警衔。在我们警局里，不管级别高低，拥有警衔都被视为一种荣誉。"麦克白沮丧地发现，他嗓音里那微微颤抖的愤怒是真的，完全是真的。

"麦克白，你的意思难道是——"

"先举手再——"列诺克斯刚要提醒，麦克白抬起手掌，点头示意凯特继续。他现在已经能够忍受这个不听话、爱抱怨的刺儿头了。

"麦克白，你的意思难道是，你和警方在这些行动中没有一点儿可被指摘的地方？仅仅一个下午的时间，你就杀了七个你一个小时之前从牢里释放的人，还有其他九名团伙，其中大多数人没有前科。另外，死了六个女人，据我们所知，她们和'诺斯骑士'的罪行没有一点关系。然后你告诉我们，法夫那儿有一家人也被杀，他们照理说是无辜的受害者。你觉得自己没有犯下一点错误吗？"

麦克白打量着凯特。这名电台记者的黑发环绕着一颗光头，两道八字胡在嘴上围成丧气的形状。总是没好话。麦克白好奇这种人未来会有什么命运。他理了理讲稿，找到他之前起草、先后由夫人和列诺克斯润色过的那一页。吸了一口气。觉得自己气定神闲。觉得他的药物疗效完美。觉得质疑来得正是时候。

"他说得对，"麦克白说着，目光扫过全场的记者，"我们犯了错误。"他故意等在那儿，直到气氛安静得不能再安静，直到让你无法忍受、无法呼吸，直到这安静需要声响。他低头看了一眼手表。他必须打动人心，让这番话看上去不只是在念面前的讲稿。

"在一个民主国家，"他开口说道，"法律明确规定何时必须释放拘押的嫌犯。我们予以遵守。"他点点头，对自己的陈述表示肯定，"在一个民主国家，法律明确规定当案件出现新的证据时，警察可以而且必须逮捕嫌犯。我们予以遵守。"更多的人点起头来，"在一个民主国家，法律明确规定如果嫌犯拒捕，而且像在本案中那样朝警察开枪，警察应该如何反应。我们也予以遵守。"他当然可以继续这样排比下去，但三个"我们予以遵守"已经足够了。

他举起一根食指:"我们做的仅此而已。已经有人将我们做的事称为英雄般的事迹。已经有人将这次行动称为本市黑暗的历史上最有效、最迫切的一场行动。已经有人将它称为打击街头犯罪之役的转折点。"他看见自己频频的点头是如何渐渐感染了听众,甚至听见有人在小声附和,"但作为警察局局长,我认为我们只是在尽自己的本分。只是在完成你们要求我们作为警察必须完成的一些事而已。"

在大厅空旷的过道,他看见列诺克斯在投影仪旁准备就绪,正拿着副本跟进演讲的内容。

"但我必须承认,我们所做的事令我今晚感到高兴,"麦克白说,"让我能够骄傲地说出:我们是警察。现在,请各位见谅,让我们先把繁文缛节放在一边。事实就是:今天我们来了一场大清洗。我们对斯威诺和他的帮凶以其人之道还治其人之身。我们让他们看见,夺走我们最优秀的战友的下场是什么……"

他周围的光变亮了——他知道邓肯的幻灯片已经出现在他身后的屏幕上,很快就会换成班柯和弗里斯:他们穿着制服站在自家房后花园的苹果树下。

"然而,是的,我们犯了错误。我们的错误就是没有及时彻查。在我们失去邓肯局长之前,在我们失去一生都在为这座城市效力的班柯警督之前。还有他的儿子,弗里斯干警,也有志从事相同的事业。"麦克白不得不靠深呼吸才能控制嗓音的颤抖,"但今天下午我们向大家表明,这是新的一天。从今天起,罪恶不再当道。从今天起,我们的市民已经能站出来向恶势力说不。不,我们不许这样。今晚就是这许许多多新的一天的开始。从今天起,我们会继续清理这座城市的大街小巷,因为这场大清洗还没有结束。"

当麦克白讲完并说了句"谢谢"后，他在原地站定。热烈的掌声如潮水般涌来，伴随椅子的擦地声，人们纷纷起立。欢呼持续了很久，丝毫没有减弱。那些挑剔的记者对他的认错态度作出的真诚回应使麦克白泪眼模糊。凯特也站起来鼓掌，尽管仍显得比较冷淡。他不知此举是否意味着凯特明白了怎么做才对自己有好处。因为他看见麦克白现在赢得了爱戴，赢得了权力。他知道这位新局长并不忌惮于使用权力。

麦克白沿着斯贡厅后面的走廊阔步前进。

权力。他能感觉到权力充满了血管，美好仍未消散。没有刚才那样完美——焦虑和躁动又快回来了——但他有足够的药量支撑眼下。他只管享受今晚就好。享受美食和美酒，享受夫人，享受城市的美景，享受一切属于他的东西。

"讲得太好了，长官。"西登说。他跟上麦克白的步伐似乎完全没问题。

列诺克斯跑了过来，走在他身边。

"简直太精彩了，麦克白！"他兴奋得喘不上气来，"有几个首府过来的记者要见你。他们想采访你，还要——"

"谢谢，不用了，"麦克白并未放慢脚步，"在没有完成目标前，不要安排宣传性的采访，也不要得意。有德夫的消息吗？"

"我们在城里找到了他的车，就停在方尖塔旁边。现在城外各条道路、机场、客轮，所有地方都已安排监视。半个小时前我们看见他开车从法夫朝城里来，所以我们断定他仍然藏在这里。我们搜过班柯家、他岳父岳母家，没有发现。但遇上这种天气，他晚上肯定得找个住处，所以我们会对各家酒店、旅馆、酒吧和妓院进行地毯式搜查。所有人今晚都会追捕德夫，绝对是全员出动。"

"追捕当然可以，但要抓住才行。"

"噢，我们会抓住他的。只是时间问题。"

"很好。我单独跟他讲几句，好吗？"

"好的。"列诺克斯停下脚步，很快就被甩在后面。

"有什么烦心的事吗，西登？因为受伤吗？"

"没有，长官。"西登把胳膊从吊着的绷带里拿出来。

"没有？队长打中了你的胳膊，不是吗？"

"我的身体组织通常很容易恢复，"西登说，"家族遗传。"

"是吗？"

"您是说身体组织容易恢复？"

"我是说家族。还有让你吃不下饭的事吗？"

"有两件。"

"说。"

"我们开枪后，在俱乐部里找到并带走一个婴儿。"

"然后呢？"

"我真的不知道该怎么处理。我把他锁在办公室里了。"

"交给我吧，"麦克白说，"还有别的事吗？"

"安格斯，长官。"

"他怎么了？"

"他在法夫的行动中不服从命令，拒绝开枪，在行动结束前自己跑了。他说这是屠杀。他加入特警队不是为了干这种事。我觉得他可能会泄密。我们得做点什么。"

他们在电梯前停下。

麦克白揉了揉下巴："所以，你觉得安格斯丧失信仰了吗？如果是这样，那也不是第一次了。他跟你说过，他学过神学吗？"

"没有，但我能看出来。他走路时脖子上就挂着个丑得要死的十字架。"

"你现在是特警队的当家，西登。你觉得应该怎么做？"

"我们得把他除掉，老板。"

"杀他吗？"

"您自己说的，长官，我们在进行一场战争。打仗的时候，叛徒和懦夫的下场就是死。我们就照德夫的路数：对外界说他不干净，然后做成拒捕的样子。"

"容我想想。现在大家都在关注我们，我们必须展现出忠诚和团结。考德、马尔康、德夫，现在又是安格斯。太多了。比起两面三刀的警察，城里人更喜欢死去的罪犯。他人在哪儿？"

"正坐在地下室里生闷气。不肯跟任何人说话。"

"好。我先跟他聊聊，再动手也不迟。"

麦克白在特警队的公共休息室找到了安格斯。他坐在那儿，手扶着头。麦克白将一个大鞋盒放在他面前的桌上，在他正对面的一张椅子上坐下。安格斯几乎没有反应。

"我听说了。你还好吧？"

没有回答。

"你是一个有原则的人，安格斯。这是我喜欢你的地方。原则对你来说很重要，是吧？"

安格斯抬起头，用两只充满血丝的眼睛看着麦克白。

"我能看出来，正义的怒火在你的眼里燃烧，"麦克白说，"它让你的心感到温暖，是吗？让你感到自己是那个想要成为的人。但是，当兄弟之情真要你作出牺牲时，有时候就是要我们舍弃念念不忘的东西，安格斯。你的原则。让你抛弃良心的温暖和舒适，让你和我们被同样的噩梦惊醒，让你放弃自己最宝贵的东西，就像你之前信奉的神要求亚伯拉罕献出他的儿子一样。"

安格斯清了清嗓子，但声音依旧沙哑："我可以放弃。但为了什么？"

"为了长久的目标。为了社会的利益。为了这座城市，安格斯。"

安格斯哼了一声："你能给我解释，杀死无辜的人是如何为了社会的利益吗？"

"二十五年前，一位美国总统朝日本两座满是孩子、市民和无辜者的城市投下原子弹，终结了一场战争。这便是上帝用来折磨我们的悖论。"

"说来容易。但你不在现场。"

"我知道这要付出什么代价，安格斯。几天前，我为社会的利益割了一个无辜者的喉咙。我晚上睡不好觉。那种怀疑、羞愧、内疚，是我们真正想做一些好事时必须付出的代价的一部分，我们无法只活在自我道德感那安全、舒适和温暖的怀抱里。"

"没有什么上帝，我也不是总统。"

"没错，"麦克白说着掀开鞋盒的盖子，"但鉴于我也在这栋楼里，我给你个机会，让你弥补在法夫犯下的错误。"

安格斯朝鞋盒里看了一眼。惊得在椅子上打了个哆嗦。

"拿上它，今晚扔进哀思戴的火炉里烧掉。"

安格斯咽了口唾沫，脸色像死人一样苍白："这是俱乐部里的那个孩……孩子……"

"前线的士兵，如你、如我，深知战争势必殃及无辜。我们上战场是为了保护后方的家人，但他们并不知道战争的残酷。我们之所以不让他们看见这类东西，是为了不让他们担惊受怕。你会担惊受怕吗，安格斯？"

"我……我……"

"听着。我给你这个任务是表示对你的信任。你可以去哀思戴，也可以用这个来告发你在特警队的兄弟。我让你来选。因为我要知道，我能否信任你。"

安格斯摇了摇头，忍不住抽泣："你要把我当成一颗棋子，来检验能否信任我！"

麦克白摇了摇头："你已经是一颗棋子。我只需要知道你够不够坚强，能不能忍受内疚的煎熬一直走下去，不要让后方的家人发现我们为保护他们而付出了什么代价。只有这样，我才能确信你是一个真正的男子汉，安格斯。"

"你的说法好像我们是受害者，而不是那孩子。我做不到！我宁可被开枪打死！"

麦克白看着安格斯。他一点儿也不生气。也许是因为他喜欢安格斯。也许是因为他知道安格斯不会伤害他们。但主要是为他感到惋惜。麦克白合上盖子，站起来。

"等等，"安格斯说，"你……你打算怎么惩罚我？"

"噢，你会惩罚你自己的，"麦克白说，"去读一读我们队旗上的誓言吧。当你从噩梦中浑身是汗地惊醒时，你听到的不会是那孩子的尖叫，而是这些话：'忠诚，友爱，浴火而生，共赴劫难。'"

他拿上鞋盒，走了。

麦克白走进套房，距离午夜还有一个多小时。

夫人站在窗边，背对着他。她穿着一件睡袍，整个房间只有一根蜡烛闪着微光。他把鞋盒放在镜子下面的桌上，走过去亲吻她的脖子。

"我到的时候停电了,"他说,"杰克正在检查保险丝盒。希望没有顾客借机偷一笔钱。"

"大半个城市都停电了,"她说着向后靠去,将头枕在他的肩上,"我从这里看得很清楚。鞋盒里装了什么?"

"鞋盒里还能装什么?"

"你拿着它就像拿着一颗炸弹。"

话音刚落,一道巨型闪电划过夜空,仿佛一根亮白色的血管,让他们瞥见整座城市。接着,四下又陷入黑暗,雷声响了起来。

"真美啊,你说呢?"他说着嗅了嗅她头发的味道。

"可我不知那里装了什么。"

"我是说这座城市。它还会更美。当德夫从城里消失的时候。"

"还有一位把它变丑的市长。你不愿告诉我盒子里是什么吗?"她嗓音粗哑,好像刚睡醒似的。

"只是些需要烧掉的东西。明天我会叫杰克扔进哀思戴的炉子里。"

"我也想被烧掉,亲爱的。"

麦克白僵住了。她刚才说什么?她是在梦游吗?但梦游的人不会和别人说话,不是吗?

"所以,你还没找到德夫?"她说。

"还没有,但我们在四处寻找。"

"可怜的人。孩子没了,现在孤身一人。"

"有人在帮他。否则我们早就找到他了。我不信任列诺克斯。"

"因为你知道他给赫卡忒和'精酿'卖命?"

"因为列诺克斯是个软蛋。他说不准会心一软,和别人串通一气,就像班柯那样。也许他把德夫给藏起来了。我应该逮捕他。西登告诉我，肯尼斯当局长那会儿，要是被捕者拒绝开口，他们就会用电给他们的腹股沟来一下子。想让他们闭嘴，就再来一下。"

"不行。"

"不行？"

"不行。这时抓捕你的手下给人的观感不好。目前看来，外界的普遍印象是你除掉了德夫和马尔康这两颗毒瘤。然而除掉第三个就像是在搞清洗行动了。清洗不仅会让外界质疑那些被放过的人，也会动摇人们对领导者的信心。我们可不想给图特尔任何理由拖延对你的任命。至于电击，现在城里这片地方也没有电。"

"那我怎么办？"

"叫醒电工，把它修好呗。"

"你今晚真不好说话，我亲爱的。今晚你应该跟我一条心，夸我是英雄。"

"你也该夸我是巾帼女英雄，麦克白。你查过凯思妮斯了吗？"

"凯思妮斯？你觉得她牵涉其中？"

"那天吃晚饭的时候，德夫说他要跟一个堂兄待一晚上。"

"是，他提了。"

"一个孤儿，竟然在城里有个叔叔，你不觉得奇怪吗？"

"叔叔并不一定有……"麦克白站在她身后皱起眉头，"你是说德夫和凯思妮斯……"

"亲爱的麦克白，我的大英雄，你这个人就是神经大条，而且永远也改不了，不会用女人的眼睛去观察两个偷情者的目光。"

麦克白在黑暗中眨了眨眼睛。然后用胳膊环抱住她，闭上眼，将她拉向自己。没有她，他怎么能在这世上生存下来？"只有当我们一起站在镜子前的时候……"他对她轻轻地耳语，"亲爱的，谢谢你。去睡吧，我告诉列诺克斯，立即去凯思妮斯家。"

"有了。"她说。

"什么？"

"电。看，我们的城市又亮起来了。"

麦克白睁开眼，望着她被光照亮的脸。然后低头看着他俩的身子。它们在勤俭街的霓虹灯下泛着红光。

"列诺克斯？"凯思妮斯交叉着双臂站在公寓门口，本来就已经冻得牙齿咯吱发抖，"西登警官？"

"西登警督。"那名清瘦的警察说着把她推到一边，径直走进去。

"这是要干吗？"她问道。

"很抱歉，凯思妮斯，"列诺克斯说，"我们是奉命行事。德夫在吗？"

"德夫？他为什么会在这儿？"

"那你说为什么呢？"西登说着，示意四个手持机枪、穿着特警队制服的人进入公寓的四间房里搜查，"如果他在这儿，那就是你把他藏起来了。你很清楚他是个通缉犯。"

"请便吧。"她说。

"非常感谢你的配合。"西登尖刻地说。他打量凯思妮斯的眼神让她觉得自己真不该只穿一件薄睡衣。然后他笑了。凯思妮斯打了个哆嗦。他弯起的嘴歪到那双略带斜视的眼睛后面，让他看起来像一条蛇。

"你是想拖延时间吗？"他说。

"拖延时间？"她希望他没有听出她害怕了。

"长官？"其中一个手下说，"这里有一扇通向消防出口的门。"

"哦？是吗？"西登盯着凯思妮斯阴阳怪气地说，"有意思。所以，当我们按响街边的门铃时，你就让小猫从洞口溜走了，是吧？"

"胡说什么。"她说。

"你应该很清楚对警察撒谎会有什么后果，外加窝藏罪犯。"

"我没有撒谎，西登警官。"

"警督——"他说到一半，又挂起笑脸，"凯思妮斯小姐，您现在是在和特警队打交道。我们很熟悉自己的业务。例如在进入建筑物之前查看图纸。"他举起对讲机："一号到三号，看看消防出口有没有德夫的踪迹，完毕。"

他按下对讲机按钮时发出的嗞嗞声让她想到海浪正在拍打某处遥远的海滩。

"一号报告，目前还没有，"应答声传来，"现场具备安全抓捕条件。可否确认目标出现时即可击毙？完毕。"

凯思妮斯看见西登的眼神变得严肃起来。"德夫是个危险人物。这个命令是局长直接下达的，必须严格执行。"

"收到。完毕。"

那四个人回到客厅："人不在这儿，长官。"

"什么都没有吗？"

"我在卧室的地上发现了这个，掉在通往消防出口的门附近。"其中一个人举起一个网球拍和一串首饰。

西登拿过球拍，俯身贴向那只握着首饰的手。在凯思妮斯看来，他仿佛在嗅它们。然后，他转向凯思妮斯，用下流的方式握着球拍的手柄。

"这么大的球拍配你这么小的手，凯思妮斯小姐。你平常就习惯把耳坠丢在地上吗？"

凯思妮斯挺起胸脯，深吸了口气："我想很多人都有这种习惯，西登警官。对别人一番好意，却白费力气。吃一堑，长一智吧，但愿是这样。如果你们完成了搜查，也处决了楼梯上的猫，我想去睡觉了。晚安，各位先生。"

她看见西登的眼睛暗了下去，张嘴想说什么，但列诺克斯放在他肩上的一只手让他把话吞了回去。

"很抱歉打扰了，凯思妮斯。但作为同事，你应该能理解，这个案子的每个细节都不能放过。"

列诺克斯和其他人走向正门，但西登还站在原地："虽然我们并不总是喜欢那些龌龊事，"他说道，"但我还是好奇，他到底有没有给你买一个婚戒？"

"你到底想干什么，西登？"

他又泛起那恶心的微笑："是啊，我们想要什么呢？"

接着，他转身离去。

凯思妮斯关上门，用后背紧紧压住。德夫在哪儿？他昨晚在哪儿？她期望他得到什么？是下地狱还是他不该得到的救赎？

列诺克斯望着外面的雨浇在挡风玻璃上。光的折射使红色的交通信号灯变得模糊和扭曲。感谢老天。他多么渴望拥有这几个小时、这样的轮班、这个差事全部了结的夜晚。感谢老天。他多么渴望在客厅里放松一下，给自己倒一杯威士忌，再注射些"精酿"。他没有上瘾，没到引起麻烦的程度。他是个使用者，不是滥用者；他能控制自己，而不是被"精酿"所控。他属于少数幸运者，在吸毒后还能胜任一份费心费力的工作，同时担起父亲和丈夫的角色。是的，毒品确实能帮助他正常运转。没有这片刻的解脱，他不敢肯定自己能搞定生活。平衡一切，小心翼翼。无奈时学会妥协，受委屈时假装高兴，避免搞砸事情，认准谁在掌权，学会见风使舵。但有一天，很可能会轮到他掌权。即便得不到，他也有其他更重要的目标——他的家人，他们才是他工作的动力。一旦上位，他和希拉就能在城西边上安全的社区买下一栋宽敞的房子，送三个可爱的小孩上一所拥有健康价值观的学校，每年理直气壮地去地中海休一次假，购买健康保险、牙科服务以及所有类似的东西。老天，他有多么爱他的家庭。有时他会放下报纸，只想看他们在客厅里忙忙碌碌，然后心想：这是一件我从没想到自己有幸能得到的礼物——别人的爱。他这个曾经被他们叫作"白化病人艾伯特"的孩子，每到课间就会遭人殴打，直到医生的诊断书表明他无法忍受日光，课间必须独自待在教室。也许他又白又小，弱不禁风，但他长了一张大嘴巴。他就是靠这张嘴追到希拉的：他扯着嗓门儿、口若悬河地谈论他俩的事。他第一次尝试可卡因时兴致更高。是可卡因让他展现出更好的状态——精力充沛，意志顽强，无所畏惧。至少会持续一阵儿。后来，它成了必需品，这样他就不会陷入糟糕的状态。然后他改用别的毒品，希望在可卡因的死胡同外找到另一条路。最多每天一支。不能再多了。有人需要五支。机能失调的人。他离那种情形还远着呢。他父亲错了，他是有骨气的。他能自控。

"一切都在掌控中吧？"

列诺克斯刚回过神来："呃？"

"你的单子，"西登在后座上说，"还有哪里没去？"

列诺克斯打了个哈欠："警局总部。那是最后一站。"

"警局总部可太大了。"

"对，但根据管理员提供的线索，德夫只有三把钥匙。一把缉毒处的，一把凶案处的。"

"那第三把呢？"

"法医处的车库。但我觉得他宁可躲在干燥、暖和的办公室桌子底下，也不愿在地下室里染上肺炎。"

警用电台刺刺啦啦地响起，一个带着鼻音的声调告诉他们，方尖塔所有房间——包括顶层公寓——都搜过了，没有找到。

管理员站在总部员工入口外，拿着一大串钥匙等着他们。列诺克斯、西登和八名警官用了不到二十分钟就搜完了缉毒处的房间。凶案处的用时更少，只是草草走了一遍。他们连吊顶和通风管道都查看过了。

"就这样吧，"列诺克斯打了个哈欠，"差不多了，伙计们。回去睡几个小时，咱们明天继续。"

"还有车库。"西登说。

"我刚才说——"

"车库。"

列诺克斯耸耸肩："你说得对。用不了太久。伙计们，都回家吧。西登、奥拉夫森和我会去检查车库。"

他们三个人随管理员乘电梯下到地下室这一层。管理员为他们解锁、开灯。

就在电流激活氖气灯灯管里磷酸盐的片刻寂静中，列诺克斯听见了某个响动。

"你听见了吗？"他小声说。

"没有，"管理员说，"要有也不过是老鼠罢了。"

列诺克斯不信。那不是老鼠叽叽叫或是乱窜，而是"嘎吱"一声。像是鞋踩出来的。

"老鼠成灾啊，"管理员叹了口气，"这下头就是除不尽。"

空旷的地下室里，只有一辆装着各种工具的手推车，以及停在车库门口、盖着防水帆布的班柯的沃尔沃。五扇关闭的房门在墙上一列排开。

"如果你想除掉老鼠，"西登说着解开他的机枪保险栓，"只管找我好了。奥拉夫森，我们从左边开始。"

列诺克斯看着这个秃顶的男人迅捷地穿过地下室，奥拉夫森紧随其后。他们将房门一扇扇打开，好像在表演一支经过精确编排和演练的舞蹈：西登负责开门，奥拉夫森肩上架着枪进去，单膝跪地，同时西登跟上来，从他身边经过。列诺克斯计算着分钟数。他知道下班的时间又要推迟了。终于轮到最后一间房。西登按下门把手。

"锁着！"他大喊道。

"哦，对，暗室的门一直都是锁着的，"管理员说，"照片是一种证据。德夫没有这个房间的钥匙。至少我没给过他。"

"那咱们走吧。"列诺克斯说。

西登和奥拉夫森朝他们走去，放低机枪的短枪管，管理员给他们把着门。

最后了。

西登伸出手："钥匙。"

"什么？"

"暗室的钥匙。"

管理员犹豫了。他看了列诺克斯一眼，后者叹了口气，点点头。管理员从他的一大串钥匙里取了一把，交给西登。

"他在干吗？"管理员问道。他们看着西登和奥拉夫森经过那辆沃尔沃，向暗室的门走去。

"尽他的本分呗。"列诺克斯愤愤道。

"我是说他的鼻子。他看起来像在嗅什么东西，跟动物似的。"

列诺克斯点了点头，心想不止他一个人注意到西登的样子像一条……他不知道是什么。反正不是人类。

西登都能闻见他的气味了。那种气味，和法夫房子里以及凯思妮斯公寓里的气味一模一样。他要么现在就在这里，要么刚刚来过。西登解锁，开门。奥拉夫森走进去，单膝跪地。管理员打开正门旁的开关，车库和其他房间里的灯都亮了起来，但这里依旧漆黑一片。当然，一间暗室嘛。

西登走进去。化学品的臭气掩盖了猎物，或者说德夫的气味。他发现门内侧灯的开关是开着的，但灯却没亮。也许停电时保险丝断了，或是有人卸下了灯泡。西登打开手电筒。桌子上方的墙面上全是大幅照片，挂在一根绳上。西登拿手电筒横扫过去。照片上是一把匕首，刀片和手柄沾满血迹。德夫来过这儿。西登绝对肯定。

"嘿！到底什么情况？"是列诺克斯。这个得白化病的小不点想回家了。他在不停地出汗、打哈欠。列诺克斯家那个该死的老女人。

"来了，"西登吼道，关上手电筒，"走吧，奥拉夫森。"

西登给奥拉夫森让道。然后把门在身后狠狠地关上，一个人站在房里。在黑暗中聆听。直到德夫以为自己已经脱险。西登朝那些照片举起枪。扣下扳机。武器在他手中震颤，枪声在他的耳膜上回荡。他用火力在墙上画了一个"十"字。然后他又打开手电筒，走到千疮百孔的照片旁，将它们扯到一边。

他盯着墙上的弹孔。

德夫不在。

爆炸声还在他耳朵里回响。他注意到有一处弹孔格外深——

想必是两颗子弹击中了同一个地方。凑巧。

当然。

西登快步迈出房门，朝剩下的人走去。

"刚才是怎么回事？"列诺克斯问道。

"我不喜欢那些照片。"西登说，"我们忘了一个地方。"

"没错，"列诺克斯抱怨道，"我们的床。"

"德夫的思维和人们在战争中遭受炸弹袭击时是一样的。他躲在弹坑中，因为他相信两颗炸弹不可能完全击中同一个地方。"

"这到底……"

"他又回到法夫的家里了。快！"

老鼠等车库灭了灯，门"砰"的一下关上，脚步声渐渐消失后，从阴暗处蹿了出来。它"啪嗒啪嗒"地爬过潮湿的地砖，来到中间那辆轿车旁。驾驶座上的血把它招引过来。甜甜的，有营养，而且放了好几天。它只要穿过覆盖车身的防水帆布就好。这只老鼠快要成功的时候，被他们打断了。但现在它咬破了最后一部分，钻了进去。它从副驾驶的位子下爬过，越过变速杆，然后掉到司机座位一侧的橡胶垫上。它趴上一双皮鞋。当一只鞋"嘎吱"一声抬起来时，它吓得退了回去，后腿立起来"吱吱"地叫。它心爱的、沾血的驾驶员席被人占领了。

德夫听见老鼠逃跑时弄出的窸窣声，然后松开紧紧握住的方向盘。他能感到自己的心不再怦怦地跳，而是恢复了正常跳动。当西登和他的手下在车库里搜查时，他的心一直在剧烈地跳动，他以为这心跳声肯定会被他们听见。他看了一眼手表。还有五个小时天亮。他试着换个姿势坐，但裤子被座椅上的血粘住了。班柯的血。它将德夫粘牢在此地。但他必须离开，继续逃跑。

可跑哪儿去？怎么跑？

起初，他以为开车进城，混迹在人群中要比沿一条乡间小道流窜更容易。他把车丢在离方尖塔不远的一条街上，然后进入赌场——这是他知道的除因弗尼斯之外唯一整夜开放的地方。他当然没法开房，过夜的客人会是麦克白首先搜查的对象。但他可以坐在一堆花花绿绿的老虎机中间，像旁边那个孤单而不受打扰的家伙一样，一枚一枚地投入硬币，让自己的钱慢慢被抢光。他一边玩儿一边思考——或者说努力让自己思考——怎么逃跑。他盯着三个小窗里快速变化的图案：一颗心，一把匕首，一顶王冠。几个小时后，他去酒吧点了一杯啤酒，想借此打起精神。他在招待员上方静音的电视里看见警局总部的新闻发布会。突然，一张熟悉的面孔出现在屏幕上，还有一道斜贯下来的白色伤疤，好像交通指示牌。他的特写，上面写着"通缉"二字。德夫立起衣领，低头快步走向出口。夜晚清冽的空气足以使他清醒，他想起他们曾经的爱巢，也就是那间车库，那是他过夜最好的去处。

然而，周五的黎明很快就会到来。这是一个工作日，他必须在局里人回到车库前出去，而外面的报摊上肯定摆满了他的头像。

德夫把手伸进夹克衫的口袋。摸到指尖下那张光滑的照片纸，拿了出来。他不能抑制自己，想象着埃文看到他想要的礼物时的表情。德夫听见自己在放声抽泣。停！他不可以哭！他答应过自己现在不去想他们的。只有活下来，他才能给自己悲痛的权利。他打开沃尔沃车内的照明灯，擦干眼泪，撕开包装纸，拿出假胡子。他打开胶水，挤出一些抹在下巴、嘴唇周围和胡子内侧，通过后视镜粘好。把过紧的羊毛帽子往额头上方拉了拉，这样伤疤的上半部分就挡住了。接着，他戴上眼镜。夸张的大镜架盖住了胡子上方的疤。他在镜中发现自己的脸上蹭了点胶水，但翻遍口袋也没找着可以擦拭的东西，于是，他打开储物柜，找到了一个笔记本，拿出来准备撕下最上面一页纸。他停住了。灯光下，他看见纸上有坑坑洼洼的痕迹。近期有人在这本子上写过东西。那又怎么样？他撕下这页纸，擦掉脸上的胶水，揉成一团塞进口袋，然后把本子放回储物柜。

然后，放松地靠着椅背。合上眼。

五个小时。他干吗这么早就戴上假胡子？那东西已经让他感到痒痒了。他再次开始思考。挣扎着不去想法夫。他必须给自己在城中找到一个藏身之处。所有出城的道路想必都被封了。何况他在城外和法夫都没有避难所，所有的旅馆和招待所都会得到通知，城外也没人敢窝藏一个杀死警察的通缉犯。想到这儿，他备受打击。他不知道谁愿意帮他。这里没有，哪里都没有。他是那种需要别人来适应他的类型。他们不一定是故意不喜欢他，而是不知不觉就不喜欢。干吗要喜欢呢？他过去给他们帮忙的时候，不也都是在帮他自己吗？他有盟友，没有朋友。如今，当德夫真正需要帮助，需要一个朋友，需要借一个肩膀哭泣的时候，他却被剥夺了信誉，身败名裂。他凝视着镜中那个可怜、呆滞、蓬乱的影子。就像一只狐狸。猎人们正朝他一步步逼近，麦克白新认领的一条狗腿子西登已经在他的屁股后面猖狂狂吠了。他必须离开。可是去哪儿？这只狐狸上哪儿能找到一个巢穴呢？

离天亮还有五个小时。离星期五、离埃文的生日……

不！不能哭！要活下去！一个死人什么仇也报不了。

他必须时刻保持清醒，直到天亮，然后找别处躲藏。也许可以去其中一座废弃的工厂。不行，他已经否定了这个想法。他能想到的地方，麦克白也能想到。该死！他陷入了死循环，一遍遍走过重复的路，就像人们迷失方向时会做的那样。

他精疲力竭，但必须撑到天亮。埃文都没活过十岁。该死！他想努力寻找一些能够分散注意力的东西。他数着面前所有的汽车仪表盘，从夹克衫口袋里拿出那张揉成团的纸，展开、抹平，试着去读上面的字。他在储物柜里一阵翻找，终于找到了一支铅笔。他斜握着铅笔，涂过纸面上的坑洼之处。纸上原先写的东西在黑色的铅笔印下显出白色：海豚。制革厂街 66 号，六区。阿尔弗。避难所。

一个地址。城里倒是有一条制革厂街，但是没有第六区。除此之外，只有一座城市有分区——首府。这条信息是什么时候写的？他不知道铅笔留下的印记要过多久才会消失。"避难所"又是什么意思？

德夫关上灯，闭上眼。或许可以打个盹儿？

首府。星期五。他在哪儿见过这个组合？就是最近。

德夫刚要带着这两个词滑入梦乡，突然意识到什么。

他又一次打开灯。

第二十三章

"梅雷迪斯和我准备结婚了。"德夫说，眼睛里似乎有光。

"真的？这有点……快啊。"

"是的！你愿意当我的伴郎吗，麦克白？"

"我？"

"当然。还能有谁？"

"呃……什么时候？"

"7月6日。在梅雷迪斯父母的夏季别墅。一切都准备好了。请柬今天发出去了。"

"谢谢你邀请我，德夫。我会考虑考虑。"

"考虑？"

"我已经……计划7月去长途旅行了。7月对我来说很困难，德夫。"

"旅行？你从没跟我说过这事儿。"

"是，我可能没说。"

"不过我们真的好久都没说过话了。你最近去哪儿了？梅雷迪斯总在问你的情况。"

"是吗？咳，各处跑呗。最近有点儿忙。"

"那你这次去哪儿？"

"去首府。"

"首府？"

"是啊，我……从没去过。该去看看我们的首都了，是吧？应该比这儿强很多。"

"听我说，我亲爱的麦克白。你从首府返程的机票钱我出。我最好的兄弟绝对不能缺席我的婚礼。这是一场年度盛会！想想看，梅雷迪斯所有单身的女性朋友都会来……"

"我从首府就直接出境了。这是一次长途旅行，德夫。我大概整个7月都不在。"

"可……是不是因为你和梅雷迪斯之前有过一段？"

"如果我们的日程对不上，那就祝你新婚快乐……还有，一切顺利吧。"

"麦克白！"

"谢了，德夫，我不会忘记欠你一个难还的人情。向梅雷迪斯问好，谢谢她曾经对我的感情。"

"麦克白，先生！"

麦克白睁开眼。他躺在床上。一场梦。仅此而已。他们当时是这么说的吗？一个难还的人情。洛瑞尔。他真说过这个？

"麦克白？！"

这声音来自卧室另一头，这会儿伴随着急切的敲门声。他看了一眼床头柜上的钟。凌晨三点。

"先生，我是杰克！"

麦克白翻过身。只有他一个。夫人不在。

"先生，你真得来——"

麦克白猛地打开门："怎么了，杰克？"

"她在梦游。"

"那又怎么样？你不是看着她的吗？"

"这回不一样，先生。她……你真得来看看。"

麦克白打了个哈欠，打开灯，套上一件睡衣。就在准备离开屋子时，他的目光落在镜子下头的桌上。鞋盒不见了。

"快。带我过去，杰克。"

他们在天台找到了她。杰克站在打开的金属门的门槛上，没再往前走。雨已经停了，耳畔只有风声和日常喧闹不息的车流。她立在天台的边缘，面对着一块百加得啤酒的标牌，背对着他们。一阵狂风吹透她轻薄的睡衣。

"夫人！"麦克白说着就要冲过去，但被杰克拦下："先生，精神科医生说，梦游的时候绝对不能叫醒她。"

"但她说不定就掉下去了！"

"她经常上来，然后就只是站在那儿，"杰克说，"即便是睡着，她也能看见东西。精神科医生说，梦游者受伤的很少见，但如果你叫醒他们，他们可能会神志错乱，导致自残。"

"为什么没人告诉过我她上这儿来？我之前以为她不过是在走廊里晃荡。"

"她很明确地告诉我，不准跟别人说她睡梦中做的事，先生。"

"那她做了什么？"

"就像你说的，有时候她要么在走廊里上上下下，要么就去卫生间，用强力肥皂使劲清洗双手，甚至搓到皮肤发红。接着就去天台。"

麦克白望着他挚爱的夫人。她就这样脆弱地暴露在这劲风呼啸的夜晚，在自我意识的黑暗里孤身一人。虽然她对他讲述过这种黑暗的感觉，却无法带着他一起走入。他什么也做不了，只能等在那儿，希望她能从夜里返航。虽近在咫尺，却远在天涯。

"你为什么觉得她今晚可能会自杀？"

杰克吃惊地看了一眼麦克白："我没觉得她会自杀，先生。"

"那是什么原因呢，杰克？"

"什么什么原因？"

"什么原因让你担心得来叫我？"

就在这时，月光穿过云的缝隙。仿佛一个默契的指令，夫人转过身，朝他们走来。

"那个东西，先生。"

"上帝保佑。"麦克白轻声说道，向后快退了一步。

她怀里揣着一个包裹。睡衣已被她扯开，露出一边的乳房，端在包裹敞开的一头。麦克白看见一个婴儿的后脑勺。他在上面数出四个黑色的洞口。

"她睡着了？"麦克白问道。

"我觉得是。"杰克小声回答。

他们刚刚紧跟在她后面，离开天台，走下楼梯，进入房间。这会儿他们站在她的床边。她躺在那儿，拉过一条毯子披在她和孩子的身上。

"要把那孩子拿走吗？"

"留着吧，"麦克白说，"又不会伤人。但我要你坐在这儿，今晚看着她。我明天一大早还要接受广播台一个重要的采访，现在得去睡了，给我一把别的房间的钥匙吧。"

"没问题，"杰克说，"我去打个电话，让别人来接待处替班。"

趁杰克不在，麦克白摸了摸那个婴儿的脸蛋。冰冷，僵硬，了无生气。夫人和他曾经就这样，但他们设法活了过来。不，夫人是靠自己活了过来，麦克白是靠别人帮助——班柯的帮助。再之前是在孤儿院，德夫的帮助。如果不是德夫杀了洛瑞尔，麦克白说不定早晚会自杀。虽然那会儿他从家里逃了出来，但心上依旧有四个黑洞，四个需要填补的洞。"精酿"是最便捷的密封剂。但至少他让自己活着。多亏了德夫，那个该死的浑蛋。

当然，还有后来的夫人。她让他看见，爱可以弥合心灵的伤口，做爱可以减轻疼痛。他抚了抚她的脸蛋。温暖，柔软。

现在有没有退路？还是他们忘记给自己留一条后路？他们是不是只顾谋划胜利了？是，而且他们已经赢得胜利。可如果胜利留下一股苦涩的滋味，如果胜利使你付出过高的代价，你反而想要一次廉价的失败呢？那你该怎么做？放弃权力，抛弃锦衣玉食，谦卑地祈求原谅，回归日常生活的鸡毛蒜皮？当你从天台边缘迈出去时，当红灯区的鹅卵石路冲你直面而来时，你是否想让地心收回引力，好沿错误的路线返回原点？不。你来者不拒。充分利用它。保证双脚落地就好，断一两条腿也无所谓。但你活了下来。你变成了一个更聪明的人，学会下次迈步时更加小心谨慎。

杰克走进来："已经找人去前台了。"他说着递给麦克白一把钥匙。

麦克白看了一眼："邓肯那间屋？"

杰克吓得用一只手捂住嘴："我光想着那是最好的房间，但您可能更愿意……"

"没事儿，杰克。我离你们近点，万一出事也好过来。反正我不相信有鬼。而且大伙儿都知道，对我来说，邓肯的鬼魂没什么可怕的。"

"是，没什么可怕的。"

"确实是，完全没有。晚安。"

他刚一闭眼，他们便来了。

邓肯和马尔康。他们盖着羽绒被，躺在他两侧。

"这里没地方容下我们仨。"麦克白尖叫着把他们踹到地上。他们发出咝咝的叫声，直到老鼠的尾巴擦着墙根而过，他们才不见踪影。

可随后门开了，班柯、弗里斯和德夫爬进来，每人手里都有一把匕首，举起来准备往下刺。

"你们想干什么？"

"讨回公道，这样才能安眠。"

"哈，哈，哈！"麦克白一边大笑，一边在床上痛苦地翻滚，"能伤害我的人还没出生呢！只有'伯莎号'才能把我从局长的位子上赶下来！我是死不了的！麦克白是死不了的！滚，你们这些死了的凡人！"

第二十四章

弗雷德·齐格勒打了个哈欠。

"弗雷德，你得来一杯咖啡了。""格拉姆斯号"的船长笑道，"我们可不能让一个港口引航员在这种天气里昏昏欲睡。告诉我，你是不是总觉得累？"

"最近很忙，没睡够。"弗雷德说。他很难告诉船长，他哈欠连天是因为心里害怕。弗雷德曾经看见他的狗也有相同的症状，但好在打哈欠通常意味着你处于完全放松的状态，或者说无聊。或者，确实没睡够。船长按了一下对讲机，一道上咖啡的指令便顺船舱而下，一个甲板接着一个甲板，最终到达厨房。"格拉姆斯号"是一艘大船。很高的船。这便是让弗雷德·齐格勒头疼的事。

他忍住又一阵哈欠，朝河对面望去。他熟悉每一块礁石，每一片阴影，以及港务局操作手册里关于驶入和驶出港口的每一节细小的段落——水流湍急时怎么办，海浪迫近岸边时怎么办，哪里有避风港，码头上每一根系船柱的位置。这些都不难。河水是灰的，他可以蒙着眼睛引导船只驶进和驶出，而且经常这么干——或者说有这种能耐。天气也不是难事。近处一阵微风吹来，他们面前的玻璃被水汽和盐染成了白色。可他在飓风甚至更糟糕的天气里引导过各种类型的船只，不靠无线电信标，不靠杆形浮标，不靠瞭望员。在一艘总能安全到岸的小小的引航船里，他用不着担心航程，即便天气静稳，特别适合开船——要知道当凉爽的微风轻轻拂过水面，往往预示着一阵狂风即将来临，而舵手如果操作失误，船就会在原地打转。

弗雷德·齐格勒打哈欠是因为他害怕这艘大船——它正降下红、白两色的旗帜，意思是说船上有引航员。或者更确切地说，他得下船了。是从绳梯上下去。

他当引航员有十二年了，但还是不习惯从船的侧面上上下下。他并不担心自己会掉进水里，虽然他知道自己应该害怕，因为他不会游泳。

不，让他头疼的是船的高度。

当他从船体一侧倒着爬下时那种令他全身瘫软的恐惧。虽然天气不错，但船还是太大了，从背风处沿梯子下来在技术上虽然并不难，但看见或仅仅是想着自己悬在深渊上方15米还是让他心惊胆战。过去一直这样，而且永远都会这样。每一个该死的工作日都摆脱不了这几分钟的煎熬：这是他早晨醒来时出现在脑海里的第一件事，也是他睡觉前想到的最后一件事。不过，管他呢，这也没什么稀奇的——他身边有好多人一辈子都在从事不适合自己的工作。

"你出港的次数肯定很多，可以跟海岸警卫队打个招呼，直接放你走。"弗雷德说。

"放我走？"船长说，"那我就没有你的陪伴了，弗雷德。怎么了，你不喜欢我了吗？"

"我不喜欢你的船。"弗雷德心想。我是小个头儿的男人，不喜欢大船。

"哦，对了，以后你看见我的机会会越来越少。"船长说。

"哦？"

"没那么多货。去年格立坟破产，导致我们失去货源，接着哀思戴又关停了。现在船上只剩下最后一点存货。"

弗雷德之前就注意到这一点。从这艘船吃水的情况就能看出货物比平日要少。

"真糟糕。"弗雷德说。

"不，没什么大不了的，"船长阴郁地说，"一想到这些年我们运送的有毒物质夺去了城里同胞的性命……相信我，我一直都睡不安稳。我有时在想，当一条贩奴船的船长，你得变成什么样的人。你得给自己找各种各样合适的理由。也许不用劳烦我们神奇的大脑，我们就能区别出正确和错误。但借助于大脑，我们可以想出一些特别复杂的理由，听起来个个都很好，加在一起就能让我们说服自己，不管这一切有多么疯狂。不，弗雷德，我不想让海岸警卫队允许我不用引航船，独自在这片污水里航行。星期三我们排队进港时，港口主管亲自安排我们优先进港。不要钱。"

"这真是惊喜。"

"是。然后我仔细看了看提货单。结果发现我们运的是两把加特林机枪。这世道越来越像肯尼斯那时候了。嘿，当心！你这孩子，要烫死我们的引航员吗？"

船遇上一阵浪，让这个穿格子厨师服的男子失去平衡，把咖啡洒在了引航员的黑色制服上。这家伙隔着胡子含混不清地说了句"抱歉"，往下拽了拽帽子，急匆匆地退了出去。

"对不起，弗雷德，就算在这里——半个城市的人没工作——都找不出适合出海的船员。这家伙今天早上来找我，自称在船上当过厨师，但证件丢了。"

弗雷德啜了一口咖啡："他从来没坐过船，也不会煮咖啡。"

"唉，算了，"船长叹了口气，"我们只是去首府，暂且凑合一路吧。汉斯特霍尔姆岛已在我们身后，最危险的一段路已经过去了。我让你的船过来，然后叫他们放下绳索。"

"好吧，"弗雷德说着咽了口唾沫，"最危险的一段路就算过去了。"

麦克白坐在走廊的椅子上，紧握双手，盯着那间套房的门。"他究竟在里头干什么呢？"

"我不太懂精神病治疗，"杰克说，"我再去给您弄点咖啡吗，先生？"

"不，你就待在这儿。但你刚才说，他水平很高？"

"是的，阿尔萨克医生算是城里最好的大夫了。"

"那就好，杰克。那就好。可怕，真可怕。"麦克白向前探出身子，双手捂着脸。距离广播电台的采访还有一个小时。天还没亮，他就被夫人房间里的尖叫声惊醒。他冲进去时，她正站在床边，指着那个死婴。

"看！"她扯着嗓子尖叫，"看看我做了什么！"

"可这不是你做的，我亲爱的。"他试图抱住她，可她一把挣脱了，跪在地上哭了起来。

"别叫我亲爱的！我不配被人爱，一个杀死小孩的人不该被爱！"然后她转向麦克白，用那双疯癫的黑眼睛看着他，"一个杀了孩子的人更不该爱上另一个杀了孩子的人。滚出去！"

"来，和我一起躺下，亲爱的。"

"从我的房间滚出去！别碰那孩子！"

"简直是疯了。今天就烧了它。"

"你敢碰那孩子一下，我就杀了你，麦克白，我发誓。"她把尸体紧紧搂在怀里，轻轻地摇晃。

他咽了口唾沫。他需要早上那一针。"我拿点衣服，让你一个人清静清静。"他说着走向衣橱。拉开抽屉。怔住了。

"对不起，"她说，"你得出去，再多弄点回来。我俩都需要。"

他转身离开，但不是去寻求更多的权力，而是让杰克给精神科医生打电话。

麦克白这会儿又看了一眼手表。多久才能修好她这次小小的短路？

刚想到这儿，门就开了，麦克白从椅子上跳了起来。一个小个子男人走了出来。他头上耷拉着几根稀疏的灰发，眼皮大得出奇。

"怎么样？"麦克白问道，"大夫……您叫什么来着？"

"阿尔萨克医生。"杰克说。

"我给她用了一些镇静的药。"精神科医生说。

"她怎么了？"

"不好说。"

"不好说？可你是最好的大夫啊。"

"谢谢，但即便是最好的大夫，也不完全掌握意识千变万化的状态，麦克白先生。"

"你必须治好她。"

"我刚才说了，以我们对人类意识一星半点儿的了解，这个请求太……"

"我不是在请求，大夫。我是在给你下死命令。"

"死命令，麦克白先生？"

"如果你不让她变回正常人，我就只能把你当成骗子抓起来。"

阿尔萨克从他巨大的眼皮下瞄了麦克白一眼。"我能看出您昨晚没睡好，而且很焦虑，局长。我建议您今天不要去上班了。至于您的夫人——"

"你错了，"麦克白说着从肩膀皮套里抽出一把匕首，"干好你的工作，否则以现在紧急的状况，惩罚很严厉。"

"先生……"杰克开口道。

"手术，"麦克白说，"这就是现在需要的，这就是一个真正的医生要做的：切除有害的部位。他会摒弃一切关于病人痛苦的杂念，因为那样只会使他犹豫不决。摘除和消灭烦人的东西，不管是一块肿瘤还是一只溃烂的脚，从而保全整体。并不是说那只脚或肿瘤本身有危害，它们只不过是必须牺牲的部位。难道不是吗，大夫？"

精神科医生歪了歪脑袋："您确定需要检查的是您夫人，不是您自己吗，麦克白先生？"

"我给你下了死命令。"

"那我现在就告辞了。如果你觉得有必要，可以在背后给我一刀。"

麦克白看着阿尔萨克转身走向楼梯。他盯着手中的匕首。他到底在做什么？

"阿尔萨克！"麦克白追向那位精神科医生，追上去跪倒在他面前，"求求你，你必须得帮帮她。我所拥有的只有她了。我必须把她治好。你必须把她治好。花多少钱我都给。"

阿尔萨克用拇指和食指捏着胡子："是'精酿'吗？"他问道。

"权力。"麦克白说。

"自然是这样。"

"你知道原因？"

"这玩意儿可以有各种各样的诨名，但化学成分都是相同的。人们以为它是一种抗抑郁的药，因为头几回它让人很兴奋，直到症状演变成癫狂。"

"是的，是的，这就是她服用的东西。"

"我问的是你服用的是什么，麦克白先生。现在我知道了。你享受'权力'有多久了？"

"我……"

"显然并不久。第一个受影响的是你的牙齿。然后是你的意识。想要逃脱疯狂的宿命并不容易。你知道当你彻底迷恋上'权力'时，他们管你叫什么吗？'战俘'。"

"你听我说——"

"战争的俘虏。简单明了，不是吗？"

"我现在不是你的病人，阿尔萨克。我求你在尽全力之前不要走。"

"我答应你我会回来，但我现在还有别的病人要看。"

"杰克。"麦克白目不转睛地盯着精神科医生。

"有何吩咐，先生？"

"给他看。"

"可是……"

"他必须遵守希波克拉底誓言 [1] 。"

杰克打开那包东西，拎出来给大夫看。他后退了一步，用手捂住鼻子和嘴。

"她觉得这是她的孩子，"麦克白说，"就算不是为了我和她，你也要为这座城市考虑，大夫。"

当麦克白身后的门关上时，他感到耳朵里产生了一股奇怪的压力。"终于进到精神病院了。"他心想。这间方形小屋的墙加了

_____

[1] 医学誓言，是古希腊"医学之父"希波克拉底（公元前 460—前 370）警诫人类的古希腊职业道德圣典，是向医学界发出的职业道德倡议书。

隔音垫，当然还开了一扇窗口。屋里有三个人坐在那儿观察他。

"别紧张，"桌对面的人说，"我一会儿就问几个问题。很快就结束。"

"我紧张的不是你问什么，"麦克白说着坐下来，"而是我怎么答。"

那个人笑了，窗口上方扬声器里的音乐声渐弱，他把一根手指放在嘴上，墙上的红灯同时亮起。

"您现在收听到的是时事新闻栏目，我是沃特·凯特。"他激动地转向面前的麦克风，"我们有幸请到本市的新星——麦克白局长。在扫除城里最有名的贩毒团伙'诺斯骑士'后，他正马不停蹄地追捕他们在警局领导层腐败的同谋。他鼓舞人心的演讲赢得了人民的信任，燃起他们的希望，他在演讲中说，我们正进入一个新的时代。麦克白局长，这是否只是漂亮话？"

麦克白清了清嗓子。他早就准备好了。他已焕然一新。而且，他再次完全处于药物的掌控下。"我是一个简单的人，沃特，我不太懂说漂亮话。我脑子里想到什么，嘴上就说什么。而我想说的是，只要这座城市愿意，它就有足够的力量让自己站起来。但无论是警察局局长还是政治家，他们都无法令这座城市脱胎换骨，人们必须自己努力才行。"

"但有人可以激励他们、领导他们？"

"当然。"

"有人已经在吹捧你是当市长的料。你对这件事感兴趣吗，麦克白局长？"

"我是一名警察，我只希望干好该干的事，服务于这座城市。"

"换句话说，做人民的公仆。你的前任——邓肯，也把自己当成人民公仆，但他并不像你这么低调。他承诺要在一年之内抓住城里最有势力的罪犯——赫卡忒，别名'隐形之手'。现在你已经解决了'诺斯骑士'。你给自己设定多长的时限抓住赫卡忒?"

"首先我想说,之所以叫'隐形之手'是有原因的。我们对赫卡忒知之甚少,只知道他有可能在幕后生产一种叫作'精酿'的毒品。但鉴于'精酿'在许多地方都生产和流通,同样可能的是,我们谈论的是一张贩毒网络或共享的供应链。"

"我能否这样理解,你刚才的意思是,不会像邓肯那样把抓捕赫卡忒作为头等大事?"

"我的意思是,作为警察局局长,我不会把所有资源都用于抓捕,以此制造头条,给警察贴金,然后在市政厅大摆庆功宴,实际上却没为人们的日常生活做出什么实事。就算我们抓住了一个叫赫卡忒的人,如果不解决这个城市真正的问题,别人早晚会取代他的市场。"

"真正的问题是什么?"

"就业,沃特。给人们工作。这是打击犯罪最有效、最省钱的做法。我们可以让监狱里关满了人,但只要有人在街上流浪,吃不上饭……"

"你现在听上去真的像是在考虑参加选举了。"

"我不在乎这听起来像什么。我只想让这座城市恢复秩序。"

"那你打算怎么做?"

"我们可以努力让这座城市变成投资者和工人都能得到关照的地方。投资者不能赚了钱就跑,而要为社会福利缴税,也不能通过贿赂享受特权。但政府可以向他们保证依法办事。同时,工人们有权在无毒无害的工厂里工作。我们最近牺牲的英雄班柯,几年前失去了他的爱人薇拉。她在一座工厂干了很多年,吸入的都是有毒气体。薇拉是一个可爱、勤奋的妻子和母亲。我个人和她关系很好,对她感情很深。作为警察局局长,我向广大市民保证,未来城市里不会再有这样的工厂，不会再有更多的薇拉失去生命。我们还会采取其他促进就业的措施。更好的措施。让人们过上更好的生活。"

麦克白从沃特·凯特的坏笑里能够看出，这番话给他留下了深刻印象。麦克白把自己都感动了。他的思路从未如此清晰。肯定是那包新粉末的作用，让他说话如此简洁有力、条理清晰，能够充分表达内心所想。

"局长，你的人气涨得很快，可以说是爆炸式增长。这是你敢于发表这种言论的原因吗？如果我是图特尔市长，我可能会把这些言论视为一种挑战。严格来说，他是你的老板，你的局长职位必须得到他的批准，否则你就坐不上这位子。"

"我的老板可不止市长一人，沃特，还有我的良知以及本市的市民。我的良知和这座城市比局长办公室一张舒适的椅子更加重要。"

"四个月后就是新一届市长选举，距离候选人提名截止只有三周了。"

"你要说是，那就是吧，沃特。"

沃特·凯特笑了，将一只胳膊举过头顶："好吧，感谢麦克白局长接受采访。他说他不懂漂亮话，我不太肯定这是不是实话。下面是由迈尔斯·戴维斯带来的……"他放下胳膊，指了指窗口。红灯灭了，扬声器里传来刺刺啦啦轻柔的小号声。

"谢谢你，"凯特笑道，"'不会再有更多的薇拉失去生命。'你知道自己光凭这一句话就可能选上市长了，不是吗？"

"感谢你的采访。"麦克白一动不动地说。

凯特不解地看了他一眼。

"我刚才没听错吧？"麦克白用低沉的嗓音一字一句地说道，

"你在结尾处指控我撒谎？"

凯特眨了眨眼，吃了一惊："撒谎？"

"我不太肯定这是不是实话……"

"噢，但那个——"这位记者的喉结动了一下，"不过是玩笑而已，一种……呃，一种表达方式，一种……"

"我逗你玩儿呢，"麦克白笑着站起身，"下次见。"

当麦克白离开广播电台大楼、走进雨里时，他感到沃特·凯特今后不再是个麻烦了。当他坐到豪华轿车的后座上时，他感到方尖塔、德夫和夫人的病也不再是问题。因为他的思维比过去任何时候都清晰。

"慢点开。"他说。

他想好好享受一番这段在城中穿行的旅途。他的城市。

说得很对，现在还不是他的，但很快就是了。因为他是打不败的。被药物完全控制的。

当他们等待红灯时，麦克白的目光落在一个男人身上。虽然人行道的灯是绿的，但他还是在路口等着没走。他的上半身和脸被一把巨大的黑伞遮住，麦克白只能看见他浅色的外衣、棕色的鞋，还有手中牵着的一条大黑狗。麦克白的心里突然冒出一个想法。那条狗有没有想过它为什么会被人控制，为什么脖子上会有一条牵引绳？它得到一点点的食物，分配给它的那一小块，只够它安逸地苟活，永远被封固于方寸之间。只要打破这层约束，那条狗就可以趁主人睡着时慢慢跑过去，撕开他的喉咙，占领整栋房屋。它需要做的就是这些。一旦你懂得如何打开食品柜，后来这些不过是自然反应。

第三部分

第二十五章

"这是我们最好的羊毛了。"导购一边说一边恭敬地抚摩着衣架上一件黑色西服的面料。

服装店的窗外飘着蒙蒙细雨。几个大风天过后，河面的水浪已经开始平静下来。

"你觉得怎么样，波纳斯？"赫卡忒说，"适合麦克白吗？"

"我以为您想买的是无尾晚礼服，而不是黑西装。"

"想必你知道，去教堂是从来不穿晚礼服的，何况麦克白这周有好多场葬礼要参加。"

"所以今天不买晚礼服？"导购说。

"两种都需要，阿尔。"

"我只想提醒一下，如果是参加大型晚宴，按理是要穿燕尾服的，先生。"

"谢谢你，阿尔，但这次不是去皇宫，只是去地方市政厅。你觉得呢，波纳斯？燕尾服是不是有点——"赫卡忒咂了咂舌头，"太装腔作势了？"

"同意，"波纳斯说，"这就像暴发户非得把自己穿成传统贵族，看起来真的很像小丑。"

"很好，那就一套黑色西服和一套无尾晚礼服。可以派个裁缝去因弗尼斯吗，阿尔？所有开销都记在我的账上。"

"我们照办，先生。"

"接下来，我们需要给这位先生做一套晚礼服。"

"给我？"波纳斯吃惊地说，"可我已经有一套——"

"谢谢，我见过了。相信我，你需要来一套新的。"

"是吗？"

"你的职位要求你的形象必须无可挑剔，波纳斯。更重要的是，你现在是在为我工作。"

波纳斯没吭声。

"你能再去拿几件晚礼服来吗，阿尔？"

"这就去。"导购说完尽职地一溜小跑，迈着罗圈腿朝通往下面商铺的楼梯跑去。

"我知道你在想什么，"赫卡忒说，"我承认，把你打扮好也是炫耀我权力的一种方式，就像国王装扮他的士兵和仆人。可我能说什么呢？我喜欢这样。"

波纳斯一直不敢肯定，这个老家伙微笑时露出的异常洁白、整齐的牙是不是他自己的。如果是假牙，它们显得相当古怪，因为它们中间镶了三颗金色的牙冠。

"说起炫耀权力，"赫卡忒说，"因弗尼斯晚宴那回有个漂亮的小男孩，他叫卡西，是吗？"

"是的。"

"他多大了？"

"十五岁零六个月。"波纳斯说。

"嗯。确实年轻。"

"年龄是——"

"我没有什么道德顾忌，但我也不好你对年轻小伙子的那一口，波纳斯。我只是提醒你，他年轻得有些不合法。而且这么搞可能会惹出大麻烦。不过我看出这件事让你不舒服了，所以我们还是换个话题吧。我听说，夫人病了？"

"这是精神病专家的说法。严重的精神病。有可能持续很久。他担心夫人有自杀倾向。"

"医生们难道不用发誓吗？"

"阿尔萨克医生大概也快需要一件新的晚礼服了。"

赫卡忒笑了："给我寄账单就好。他能治好她吗？"

"不住院的话不行，"波纳斯说，"但我们不想那样，是吗？"

"等等看吧。我想很多人都知道，夫人是现任局长最重要的顾问之一，在现在这个关键时期，要是让公众知道夫人疯了，事态会变得很不利。"

"那精神病就……"

"怎么了？"

波纳斯把话咽了回去。"没什么。"为什么他总觉得自己在赫卡忒面前像个惶恐的小孩？这里不只有权力的威慑，还有种别的东西，某种让波纳斯害怕但又说不出来的东西。那不是他从赫卡忒眼里能看见的东西，而更多是他看不见的东西。那是一种令人血液凝固、注定归于虚无的宿命。一片荒原，冷得失去知觉的寒夜。

"不过我想说的是麦克白，"赫卡忒说，"我担心他。他变了。"

"是吗？"

"我担心他上瘾了。也许这并不奇怪，毕竟这是世上最令人上瘾的毒品。"

"'权力'？"

"是的。并不是那一类粉末状的东西，而是真正的权力。我原来以为他不会这么快就上瘾。然而，他已经设法使自己摆脱了那些伦理道德的束缚，如今，权力是他新结交的、唯一的伙伴。你听见前几天的电台采访了吧。这小子想当市长呢。"

"但警察局局长的实权更大。"

"作为警察局局长，他当然要保证先将真正的权力交还给市政厅，然后再图谋市长的宝座。麦克白现在的确想要统治整个城市了。他觉得自己所向披靡，连我都能挑战。"

波纳斯吃惊地看着赫卡忒。他双手叠放在拐杖的金柄头上，正在观察波纳斯的反应。

"是的，波纳斯，这件事应该反过来才对：应该由你来告诉我，麦克白准备对我下手。这才是我花钱雇你的目的。现在你那比目鱼的小脑袋肯定在想，我是怎么知道这件事的呢？好吧，你来问我好了。"

"我……呃……您是怎么知道的？"

"因为他在电台的节目里就是这么说的，你也听见了。"

"我记得他说的话正好相反啊，他不会像邓肯那样，把追捕赫卡忒视为同等重要的大事。"

"你觉得哪个有政治野心的人会在广播里说，为了选举他不会去做什么？他本可以说，他会在抓捕赫卡忒的同时提高就业。头脑清醒的政治家向来喜欢四处承诺。但他说这话不是为了拉选民，而是为了我，波纳斯。他本来不需要这么做，但他还是公开表态，刻意迎合我。当有人刻意迎合你的时候，你就得小心了。"

"您觉得他想获得您的信任——"波纳斯望着赫卡忒，看自己有没有说到点上，"因为他觉得这样做，您就会让他接近您，然后他就可以把您除掉？"

赫卡忒从脸颊的疣子上揪下一根黑毛，仔细端详。"我动一动脚后跟就能把麦克白踩碎。但我需要投入很多资源才能把他扶上

324

今天的位置，要说有一件让我痛恨的事，那就是我做了一笔糟糕的投资，波纳斯。所以，我要你睁大眼睛、竖起耳朵，弄清他在打什么算盘。"赫卡忒扬起胳膊，"啊！瞧，阿尔拿来了更多款式的晚礼服。你的胳膊很长，咱们来挑一件适合你的。"

波纳斯倒抽一口气："如果我搞不清楚呢？"

"那你就对我没什么用处了，亲爱的波纳斯。"

这句话说得如此漫不经心，配上一道浅浅的微笑，更显得无足轻重。波纳斯努力寻找这笑容背后的东西，可找到的只有夜和寒冷。

"看着这块表，"阿尔萨克医生命令道，在病人面前晃悠他的怀表，"你要放松，感觉自己的手臂和腿很沉重。你很疲惫，马上就要入睡。你不会醒来，直到我说栗子。"

她很容易被催眠。容易到阿尔萨克不得不好几次查看她是不是在装睡。每次他来因弗尼斯治病，都会被这名叫杰克的接待员领到这间套房。她在屋里穿着睡衣，因为她拒绝穿任何别的衣服。她的双手因为每天例行的搓洗而变得通红，就算她坚称自己什么也没吃，他也能从她的瞳孔看出，她受到某种毒品或什么东西的影响。这是她无法获准进入精神病院治疗的不利因素之一，否则他便能监测她的用药、睡眠和饮食状况，观察她的行为。

"让我们从上次结束的地方开始，"阿尔萨克说着，看了一眼他的笔记。他并不需要笔记来回忆，那些细节是如此残酷，它们已深深地烙进他的脑海里。他需要笔记来确认，她真的对他讲过。第一行笔记并不稀奇，相反许多类似案例里都能看见这种描述："父亲失业、酗酒，母亲抑郁、暴力。你在一条河边长大，你管那地方叫破屋子或老鼠窝。真的。你告诉我，你记忆里的第一件事，便是望见一群老鼠在太阳落山时，朝你的房子爬过来。你记得自己一直以为那是老鼠的房子。你睡的是它们的床，吃的是它们的食物。当它们蹿上你的床时，你明白它们为什么咬你。"

她的嗓音变得轻柔、低沉："它们只想要属于它们的东西。"

"你父亲爬上你的床时，也说了同样的话。"

"他只想要属于他的东西。"

阿尔萨克扫了一眼笔记。这不是他治疗的第一起性侵案例了，但这一案例中的某些细节还是令人感到非常不安。

"你十三岁时怀孕，生下一个孩子。你母亲管你叫婊子。她说你应该把这孽种放进河里淹死，但你拒绝了。"

"我只想要属于我自己的东西。"

"于是你和那孩子都被赶出了家门。第二天晚上，你是和自己遇见的第一个男人一起度过的。"

"他说如果那东西再不停止吵闹，他就杀了那孩子。于是我把她放到床上。可他又说，那玩意儿让他无法集中精神，因为她一直在盯着他看。"

"当他睡着的时候，你从他口袋里偷了钱，从厨房里偷拿了食物。"

"我只拿了属于我的东西。"

"什么东西是属于你的？"

"别人都有的。"

"后来发生了什么？"

"河水干涸了。"

"告诉我，夫人。后来发生了什么？"

"越来越多的工厂建起来了。越来越多的工人涌进城里。我挣了一点钱。妈妈过来看我，告诉我爸爸死了。他得了肺病，死得很痛苦。我告诉她，我真希望能亲眼见到他痛苦的样子。"

"别回避我的问题，夫人。直截了当地回答。那孩子后来呢？"

"你见过婴儿的脸变得有多快吗？几乎一天一个样。所以，突然有一天，变成了他的脸。"

"你父亲的？"

"是。"

"那后来你做了什么？"

"我喂了她很多很多奶。她睡着时一直冲我幸福地微笑。然后，我朝墙狠砸她的头。你知道吗，一颗头很容易就砸碎的。人的生命是多么脆弱。"

阿尔萨克倒抽了一口凉气，清了清嗓子："你这么做，是因为那孩子的脸像你父亲吗？"

"不。但这最后让我下定决心。"

"你的意思是，你考虑这件事已经有一段时间了？"

"是，当然。"

"你能告诉我，为什么你说'当然'吗？"

她沉默了一阵儿。阿尔萨克见她的瞳孔抽动了一下，这让他联想到某样东西——蛙卵——一只试图冲出黏卵的蝌蚪。

"要想达到目的，你必须下得了狠心，能够放弃你的所爱。如果和你一起准备登顶的那个人体力不支，你要么给他打气，要么就砍断绳索。"

"为什么？"

"为什么？如果他掉下去，会把你们两个都拽下去。如果你想活下来，你的手就要去做内心拒绝去做的事。"

"杀了你爱的人？"

"就像亚伯拉罕献出自己的儿子。血流成河吧。阿门。"

阿尔萨克感到后背一阵发凉，记下笔记。"山顶上有你想要的什么东西？"

"山顶就是最高层。到了那儿，你就站在了高处。万物之上，万人之上。"

"非得到那儿不可吗？"

"不。你可以在低地里爬来爬去，在垃圾堆上爬，在泥泞的河床里爬。可一旦你开始向上爬，就没有回头路。要么是山峰，要么是深渊。"

阿尔萨克放下钢笔："为了这座山峰，你愿意牺牲一切，包括你爱的人？生存比爱更重要吗？"

"当然。但最近我发现，没有爱我们也能生存。所以，生存的全部意义就是等死，大夫。"

她的眼睛突然变得明晰，这一瞬间，阿尔萨克感觉她根本没病。但这可能只是催眠的效果，抑或短暂清醒。这样的事阿尔萨克见多了：一个严重精神失常或抑郁的病人如何突然变得灵光，像一个溺水者凭意志浮出水面，让亲人和缺乏经验的大夫都看到希望。他们可以连续几天一直浮在水面，只为用这最后一点意志去完成他们一直感到恐惧的事，或只为等黑暗来临时再次沉没。但这回不是。一定是催眠的效果，因为蛙卵的黏膜这会儿重新封住了她的眼睛。

"这份报纸上说，自电台采访之后，人们都在等你宣布正式参加市长选举。"西登说。他把报纸在咖啡桌上摊开，在上面剪着指甲。

"随他们去写吧，"麦克白说着看了一眼手表，"图特尔应该十分钟前就到这儿了。"

"但你会吗？"说话间，他剪掉了食指上又长又尖的指甲——声音洪亮、清脆。

麦克白耸了耸肩："这种事得好好想想。谁知道呢？当想法成熟的时候，可能就有不一样的感觉了。"

门"吱呀"一声。普丽西拉浓艳甜美的脸蛋从狭窄的缝隙里露出来。"他到了，长官。"

"好，请他进来。"麦克白起身，"给我们来点咖啡。"

普丽西拉笑了笑，她的双眼淹没进肉嘟嘟的脸颊里，接着她也消失了。

"我走吧？"西登一边问一边从沙发上起身。

"你留下。"麦克白说。

西登又剪起指甲。

"但是站起来。"

西登站了起来。

门大开。"麦克白，我的朋友！"图特尔喊道。有一个瞬间，麦克白在想门框够不够宽，或是他的肋骨够不够硬，因为市长正在用肥厚的手掌猛拍他的后背。

"你把这儿搞得很有生气嘛，麦克白。"

"谢谢您。请坐。"

图特尔朝西登微微点了点头，然后坐下："谢谢。还要谢谢你呀，大局长，在这么短的时间里就同意见我。"

"您是我的雇主，您拨冗过来，应该是我感到荣幸才对。而且重点是，是您过来，而不是我过去。"

"呃……我不喜欢让别人觉得他们被召见。"

"这话的意思是，我是被召见的？"麦克白问道。

市长笑了："完全不是，麦克白。我只想看看情况怎么样了。你有没有适应环境。我是说，现在有点过渡期的意思。加上过去几天发生这么多事……"图特尔转了转眼珠，"局面可能变得一团糟。"

"您的意思，已经是一团糟了？"

"不、不、不。完全没有。我觉得你对一切问题的处理都超出了我的预期。毕竟你资历尚浅。"

"资历尚浅。"

"是的。事情发展得很快，你必须迅速反应，作出评论。然后你可以讲一些连大脑都不过的话。"

普丽西拉走进来，往桌上放了一个盘子，倒上咖啡，笨拙地行了个礼，然后走了。

麦克白啜了一口咖啡："嗯。你是指那次电台采访吧？"

图特尔伸手去拿碗里的方糖，拿了三块，放嘴里一块。"你的一些表态可能被解读为在批评我和市议会。这没有问题——我们敬佩一位敢说真话的警察局局长——这里维护言论自由。问题当然在于，这些批评和你想传达的意思相比，是不是有点太尖锐了？你说呢？"

麦克白把食指放在下巴上，出神地凝望着空气："我不认为它过于尖锐。"

"你瞧瞧。跟我想的完全一样。你并不打算尖锐嘛！你和我，我们的目标是一致的，麦克白。为这座城市争取最好的未来。让轮子转起来，让失业人口降下来。经验告诉我们，降低失业率有助于减少犯罪、打击毒品交易，回过头来也会降低财产犯罪。很快，犯人的数量会大幅下降，大家都问，前几任做不到的事，麦克白局长是怎么做到的？你知道，一位市长只能连续干两任。所以，在我当选后——但愿如此——然后结束第二个任期，就该轮到新人登场了。那时候市民们可能会认为，他们需要你这样的人，一个干出实实在在成果的警察局局长。"

"还要咖啡吗？"麦克白将棕色液体倒进图特尔已经满了的杯子，直到它溢出来流进茶碟，"你知道我的朋友班柯过去经常说什么吗？趁姑娘爱你，赶紧吻她。"

"意思是？"图特尔盯着茶碟说道。

"感觉是会变的。市民们现在爱我。四年可是很长一段时间。"

"也许吧。但你必须选择一场属于你的战斗，麦克白。你现在的决定是挑战现任市长——这在历史上很少获得成功。或者等待四年，然后在选举中得到离任市长的支持——历史上，这样成功的例子不胜枚举。"

"作出这种承诺很容易，但违背承诺更容易。"

图特尔摇了摇头。"我漫长的政治生涯所依靠的是战略结盟与合作，麦克白。肯尼斯早就确保警察局局长拥有广泛的权力。我过去作为市长——现在也一样——完全要依赖警察局局长的配合办事。相信我，我深知违背承诺会让自己付出多么巨大的代价。麦克白，你是个聪明人，学得也快，但你缺少参与政治这样一场复杂的、讲究权谋的游戏的经验。突来的声望和电台里几句讨好人心的漂亮话都不足以助你胜选。我的支持虽然也不够，但至少比你单打独斗希望更大。"

"如果你没有把我当成一个对你构成巨大挑战的人，你是不会来这儿劝我放弃参加竞选的。"

"你可以这么认为，"图特尔说，"因为你依然缺少足够的政治经验看清更大的图景。这个图景就是，如果未来四年我继续担任市长，你担任警察局局长，那么城里人就会怀疑，这两个最有权

力的人会不会因为竞选斗争而难以合作。另外，这也会使我无法
支持你候选人的身份。我相信你理解。"

"我相信你理解"总是有那么一点点居高临下。麦克白想开口
反驳，但思维却没有跟上。

"我提个建议吧，"图特尔说，"别参加选举，你也不用等四年
再得到我的支持。"

"哦？"

"是的。你逮捕赫卡忒那天对我俩而言将是巨大的胜利。我
会在当天为你背书，我希望你作为我的继任者参加四年后的竞选。
你觉得怎么样，麦克白？"

"我想我在电台里说过，逮捕赫卡忒不是我们的头等大事。"

"我听见了。我的理解是，你这么说是不想承受邓肯给警局的
压力，作出太过乐观和具体的承诺。这样你抓住他就可以算作锦
上添花。这就是你的计划，对吗？"

"一点儿都没错，"麦克白说，"赫卡忒这个人很难抓，但如果
机会自己送上门来——"

"根据我的经验，恐怕我得告诉你，机会是不会自己送上门来
的，"图特尔说，"你必须自己创造机会，然后抓住机会。所以你
想怎么抓捕赫卡忒？"

麦克白咳了一声，摆弄起他的咖啡杯，试图梳理思路。他之
前就意识到，一旦着手做这件事，困难立马接踵而至，而且好像
还不小：他要同时使许多球保持在空中，只要掉一个，其余的都
会跟着掉下来，他就得重新来过。难道是他手中的权力太多？或
是太少？麦克白的目光转向坐在咖啡桌旁的西登，但从他那里得
不到什么帮助。当然得不到。只有她才能帮他。夫人。他必须戒
掉毒品，和她好好聊一聊。只有她才能吹散迷雾，帮他厘清思路。

"我打算引诱他自投罗网。"麦克白说。

"什么样的网？"

"我还没想清楚。"

"我们说的是城里的头号敌人，所以我希望你随时向我通报进展，"图特尔说着站起身，"也许你可以在明天邓肯的葬礼上给我一个大致的计划，顺带告诉我，你关于选举的决定。"

麦克白握住图特尔伸出的一只手，没有起身。图特尔朝他身后的墙点了点头："我一直喜欢这幅画，麦克白。不用送我了。"

麦克白望着他。每次见到图特尔，他似乎都比之前更胖了。他一直没碰那杯咖啡。麦克白在椅子上转过去，转向那幅画。那是一幅巨作，画里有一个男人和一个女人，两人都穿着工人的衣服，手拉手走在路上。他们身后是一排小孩，而在孩子们身后，太阳悬在高空。更大的图景。他想这画大概是邓肯挂上去的，肯尼斯当年多半挂的是他本人的肖像。麦克白把头歪向一边，但还是搞不懂这图景意味着什么。

"告诉我，西登，你怎么想？"

"我怎么想？图特尔去死吧。你比他更有声望。"

麦克白点点头。西登像他，不是一个有大局观的人。只有她能看清大局。

夫人把自己关在了房间里。

"我需要跟你聊聊。"麦克白说。

没有反应。

"亲爱的！"

"是因为那个孩子。"杰克说。

麦克白朝他转过身去。

"我把孩子从她手里拿走了。那东西已经开始发臭，我也不知道还能怎么办。但她以为是你叫我拿走的。"

"好，做得好，杰克。我只想听听她对一件事的建议……不过……"

"先生，以她现在的状态，很难给你什么建议。我能问问——算了。抱歉，我忘了自己是谁。你不是夫人，先生。"

"你觉得我是夫人？"

"不，我只是……夫人通常会和我念叨她的想法，我则尽己所能地帮她分忧。我也没有太多能做的，但有时候讲给别人听能够让你厘清思路。"

"嗯。给咱俩来杯咖啡吧，杰克。"

"马上，先生。"

麦克白走上夹楼。朝下面的赌场大厅望去。今晚冷冷清清，没有熟悉的面孔。他们跑哪儿去了？

"在方尖塔。"杰克说着，递给麦克白一杯热气腾腾的咖啡。

"什么？"

"我们的常客，他们都去方尖塔了。您刚才在想这个，是不是？"

"也许吧。"

"我昨天去了方尖塔，认出五个常客，还跟其中两个说了几句话。结果发现，暗中侦察的不止我一个。方尖塔也派人来过这儿。他们找出哪些人是我们的常客，然后向他们提供力度更大的优惠。"

"力度更大的优惠？"

"赊账期。"

"这是违法的。"

"当然是私下提供。它不会出现在方尖塔的分类账中。如果有人来检查，他们就死不承认会给赊账期。"

"这样的话，我们最好也能给。"

"我觉得问题没这么简单，先生。你看看楼下的酒吧，人少得可怜。在方尖塔，队伍可是一列接一列。啤酒和鸡尾酒比我们便宜三成，这不仅增加了客源和酒吧的营收，也让人们在赌场里更放得开手脚。"

"夫人以为我们的客户群不一样，我们比他们更注重服务质量。"

"在城里去赌场的人大致可分为三类，先生。第一类是纯粹的赌徒，不在乎地毯有多好，白兰地有多贵。他们要高效的赌台管理员，一张能敲诈乡巴佬的扑克牌桌，还有——如果可能的话——赊账期。方尖塔的客户就包括这群人。第二类是我刚才提到的乡巴佬，他们来这里通常是因为我们被誉为真正的赌场。可现在，他们却发现自己更喜欢方尖塔那种简单，且更充满乐趣、不讲道德气氛的赌场。比起听歌剧，他们更喜欢赏俗曲。"

"我们属于歌剧？"

"他们想要廉价的啤酒，便宜的女人。大老远跑进城，还能有什么别的可图？"

"最后一类人呢？"

杰克指向下面的赌场："西城人。他们不愿意和低俗人群混在一起。我们最后的忠实客户。到目前为止是这样。方尖塔准备在明年开一处有着装要求的新赌场，把最低赌注的门槛提高，同时在酒吧提供品牌更昂贵的白兰地。"

"嗯。那你建议我们怎么做？"

"我？"杰克笑道，"我只是个接待员，先生。"

"还是一个赌台管理员。"麦克白望向下面那张二十一点的牌桌——他、夫人和杰克第一次认识的地方，"那么就让我来征求一下你的建议好了，杰克。"

"一个赌台管理员只会看人们下注，先生。他们从来不给建议。"

"好吧，那你听着。图特尔来找我，说他不希望我竞选市长。"

"你准备竞选吗，先生？"

"我不知道。可能有点想，又有点不想，然后又开始有点想。特别是在图特尔屈尊俯就地跟我解释政治到底是怎么一回事以后。你有什么想法？"

"噢，我肯定你会是一个出色的市长，先生。想想你和夫人能为这座城市做的一切！"

麦克白注视着杰克灿烂的笑容——毫不掩饰的兴奋，天真的乐观。好像自己过去的影子。一个奇怪的想法突然冒出来：他真希望自己变成杰克，变成一个接待员。

"但如果输了，我会很惨，"麦克白说，"如果我这次不参加竞选，图特尔下次便会支持我。而且图特尔说得对，现任市长几乎总会连任。"

"嗯，"杰克说着挠了挠头，"除非在选举前夕曝出一桩丑闻。一桩破坏力极强的丑闻，迫使市民根本无法允许图特尔连任。"

"比如？"

"夫人叫我去查图特尔晚宴时带来的那个男孩。我的线人告诉我，图特尔的老婆搬到法夫的夏季别墅去了，与此同时，这个男孩住了进来。他还不到从事性服务的法定年龄。我们现在需要行为不端的确凿证据。例如，从市长官邸的雇员身上挖。"

"杰克，这个点子好！"一想到能击溃图特尔，麦克白兴奋得脸直发热，"我们搜集证据，然后我叫凯特组织一场选举辩论直播，这样我就能当着图特尔的面揭露他的不正当关系。他肯定猝不及防。怎么样？"

"可能行吧。"

"可能？你什么意思？"

"先生，我只是在想，你自己十五岁时也曾经搬进一个没有孩子的男人的家。图特尔可以拿这个来反击。"

麦克白又觉得热血涌上脸："什么？班柯和我吗……"

"如果你率先发动攻击，图特尔也不会犹豫，先生。情场和战场都是不择手段的地方。另外，如果事情看上去像是你利用职务之便监视图特尔的私生活，对你也不是好事。"

"嗯，你说得对。那你会怎么做？"

"让我仔细想想。"杰克小酌一口咖啡。又酌一口。然后把杯子放在桌上，"这个男孩的事必须通过间接的方式透漏出去。不过，只要你直接出面和图特尔作对，仍然会被怀疑是幕后推手。所以，捅出消息的时机应该在你宣布参选之前。事实上，为了确保外界不对你产生怀疑，你也许应该宣布不准备参选，至少未来四年不会。你要先做好警察局局长这份工作。接着，当丑闻使图特尔丧失竞选资格时，你便半推半就地说，既然城里临时需要一位领导，那你只好顺应民意。如果记者问及你对图特尔丑闻的看法，你要拒绝予以置评，表现出自己不屑于关注那种行为，只关心怎么让这座城市……呃……先生，你在电台里用了一个特别好的表述，是什么来着？"

"恢复秩序，"麦克白说，"现在我明白夫人为什么请你做顾问了，杰克。"

"谢谢你，先生，但我的作用没那么大。"

"但你对这些事看得比一般人都清楚。"

"也许是旁观者清吧。和身处各种险境、陷入情感旋涡的当局者比，做赌台管理员还是要容易些。"

"我觉得你是一名非常出色的赌台管理员，杰克。"

"作为赌台管理员，我建议您再仔细研究一下手里的牌，看看有没有比这更好的出牌方式。"

"哦？"

"如果你这回不参选，图特尔就答应下次选举时支持你。但如果他因为恋童癖出局，这种承诺就没什么价值了。"

麦克白捋了捋胡子："太对了。"

"所以你现在应该要点别的东西。告诉图特尔，你连要不要参加下次选举都不确定。你倒愿意让他现在就给你些实际的好处。"

"比如？"

"你想要什么，先生？"

"我想要……"麦克白见杰克朝赌场大厅的方向使了个眼色，"呃，更多的客人？"

"对，方尖塔的顾客。即便你有他们非法提供赊账期的证据，但你作为警察局局长还是无权关停方尖塔。"

"我没有吗？"

"我做赌台管理员时偶然得知，警察可以起诉个体，但只有博彩委员会才能关掉整个赌场。而管辖这个委员会的是……"

"市政厅。图特尔。"

麦克白的思路现在清楚了。他不需要权力。他应该直接把已经变成废物的东西处理掉。哪里的门铃响了。

"好像来客人了。"杰克站起身。

麦克白抓住他的胳膊："就等着向夫人汇报我们的计划吧。我敢说，这会让她一下子好起来。我们怎么谢你，杰克？"

"不需要谢，先生，"杰克歪着嘴笑道，"你救过我的命，这就够了。"

第二十六章

德夫咽下他的呕吐物。上船第四天了，但一切依旧没有好转的迹象。一方面是因为海，但更多是因为厨房里的臭味。内间旋转门的后面弥漫着一股馊了的油脂和发酸的奶腥味，房间的另一头乱糟糟的，那是船员们坐下吃饭的地方，有一股汗水和烟草的味道。管事把做早饭的任务交给了德夫，说他应该能做好。在面包上抹点芝士，加上各种肉类，再煮鸡蛋、煮咖啡，就算头回出海的晕船者也应付得来。

德夫醒来时是六点钟，头一件事就是往床边的桶里大吐一阵儿。两个晚上过去了，他还是无法住在同一间房舱，因为铺位不够，他只好借值班人的床睡觉。幸好他睡的都是下铺，不用非得把桶弄到床上。他刚把毛衣脱过头顶，那阵恶心又来了。下到厨房的路上，他得停下来好几次，冲进大副房舱的厕所里呕吐，然后在爬上最后一段陡峭的楼梯前，往水池里吐一阵儿。

早饭已经供应，值班的船员看起来好像都吃完了。是时候清理干净，等他们开始做午饭了。

德夫吸入三口胃部能够忍受的可疑气体，站起来走向乱哄哄的一群人。

最近的桌旁坐着四个人。说话的是一个大嗓门儿、有点超重的机工。他穿一件溅着油渍的埃索 T 恤衫，胳肢窝下面是一圈圈汗渍，头戴一顶赫尔城老虎队的球帽。他说话前先要探出身子闻闻前面，再嗅嗅后面，活像一个颠倒过来的逗号。他三句话里没一句好话，言语间总在侮辱那些级别更低的船员。"嘿，斯巴克斯，"机工用喊叫确保所有人都知道他指的是桌子尽头一个戴眼镜的小伙子，"你没问问这个新来的帮厨，能不能给你烤点鱼肉馅饼？这样你就能把自己的家伙插进去，享受最接近阴道的感觉了。"他嗅了一下，然后笑起来。这话不过引起一阵短促、勉强的笑声。那名年轻的无线电报务员飞快地笑了笑，然后便埋头吃饭，头比之前压得更低。德夫听他们管这位机工叫哈奇 [1]。他动了动鼻子，"但从今天的早饭判断，我怀疑你不知道怎么做鱼肉馅饼是不是，臭小子？"又嗅了一下。

德夫和那个报务员一样，一直没抬头。在抵达首府的码头前，这是他唯一要做的事——保持低调，闭嘴，做好伪装。

"告诉我，厨房的臭小子！你管这个叫炒蛋吗？"

"有什么不对吗？"德夫说。

"不对？"机工翻了个白眼，冲其他人说："这新来的问我有什么不对。就是这炒蛋看起来、吃起来像呕吐物。你的呕吐物。从你绿了吧唧、晕船的嘴里吐出来的。"

德夫看了一眼机工。那家伙在坏笑，他发光的眼里闪过一丝邪恶。德夫以前见过。洛瑞尔，孤儿院院长。

"对不起，炒蛋没有达到你的预期。"德夫说。

"没有达到我的预期，"机工模仿他的口吻，动了动鼻子，"你以为你在他妈的豪华饭店里呢，是吗？在海上我们要吃的是食物，

---

[1]　即后文中哈钦森的昵称。

不是大粪。你们说呢，弟兄们？"

他周围的人小声应和，但德夫见其中两个人尴尬地低着头。也许他们违心附和是为了避免成为受攻击的目标。

"管事中午就上班了，"德夫说着将一盘盘食物和牛奶盒放进一只托盘，"希望中午吃上好的吧。"

"可有一样东西没变好，"机工说道，"那就是你的长相。你长虱子了，所以你才戴帽子？还有这些像阴毛一样的胡子，怎么搞的，臭小子？别人长了一张脸，你却长成了你妈的阴部。"

机工期待地环顾四周，但这回所有人都在盯着地看。

"我有一个建议，"德夫说。他知道自己不该说话，知道他答应自己不说，"斯巴克斯可以把自己的家伙插进你的胳膊下头。这样他就能获得阴道的感觉，而你总算也能尝尝鸡巴的滋味儿。"

一桌子安静极了，只能听见德夫把一盘盘芝士、香肠和黄瓜放到托盘上的声音。这一回，他没有吸气。

"我再重复一遍你可能最感兴趣的那半句吧，"德夫说着放下托盘，"你总算也能尝尝鸡巴的滋味儿。"他特意突出每个字的字头，这样大家都清楚他说了什么。德夫随后转向那张桌子。机工已经起身，朝他走过来。

"把你的眼镜摘了。"他说。

"不戴这个，他妈的什么也看不清啊，"德夫说，"戴上就看见一个浑蛋。"

机工向后扬起胳膊，暴露出这一拳的方向，然后抡过来。德夫退了一步，身子一闪，让过机工沾满黑油的拳头，待对方失去重心时，德夫朝前走了两步，抓住他的另一只手，用力往回反拧手腕，然后抓住机工的肘部，让他顺势向前倒去，自己则滑向后方。机工大叫一声，不由得弯下腰去，以缓解手腕的疼痛，德夫则趁机让他冲到墙上，栽了个跟头。德夫把机工拉了回来，再次朝前死磕。这回是撞击舱壁。德夫将这个无助的机工的胳膊向后抬高，知道很快就会有东西撑不住而断掉。机工的喊叫声变成了号叫，他的手指绝望地冲德夫的帽子上猛戳。德夫第三次拿他的头朝墙上撞去。正当他准备搞第四下时，他听见一个声音：

"够了，约翰逊！"

德夫用了一秒才想起来，这是他报名时用的名字。他意识到这是船长的声音。德夫抬起头。船长正站在他们面前。德夫放开机工，他"扑通"一声跪在地上，呜咽着。

"怎么回事？"

德夫这才发现自己喘着粗气。因为挑衅。因为愤怒。"没什么，船长。"

"我知道没什么和有什么的区别，约翰逊。到底怎么回事，哈钦森？"

德夫不敢肯定，但听起来跪在地上的那个人好像在哭。

德夫清了清嗓子："朋友之间打赌，船长。我想证明法夫的擒拿术比赫尔的重拳更厉害。我可能有点忘乎所以了。"他拍了拍机工发抖的后背："对不起兄弟，但我们都认为法夫这回赢了赫尔，是吧？"

机工点了点头，还在哭哭啼啼。

船长摘下帽子，仔细打量德夫："你刚才说，法夫的擒拿术？"

"是。"德夫答道。

"哈钦森，去机舱干活。你们其他人很闲是吧？"

一大堆人瞬间消失。

"给我倒杯咖啡。坐。"船长说。

德夫照做。

船长拿起杯子，放到嘴边好几次。他看着下面黑色的液体，嘴里叨咕着什么。正当德夫开始怀疑船长是否忘了他的存在时，船长抬起头来。

"约翰逊，一般来说，我认为不值得花费精力去调查某个人的背景。许多船员头脑简单，智商有限；他们的过去我不想打听，他们的未来也不在这艘'格拉姆斯号'上。正因为他们不会在我手下待太久，也不会成为我长期的包袱，所以我没必要介入太深。我关心的只是作为我的船员，他们如何发挥出一个团队应该有的样子。"

船长又啜了一口，露出痛苦的表情。德夫不知道是咖啡的缘故，还是因为伤痛或是这段对话。

"你像是一个受过教育、胸怀大志的人，约翰逊，但我不会问你是怎么沦落到这里的。我不确定自己到底要不要知道真相。但我想，你应该知道团队是怎么工作的。你知道团队有等级和次序之分，每个人都会有相应的角色，相应的位置。船长在最上边，新手在最底下。只要每个人接受自己和别人的排位，我们就是一群可以共事的船员。我想要的就是这个。但是眼下，我们'格拉姆斯号'等级次序靠后的部分有点混乱。有三个新人都可能成为那个垫底的角色。斯巴克斯，因为他最年轻。你，因为第一次出海。还有哈钦森，因为他最蠢，而且很难让人喜欢。"

又啜一口。

"斯巴克斯可以垫底，熬过这趟旅程。他年轻，够聪明，也好学。而你，约翰逊，在对哈钦森出手之后已经提升了自己在这里的地位，这一点我刚才看见了。根据我的了解，事情变成这样是你激化的。但我了解哈奇，肯定是他挑的事儿。他就是个蠢货，搬起石头砸自己的脚。所以他才要找一个人骑在人家头上。这个人也许会是在首府报名出海的某个可怜虫。因为一直会有人离开，所以我们需要招募一些新船员。你明白吗？"

德夫耸耸肩。

"下面就是我的问题了，约翰逊。哈奇会一直尝试，但他永远都是垫底的角色。而我更喜欢让别人来做这个垫底，找一个能安静地接受自己命运的人。但鉴于哈奇脾气臭、爱挑事，觉得自己平时已经受够欺负，现在该轮到别人来替换他，他会一直把这里闹得乌烟瘴气。他当机工不差，但没有他，我的船员可以干得更好。"

"咕咚"一声，喝了一大口。

"所以你会说，干吗不开除他呢？你这么说是因为你不是海员，不懂海员工会的聘用合同，也就是说我必须一直聘用哈奇，除非找到他的把柄，可以给我一个所谓客观性的理由开除他。对同事进行人身攻击就属于一种客观性理由……"

德夫点点头。

"所以呢，我从你这儿要的，就是给海员工会的一句话，再加一个签名。其他的我可以管目击者要。"

"我们只是在闹着玩儿，船长。不会再有这种事了。"

"是，是不会。"船长挠了挠他的下巴，"刚才我说了，我一般不会调查手下船员的背景，没那个必要。但我得说，你对哈奇用的擒拿术，我之前只见过两次：宪兵用过这招，港务警察用过这招。他们都属于警察。所以现在，我想听真相。"

"真相？"

"是的。他打你了吗？"

德夫看着船长。他猜船长从一开始就知道他的真名不是克里夫·约翰逊，这个厨房的小子也没在饭店里干过。他要的不过是一句"打了"，外加一个违心的签名。就算到时候他们聊起这个约翰逊的真实身份，他也早已离开这条船，远走高飞了。

"我明白了。事实就是，"德夫说着，见船长从桌上探过身子，"我们只是在闹着玩儿，船长。"

船长坐了回去，拿起咖啡杯送向嘴边。杯子上方，他的目光紧紧盯着德夫。不是看他的眼睛，而是更高的地方——额头。船长大口喝着咖啡，喉头上下移动。接着，他把空杯往桌上用力一放。

"约翰逊。"

"船长有何吩咐？"

"我喜欢你。"

"船长？"

"我没有理由相信，你比我们其他人更喜欢哈奇。但你不喜欢告发。对我这个当船长的来说，这不是好消息，但它体现了你的正直。我敬佩你这一点，所以我不会再提这件事了。虽然你晕船，虽然你没说实话，但我可以用更多像你这样的人做我的船员。谢谢你的咖啡。"

船长起身离开。

德夫坐在那儿，怔了好几秒。接着，他把空杯拿到厨房，放进水池。他闭上眼，双手放在冰冷发光的金属台上，忍住一阵恶心。他刚才在做什么？为什么不告诉他真相——哈奇是个恶霸？

他睁开眼。看见面前架子上挂的平底锅，背面映有他的影子。他的心跳骤停了一下。他的帽子掀到发际线上面去了，而他竟然没察觉。肯定是哈钦森抡拳时碰到的。那道伤疤在他的皮肤上十分显眼，仿佛飞机划过天际时留下的一道厚重的白线。疤。这便是船长放下杯子前一直盯着看的东西。

德夫闭上眼，叫自己放松，又把整件事在脑海里回放了一遍。

离港那天他们很早就出发了，那会儿报纸还来不及在街上贩售，所以船长不可能看到任何关于他的通缉照。除非他在电视上看过前一晚的新闻发布会，见过德夫的长相。但如果他见过，刚才那道疤露出来时，他眼中有没有震惊的迹象？没有。因为船长演技一流，不想表现出他认出了德夫，想给他来个突然袭击？由于无法肯定这一点，德夫姑且认为船长并没有认出他，可其他人呢？没有，他刚才一直背对着他们，直到船长命令他们出去才转过身来。除了当时躺在他面前的哈钦森。就算他看见了那道疤，他也没有像成天追踪新闻的人那样指认德夫。

德夫再次睁眼。

两天后，星期三，他们就靠岸了。

四十八个小时。低头再忍耐两天。他必须做到这一点。

管风琴声响起，麦克白站在天主教堂一排排的长椅间，感觉浑身的汗毛都竖了起来。不是因为音乐，不是因为牧师和市长的悼词，不是因为邓肯的棺材被六个人抬下过道，也不是因为他没有服用任何药剂。而是因为他身上这件别扭的新警服。只要他一动，粗羊毛便会刺激他的皮肤，让他发抖。他的旧警服不仅面料便宜，而且因为穿过多次，更加贴身舒适。他当然可以选择寄到警局大楼的那套新的黑西服，那可是赫卡式的心意。羊毛纺的质量要高出一大截，但让人想不通的是，它比那件新警服还让人发痒。此外，凡是参加警员的葬礼，穿警服以外的服装都不符合传统。

棺材经过麦克白这一排。邓肯的妻子和两个儿子低头跟在后面，但当其中一个孩子偶然间抬起头和他四目相接时，麦克白下意识地低头朝地面看去。

接着，他们依次走上过道，加入葬礼的队伍。麦克白故意和图特尔走在一起。

"演讲不错。"麦克白说。

"谢谢。很遗憾，市政厅不同意支付这场葬礼的费用。工厂关停，税收下降，这样的仪式以后恐怕会越来越少。不过要让我说，我还是觉得这种做法太不文明了。"

"我能理解市政厅的苦衷。"

"我想邓肯的家人可不这么觉得。他老婆给我打电话，说我们应该开车拉着他的棺材上街，让人们有机会表达他们的缅怀和悲伤。他们想的就是邓肯想的。"

"你觉得人们会这么做吗？"

图特尔耸了耸肩："说实话，我不知道，麦克白。我的经验是，这座城市里的人并不关心所谓的改革，除非他们看见的是实实在在的好处。我认为改变正在城里发生，但如果是这样，邓肯被杀本来会让人们感到非常愤怒。可与此刚刚相反，好像大伙已经接受了一个现实，那就是好人在这里总是会输。敢开口说话的只有凯特一人。你明天参加班柯和他儿子的葬礼吗？"

"当然。在工人教堂。班柯不太讲信仰，但他的妻子薇拉葬在那儿了。"

"但我接到通报，德夫的妻子和孩子会被下葬到天主教堂。"

"是。我个人不会参加那场葬礼。"

"个人？"

"我们会派警员驻守在那里，做好德夫出现的准备。"

"噢，对。我们应该陪着我们的孩子去他们的墓地。尤其是因为你知道自己对此负有一定责任。"

"是。说来好笑，当愧疚给你留下终生的印记时，荣光和赞美也将在同一个时间真相大白。"

"先打住，麦克白，你听起来像一个心里有点儿愧疚的人。"

"那就让我在这里忏悔吧。我杀了我最亲近的人，图特尔。"

市长停下来看着麦克白："你说什么？"

"我的母亲。她生我的时候死了。走吧。"

"那你父亲呢？"

"当他听到我母亲怀孕的消息时便逃向大海，再也没回来。我在一家孤儿院长大。我和德夫。我们住同一个房间。不过你可能从没见过孤儿院的房间长什么样，对吗，图特尔？"

"噢，我可开了一两家孤儿院呢。"

他们走到教堂外的台阶上，强劲的西北风扑面而来。碎石子路上，麦克白见那棺材正在危险地摇晃。

"是啊，是啊，"图特尔说，"大海也是一种出逃的路径。"

"你是在指责我父亲吗，图特尔？"

"我俩谁也不认识他。我只想说，海上净是这种人——拒绝承担上天赋予他们的责任。"

"所以像你我这样的人就应该承担更多的责任，图特尔。"

"一点儿不错。那么你决定了吗？"

麦克白清了清嗓子："我想明白了，从城市的利益出发，最好的办法还是警察局局长继续当警察局局长，同市长之间保持良好密切的合作。"

"这话说得很明智，麦克白。"

"当然，前提是这种合作能正常开展。"

"你指的是？"

"传言说，方尖塔以开赌场为掩护，私下里经营妓院，并且向一些赌徒非法提供赊账期。"

"前一桩指控以前就有，后一桩倒是没听过。不过你知道，这种传言很难证实，所以也就不了了之了。"

"我至少对两名赌徒有具体的怀疑，通过有效的讯问手段以及赦免承诺，我相信我能证明方尖塔有向他们提供赊账期。这样一来，博彩委员会应该会关闭方尖塔，进一步查清各类违规行为。"

市长用手摸了摸下巴："你的意思是关停方尖塔，以回报你不参选？"

"我的意思只是，这座城市的政治领导和行政领导必须在执行法律法规时保持一致。如果他们不想被怀疑有人为了逃避惩罚而收买、贿赂了他们的话。"

市长咂了咂舌头，就像小孩子吃橄榄，麦克白心想，那种让你花很多年才能喜欢上的食物。"我们说的并不是一系列可能违规的行为，"图特尔好像在跟自己说话，"而且，我说了，这种传言很难追查清楚。可能会耗时很久。"

"相当长的时间。"麦克白说。

"我会给委员会的人先吹吹风，就说我们正在搜集一些情况，可能有必要让方尖塔停业。哎，对了，夫人怎么没来？她和邓肯关系这么好，我都能想象……"

"她不舒服，暂时的。"

"原来如此。代我向她问好，祝她早日康复。我们现在过去吧，慰问一下他的家人。"

"你先走。我随后就来。"

麦克白望着图特尔蹒跚地走下楼梯，用双手抓住邓肯夫人的一只手，望着他带着最深切的同情低下头去，噘起嘴唇。他真的很像一只龟。但刚才图特尔说了一句重要的话。海上净是那种人——出逃的人。

"没事吧，长官？"是西登。他一直等在外面。他说自己受不了教堂这种地方，不过这也无所谓。伤害局长的凶手不太可能参加葬礼。

"我们查过所有离港的客船，"麦克白说，"但有人想过查其他类型的船只吗？"

"您的意思是，偷渡者？"

"对。或者干脆在船上找个活儿干。"

"没有。"

"给昨天离港的所有船只发送一份德夫的详细描述。马上。"

"好的，长官。"西登两大步便消失在街角。

梅雷迪斯。梅雷迪斯已不在人世。但他心头的伤疤还在。麦克白不准备去她的葬礼。因为她不在人世已经很久，久到他已经忘了她是谁，久到他已经忘了曾经的自己。

他把重心换到另一只脚，感觉面料摩擦过大腿内侧，闻到湿乎乎的羊毛味。他打了个哆嗦。

第二十七章

德夫站在厨房，看着一大群乱哄哄的人。他们已吃过午饭，现在正一边卷烟一边小声聊天，或是嘻嘻哈哈，或是点着烟、喝着咖啡。只有一个人独自坐着。哈钦森。他脑门儿上贴了一块肉色的创可贴，向没在场的人诉说着昨天被人痛打的故事。哈钦森抽着烟卷，试图装出一副集中精神想事的样子，但拙劣的演技只让他看上去像个失败者。

"我们明天就到岸了，"管事自己点了一根烟，靠在灶台上说，"你学得很快。喜欢再多跑几趟吗？"

"你说什么？"

"你会不会留下来，再出一趟海？"

"不，"德夫说，"多谢你的好意。"

管事耸了耸肩。德夫见一个刚来吃午饭的人端着汤盘走向哈钦森的桌子，抬头一看，见哈钦森坐在那儿，转身便挤进边上人多的一桌。德夫看见哈钦森瞅见了这一幕，他这会儿正愤愤地眨着眼，越发专注于抽烟。

"还有昨天剩下的芝士蛋糕吗？"

德夫回过头。是大管轮。他正一脸期待地站在门口。

"抱歉，"管事说，"全吃光了。"

"等一下，"德夫说，"我记得我包了一小块儿。"他走进冷藏室，找到一个包着箔纸的盘子，拿出来递给大管轮，"有点凉。"

"没关系，"大管轮说着舔了舔嘴唇，"我喜欢吃凉的。"

"有件事……"

"怎么了？"

"哈钦森……"

"哈奇？"

"是。他看上去有点……呃……颓废。我在想船长跟我说的一句话。他说，哈奇是个好机工。是这样吗？"

大管轮来回摇着头，有点不确定地看着德夫："他挺不错的。"

"也许应该告诉他。"

"告诉他什么？"

"他挺不错的。"

"为什么？"

"我觉得他需要听见这个。"

"我可不确定。夸赞只会让他们渴望涨工资和延长假期。"

"当你还是年轻机工的时候，有没有大管轮告诉你，你干得不错？"

"有，但我确实不错。"

"那就好好想想，你当时到底有多优秀。"

大管轮站在原地，张着嘴。

就在这时，船突然猛烈地颠簸起来。人群中爆发出一阵惊叫，德夫身后传来"咣当"一声。

"该死！"管事吼道。德夫转身瞧见一个大汤碗掉在地上。他望着那浓稠、发绿的豌豆汤慢慢地流出来，胃毫无征兆地一缩，酸水涌上喉咙。他刚抓住门框，脏东西便从嘴里喷了出来。

"怎么样，新来的，"大管轮说，"还有什么好的建议？"他转身离去。

"该死的，约翰逊，你还没吐够吗？"管事抱怨着，递给德夫一张餐巾纸。

"怎么回事？"德夫一边问一边擦嘴。

"遇上一波海浪，"管事说，"常有的事。"

"出去透口气，我把这里清理一下。"

擦完地板后，德夫走向那一大群人，开始收拾餐具。只有三个人坐在一张桌上，外加哈奇，他一直没挪窝儿。

德夫一边听他们闲聊，一边把盘子和杯子堆到托盘上。

"刚才那股浪肯定是地震、山崩或是其他什么现象造成的。"其中一个人说。

"也许是因为核试验，"另一个人猜测道，"据说苏联人正在巴伦支海搞鬼，冲击波显然传遍了全球。"

"有什么关于这方面的消息吗，斯巴克斯？"

"没有。"斯巴克斯笑道，"唯一让人兴奋的是警察在通缉一个家伙，那人有一道贯穿脸部的白色疤痕。"

德夫僵住了。他继续堆着盘子，竖起耳朵。

"是啊。明天就到岸了，真好。"

"真见鬼。老婆说她又怀孕了。"

"别看我。"

桌边响起善意的笑声。

德夫端着托盘转过身。哈钦森的头已经抬了起来，突然坐得笔直。上次的冲突后，他们几次相遇，哈钦森都低着头，不看德夫的脸，但现在他却大眼圆睁，紧紧盯着德夫。就像一只秃鹰，意外而兴奋地发现了一只受伤的、无助的动物。

德夫用脚踹开通往厨房的门，听它在身后"咔嗒"一声闭合。他把托盘放到工作台上。该死，该死，该死！不是现在，不是离上岸还有不到二十个钟头的时候。

"别开得太快。"凯思妮斯一边说，一边隔着挡风玻璃向外张望。

出租车司机松开油门。他们缓缓驶过方尖塔，人们正从门口纷纷涌上街头。两辆警车停在人行道上。蓝色的灯在兀自旋转。

"发生了什么？"列诺克斯说着，把一张蓝脸凑进前排座椅之间。他和凯思妮斯一样还穿着警服，因为他们在参加完邓肯的葬礼后直接就上了出租车，"报火警了吗？"

"博彩委员会今天关停了方尖塔，"凯思妮斯说，"因为涉嫌违反《博彩法》。"

他们见一名警察领着一个穿浅西服、花衬衫，鬓角修剪得很精致的人从里面出来，他正生气地比画着什么。他好像在试图跟警察解释，但后者对此显然置若罔闻。

"可悲。"司机说。

"什么可悲？"列诺克斯说，"执法吗？"

"有时候，在方尖塔，你至少可以来一杯啤酒，玩一局牌，不用穿正装，也不用担心回家时输光了钱。对了，你们知道你们要去的那家工厂已经关了吗？"

"知道。"凯思妮斯答道，心想她只知道工厂关了。安格斯警官早上给她打电话，恳求她带着反腐败处的列诺克斯警督一起到哀思戴，说他们到了自然就会明白。是关于最高层的腐败，所以现在他们务必要对其他人保密。她说不认识什么安格斯警官，对方说自己是特警队里留长头发的那个，她在电梯里冲他微笑着打过招呼。她想起来了。他挺可爱。相较于特警队队员，他看起来更像一个单纯的嬉皮士。

他们穿过一条条街道。她看见失业者靠着墙躲雨，嘴里叼着烟，浑身湿透，饥肠辘辘，眼神疲惫。鬣狗。不是因为他们生来就这样，而是因为这座城市。邓肯曾说，如果菜单上只有腐肉，你就得吃腐肉，不管你觉得自己是谁。不管警方怎么努力，减少犯罪最好的方式还是让市民回去工作。

"你们准备重开哀思戴吗？"司机觑了一眼凯思妮斯。

"怎么会想起问这个？"

"我觉得麦克白比邓肯那个傻瓜聪明。"

"哦？"

"只因为排放一点儿脏东西，就关掉整座工厂？拜托，在那里上班的人都挨熏，他们早晚都会死。但那可是五千份工作啊！城里需要的五千份工作！只有首府上层来的蠢货才会这么外行。麦克白不一样，他是我们中的一员，他理解并且会做些事。让麦克白来管一阵儿吧，说不定城里人就又打得起出租车了。"

"说到麦克白，"凯思妮斯转向后座，"他已经连续两天取消晨会，而且在教堂的时候他脸色煞白。他病了吗？"

"不是他，"列诺克斯说，"是夫人。他最近都不怎么来局里。"

"他照顾夫人固然好，可他是警察局局长啊，整个城市的治安都要我们管。"

"好在他可以在酒店里接见我们。"列诺克斯笑道。

出租车在工厂大门前停下，门上拴着一条铁链和挂锁。"关停"的牌子已经掉到坑洼不平的柏油路上。凯思妮斯下了车，站在司机打开的车窗旁，一边扫视这片废弃的工地，一边等待他找零钱。没有电话亭，哀思戴的电话线可能也被切断了。

"我们回去时怎么打出租车？"她问。

"我就在这儿等着，"司机说，"反正城里也没活儿。"

大门里停着一辆生锈的叉车，一摞糟朽的木托盘。大型伸缩门旁的行人入口开着。

凯思妮斯和列诺克斯走进工厂大楼。外面很冷，但高悬的拱形屋顶下更冷。放眼望去，一座座熔炉仿佛巨型的教堂长椅，躺在长方形的车间里。

"有人吗？"凯思妮斯喊道，那回声让她的脊梁骨直发抖。

"这里！"墙上方传来一声应答，那里原来是中控室。就像监狱里的瞭望塔，凯思妮斯心想，或是教堂的布道台。

站在上面的年轻人指向一座钢制楼梯。

凯思妮斯和列诺克斯沿梯而上。

"我是安格斯警官。"他说着和他们握手。他的大脸显得很紧张，但也很坚定。

他们跟着他走进中控室，那儿闻上去像干了的汗水和烟草混在一起的味道。面对车间的大窗有一层奇怪的黄色磨砂涂层，看上去像是被烧进了玻璃。桌上散落着打开的文件，它们显然是从墙边那些架子上拿下来的。年轻人胡子拉碴，穿着紧身的褪色牛仔裤和一件绿色军装夹克。

"感谢你们一接到电话就赶过来。"安格斯说着，请他们在斑驳的木椅上落座。

"我不想给你压力，但我希望你找我们是为了要紧的事，"列诺克斯说着坐下来，"我不得不推掉一个重要的会议。"

"鉴于你们时间有限，我们所有人的时间确实都不多了，我就直奔主题吧。"

"谢谢。"

安格斯交叉起双臂。他的下巴在工作，眼睛在游移，但他身上有一种坚定——他像是知道自己是对的那种人。

"我有过两次信仰，"安格斯强忍着情绪说，而凯思妮斯能看出他在背诵为这次见面提前写好并排练过的一段话，"也失去过两次信仰。第一次是信上帝。第二次是信麦克白。麦克白不是救世主，他是个腐败的杀人犯。我先说这个，这样你们就明白我为什么叫你们来了。我的目的是除掉麦克白。"

随之而来的一阵沉默里，他们听见低沉的叹息和水滴拍在工厂地面的声音。安格斯深吸了一口气。

"我们被——"

"停！"凯思妮斯说，"谢谢你的坦诚，安格斯，但在你继续讲之前，列诺克斯警督和我必须决定是否想听你的话。"

"让安格斯讲完吧，"列诺克斯说，"我们可以之后再单独商量这件事。"

"等等，"凯思妮斯说，"一旦我们接到关于这方面的信息，就没有回头路了。"

"我们被派到俱乐部，是为了把所有人杀光。"安格斯说。

"我不想听这个。"凯思妮斯说着站了起来。

"没有人会被逮捕，"安格斯提高音量，"我们朝'诺斯骑士'开火，而他们只开了一枪——"他举起一根食指——和他的声音一样在颤抖："只为自保而开了该死的一枪！不像在——"

凯思妮斯使劲儿跺脚，以掩盖安格斯的说话声。她打开门，刚要迈出去，便听到他的名字，僵在原地。

"德夫在法夫的家。他们没开一枪。因为他不在家。当我们把房子打烂，然后走进去时，我们发现一个女孩和一个男孩，还有他们的母亲——"安格斯激动得讲不出话来。

凯思妮斯朝他转过身。这个年轻人倚着桌子，双眼紧闭："她在卧室里，努力地想用自己的身体护住他们。"

"天啊，不，不，不。"凯思妮斯听见自己喃喃低语。

"麦克白下的命令，"安格斯说，"西登负责确保特警队严格执行命令，包括——"他咳了一声，"我。"

"麦克白究竟为什么要下令实施这些……大清洗？"列诺克斯带着怀疑的口气问道，"他把德夫和'诺斯骑士'抓起来不就行了？"

"可能不是这样的，"安格斯说，"可能他们握有麦克白的把柄，某些迫使他杀人灭口的东西。"

"比如说？"

"你们没问问自己，为什么'诺斯骑士'只对班柯复仇？为什么不杀了下命令的人，也就是麦克白本人？"

"很简单，"列诺克斯不屑一顾地说，"因为麦克白有更好的保护。说来说去，你到底有没有证据？"

"这双眼睛。"安格斯指着他的眼睛说。

"那是你的眼睛，上面那些指控也是你的一面之词。给我一个理由，我们为什么要相信你？"

"有一个理由，"凯思妮斯说着，慢慢走回她的椅子，"只要找到其他特警队队员，很容易就能证明安格斯的指控是否属实了。如果是假的，他就会丢了工作，面临起诉，而且委婉地说，他的前途也就毁了。他清楚这一点。"

安格斯笑了。

凯思妮斯挑起眉毛："对不起，我说了什么蠢话吗？"

"是特警队，"列诺克斯说，"忠诚，友爱，浴火而生，共赴劫难。"

"所以？"

"你永远找不出一个特警队队员会说麦克白一句坏话，"安格斯说，"西登不会，其他弟兄也不会。"

凯思妮斯朝两侧放下双手："你明明知道没办法证明，还要主动来找我们，声称是麦克白下了这些处决令？"

"麦克白叫我烧掉一具在俱乐部屠杀中被打死的婴儿的尸体。"安格斯说，他握着自己的项链惴惴不安，"就在这里，扔进其中一个熔炉。"

凯思妮斯感到一阵战栗。她后悔留下。她刚才为什么不走？她这会儿为什么没坐在出租车上，把这堆事抛之脑后？

"我没答应，"安格斯继续说道，"但这说明别人做了。也许是他自己做的。所有熔炉我都里里外外看了一遍，其中有一个最近用过。我想，如果你带法医处的人来检查一下熔炉，可能会发现线索。指纹、残骸什么的，我也不知道。如果你找到线索，那么反腐败处就能把案子进一步查下去。"

列诺克斯和凯思妮斯交换了一下眼神。

"警察没法调查他们自己的局长，"列诺克斯说，"你不知道吗？"

安格斯皱了皱眉："可是……反腐败处，不是用来……"

"不，我们无法进行内部调查，"列诺克斯说，"如果你想追查麦克白，就必须把案子呈给市议会和图特尔。"

安格斯绝望地摇着头："不，不，不，他们被收买和贿赂了，里里外外！这件事我们必须靠自己。我们必须从内部把麦克白扳倒。"

凯思妮斯没吱声。这只证明了安格斯是对的。市议会里没人敢站出来公开挑战麦克白，包括图特尔。肯尼斯已设法确保警察局局长从法律上有权严厉镇压此类政治叛乱。

列诺克斯看了一眼手表："我二十分钟之后有个会。我建议你在掌握实证后再提这件事，安格斯。然后你可以去市议会碰碰你的运气，好吗？"

安格斯带着怀疑眨了眨眼："我的运气？"他沙哑着嗓子说。他转向凯思妮斯。绝望、恳求、恐惧、希冀，像故事般从他脸上划过。忽然间，她意识到安格斯叫她来不仅仅是因为他需要法医来检查这些熔炉。他需要一个证明人、一个第三方来确保列诺克斯不能装作没听见。无论结果如何，他不能使自己的生命受到威胁。安格斯选了凯思妮斯，仅仅是因为她在电梯里冲他微笑过。因为她看上去像一个能够被信任的人。

"凯思妮斯警督？"他低声乞求。

她深吸了一口气："列诺克斯是对的，安格斯。你现在叫我们去杀一头熊，而我们手里只有一把硬纸壳做的剑。"

安格斯的眼里充满泪水："你怕了，"他有点磕巴，"你相信我。否则你不会还在这里。但你怕了。你怕是因为你相信我。因为我让你看见，麦克白有多大能耐。"

"我们就当这次见面从未发生过吧。"列诺克斯说着，走向那扇门。凯思妮斯刚要跟出去，安格斯一把抓住她的胳膊。

"一个婴儿，"他哽咽着说道，眼泪快要流下来，"放在一个鞋盒里。"

"一个在同犯罪团伙的交火中被不幸殃及的人，"她说，"这种事时常会发生。麦克白不想让媒体发现，以免引起警局的丑闻，但这并不意味着他就是凶手。"

凯思妮斯见安格斯放开她的胳膊，好像被烫了一下。他后退了一步，看着她。凯思妮斯转身离去。

在通往车间的钢制楼梯上，寒风吹打在她热乎乎的脸颊上。

在通往出口的路上，她在其中一个熔炉前停下脚步。地上有一些灰色尘土留下的线条和痕迹。

列诺克斯站在工厂门口，招呼出租车开进大门，这样他们就不用穿过瓢泼大雨。"你觉得安格斯想要什么？"他问道。

"要什么？"凯思妮斯转过身，仰头望向简易棚似的中控室。

"他必须得知道自己还太年轻，当不了管理层。"列诺克斯说，"嘿！开到这儿来！是为了荣誉和名声吗？"

"也许就像他说的。得有人出来阻止麦克白。"

"使命感？"列诺克斯咯咯笑道，凯思妮斯听见轮胎嘎吱嘎吱地碾轧过碎石路，"每个人都想要点什么，凯思妮斯。你不上车吗？"

"来了。"凯思妮斯只能看出安格斯在窗口的身形——从他们走之后，他一直没动过。他只是站在那儿，好像在等待什么。

列诺克斯会用多久告诉麦克白，有人企图谋反？

对于安格斯告诉他们的这些信息，她打算怎么办？

她把手放到脸颊上。她知道那儿为什么热乎乎的。她的脸涨得通红。因为羞愧而通红。

列诺克斯抄近路穿过车站大厅。他喜欢抄近路，一向如此。他小时候用糖果结交朋友，谎称自己曾经从海港码头的起重机上跳水，花钱请靛青色售货亭的小妞替他打飞机。他穿过全班最高的厚底鞋，考试作弊，出成绩时还把自己的分数吹得老高。他父亲过去常说，只有没脊梁骨的人才会抄近路——这通常发生在家庭聚会的场合，而且父亲毫不掩饰自己批评的对象。当年，他父亲给城里的私立大学送了一点儿心意，这样他和列诺克斯都不必承受后者要到公立学校就读的耻辱。列诺克斯后来成功地伪造了学位证书。不是为了找工作时给雇主看，而是给他父亲看——因为他要看。当然，这一招完全没有奏效，因为列诺克斯没有脊梁骨，没能顶住父亲狐疑的目光和盘问。他对列诺克斯说，他不知像列诺克斯这样的懦夫如何才能挺起腰杆，他身体里简直没有一根骨头！

说得没错，但他绝对有骨气无视那些凑到跟前兜售毒品的毒贩子。他们一眼就能看出谁吸毒。可惜这并不是他获取"精酿"的方式。他会叫人用匿名的棕色信封寄来。有时他会请求特殊服务，他们会蒙上他的眼睛，像带一个战犯去行刑一样，带着他去那间秘密"厨房"，直接从釜里取药，给他来上一针。

他经过"伯莎·勃南号"——就是他蒙骗德夫的地方。不过，对于麦克白杀死德夫的妻子和孩子，赫卡忒没有做出任何指示。列诺克斯加快脚步，穿过工人广场，仿佛要趁某件事情发生之前赶到。某件心事。

"麦克白很忙。"因弗尼斯的小接待员说。

"你就说是列诺克斯警督。我有要紧事，一分钟就够。"

"我给他打个电话，先生。"

列诺克斯一边等，一边四下张望。他总觉得这里缺点什么，但又说不上来。少了那么一丁点儿格调。也许只是气氛变了。也许是因为一些衣着粗鄙的家伙在走进赌场大厅时笑声太大。以前可没有这种顾客。

麦克白走下楼梯。

"你好，列诺克斯。"

"局长好。赌场今天生意可真好。"

"白天的客人，直接从方尖塔来的。博彩委员会几个小时前关了他们的场子。我时间有限。咱们坐这儿行吗？"

"谢谢你，长官。我想向您汇报今天的一场会面。"

麦克白打了个哈欠："哦，是吗？"

列诺克斯吸了口气，变得犹豫起来。因为有数万种发起话题的方式，数千种表达相同意思的方式，数百种开场白。但只有两种选择。

麦克白皱起眉头。

"长官，"那个接待员说，"二十一点那桌来的消息。他们问我们能否再找一个赌台管理员。那儿排着队呢。"

"我这就去，杰克。抱歉打断你，列诺克斯。通常是夫人处理这种事。然后呢？"

"是的。这场会面……"列诺克斯想起他的家。他们的房子。那座花园。安全的社区，那儿的孩子不用卷入任何肮脏和龌龊。他们会去上大学。拥有一张让所有梦想都成为现实的薪水支票。还有外快，如今成了收支平衡的必需品。不是为了他，是为了那个家，那个家，那个家。他的家，不要在法夫的房子，不要……

"怎么了？"

正门开了。

"长官！"

他们转过身。是西登。他上气不接下气："我们找到他了，长官。"

"我们找到了——？"

"德夫。您说对了。他正在从这里开走的一艘机船上——'格拉姆斯号'。"

"太好了！"麦克白回头对列诺克斯说："这件事以后再说吧。

失陪了。"

两个人走出大门，留下列诺克斯一人坐在原地。

"大忙人啊，"接待员说，"来杯咖啡吗，先生？"

"不，谢谢。"列诺克斯凝视着前方说。天色开始变暗，但离他的下一针还有几个小时。永远都是这个德行。"我想还是管你要一杯咖啡吧。麻烦了。"一个没有脊梁骨的人永远都是这个德行。

第二十八章

"你上哪儿去？"梅雷迪斯轻声说。

"我不知道，"德夫试图轻抚她的脸颊，却够不到，"我手里有一处地址，但我不知道是谁的地址。"

"那你为什么要去那儿？"

"这地址是班柯和弗里斯临死之前写下的，上面写着'避难所'。如果他们当时在逃亡，也许它对我而言也是个安全的去处。我不知道。我只有这个了，亲爱的。"

"如果是这样……"

"你在哪里？"

"这里。"

"这里是哪里？你在做什么？"

梅雷迪斯笑了："我们在等你呀。还是过生日这天呢。"

"疼吗？"

"有一点。很快就过去了。"

德夫感到嗓子变得沙哑："埃文和埃米莉，他们被吓着了吗？"

"嘘——亲爱的，我们现在不要谈这个……"

"可是——"

她用一只手捂住他的嘴："嘘，他们睡着了。千万别吵醒他们。"

她的手。他无法呼吸。他用力挣脱，但她的劲儿太大了。德夫睁开眼。

黑暗中他认出一个人形，对方正用一只手使劲儿捂住他的嘴。德夫试图喊叫并抓住那只多毛的手腕，但这个人的劲儿太大了。德夫听见嗅鼻子的声音，他知道是谁了。哈钦森。他俯身朝他耳边低语：

"别出声，约翰逊。或者更准确的叫法，德夫。"

他暴露了。他的人头值多少钱？要死的还是活口？哈钦森复仇的时刻到了。小刀？改锥？还是锤子？

"听我说，约翰逊。要是把上铺的人吵醒，你就完蛋了。明白吗？"

这名机工为什么要叫醒他？为什么不杀了他？

"我们在首府靠岸时，警察会在岸上等你。"他把手从德夫的嘴上挪开，"现在你知道了，咱们两不相欠。"

房舱短暂地亮灯，门开了。然后关上，他走了。

德夫在黑暗中眨了眨眼，片刻间还以为哈钦森也是他梦的一部分。上铺的人咳了几声。德夫不知道那是谁。管事曾解释说，缺少铺位是因为他们上一趟运了"几箱极其重要的弹药"。他们不得不拆掉一些铺位，用两间房舱装货，因为规定只允许他们在船上一处地方集中存放限量的爆炸物。只有制服上有横杠的船员才有属于自己的房舱。德夫双腿一摆下了床，快步跑上走廊。他看见一件脏兮兮的埃索 T 恤衫的后背。哈钦森正走下舷梯，往机舱室去。

"等等！"

哈钦森转过身。

德夫一路小跑过去。

机工的眼睛依然闪亮。但那一丝邪恶已经不见。

"你刚才在说什么？"德夫说，"警察？两不相欠？"

哈钦森双臂交叉，嗅了嗅："我去找斯巴克斯……"又嗅了嗅，"向他道歉。船长正对着电台讲话。他们背对着我，所以没看见我在后面。"

德夫感到心脏骤停了一下，交叉起双臂："继续。"

"船长说，他有一个叫约翰逊的船员，符合那些描述。你脸上有一道疤，而且是在那一天报名上船的。电台里的人让船长不要打草惊蛇，因为你是个危险分子，警察会在我们靠岸时做好准备。船长说这样办最好，因为他见识过你的身手。"哈钦森用两根手指拂过他的额头。

"为什么要给我通风报信？"

机工耸了耸肩："船长叫我向斯巴克斯道歉。他说我之所以没被开除，唯一的原因是你拒绝在背后捅我刀子。而且我想要这份工作……"

"你愿意要这份工作？"

机工嗅了嗅："大概是吧。大管轮说，这是我唯一擅长的了。"

"哦？他这么说了吗？"

哈钦森咧嘴笑了笑。"他今晚来找我，说我不应该再挑事了。我是这艘船垫底儿的刺儿头，但我是个好机工。说完他就走了。真是个怪人，不是吗？"他笑了，脸色几乎可以用高兴来形容，"我得去工作了。"

"等一下，"德夫说，"你告诉一个死囚他脖子上套了一根绞索，这有什么好处？在靠岸之前我又没法逃跑。"

"这就不是我的问题了，约翰逊。我们两不相欠。"

"是吗？这艘船运送的机枪杀死了我的老婆和孩子，哈钦森。不，这不是你的问题。船长叫我寻个理由解雇你，也不是我的问题。"

嗅了嗅："那跳进海里游走好了。不远。导航显示有九个小时。"又嗅了嗅。

德夫站在原地，望着机工消失在船舱。

然后他走到舷窗边，望向这片海。天开始蒙蒙亮了。距离到达海港还有八个小时。海浪很高。他在这种天气、这么冷的水里能坚持多久？二十分钟？三十分钟？当他们靠岸时，船长肯定会叫人看着他。德夫用眉毛顶着玻璃。

无路可逃。

他返回就寝的房舱。看了一眼手表，差一刻五点。用他们的话来说，离他出现还有十五分钟。他躺在铺位上，合上眼。他看见梅雷迪斯：她正在河对岸的那块岩石上冲他招手。招呼他过去，跟她会合。

"我们在等你呢。"

"好像在梦里似的。"麦克白心想。或像游进水底的一座洞穴。梦游大概就是这种感觉吧。他一只手举着手电筒，另一只手牵着夫人。光线从轮盘赌桌和空着的椅子上照过去。影子如鬼魂般在墙上移动。头顶的人造水晶闪过一丝光。

"为什么这里一个人都没有？"夫人问。

"都回家去了。"麦克白说着用手电筒照了照扑克牌桌上半杯喝剩下的威士忌，本能地想起毒品。毒瘾又在蠢蠢欲动，但他忍住了。他现在是强大的，比任何时候都强大。"只有我和你，亲爱的。"

"可我们从不关门，不是吗？"她挣开他的手，"你把因弗尼斯关了吗？你把一切都改变了。我一点儿都不认识了！那是什么？"

他们走进另一间屋子，锥形光照亮一排独臂强盗。他们在那边，沿着屋子站成一排。像一个沉睡的小机器人军团。麦克白心想。永远无法苏醒的机械盒子。

"看，小孩儿的棺材，"夫人说，"这么多，这么多……"她话音渐弱，默默地啜泣起来。

麦克白把她拉到身边，远离那些机器："我们没在因弗尼斯，亲爱的，这里是方尖塔。我想让你看看，我为你做了什么。看，它被关了。他们连电都切断了。看，这是我们的胜利。这是我们击溃敌人的战场，亲爱的。"

"太丑了！丑得吓人！还泛着臭味。你能闻见吗，尸体的臭味？是从那个衣橱里散发出来的！"

"亲爱的，亲爱的，这味道是从厨房里散发出来的。警察下午一点把所有人都赶了出去，以免有人破坏证据。看，盘子里还有牛排呢。"

麦克白拿手电筒照了照餐桌：白色的桌布，燃尽的蜡烛，吃了一半的午餐。他突然僵住了。光照见一双明晃晃的黄眼睛，正盯着他们看。夫人尖叫一声。他摸向夹克里层，只见一个结实、精瘦的躯体一闪而过，消失在黑暗中。他手里握着一把银质匕首。

"放松，亲爱的，"他说，"一条狗而已。肯定是闻见食物的味道，不知从哪里跑进来的。看，在那儿，已经跑了。"

"我要走！带我出去！我要离开！"

"好吧，我们也看得差不多了。我们现在就回因弗尼斯。"

"我说了，离开！"

"你什么意思？从哪儿离开？"

"离开！"

"可是……"他没说完这句话，心里却明白了。他们无处可去。从来没有去处，但他现在才突然醒悟。别人都有一个家、童年的家、亲人、夏季别墅、朋友。而他们只有彼此和因弗尼斯。但他从未感到欠缺，直到此刻，当他们挑战完整个世界、当他就要失去她的时候。她必须回到他身边，必须醒来。他必须带她走出被禁锢的黑暗之地——这就是为什么他带她来这儿。然而，就连胜利也无法帮助她回到现实。他现在需要她，需要她清醒的头脑、果敢的作风，而不是眼前这个默默掉着眼泪、不知道周围正在发生什么的女人。

"我们找到德夫了，"他一边说一边带她迅速穿过黑暗，摸向出口，"西登已经赶往首府，'格拉姆斯号'会在两点钟进港。"外面有光，但方尖塔所有的窗户都拉着百叶窗帘。这里永远是黑夜，而此时正是欢聚的时刻。几张赌桌忽然出现在手电筒的光线中，挡住他们的去路。他不记得他们什么时候经过的这些桌子。地毯淹没了他们的脚步声。他好像听见一群狗在身后嗥叫并咬动着下颚。该死！在哪里？！出口在哪里？！

列诺克斯站在绿草丛中。他把车停在了主路上，并且戴上了太阳镜。

这便是他永远不会定居法夫的原因之一。阳光太刺眼。他感觉太阳正在灼烧他苍白粉嫩的皮肤，好像某个会被点燃的该死的吸血鬼。

可他不是吸血鬼，不是吗？有些东西你不走近是看不清的。就像他面前那栋白色的农舍。只有走近，你才能看见那白色的农舍上密布着细小的黑孔。

第二十九章

"欢迎登船，""格拉姆斯号"的船长对进入驾驶舱的引航员说，"希望我们今天能准时到港。有人在岸上等我们。"

"没问题。"引航员说。他和船长握了手，站在他的身边，"只要引擎工作就行。"

"难道它们不会吗？"

"你的一个机工刚才上了我的船。他说要找一个大管轮要零件。"

"哦？"船长说，"我怎么不知道？"

"可能是个小问题吧。"

"那个机工是谁？"

"叫……哈奇什么的。看，他们在那儿。"引航员指着一艘快速驶离的船说。

船长拿起他的双筒望远镜。在靠近船尾的地方，他看见一件埃索 T 恤衫，头顶上反戴着一顶条纹图案的鸭舌帽。

"有什么不对吗？"引航员问。

"没有我的允许，谁也不能离开这艘船，"船长说，"至少今天不行。"他按下通往厨房对讲机的按钮，"管事！"

"船长。"另一头应答。

"让约翰逊送两杯咖啡上来。"

"我就来，船长。"

"我说的是约翰逊。"

"他胃痉挛，船长，所以我让他休息去了，直到我们靠岸。"

"去他的船舱，看看他。"

"马上。"

船长把手指从按钮上移开。

"向左三度。"引航员说。

"好的。"大副说。

西登警督说过，最安全的做法是把知情范围控制在船长和报务员两人之内，这样德夫就不会意识到自己暴露了。他们靠近港口时，西登和两个最得力的手下会在岸上做好准备，登船并且控制德夫。西登还强调，如果发生什么不测，他希望全体船员都已离场，这样一旦交火就不会有人受伤。不过，这话在船长听来就是一定会开火。

"船长！"是管事，"约翰逊在铺上像小孩儿一样睡着了。我要叫醒他吗？"

"不要！让他睡。他一个人在房舱里吗？"

"是的，船长。"

"好，好。"船长看了一眼手表。一个小时内，一切都将结束，他到时就能回家找老婆了。马上就有几天的休整期。只要明天跟船舶公司说，保险公司的报告表明过去十年许多船员都得了同一种疾病。血液方面的病。

"航道条件良好。"引航员说。

"希望如此吧，"船长自言自语道，"希望如此。"

一点十分。十分钟前，一颗硕大的麋鹿头从一座麋鹿钟里探出来，叫了一声。安格斯环顾四周。他后悔选了这里。虽然白天的瓦匠坊只有无业游民和酒鬼，但毕竟是特警队的据点，如果有警局总部的人看见他和一个记者交谈，很快就会传到麦克白那里。不过，选择偏僻小巷里的酒吧更容易引起怀疑。

可安格斯不喜欢。不喜欢那头麋鹿。不喜欢记者迟到。如果不是走投无路，安格斯早就不等了。

"对不起，迟到了。"

熟悉的卷舌音。安格斯抬起头。只有这声音让他确认这个站在他面前、穿着黄色防水服的人是沃特·凯特。安格斯看过一篇报道，说这位电台记者向来拒绝在电视里出镜，也拒绝报纸和名人杂志刊登他的照片，因为他认为外表会分散故事对人的吸引力。文字足以说明一切。

"下雨，堵车。"沃特·凯特说着脱下夹克。雨水从他稀疏的头发上流下。

"永远是下雨，堵车。"安格斯说。

"人们总会用这个理由，"这名电台记者说着在他对面的长椅上坐下，"其实是我自行车的车链掉了。"

"我想沃特·凯特是不撒谎的。"安格斯说。

"作为电台记者的凯特从不撒谎，"凯特说着狡黠地笑了笑，"作为个体的凯特离这种境界还远呢。"

"你一个人吗？"

"永远都是。告诉我你在电话里没讲的内容。"

安格斯深吸了一口气，开始叙述。他的精神没有像对列诺克斯和凯思妮斯讲话时那么紧张。也许这是因为他已经没有回头路。他的叙述和昨天在哀思戴说得差不多，但他把列诺克斯和凯思妮斯的事也告诉了凯特。他把一切都说了。所有人的名字。关于俱乐部和法夫的细节。焚毁婴儿尸体的命令。他们说话时，凯特从桌上的盒子里抽了一张餐巾纸，试图抹去手上的黑油。

"为什么找我？"凯特又抽了一张餐巾纸。

"因为大家觉得你是一个勇敢、正直的记者。"安格斯说。

"很高兴大家这么想，"凯特一边说一边仔细打量着安格斯，"你的谈吐比其他警察都要好。"

"我学过神学。"

"所以就同时解释了你的谈吐，以及你为什么想为这件事情跳出来。你相信善行可以救赎。"

"你错了，凯特先生。我不相信救赎，也不相信神。"

"你跟其他记者说过吗——"他会意地笑了笑，"正直的，或者不正直的？"

安格斯摇了摇头。

"好。因为如果我来做，就必须是绝对的独家。所以，不要和其他记者讲，任何人都不要讲。好吗？"

安格斯点了点头。

"我怎么能找到你，安格斯？"

"我的电话是——"

"不要电话。地址。"

安格斯把地址写在凯特沾着油渍的餐巾纸上："现在怎么办？"

凯特长叹一口气，像是知道自己庞大的工作量。

"我要先核实几件事。这是一桩大案。我不想被发现报道错误信息，或是涉嫌参与什么人的计划。"

"我唯一的计划就是揭露真相，阻止麦克白。"

安格斯见凯特看了看周围零星的客人，确保没有人听见。他知道刚才的声音大了。"如果这是实话，那你说你不信神就是假话了。"

"上帝并不存在。"

"我指的是人性中的神性，安格斯。"

"你的意思是人类的人性，凯特。向善和做人一样，都是犯罪。"

凯特若有所思地点了点头："你确实是神学家。虽然我不得不承认我相信你，但我还是要核实一下这件事，还有你这个人。我想这才叫——"他站起来扣好防水夹克，"正直。"

"你觉得什么时候能见报？"安格斯深吸了一口气，又吐出来，"我不信任列诺克斯。他会去找麦克白。"

"我会优先处理这篇报道，"凯特说，"大概两天能好。"他拿出钱包。

"谢谢。我会自己付咖啡钱。"

"好吧。"凯特把钱包放回夹克，"你知道吗，你这种鸟城里还真少见。"

"绝对是濒临灭绝了。"安格斯无力地笑了笑。

他一直望着这名记者走出门。朝酒吧四下张望。没有特别引起注意的人。大家似乎都在各自忙碌。两天。他得努力活过两天。

西登不喜欢首府。不喜欢宽阔的大道、雄伟的老议会大厦，以及其他所有的垃圾——绿草如茵的公园，图书馆和歌剧院，街头艺人，小巧的哥特式教堂和精致到离谱的天主教堂，路边餐馆里微笑的人，还有昂贵的国家大剧院里浮夸的表演，听不懂的对话，以及在最后一幕死去的自命不凡的国王。

所以，他喜欢这么站着——背对城市，眺望大海。

他们在海运办公室，这会儿已经能看见"格拉姆斯号"了。

"你确定不需要任何协助？"一名制服上标有"首府警局"的警员问道。他们在抵达首府之前，双方讨论过执法权的问题，但首府的警察局局长很配合。他说，这一部分是因为另一座城市有警察被杀这件事让他们感到同情，另一部分是因为对船舶的执法可以通融。

"再次感谢，但我非常确定不用帮忙。"西登说。

"好吧，但你们抓住他，带上岸后，我们来接手。"

"没问题。只要你盯住舷梯和船就行。"

"他逃不掉的，警督。"首府的警员指向距离码头 50 米处两艘划艇上的便衣警察。他们假装在钓鱼，但随时准备在德夫跳船时实施抓捕。

西登点点头。几天前，他还站在另一间海运办公室里待命。那一次是德夫拒绝了协助，那个蠢货。但现在换人了。他会确保德夫意识到这一点。让他感受到这一点。多体会几秒。首府的警察当然不知道麦克白的命令：德夫不会被带上岸，而是被抬上岸。装进一个尸袋。

"格拉姆斯号"掉转船头，水面下方泛起白色的海水，然后这白色的水翻腾成香槟似的泡沫。西登给他的 MP-5 冲锋枪装上子弹。"奥拉夫森、里卡多，准备好了吗？"

两名特警队队员点了点头。他们拿着这艘船的图纸，上面标明了德夫所在的房舱的位置。

"格拉姆斯号"把缆索抛到码头上，一条来自船头，一条来自船尾，在系船柱上缠好、收紧。船的侧身轻靠轮胎，发出一声尖叫。舷梯缓缓放下。

"行动。"西登说。

他们跑过码头，登上舷梯。船员们一个个瞠目结舌，显然说明船长的保密工作做得很到位。他们冲下一座铁梯，经过标着大副的房舱。往里去。再往里去。停在 12 号房舱门前。

西登听了听，但只听见自己的呼吸声、引擎声和轰鸣声。里卡多在走廊更远处站定，这样他就能照顾到邻近舱室的房门，以防德夫待在另一间屋子，听见他们的动静并试图逃跑。

西登打开手电筒，朝奥拉夫森点了点头。接着，他走了进去。用不着手电筒，里面光线充足。德夫躺在下铺，面朝墙，身上盖着一张毯子。他戴着船长口中的"约翰逊"从不摘下、永远拉低到大眼镜上沿的绿帽子。除了帽檐掀起、被船长看见伤疤的那一回。西登掏出本应拿在德夫手里的枪，朝他们身后的墙开了两枪。爆炸一时间让西登丧失了听觉，他有好几秒钟只能听见刺耳的尖鸣。德夫在铺上一动不动。西登把嘴凑到德夫耳边。

"他们当时尖叫着，"他说，"他们尖叫着，那声音真好听。你也可以稍微尖叫几声，德夫。因为我决定先打你的肚子。看在老朋友的分儿上。你这个傲慢的蠢货。"

德夫身上散发出一股浓烈的气味。西登吸了进去。但那不是恐惧的美妙香气，那是……汗味儿。臭烘烘的、老男人的汗味儿。比德夫失踪的这几天要老太多。

铺上那个人转过头来。

不是德夫的脸。

"什么？"那人说。毯子滑落，露出赤裸的胸脯和多毛的小臂。

西登拿机枪的枪管顶着那人的额头："警察。你在这儿做什么？德夫呢？"

那人拿鼻子嗅了嗅："你看见了，我睡觉呢。什么德夫？"

"约翰逊。"西登说着，拿枪口用力杵了一下那人的前额，他的头又落回枕头上。

又嗅了嗅："厨房那小子？你去厨房看过了吗？或者其他房舱？我们这一趟出海，哪间房空了就睡哪间。约翰逊做什么了，啊？看起来好像很严重。你要想在我脑袋上打个洞，最好赶紧开枪，浑蛋。"

西登把枪撤走。

"奥拉夫森，和里卡多一起，搜船。"西登打量着眼前这张肿胀的脸。闻了闻他。这人是真的不怕，还是身体其他机能混杂的臭味掩盖了恐惧？

奥拉夫森站在他身后没动。

"搜船！"西登吼道。然后他听见奥拉夫森和里卡多的靴子"噔噔噔"跑过走廊，房舱的门接二连三被拽开。

西登举起枪："你叫什么？为什么戴着约翰逊的帽子？"

"哈钦森。帽子给你好了。你看上去需要用它打飞机。"

西登猛抽了一下。枪在那人的脸颊上划出一道口子，鲜血淌了出来。那家伙虽然眼里充满了泪水，却面不改色。

"回答我。"西登发出咝咝的声音。

"我醒来时冷了，就去找我的T恤穿。我把它放在那边的柜子上了。我的T恤和帽子都不见了，只有这顶帽子在那儿。天很冷，所以我就戴上了，行了吧？"哈钦森的嗓音在颤抖，但怨恨穿透了他的泪光。恐惧和怨恨，怨恨和恐惧，两者总是一致的。西登这样想着，抹去他MP-5枪口上的血迹。

走廊里传来愤怒的暴躁之声。西登已经明白。他们就算搜遍整艘船、搜遍每一个角落也无济于事。德夫已经跑了。

第三十章

德夫沿着宽阔的大道步履匆匆，路过雄伟的老议会大厦，穿过公园，经过街头艺人和肖像画家。他出示字条上的地址给路边餐馆里一对微笑的夫妇，他们给他指明了方向。他们盯着他的八字胡看，因为有一头已经开始粘不住了。德夫尽力不让自己跑起来。他经过首府的天主教堂。

哈钦森转过身。

当他下梯子时转过身，走了回来，听了德夫的故事。对于德夫讲述的细节，如果发生在别人身上他不会相信。哈钦森不住地点头，好像认可似的。好像他对于人能对彼此做出什么样的事并不陌生。当德夫讲完后，这名机工提出了一个逃跑计划。没有任何犹豫，如此简单无奇，德夫觉得一定是哈钦森自己在某个瞬间想出来的点子。德夫会穿上哈钦森的衣服，在栏杆旁站好。

"只要你保证自己背对着驾驶舱，船长就看不见你的脸，他会以为你是我。如果你站好不动，水手就不会收绳梯。早点抛出梯子，爬下去站在船底，等引航员的船靠过来。告诉他，你需要在'格拉姆斯号'靠岸之前上岸，因为你得去船舶商店买一个绞车零件，好将缆索扭紧。"

"为什么？"

"啊？"

"为什么你要帮我？"

哈钦森耸了耸肩："我当时被派去装载弹药箱。现场有一个瘦削、秃顶的男警察，交叉着双臂，我们往他的卡车上搬东西时，他一副想朝我们吐痰的样子。"

德夫等着，等着他剩下的解释。

"人都是互相帮助的，"哈钦森说完鼻子嗅了嗅，"大概是这样吧，"鼻子又嗅了嗅，"如果我对你的理解是对的，你是一个人对付——"他指着头顶上的甲板，"他们一群人。那感觉我能体会。"

一个人。一群人。

"谢谢你。"

"没事，约翰逊。"机工握了握德夫的手。短促，几乎是害羞。然后他摸了摸脑门儿上的创可贴，"下次我会做好准备，该轮到你挨打了。"

"当然。"

德夫已经到了市中心的东面。

"打扰一下，第六区怎么走？"

"那边。"

他经过一个摆着报摊的售货亭。房子开始变小，街道开始变窄。

"制革厂街怎么走？"

"一直走到红绿灯，左边第二或第三个就是。"

一阵警笛响起又落下。首府的警笛和城里不一样，没那么刺耳。调子也不同。没有那么阴郁，尖锐得不和谐。

"'海豚'在哪儿？"

"那个夜总会？不是关了吗？看见那边的咖啡店了吧，就在它旁边。"可对方的眼睛在那道伤疤上停留了太久，仿佛在努力回忆着什么。

"谢谢你。"

"不客气。"

制革厂街 66 号。

面前是一扇正在腐朽的大木门。德夫仔细浏览门铃旁的名字，没一个对他有用的。他猛地拉了拉门，门开了。更确切地说，门锁本身就是碎掉的。里面漆黑一片。他一直等到瞳孔适应了黑暗才走进去。一阶楼梯。浸湿的报纸，尿臊味儿。一道门后传来肺结核病的咳嗽声。然后是湿乎乎的东西砸落的声音。德夫上了楼。每一层有两户，楼梯口还有一道矮门。他摁响其中一户的门铃。里面传来愤怒的犬吠声和慢慢挪动的脚步声。一个满脸褶子、小得近乎滑稽的老太太开了门。没拴狗链。

"什么事，亲爱的？"

"你好，我是约翰逊警督。"

她狐疑地看着他。德夫猜她能闻到埃索 T 恤衫上哈钦森的气味。这味道似乎让狗身上那只小小的绒毛球安静了下来。

"我想找——"是啊，他在找什么呢？"我的一个朋友，班柯。他给了我这个地址。"

"年轻人，对不起，我不认识什么班柯。"

"阿尔弗呢？"

"哦，阿尔弗。他住二层，右边那户。对不起，但你……呃……你的胡子掉了。"

"谢谢你。"

德夫摘掉胡子和眼镜，走上二楼。右边的房门没写名字，只有一个门铃，按钮挂在一个螺旋状的金属弹簧上。

德夫敲了敲门。等了一会儿。又使劲敲了敲。一楼又传来湿乎乎的东西砸落的声音。他拉了一下门。锁着。他是不是该等一会儿，看有没有别人来？这比他跑到大街上要强。

低沉的咳嗽。声音是从楼梯口那道矮门后传来的。德夫往里走了五步，拧了一下门把手。它稍微动了动，好像有人在里面紧紧抓着。他敲了敲门。

没有应答。

"有人吗？有人在里面吗？"

他屏住呼吸，把耳朵贴上去。他听见类似于纸张的摩擦声。有人藏在里面。

德夫走下楼梯，发出巨大而沉重的脚步声，然后在楼下脱了鞋，踮着脚尖回来。

他握紧门把手，猛地一拽。听见门打开时什么东西飞了出去。一根绳。

他盯着自己看。

那张照片不是很大，位置在版面底部，头条下方。

报纸放了下来，德夫正对着一张胡子拉碴的老男人的脸。他坐在那里，身体前倾，裤子在脚踝周围。

一个简易马桶。德夫早前在河边工人聚居的公寓区见过这东西。他认为这个名字源于楼上掉落的粪便击中底部粪坑时的声响。就像湿乎乎的东西砸中了什么。

"不好意思，"德夫说，"你是阿尔弗吗？"

那人没回答，只是盯着德夫。接着他徐徐翻到那页报纸，看了眼照片，又看了眼德夫。舔了舔嘴唇："大点声。"他用手指着他的一只耳朵说。

德夫提高音量："你是阿尔弗吗？"

"大点声。"

"阿尔弗！"

"嘘。是，他是阿尔弗。"

也许是由于那声喊叫，德夫并未听见有人出现。他只感到一个坚硬的物体顶着他的后脑勺，而他耳边轻轻的说话声似曾相识："没错，是一把枪，警督。所以别动，告诉我你是怎么找到我们的，谁派你来的？"

德夫想转身，但一只手把他的脸又朝前推了回去，面对着阿尔弗，后者显然以为问题已经解决，又开始安心读报。

"我不知道你是谁，"德夫说，"我在班柯的车上找到一张便条，上面写了这个地址。没人派我来。我自己来的。"

"你为什么来这儿？"

"因为麦克白要杀我。我非常肯定，他已经把班柯和弗里斯杀了。所以，如果班柯有一个他认为是避难所的地方，也许对我也是安全的。"

一阵沉默。似乎是在思考。

"跟我来。"

德夫转过身，但持枪的人依然保持在他身后。他被枪顶着，走上楼，走到刚才按铃的那扇门前。门这会儿开了，他被推进一间大屋。窗户虽大敞着，但闻上去还是臭烘烘的。屋里有一张大桌子，配了三把椅子，一个带水池的厨房柜台，一台冰箱，一张窄床，一套沙发，地上是一张床垫。还有一个人。他坐着椅子，小臂和手放在桌上，直视着德夫。眼镜还是原来的眼镜，还有从桌下伸出的长腿。但他有哪里和以前不一样。也许是胡子。或者是他的脸变瘦了。

"马尔康，"德夫说，"你还活着。"

"德夫。坐。"

德夫坐在副局长对面的椅子上。

马尔康摘下眼镜,擦了擦:"你以为我在取了邓肯性命之后投海自杀了,对吗?"

"一开始我是这样想的。直到我意识到,麦克白才是谋杀邓肯的真凶。然后我进一步想到,他很可能逼死了你,以扫清通往局长之位的障碍。那封自杀信是伪造的。"

"麦克白威胁我签字,不然就杀了我女儿。你来做什么,德夫?"

"他说——"德夫身后的人开口道。

"我听见了,"马尔康打断道,"而且我看报纸上说麦克白正在通缉你,德夫。不过,当然有可能是你和他在唱一出戏,那些胡话是幌子,好让你打入我们内部。"

"用杀我全家当幌子吗?"

"那个报道我也读了,但我现在不相信任何事,德夫。如果麦克白和警局真想抓住你,他们早就抓住了。"

"那是我走运。"

"然后你来到了这儿。"马尔康用手指敲打着桌面,"为什么?"

"这里安全。"

"安全?"马尔康摇了摇头,"你是警察,德夫,你知道如果你能这么轻易地找到我们,麦克白也能。凡是有点头脑的通缉犯都会躲起来。他不会去找其他也在通缉之列的人。所以,给我一个更好的理由。为什么来这儿?"

"你觉得呢?"

"我要听你说。那把枪正指着你那颗滥发慈悲——或者根本没有慈悲的心。"

德夫一时语塞。他干吗要来这儿？他曾对这里抱有巨大的希望。但也是他唯一的希望。机会虽然渺茫，但计划却是简单的。德夫深吸了一口气。

"班柯死的那晚，本来是想和我会面，告诉我什么。你失踪那天，他是最后一个看见你的人。我觉得也许我能在这里找到你。然后我们可以帮助彼此。我有证据，证明麦克白杀了邓肯。麦克白知道，所以他要设法杀我。"

马尔康抬起眉毛："我们如何帮助彼此？你不会以为首府的警察会帮我们吧？"

德夫摇了摇头："他们得到指示，要抓住我们并立即交给麦克白。但我们可以联手扳倒他。"

"给你的家人复仇。"

"是，这是我的第一个想法。"

"不过？"

"还有比复仇更重要的事。"

"局长之位吗？"

"不。"

"那是什么？"

德夫朝打开的窗户点了点头："首府是个美丽的城市，不是吗？你很难不喜欢它，甚至爱上它——这样一位微笑的金发美女，眼里满是阳光。可你和我永远都无法爱上它，不是吗？因为我们把心给了西海岸那座肮脏、堕落的城市。我已经放弃它，觉得它对我而言什么都不是。我和我的人生比那座城市更重要，因为它什么都没做，只会影响我们的心情，腐蚀我们的心灵，缩短我们的寿命。荒唐、徒劳的爱，我这么以为。但命运就是如此。等我们意识到自己真正爱的人是谁时，已经太晚了。"

"你愿意为那样一座城市牺牲自己？"

"这不难。"德夫淡淡笑道，"我已经失去了一切。除了一条命，没什么可失去的了。你呢，马尔康？"

"我会失去我的女儿。"

"只有我们扳倒麦克白，你才能救她。听着。你是能继承邓肯遗志的人。所以我来这里追随你，只要你愿意接任局长，公正地统治。"

马尔康谨慎地看了他一眼："我？"

"是的。"

马尔康笑了："多谢你的精神鼓励，德夫，但让我先澄清几件事。"

"请讲。"

"第一，我从来就不喜欢你。"

"可以理解，"德夫说，"我从没考虑过别人，只考虑我自己。我不想说我变了，但过去发生的事的确让我反思。我依然不是聪明人，但也许没有过去那么愚蠢了。"

"也许吧，但你有可能只是在说我爱听的话。我不想听任何荒谬的转变。你可能变了一点，但这世道却没变。"

"这话什么意思？"

"你把我当成还算正派的人，这一点让我感到欣慰。但要我和你一起共事，我必须确保你的正义感不会阻碍你成为一个务实的人。想必你自己也清楚，你不可能在我手下做事，却对一些东西视而不见。接受一些……潜规则，比如放谁一马，不放谁一马，还有那些拿钱的人。如果你从一名薪酬微薄的警察身上突然夺走一切，怎么叫他对你忠诚？与其坚持屡战屡败的大型战役，倒不如去赢几场小仗。"

德夫望着这个带胡子的男人，仿佛不相信他真的是马尔康。"你的意思是，不要动赫卡忒，只动他身边实力不强的对手？"

"我的意思是，要务实，我亲爱的德夫。一个不懂世道的人，当上警察局局长也会一事无成。我们要创造一个比以前更美好、更干净的城市，德夫。但完成这个目标，我们必须得有资本。"

"你的意思是，寻求资助？"

"我们赢不了赫卡忒，德夫。暂时还赢不了。但与此同时，我们可以让他提供一些支援，这样我们便有资本去和城里其他的罪恶作斗争。上帝知道，光是这些罪恶就够我们斗一阵儿的了。"

德夫先是感到一阵厌倦。接着是奇怪的释然。战斗结束了，他可以认输、休息了，去找梅雷迪斯。他摇了摇头："我无法接受。你不是我期待的那个人，马尔康，所以，我最后的希望破灭了。"

"你以为还有更好的人？你以为自己就更好吗？"

"不是我，但我在船舱里遇见过一个比你我都要好的人，马尔康。所以现在我要走了。你最好拿个主意，是放我走还是打死我。"

"你知道了我的藏身之处，我不能放你走。除非你发誓，不会泄露我在这儿。"

"两个叛徒之间的承诺没什么价值，马尔康。我不会发誓。朝我的脑袋开枪吧，我有一家人在等着我呢。"

德夫站起来，但马尔康也站了起来，双手放在他的肩上，强迫他坐回椅子上。

"你问了我不少问题，德夫。在一场面试中，问题往往比答案更真实、更有揭示力。我刚才在骗你，可你却做出了正确的回答。直到此刻我才确信你的义愤填膺发自肺腑，你甘愿为自己的理想而牺牲。"

德夫眨了眨眼。他的身体忽然变得好沉，快要晕过去了。

"这屋子里有三个人，"马尔康说，"三个甘愿为坚守邓肯的信念而牺牲一切的人。"他戴上之前一直在擦拭的眼镜，"三个也许并不比别人强的人。可能我们已经失去太多，把剩下的都豁出去也不算什么。但这恰恰是改变的理由。所以请不要被我们的道德优越感冲昏头脑。这样说吧——我们决意去做正确的事，无论支撑我们意愿的是一种正义感，还是一个有家庭的男人对复仇的渴望，一个叛徒的耻辱，一个天之骄子的道德情操，抑或是一种敬畏上帝、害怕地狱煎熬的恐惧。因为这无疑是一条人间正道，而我们现在需要的是决心和意志。世上没有通往正义和纯洁的坦途，只有一条布满荆棘的道路。"

"三个人？"德夫说。

"你，我，还有……"

"还有弗里斯，"德夫说，"你怎么做到的，小子？"

"我父亲把我从车里踢下了桥，"他身后的声音说，"他一直没教会麦克白如何游泳，但他教会了我。"

德夫看着马尔康。后者松了口气，露出微笑。德夫竟然感觉自己也在笑，然后有什么东西涌上喉头。是啜泣。但他后来才意识到那不是眼泪，而是欢笑，因为他看见马尔康也突然咧开嘴，然后是弗里斯。开战的欢笑。

"什么情况？"

他们转过身，看见老阿尔弗站在门口一脸困惑，手里拿着那张报纸。他们笑得更大声了。

第三十一章

列诺克斯站在窗口，望向窗外，掂量着手中的手榴弹。安格斯，安格斯。他至今没告诉任何人在哀思戴的那次会面。为什么？他不知道。他只知道自己今天一整天都无所事事。还有昨天，以及前天。他拿起一篇案情报告无数次，却一直无法集中精神，仿佛那些字母移动后组成了新的单词："改革"变成了"告发"，"画像"变成了"背叛"。[1] 每当他拿起话机想拨一通电话，那听筒就仿佛有千斤重，使他不得不放下。他试着读报，得知老齐默尔曼准备竞选市长。齐默尔曼这个人既不受争议，也毫无魅力。他受人尊敬是因为他有才干——仅此而已，但他对图特尔构不成严重威胁。列诺克斯还看见一篇报道，说毒品贸易在增加，根据联合国的统计仅次于军火贸易。但他刚读了开头就发觉自己只是在看句子，并没有理解它们。

从德夫躲过首府的抓捕算起，八天过去了。当列诺克斯和西登站在局长办公室、面对着麦克白时，后者简直气得要死，用口吐白沫来形容也毫不夸张。他没完没了地抱怨着自己在首府丢尽

---

[1] 改革（reforming）和告发（informing）、画像（portrayal）和背叛（betrayal），两组词对应的原文拼写都很相似，故有组成新的单词一说。

了颜面。如果列诺克斯和西登趁德夫还在城里时就能抓住他，后面这些事情也就不会发生。不过，德夫成功逃逸反而让列诺克斯感到释然。

外面已没有太多光，但列诺克斯的眼睛却明亮起来。也许他今天还需要多打一针。熬过今天就好，明天一切都会好起来。

"那真的是一颗手榴弹，还是当烟灰缸用的？"

列诺克斯转向门口那个声音。

麦克白的姿势很奇怪：他身体前倾，双臂垂在两侧，好像站在一阵狂风里。他低着头，眼眸上翻，用眼白盯着列诺克斯。

"'一战'时扔到我祖父脚边的一颗手榴弹。"

"瞎说。"麦克白咧着嘴走进屋，关上身后的门，"你说的是M24型柄式手榴弹。这是一个烟灰缸。"

"我觉得我祖父不会——"

麦克白夺过列诺克斯手中的手榴弹，抓住柄端的引信就往外拉。

"别！"

麦克白挑起眉毛，看着受惊的反腐败处处长。后者接着说："会炸的——"

"你祖父说的？"麦克白收回引信，把手榴弹放到桌上，"我们可不能让它炸了，是吧？所以你在想什么呢，警督？"

"腐败，"列诺克斯说着将手榴弹收进抽屉，"和反腐败。"

麦克白把访客座椅往前拉了拉："究竟什么是腐败，列诺克斯？一个严肃的革命家为了渗入我们的国家机器而接受资助，这算不算腐败？一个身处于腐败体制中的逆来顺受的公务员，无所事事，却定期领取标准过高的薪资，这算不算腐败？"

"有许多灰色地带，局长。一般来说，你心里清楚自己有没有腐败。"

"你的意思是，凭感觉？"麦克白坐下来，列诺克斯也跟着坐下，以免显得居高临下。

"所以，如果你不觉得自己腐败，是因为你的家庭依赖你的收入生活，你就不算腐败？如果动机是好的——为了家人或是城市的利益——我们干脆可以换一种说法来形容腐败，比如叫作实用政治。"

"我认为恰恰相反，"列诺克斯说，"当你自知问题的根源除了贪婪没有别的，那么你就会用别的说法为自己辩解。然而，合乎道义的犯罪是不需要诡辩的。我们大可以顶着罪名继续生活下去。腐败，抢劫，谋杀。"

"所以这就是你的工作？在这里花时间思考自己有没有腐败？"麦克白用指尖顶着下巴说。

"我？"列诺克斯咯咯笑道，"我思考的当然是我们调查的对象。"

"可我们总是会说到自己身上。我还是坚持认为，绝境迫使人们给腐败寻找新的代名词。利用职务之便获得的收入不叫钱，而叫善款。生活。你家人的生活。你懂吗？"

"我不懂……"列诺克斯说。

"我给你举个例子吧，"麦克白说，"一个以正直出名的电台记者，见了一名年轻的警官，后者要给他讲一个能把警察局局长扳倒的故事。这个不敬的警官叫安格斯。可他不知道，这名电台记者和警察局局长有某种……联系。记者有足够的理由担心，如果不照局长的意思做，他的家人就会有危险。于是他向局长汇报了警官的反动计划。他保证会再联系那名警官，而局长则叫他找一个四下无人的地方同警官会面。他的老板和手下可以在那里……

后面的事，你懂的。"

列诺克斯没有回答。他把双手放在裤子上擦了擦。

"于是老板安全了。但他想必在纳闷，这里谁是腐败的人：年轻的警官、记者，还是……还是谁呢，列诺克斯？"

列诺克斯清了清嗓子，犹豫了一下："警察局局长？"

"不，不，不，"麦克白摇了摇头，"是另一个人。那个从一开始就应该向局长做汇报的人。他知道安格斯的计划，虽然没有直接参与，但间接地帮助了他，因为他一直没有去找他的老板，去营救他。他至今都没有。因为他只会翻来覆去地想。他一边想一边就变得腐败了，不是吗？"

列诺克斯试图去看麦克白的眼睛。但那感觉就像直视太阳。

"哀思戴的会面，列诺克斯。我不知道你什么时候才打算告诉我。"

列诺克斯不停地眨着眼睛："我……我一直想来着。"

"是啊，很难停止。想法源源不断地产生，是吗？不管我们以为自己的意志有多自由，它还是受制于想法，无论你情不情愿。告诉我谁找了你，列诺克斯？"

"这个人——"

"说名字。"

"他是——"

"说名字！"

列诺克斯深吸一口气："安格斯警官。"

"继续。"

"你知道安格斯，年轻、冲动。加上最近发生的事，谁都可能有些不理智的反应。我曾想在带着这些严重指控去找你之前，我要不要先开导他，让他冷静一点。"

"然后一直让我蒙在鼓里？因为你觉得你对局势的判断比我强？你觉得我不会给安格斯这个我亲自招进特警队的人第二次机会？我会把他不理智或者说天真的脑袋直接砍掉？"

"我……"列诺克斯一时想不出话来。

"但你错了，列诺克斯。我向来会给我的手下两次机会。这条原则同时适用于你和安格斯。"

"我很高兴听你这么说。"

"我是宽宏大量的人。如果安格斯表现出悔意，拒绝记者第二次见面的请求，那么我既往不咎。我连想都不会去想，日子照常过。可惜安格斯没有这么做。他同意了。那我就没有第三次机会可给。"

麦克白起身走向窗边。

"这样一来，你就有了第二次机会，列诺克斯。我的记者已经得知，你和西登会参加这次会面。今晚在哀思戴工厂，安格斯以为记者会带一位摄影师，给那座他认为焚烧过孩子尸体的熔炉拍照。你会当场以你喜欢的方式惩罚这个叛徒。"

"惩罚？"

"至于怎么惩罚，我就让你自己决定吧。我唯一的要求是，人最后得死。"麦克白转向列诺克斯。他正张着嘴呼吸。

"之后，西登会帮你处理尸体。"

"可是——"

"第三次机会也许存在。在天堂。哦，对了，你家人还好吧？"

列诺克斯张开嘴，冒出一丝声响。

"很好，"麦克白说，"西登六点钟来接你。根据你选择的惩罚方式，一个半小时之内就应该全部完事。所以我建议你打个电话，告诉你美丽的妻子，可能得晚点回家吃饭。有人告诉我，她花起钱来可以让你很头疼哪。"

麦克白悄悄关上身后的门，离开了。

列诺克斯捂着脸。软体动物。身上没有一块骨头的东西。

进退两难。他只好赌一把。

麦克白沿着走廊大步朝前。他用鞋跟狠狠跺着地面，试图掩盖"必须拥有权力"的叫声，或是拥有"精酿"，或任何东西。他戒毒已经超过一周。情况在变好之前，通常会先变差，但终究会好转。他过去做得到，现在也能做到。只是会出可怕的汗，散发着恶臭味，不快、恐惧和痛苦的恶臭味。但终究会过去。一切都会过去。必须过去。他走进办公室外的接待厅。

"局长——"

"先不要汇报，不要让我接电话，普丽西拉。"

"但是——"

"不是现在。回头再说。"

"您有一位客人。"

麦克白突然停下脚步："你放他进——"他指着办公室的门说，"——那里面了？"

"那位女士坚持要进去。"

麦克白望着普丽西拉绝望的表情。

"是您的夫人。"

"什么？"他一脸惊愕地回应道。他系好制服最底下的一颗扣子，走进办公室。

她正站在他的桌旁，欣赏墙上那幅画："亲爱的！你真得对这里的艺术品做点什么了。"

麦克白盯着夫人，不敢相信自己的眼睛。她穿着一件淡雅的衣服，外面套着毛皮大衣，明显刚从理发店出来，看上去轻松自在，容光焕发。他小心翼翼地靠近她："亲爱的，你……挺好的？"

"非常好，"她说，"我能看出来这是一幅政治宣传画，但它究竟想表达什么？"

麦克白目不转睛地盯着她。他昨天见到的那个疯女人去哪儿了？不见了。

"亲爱的？"

麦克白望向那幅画，看着那群工人粗鲁的形象："这画是别人挂的。我会把它换掉。你身体好转，我真高兴。你有没有……吃药？"

她摇了摇头："没有药。我把药停了。全部。"

"因为吃完了吗？"

她飞快地笑了笑："我看见抽屉空了。你也停了。"她坐在他的椅子上，"这地方有点……窄，不是吗？"

"可能吧。"麦克白坐在一张留给访客的椅子上。也许她的疯病不过是一座迷宫，而她已经找到了出路。

"很高兴你能这么说。我今早和杰克聊了几句，关于你竞选市长的计划。"

"是。那么，你觉得怎么样？"

她噘起嘴，头摇得像拨浪鼓："你费尽心机，却忘记了一件事。"

"是什么？"

"你的想法是，在竞选前把图特尔与那个男孩的丑事捅出去。然后你——斯威诺的终结者——趁人们还没投票时填补这个空缺。"

"怎么样？"麦克白满怀兴奋地说。

"问题是，如果齐默尔曼宣布竞选，这个空缺就会被他填补。"

"那个老东西？没人搭理他。"

"齐默尔曼是没有什么吸引力，这是事实。但人们了解他，知道他们可以从他那里得到些什么。所以，他们觉得选他是安全的。世道多变，人们的安全感很重要。这就是为什么图特尔会连任。"

"你真的认为，齐默尔曼可以打败我？"

"是的，"夫人说，"除非你不拿丑闻毁了图特尔，然后得到他的公开支持，并且成功除掉赫卡忒。把这两件事搞定，你就无人可敌。"

麦克白感到如释重负。她走出了迷宫，来到这里，回到了他的身边。

"好吧，但怎么做？"

"给图特尔下最后通牒。让他要么以年事已高、身体不济为由自愿退出，然后全力支持你；要么我们可以逼他退出，威胁他我们会向外界揭露他有多么变态。之后他会被抓起来扔进监狱，他知道猥亵儿童是什么下场。应该不难做决定。"

"嗯。"麦克白挠了挠胡子，"那我们可就多了一个敌人。"

"图特尔？恰恰相反，他懂得权力斗争，会感激我们给了他一条仁慈的出路。"

"让我想想。"

"不用想，亲爱的。没什么可考虑的。然后我们来谈谈这个在背后操纵别人的赫卡忒。是时候除掉他了。"

"我不确定这是否明智，亲爱的。别忘了，他是我们的担保人，当我们遇上对手的时候，他会支持我们。"

"赫卡忒还没有为扶植你当警察局局长而开价，"夫人说，"但离算账那天也不远了。那时候你就得干这个了。"她挑起一边的眉毛,仿佛它被拴在一根绳上,"还有这个。"一只脚伸了出去,"你想做赫卡忒的木偶吗,亲爱的?限制赫卡忒的势力可不够,他的胃口会越来越大,最后想吞并一切——他就是这样的人。所以,问题在于,你想不想让赫卡忒通过你来控制这座城市?还是——"她将胳膊肘搭在桌上,"你想自己做操纵木偶的人?做为民除害的英雄,然后成为市长?"

麦克白定定地看着她。然后慢慢点了点头。

"我会邀请图特尔来玩一局为他专设的二十一点,"夫人说着站起身,"你给赫卡忒发一条消息,告诉他,你希望和他见一面。"

"你凭什么认为他会同意?"

"因为你会给他一箱黄金作为酬谢。"

"你觉得他会上钩?"

"有些人被权力所蒙蔽,有些人被金钱所诱惑。赫卡忒属于后者。我回头再跟你交代细节。"

麦克白陪她走到门口。"亲爱的,"他说着把一只手放在她的背上,摩挲着厚厚的绒毛,"你回来了,真好。"

"彼此,"她说着让他吻了脸颊,"要坚强。让我们彼此都要变得坚强。"

他望着她款款地穿过接待厅,不知自己何时才能完全读懂她。或者不知他想不想读懂。这不就是夫人令他如此无法抗拒的原因吗?

列诺克斯和西登把车停在哀思戴对面的马路上。周围漆黑一片,列诺克斯根本看不见毛毛细雨,只能从车顶和前窗轻微的响动听出在下雨。

"记者来了。"西登说。

一辆自行车的光从马路对面晃过。车子随后消失在大门后。

"给他两分钟。"西登说着，验了验他的机枪。

列诺克斯打了个哈欠。幸亏他打了一针。

"行动。"西登说。

他们下车穿过黑暗，走进大门，潜入工厂大楼。

西登嗅了嗅空气，然后动身走向那座钢制楼梯。

他们踮着脚尖走上去。列诺克斯感到自己的注意力在舒爽地开小差，钢制扶手如此冰凉，灼烧着他的手掌。他们站在门外。那高度让他觉得自己仿佛坐在一间温暖安逸的房间里，对视着自己。屋里嗡嗡的说话声让他想起小时候上床睡觉时客厅里的父母。

"什么时候见报？"安格斯在说话。

对方拖着傲慢的长腔、拉着长长的卷舌音说："电台广播是不见报的，我希望——"

西登开门时，仿佛有人按下了卡式录音机的停止按钮。沃特·凯特的眼睛隔着镜片，睁得很大。带着恐惧？兴奋？释然？反正不是吃惊。列诺克斯和西登来得很准时。

"晚上好。"列诺克斯说着，感觉脸上绽放出温暖的微笑。

安格斯蹿起来踹翻椅子，手伸向夹克里的什么东西。但他看见西登的机枪，顿时僵在原地。

随之而来的沉默中，凯特扣好自己的黄色防水夹克，就像男卫生间里的场景：没有目光交流，没有言语接触，他只是低着头迅速离开了他们。他已完成了自己的任务。把其他人留在这臭气熏天的地方。

"你在等什么，列诺克斯？"安格斯问道。

列诺克斯意识到他伸出的胳膊，以及末端那把枪："等记者走远，不要让他听见枪响。"他说。

安格斯的喉结上下移动："所以你要杀了我？"

"难道你还有别的建议吗？我有权随意处置。"

"好。"

"好？你的意思是'我懂了'，还是'好，我想死'？"

"我的意思是——"

列诺克斯开了枪。在这封闭的空间里，他感到爆破带给耳膜的压力。他又一次睁开眼睛。但安格斯依然站在他面前，这会儿张着嘴。他身后架子上的文件上有一个洞。

"抱歉，"列诺克斯说着走近两步，"我刚才觉得，给脑袋上来一枪是最人道的解决办法。但是脑袋太小。请站好……"他嘴上浮现出情不自禁的笑意。

"列诺克斯警督，不——"

第二枪击中了目标。第三枪。

"不是我说你，"西登低头看向那具尸体，"你命令他下楼，到熔炉那边再解决岂不是更好。现在我们还得把他抬下去。"

列诺克斯没说话。他盯着血泊从年轻人的身体里慢慢地朝他涌来。那形状和颜色有种说不出的美——鲜亮的红，朝四面延展，像红色的热气球。他们把安格斯抬下楼，扔到车间，然后回去捡空弹壳，清洗地面，把打进墙的第一颗子弹拔出。在楼下，他们摘掉他的手表，一条带有十字架的金项链，将尸体塞进一座熔炉，合上炉门，点火。等待。列诺克斯盯着沟槽从炉底移动到地面的一个铁水桶。熔炉里传来哧哧的低沉响声。

"那里面会怎样？"

"会蒸发，"西登说，"当温度达到2000摄氏度以上时，所有东西都会蒸发，或者化为灰烬。"

列诺克斯点了点头，目不转睛地盯着沟槽。一股灰色的、颤抖的液体流了出来，上面覆有一层薄膜。

"铅，"西登说，"熔点350。"

他们等着。里面咝咝的响声消失了。

然后是一股金色的液体。

"升到1000了。"西登说。

"那……那是什么？"

"黄金。"

"可我们摘掉了——"

"牙。等温度升到1600吧，以免体内有任何钢制物品。之后我们清理骨灰就行了。嘿，你没事吧？"

列诺克斯点了点头："有点头晕。我从没……呃……开枪杀过人。你有经验，所以你肯定记得第一次是什么感觉。"

"是。"西登平静地说。

列诺克斯本想问他是什么感觉，但西登眼里的一丝寒光让他改变了主意。

第三十二章

麦克白站在因弗尼斯赌场的天台，透过望远镜看向东面。黑暗中要想分辨清楚事物不容易，但那股烟是不是从哀思戴的砖头烟囱里冒出来的？如果是这样，恩怨应该已经了结。现在他们的蛛网上又多了两个人，两个手上沾血的人——凯特和列诺克斯。凯特在市长选举中会派上用场，假如有其他候选人参选。而列诺克斯很快就得从别人手里购买毒品。用不了多久，赫卡忒也将不过是一个传奇。

刚才，麦克白在中央车站厕所旁的楼梯口等了十五分钟，斯特雷加才出现。他先是拒绝了蕴含能量和权力的包装袋，说他只想给赫卡忒递个信儿。他想尽快和赫卡忒见面，向他通报自己的未来计划，同时献一份礼，作为他和夫人对赫卡忒的答谢。如果赫卡忒喜欢金子的传言是真的，他肯定赫卡忒会喜欢这份礼物。

斯特雷加说，她会给他回话。也不一定。

没错，有一股烟从烟囱里冒出来。

"亲爱的，图特尔到了。"

麦克白转过身。夫人站在门口，穿上了她的红裙子。

"这就来。我刚才说没说，你真美？"

"你说了。而且你要一直这么说下去，亲爱的。让我来主谈，我们按计划行事。"

麦克白笑了。是的，她完全找回了自己。

赌场和餐厅里全是顾客，他们几乎是挤出一条路，才来到餐厅尽头一间专为图特尔准备的小单间。图特尔正等在那儿。

"今晚一个人？"麦克白说着和市长握手。

"小孩得准备考试，"图特尔笑道，"我看外头都排起队来了。"

"从六点就开始了，"夫人说着坐在他身旁，"客人太多，我只好劝杰克过来当赌台管理员。"

"这说明城里应该开两个赌场，"图特尔打着黑领带坐立不安，"你知道，当你禁止选民出去挥霍他们的钱财时，他们会很不高兴。"

"同意。"夫人说着招呼来一名接待员："市长今晚手气好吗，杰克？"

"现在下结论为时尚早，"杰克穿着赌台管理员的红马甲，站在那里微微笑道，"再来一张牌吗，市长先生？"

图特尔看了一眼发出的两张牌："不敢冒险，就不会有收获。我说得没错吧，夫人？"

"说得太对了。所以我要告诉你，有个财团现在热衷于做一笔投资，不仅要接管方尖塔，而且要把它重新翻修、开放，打造成全国最具吸引力的赌场。鉴于方尖塔的名声刚刚遭受重创，这笔投资当然会有风险，但我们相信新主人会带来新气象。"

"我们？"

"没错，我加入了这个财团。和亚诺维茨合伙，他是首府的一名地产商。正如你说的，让方尖塔再度运转起来对于这座城市很重要。你想想，它能从周边郡县带来多少税收！几个月后，当我们开放修葺一新、光彩夺目的方尖塔时，它将成为全国的旅游胜地。人们会从首府赶来在我们的城市里赌博，图特尔。"

图特尔看了一眼杰克发给他的牌，叹了一口气："我今晚好像不走运哪。"

"还是有机会的，"夫人说，"财团的股份还没有被完全认购。我们认为你可以作为投资方。你从市长的位子上退下来后，也需要找点别的财源。"

"投资方？"他笑道，"我是市长，恐怕没权也没钱入股。认股的好事就算了吧。"

"认股可以有很多方式，"夫人说，"比如，提供服务。"

"你想说什么，我美丽的女公爵？"

"你要公开支持麦克白竞选市长。"

图特尔又看了一眼牌："我已经答应会这么做。论守信用，我可是出了名的。"

"我们的意思是，这次选举。"

图特尔从牌上抬起眼睛，看向麦克白："这次选举？"

夫人把一只手放在市长的胳膊上，靠着他的身子："是，因为你不会参选。"

他眨了两下眼："我不会？"

"确实，你暗示过你会参选，但后来你改变了主意。"

"为什么？"

"你身体欠佳，而市长一职需要一个精力充沛的男性担当，一个有前途的男人。一旦你不是市长，你便能自由加入一个实际上垄断全市赌场的财团。这样一来你就会变得非常有钱，不像你手里的牌。"

"可我不想——"

"你建议选民选举麦克白为继任者，因为他就是普通民众的一分子，是一个源于人民、服务人民、带领人民一起干的人。还有，因为他在担任警察局局长期间扳倒了斯威诺和赫卡弎，这说明他能把事情搞定。"

"赫卡弎？"

"麦克白和我还没有着手去做这件事，但赫卡弎死定了。我们准备提议安排一场和赫卡弎的会面，他不会活着离开。这是一个承诺，我也是出了名的信守承诺，我亲爱的市长先生。"

"如果我不配合——"他像一颗烂葡萄一样吐着词，"交易呢？"

"那就太遗憾了。"

图特尔向后挪了一下椅子，把其中一层下巴架在食指和中指之间："你这个女人手里还有什么牌？"

"我们当然不该停止发牌，对吧？"夫人问道。

杰克咳了一声，在台面上敲了一下食指："还要牌吗，市长先生？"

"不！"图特尔盯着夫人低声吼道。

"如你所愿，"她叹了口气，"你会被抓起来，被指控和一名男童发生不正当关系。"她冲杰克放在他面前的一张牌点了点头，"看，你做过头了。爆牌。"

图特尔用他的鱼泡眼盯着她。他前突的湿嘴唇在抽动："你们动不了我，"他喘着气说，"你听见了吗？你们动不了我！"

"我们动得了赫卡弎，也一定能动得了你。"

图特尔蹿起来，看着他们。他的下巴，涨红的脸，还有整个身体都气得发抖。他跺着脚夺门而出，裤腿内侧擦得直响。

"你怎么看？"麦克白等他走后说。

"噢，他会照我们的意思做的，"夫人说，"图特尔不是没头脑的愣头青。他只是需要一点时间来想想自己有多大胜算，然后就会演好自己的角色。"

凯思妮斯梦见了安格斯。他给她打电话，但她不敢拿起听筒，因为她知道有人在监听她的电话，这么做会暴露自己。她醒过来，翻身转向床头柜上的闹钟，是旁边的电话在响。时间已过午夜。想必是杀人案。她希望是杀人案，每天都有的杀人案，而不是……她拿起听筒。

"谁啊？"自哀思戴那次会面后，钟表的咔咔声一直响个不停。

"抱歉这么晚打扰你，"一个陌生的、年轻男子的声音，"我只想确认一下，您明天，也就是周五，还会按老时间去323房间吗？"

"我会什么？"

"抱歉，可能我打错电话了。您是米特鲍姆夫人吗？"

凯思妮斯从床上坐起来，一下子非常清醒。她舔了舔嘴唇，想象着在一间屋子某处转动的录音机。也许是警局一楼的监控处。

"我不是，"她说，"但我不会担心。德国姓氏的人通常都很准时。"

"对不起。晚安。"

"晚安。"

凯思妮斯躺在床上，心怦怦直跳。

323。她和德夫过去利用午餐时间在大饭店里幽会的房号，开房用的名字正是米特鲍姆。

第三十三章

赫卡忒转动基座上的望远镜。曙光透出云层，一根根光柱照进城里。"麦克白说他打算在见面时杀了我？"

"是的。"波纳斯说。

赫卡忒透过望远镜往外看："瞧瞧。因弗尼斯外面已经排起长队了。"

波纳斯环顾四周："服务生今天来了吗？"

"你说那群小男孩吗？我只在需要他们的时候预订，和这间套房一样。当你占有一样东西时，你就会被它束缚住，波纳斯。但当你意识到车上装满了垃圾，导致你的速度变慢时，你就要丢掉垃圾，而不是那辆车。这是麦克白没搞明白的地方。我是那辆车，而不是垃圾。你给麦克白打电话了吗，斯特雷加？"

这个不男不女的高个子刚好进屋，从阴影里冒出来。

"打了。"

"怎么安排的？"

"明天六点，他单独过来见你。"

她又没入阴影中。

"我搞不懂他哪儿来的豹子胆，敢对你动手。"波纳斯说。

"怎么不敢？"赫卡忒说，"他停不下来了。麦克白已经变成一只扑火的飞蛾，无助地飞向光、飞向权力。"

"就像飞蛾，会引火烧身。"

"也许吧。就像那只飞蛾，麦克白最该惧怕的是他自己。"

凯思妮斯看了一眼手表，差十二分钟到十二点。然后直视着面前这间客房的房门。不管她的生命有多长，不管她和多少男人见面、相爱、厮守，她永远都忘不了这个铜制的房号。

323 号。

她还来得及转身离去。但她已经到这儿了。为什么？因为她觉得能再见到德夫，然后改变某些事情？唯一改变的是，现在她知道自己没有他也能过得很好。还是因为她怀疑门后可能还有一次机会，一次做对事的机会？当她在哀思戴离开安格斯时，就没有抓住机会。她手里有他的私人电话，但一直无人应答。

她举起手。

一旦她敲上去，那扇门就会爆炸。

她敲了敲门。

等待。刚准备再敲，门开了。一个年轻男子站在那儿。

"你是谁？"她问。

"弗里斯，班柯的儿子。"和电话里的声音一样。他让开一条道，"请进，米特鲍姆夫人。"

客房还是老样子。

但德夫不是，他老了。从她上次见他坐在豪华酒店的床边，像现在这样等她之后过去的这些月、这些年。还有从他上次离开她的公寓算起经过的这些天。

"你来了。"德夫说。

她点了点头。

马尔康咳了一声,擦拭他的眼镜:"我们出现在这里,你好像并不意外,凯思妮斯。"

"我最意外的是,我竟然在这里,"她说,"发生了什么?"

"你希望发生什么,凯思妮斯?"

"我希望我们除掉麦克白。"

西登按下铁门的手柄,打开门。麦克白走进去,拧开开关。氖气灯灯管闪了两下,射出一道冰冷的蓝光,照亮架子上的弹药箱和武器。这间正方形房间的地上摆着一个保险箱,还有两把卸了一半的加特林机枪。麦克白走到保险箱前,拧动旋钮,打开它,拉出一个斑马条纹的手提箱。"我们只敢把它存放在墙体足够厚的武器库,"他说,"即便这样,也要放在保险箱里。"

"所以这是一枚炸弹?"

"没错,"麦克白说着蹲下来,打开手提箱,"从表面看是黄金。"他拿出箱底的金条,"这些金条其实是金色的铁条,但下头的炸弹——"他掀开一层活动隔板,"却是货真价实。"

"瞧瞧,"西登吹了声口哨,"你发明的经典简易定时炸弹。"

"天才吧?有了黄金,没人会怀疑箱子的重量。我原想在因弗尼斯引爆来着。"

"啊,原来是那个箱子。这枚炸弹为什么没被销毁?"

"是我的主意,"麦克白说着研究起定时装置,"这是一个非常精密的装置,已被我们完全拆解。我想特警队没准儿哪天能用上。现在……"他用手指轻触一根火柴棒大小的金属针,"你只要把这个东西拔出来,就会开始倒计时。看似简单,但拆除引信需要将近四十分钟,而时钟上只有二十五分零五十五秒。所以,一旦我把它拔出来,就没有回头路。"

"那么，你和赫卡忒的会面得尽量简短。"

"噢，见面的时间不会太长。我会说，这金子是我对他过去所做之事的谢意，如果他帮助我当上市长，还会有更多。"

"你觉得他会吗？"

"我不知道，反正他十分钟之后就死了。关键是他肯定不会怀疑，他明白城里没有东西是白来的。我会请他考虑一下，然后看一眼手表，说我和管理层有个会——确实有会——马上离开。"

"打扰一下……"他们转向门口，是里卡多，"有电话找您。"

"告诉他们我会打回去。"西登说。

"不是找你，是找局长。"

麦克白听出这声音中隐藏着几乎难以察觉的冷淡。他之前去特警队时就感觉到了。兄弟们嘴上轻轻打着招呼，但目光却转向别处，装作忙碌的样子。

"找我？"

"您的接待员已经把线路接通了。她说是市长。"

"带我上去。"

他跟在这名特警队老兵的身后。里卡多那带有贵族气息的瘦脸，油亮发黑的皮肤，以及那轻柔、高贵的步态，让麦克白觉得这名警官的祖先一定源于一个猎狮部落。那句话怎么说来着？因忠诚而高尚。麦克白知道，里卡多是在生死关头甘愿和弟兄们一同赴死的人。一个价值千金的人。真正的金子。

"有什么不对吗，里卡多？"

"长官？"

"你今天好像很沉默。有什么话想对我说吗？"

"我们有点担心安格斯，仅此而已。"

"我听说他身体不舒服。这工作不是谁都能干的。"

"我担心的是，他一直没来上班，而且大家都不知道他去哪儿了。"

"他很快就会出现。他大概需要一些时间厘清头绪。不过，是啊，我能看出你担心他可能做了什么出格的事。"

"出格的事……"里卡多在打开的办公室门前停住脚步。屋内，话机的听筒摆在桌上，"我不认为安格斯做了什么。"

麦克白停下来看着他。"那你是怎么想的？"

他们的目光交会。麦克白从对方眼里没有看到一丝敬意和愉悦，而这些却是他过去经常从特警队手下眼里看到的东西。里卡多双目低垂："我不知道，长官。"

麦克白关上身后的房门，拿起电话。

"什么事，图特尔？"

"我谎称自己是市长，这样能被接进来。就像你撒谎一样。你跟我保证过，没人会死。"

麦克白不知恐惧如何战胜了傲慢。沃特·凯特的声音里已无一丝傲慢的痕迹。

"你肯定是误解了，"麦克白说，"我的意思是，你的家人不会死。"

"你——"

"他们不会死的，如果你继续照我说的做。我很忙，如果没有其他事，就这样吧，凯特。"

他只听见电话那头传来电流刺刺啦啦的响声。

"很好，我们把问题解释清楚了。"麦克白说完挂了电话。他看了一眼钉在桌子上方墙上的那张照片——特警队在瓦匠坊的大合照。灿烂的笑容、高举的啤酒杯，他们在庆祝又一次圆满完成任务。那上面有班柯、里卡多、安格斯和其他人。还有麦克白自己。那样年轻，那样幼稚的笑容，那样纯真，那样幸运的无权无势。

"这就是我们全部的计划，"马尔康说，"除了你，只有我们三个人知道。你觉得怎么样，凯思妮斯？你愿意加入我们吗？"

他们坐在局促的客房，相互挨着。凯思妮斯望了一眼他们仨的脸："如果我说这是一个疯狂的计划，我完全不想参与，你们会让我离开这儿，向麦克白告发你们吗？"

"会。"马尔康说。

"那岂不是很傻？"

"这么讲吧，如果你打算跑去告诉麦克白，我觉得你会先告诉我们这是一个绝妙的计划，而且你愿意参与。然后你再去告密。我们知道，请你入伙有一定的风险。但我们不相信外面已经没有好人，没有在乎这件事的人，没有把这座城市置于自己利益之上的人。"

"你觉得我是这种人？"

"德夫觉得你是，"马尔康说，"他深信不疑。他说他知道你是什么样的人。他说你是比他更好的人。"

凯思妮斯看着德夫。

"这是一个绝妙的计划。我加入。"她说。

马尔康和弗里斯笑了。没错，她看见就连德夫那沮丧的、毫无生气的眼里，也闪过一丝笑意。

第三十四章

差五分到六点，麦克白走进方尖塔酒店的前厅。宽敞的大堂只有一个门童、两个行李员和三个穿黑西装的接待员。他们正在窃窃私语，仿佛殡仪馆的执事。

麦克白直奔开着门的电梯，走进去按下十九层的按钮。他咬紧牙关呼出一口气，以舒缓压力。全国最快的电梯——他们连这个都要做广告，大概是为了吸引没见过世面的乡巴佬。他感觉手提箱的拎头快要从手中滑脱。为什么科勒姆那个倒霉的赌徒要选择斑马条纹来伪装炸弹？

电梯门打开，他走了出来。根据建筑图纸，他知道顶层套房的楼梯在左边。他沿着一条不长的走廊行进了十五步，来到这层楼唯一一道门前，举起手准备敲门。但停在半空，看着那只手。难道他察觉出了一丝颤抖？那种老队员所说的在特警队服役七年时出现的颤抖？七年之抖。他没觉得。他们说如果不抖反而更糟，因为那样绝对就到退休的年限了。

麦克白叩响房门。

脚步声响起。

他自己的呼吸声。

他身上没带任何武器。他会被搜身，但没必要把大家弄得紧张兮兮的,毕竟只是商业洽谈之类的活动。他又对自己重复一遍:他只消说自己准备竞选市长,把手提箱递过去,感谢赫卡忒的帮助,希望他将来继续关照自己就行了。这个说辞应该可信。

"麦克白先生吗?"说话的是个年轻的男孩。他穿着骑马裤,戴着白手套。

"是。"

男孩让开身:"请进。"

这是一间全景套房。外面的雨已经停了,西面是因弗尼斯赌场,傍晚的夕阳把它身后的一层薄云染成橘色。麦克白向更远处眺望,望向南面的海港,东面工厂的塔楼。

"手先生[1]说他稍晚一会儿到,但不会太晚,"男孩说,"我给您倒一点香槟。"

门轻轻合上,只剩下麦克白一个人。他坐在玻璃圆桌旁的一把皮椅上。"手先生?也对。"

麦克白看了一眼手表。整整三分零三十五秒。从他和西登在警车里拔出针头、启动倒计时一直到现在。距离爆炸还有二十二分二十秒。

他站起来,走到靠墙的棕色冰箱前,打开门。空的。衣橱也是。他瞄了一眼卧室,没动过。没人住。他坐回皮椅。

二十分零六秒。

他努力不想事,但思绪不请自来。

它们在说,时间快到了。

黑暗越发浓重。

---

[1] 手先生(Mr. Hcmd)与赫卡忒(Hecate)同为"H"开头。赫卡忒也被称为"隐形之手",故有"手先生"这一称谓。

死亡越来越近。

麦克白平静地深呼吸。万一现在就死到临头了呢？那肯定会是一个毫无意义的结尾，但所有的结尾不都是这样吗？在关于我们自己的故事里，我们在一句话的中间被打断，留下一个结尾悬在空中——缺少意义，缺少结论，缺少揭示性的收场。遗言刚说出一半，只听见一声短促的回响，你便被世界遗忘。被遗忘，被遗忘，就连人间的巨擘对此也无能为力。你的为人，你真正的面目，比水中的涟漪消失得还快。这一段戛然而止的人间羁旅又有何意义？是苟活于世，抓紧享受生命有限的愉悦，还是踏雪留痕，扭转乾坤，在你离世前把世界改造得更好？抑或这意义在于繁衍，将更多可爱的小生命投放到地球上，希望人类有一天会变成他们想象中神明般的存在？或者根本就没有意义？也许我们只是一个恒久混沌的气泡中散乱的句子，众生喧哗却无人倾听，而我们最坏的预感最终会得到应验：你是孤独的。孤身一人。

十七分钟。

孤独。随后班柯出现，把他呵护在掌心，给了他一个家。如今他却甩掉了班柯，甩掉了所有人，重归孤独。只有他和夫人。可他做这一切到底是为了什么？他真的想这样吗？还是他想把这些送给什么人？给她，给夫人吗？

十四分钟。

他真的以为它会长久？难道它不是和夫人的精神一样脆弱，难道它——这个他们建立的帝国——不是注定会摔得粉碎，只是时间问题吗？也许吧，但我们除了时间还有什么？一点点时间，令人沮丧的昙花一现。

十一分钟。

赫卡忒在哪里？现在已经来不及提着箱子去港口，把它扔进海里了。另一个办法是把它丢进大街的井盖里，但现在是明亮的白天，最近媒体的高度曝光很可能让他被人认出来。

七分钟。

麦克白决定了。如果赫卡忒两分钟内不出现，他就离开。留下手提箱。希望赫卡忒在炸弹引爆之前抵达这里。

五分钟。四分钟。

麦克白站起来走到门口，听了听。

没动静。

该撤了。

他抓住门把手。拉了拉。用力拉。锁住了。他被锁住了。

"您的意思是，您上当了？"夫人站在轮盘赌桌旁。她被叫来是因为一位顾客企图找麻烦。那男的不算完全清醒，但也没喝醉。皱巴巴的粗呢夹克。她连猜都不用猜：方尖塔的老顾客，乡下来的土包子。

"我肯定上当了。"那男的趁夫人环顾赌场时说。今晚的人很多。她得雇更多的人才行，吧台至少就需要两个，"那颗球连续三次停在 14 上。这种概率有多大，嗯？"

"和停在 3、24 和 16 上的概率一样大，"夫人说，"五万五千分之一。和任何数字组合的概率一样。"

"可——"

"先生，"夫人微笑着，轻轻抚摩他的手臂，"有没有人告诉过你，在遭到轰炸时，你应该躲进炸弹坑，因为雷不会两次击中同一个地方？那才是骗人呢。但你现在在因弗尼斯赌场，先生。"她递给他一张票，"去吧台喝一杯，算我的。好好想想我刚才话里的逻辑，我们过会儿再谈，行吗？"

那男的仰起脖子，看了看她。然后接过票，走了。

"夫人。"

她转过身。一个宽肩膀的高个子女人戳在她面前。或者是个男的。

"手先生想跟您说几句话。"这个不男不女的人朝一位站在几米开外的老者点了点头。他一身白色西装，染了黑发，倚着一根镀金的拐杖，颇有兴致地端详着头顶的吊灯。

"可否等几分钟……"夫人微笑道。

"他还有个昵称。H开头的[1]。"

夫人怔住了。

"他更喜欢叫自己手先生。"不男不女的人笑道。

夫人走到老者跟前。

"巴卡拉水晶还是波希米亚水晶？"他盯着吊灯问。

"波希米亚，"她说，"这是伊斯坦布尔多尔玛巴赫切宫吊灯的缩小版。"

"可惜我从没去过那里，夫人。不过，我去过捷克斯洛伐克一个小地方的小教堂。黑死病过后，遍地的白骨无处存放。于是他们雇了一位独眼僧，叫他把尸骨堆在一起，统统清理掉。可他并没有这么做，而是用它们来装点那座教堂。他们有一盏吊灯是用头盖骨和人身上的骨头做的。也许有人觉得这是对死者的不尊重，但我认为恰恰相反。"老者的目光从吊灯转向夫人，"死后还能保留一样功用，这种内在的不朽感，岂非人类最好的礼物？就像化为一丛珊瑚、一盏吊灯。或是一个符号、一颗启明星，一位英年早逝的警察局局长，趁人们以为他还是一个好人和无私的领袖时

---

[1] 指赫卡忒（Hecate）。

就这样幸福地过早离世，而他狂妄贪婪的另一面还未来得及揭露。我以为我们需要这样的死，夫人。我希望这个独眼僧得到他应得的感谢。"

夫人倒吸了一口气。通常她能从一个人的眼睛里找到一些能被她解读、理解并利用的东西。但在这个人眼睛的后面，她什么也看不到——就像看进一个盲人的眼睛："我能帮到您什么，手先生？"

"正如你知道的，我现在本应和你的丈夫见面。他正坐在一间酒店套房里，等着杀我。"

夫人感到气管收紧，她知道如果这时候说话，嗓音会非常尖锐。所以，她忍住没说。

"但鉴于我认为自己没有合适的死亡理由，我倒是觉得可以跟你们当中理智的那一个人谈一谈。"

夫人望着他。他颔首微笑，那种悲伤的、温柔的微笑，像一位智叟。仿佛能读懂她的心思，告诉她不用找借口。

"明白了，"夫人说着重重地咳了一声，"我想我需要喝一杯。您想喝点什么？"

"不知吧台的招待员会不会做浑浊型的马天尼？"

"跟我来。"

他们走向吧台，人们正排着队。夫人辟出一条道，走到柜台后抓起两只马天尼酒杯，先倒了些杜松子酒，又倒了些马天尼酒，在柜台下面的操作台充分混合。不到一分钟，她回来把酒递给老者："希望这酒够浑浊。"

他尝了一口："绝对够。但如果我所料不错，这里面应该多了一种成分吧。"

"两种。我的独门配方。这边请。"

"什么配方？"

"这当然是商业机密。但这么说吧，我认为饮品应该有地方特色。"夫人引领老者和不男不女的大高个儿走进餐厅后的一间空房。

"处于我这种位置的人自然理解你保护商业机密的苦心，"赫卡忒说着，等那个像男人的女人为他拉出一把椅子，"所以请原谅我揭穿了你们占领我的城市的企图。我尊重野心，但我有其他的安排。"

夫人啜了一口她的马天尼："你要杀了我丈夫吗？"

赫卡忒没有回答。

她重复了一遍问题。

麦克白盯着门，感觉嘴里发干。锁住了。他想象自己现在能听到身后的炸弹在嗒嗒地响。没有其他出路，因为他在研究建筑图纸时总要查看出口的位置。窗外，二十层高的墙体直通地面。

锁住了，困住了。赫卡忒的陷阱。他自己的陷阱。

他用嘴呼吸，试图压制不断上升的焦虑。

他扫视了一下房间。没有其他地方可躲，炸弹的威力实在太大。他的目光又落在门上。落在门把手下面的执手锁上。

执手锁。他长舒一口气。该死，他是怎么了？他笑了笑。酒店的房门在合上时本来就会锁住。亏他平日还住在酒店呢。你只要转动锁体，门自然就开了。

他伸出一只手。又犹豫了。为什么他觉得事情不会这么简单呢？事情从来都不简单。他不可能从这里出去，他注定会把自己炸上天。

他捏住锁。他能感到自己的手指因为出汗而滑溜溜的。拧了一下。

锁体转动。

他压了一下门把手。

推开房门。

走出去。冲下楼梯，冲过走廊，心中暗自咒骂。

站在电梯口，按下按钮。

看见墙上的显示器显示电梯正从一楼往上升。

看了一眼手表。两分四十秒。

电梯快来了。那是什么动静？杯子的一声碰撞，还有人在说话？电梯里有人？万一是赫卡忒怎么办？现在没时间回去寒暄了。

麦克白撒腿就跑。根据图纸，消防逃生口在左边的角落。

没错。

他一把推开门，听见电梯到达时"叮咚"一声响。他扶着门，屏住呼吸。

有人在说话。尖尖的、小男孩的声音。

"我不太明白——"

"手先生不会来的。我们要做的就是把那个男的在房间里拖半个小时。但愿他喜欢香槟。"

手推车的轱辘声。

麦克白合上身后的门，跑下楼梯。

每一层都有一个数字。

他停在了 17 层。

夫人点点头，吸了口气："那你会选另一天杀了他？"

"这得看情况。你加的是苹果汁吗？"

"没有。什么情况？"

"如果只是一时糊涂。你俩好像都停用了我的产品，也许这对大伙都好。"

"你不会杀他，因为你需要他做警察局局长。现在你识破了麦克白的计谋，你相信他得到了教训。一条狗如果不挨罚是不会听话的，只有挨过罚才算被驯服。"

老者转向那个不男不女的人："我说他俩中间，她更聪明。你现在明白了吧？"

"那么，你想从我这里得到什么，手先生？"

"杜松子酒？不，你说过配方保密，所以你的回答不会可靠。我只想让你们明白，你们有什么选项。服从，我就会保护麦克白免受任何伤害。他会是你的提索诺斯。不服从，我就把你俩都杀了，就像你们杀那些驯服不了的狗一样。看看周围，夫人。看看你会失去的一切。你拥有一切你做梦都想得到的东西。所以你用不着再做梦了。至于配方，如果你的野心太大，它们就会成为灾难的配方。"老者一口干掉剩下的酒，把杯子放到桌上，"胡椒。两种成分之一。"

"鲜血。"夫人说。

"真的？"他把双手放在拐杖上，支撑着自己站起来，"人血吗？"

夫人耸了耸肩："这很重要吗？你相信就是了，而且你好像喜欢这配方。"

老者笑了笑："如果换一种情形，你我可以成为很好的朋友，夫人。"

"来世吧。"她说道。

"来世，我的小莉莉。"他用拐杖敲了两下地面，"留步。我们自己走。"

夫人保持着微笑，一直到他消失。然后她喘着气，感觉屋

里天旋地转，不禁抓住椅子的扶手。莉莉。他知道。他怎么会
知道？

十七层。

麦克白看着手表。还剩一分钟。那他为什么停住？他们想必
正推着车进屋。炸弹引爆时，他们会在现场。那又怎么样？他们
是赫卡忒的小兵。他们必然是整个计划的一部分，所以有什么问
题呢？城里没有人是清白的。可为什么某种东西偏偏在这时从他
脑子里冒出来？是他演讲里的东西吗？夫人写的，拿给他的？还
是来自更远的从前，他们从警察学院毕业时的誓言？还是更久远，
班柯跟他说过的什么话？某种东西，有某种东西，但他记不起是
什么。只是……

该死，该死，该死！

四十五秒。

麦克白撒腿就跑。

跑上楼。

第三十五章

"跟我来！"麦克白喊道。

两个小男孩盯着这个突然出现在套房门口的人。其中一个正拿着香槟，软木塞上的金属丝已经解了一半。

"赶快！"麦克白吼道。

"先生，我们——"

"不想死的话，三十秒内离开这里！"

"冷静，先生。"

麦克白抓起香槟桶，朝窗上扔去。冰块纷纷弹出，在拼花地板上碎裂。他用低沉的嗓音说："二十五秒内，一枚炸弹会在屋里爆炸。"

说完他转身就跑。跑下楼梯。耳边响起噼里啪啦的脚步声。他全速冲过电梯，为两个男孩扶住楼梯间的门。

"跑！跑！"

关上门，在身后催促他们加速。

十五秒。麦克白不知爆炸的威力会有多大，但如果这枚炸弹是用于摧毁和因弗尼斯一样坚固的建筑，他们必须跑得越远越好。十六层。他感觉一阵头痛袭来，仿佛他已经能感受到爆炸带给耳膜、眼球和口腔的压力。十四层。他看了一眼手表。还有十五秒。

十一层。还是没动静。倒计时系统也许没有那么精确，或是故意设置了延时。前面两个孩子开始慢下来。麦克白大吼一声，他们又重新提速。

在第八层，两个孩子冲出消防逃生门进了楼道，但麦克白继续沿楼梯往下跑。被困在电梯里就死定了。当他到达底层时，几乎已经超过预定爆炸时间三分钟。

他走向前台。还是同样的员工。他们停在柜台旁，好像什么事都没发生，也没注意到他的存在。他走出大楼，走进雨中。仰起头。一直站到脖子痛。然后开始穿过空旷的广场，朝西登和等在路边的车走去。到底发生了什么？或者说，没发生什么？炸弹在警局的地下室里受潮了吗？有人在他离开套房后中止了倒计时？还是它已经爆了，但比特警队的炸弹专家预测的烈度要小很多？现在怎么办？他停住脚步。如果赫卡忒和他的人走进套房，发现他留下一个炸弹怎么办？他必须回去，拿回手提箱。

麦克白转过身，走了两步，看见自己投射在鹅卵石地面上的影子，听见一阵如滚雷般沉闷的爆炸声。有一瞬间，他以为是在下冰雹。白色的粉末砸在他的脸上和手上，啪嗒啪嗒地落在周围的鹅卵石路上，在停着的车上蹦蹦跳跳。一只淋浴花洒狠狠砸在离他几米远的地上。他朝上瞥了一眼，然后听见身旁有东西猛冲过来，人飞了出去。麦克白抬起胳膊保护自己，但刚才把他撂倒的人已经站起来，掸了掸他的灰色风衣，跑开了。麦克白看见他一秒前站立的地方是一台被砸烂的棕色冰箱。

他把头枕在冰凉的鹅卵石上。

方尖塔的顶层烈焰升腾，黑烟滚滚。什么东西跳过鹅卵石路，落在他的脑袋边上。他捡起来。那东西还被裹在铁丝网里。

"究竟怎么回事？"西登在麦克白上车时问。

"图特尔，"麦克白说，"他给赫卡忒报了信。开车。"

"图特尔？"西登说着开下人行道，雨刷器扫过挡风玻璃的白色玻璃碴儿。

"图特尔是唯一知道我们计划的人，他肯定通知了赫卡忒，希望他反过来杀了我。"

"但赫卡忒并没试图杀你。"

"不。恰恰相反。他救了我。"

"这怎么说？"

"他需要他的木偶。"

"什么？"

"没什么，西登。去因弗尼斯。"

麦克白望向人行道，望向对着天空目瞪口呆的人群。他搜寻着那件灰色风衣。有多少人？他们都穿灰色风衣，还是只有一部分人穿？他们一直在那儿吗？他闭上眼。不死。像木偶一样不死。他的脑压上升，闪过一个奇怪的想法。赫卡忒答应使他刀枪不入并非一种恩赐，而是一个诅咒。软木塞在指间转动，他能感到铁丝划过他的皮肤。他听见一阵警笛声。

西登停在因弗尼斯门前。麦克白刚要下车，就听见图特尔的声音。

"把收音机的音量调大。"麦克白说着又坐进车里。

"……亲爱的市民朋友，为了抵制谣言，同时出于对你们的尊重和保护你们了解当选官员的权利，我今天决定向你们坦白，十五年前我有过一段短暂的婚外情，结果有了一个儿子。孩子的母亲和我的妻子——达成一致，决定不将此事公开。我一直和我的儿子，还有他的母亲保持着密切联系，用我自己的工作所得供养他们。当时不公开是考虑各种因素后作出的决定。公众不在考虑范围，因为当时我并未担任公职，除去身边最亲近的人和我自己，无须向别人做出回应。但如今情况不同，也是时候公开了。我儿子的母亲现在病重，她在两个月前同意儿子搬来和我同住。此后我带卡西出席公开活动，对外介绍他是我的儿子，但可惜我的诚实似乎导致不实的谣言。真相往往是大家最不愿相信的东西。我并不为十五年前的不忠感到骄傲，但除了寻求最亲近之人的宽恕，我无能为力。对于通过我的私生活来判断我领导能力的人，我也无能为力。我唯一能做的就是请你们信任我，就像我现在信任你们一样——我把令我极为痛苦和珍贵的经历公之于众。也许我没有令自己感到骄傲的表现，但我却为我十五岁的儿子卡西而骄傲。昨晚我和他进行了一番长谈，他叫我去做我现在正在做的事：告诉全体市民我是他的父亲。"图特尔深吸一口气，然后用颤抖的嗓音说："他是我的儿子。"他咳了一声，"而且我要赢得即将到来的市长选举。"

沉默。一个女人的声音，显然深受感动。

"刚才是图特尔市长发表的声明。现在继续播报新闻。第四区发生一起严重爆炸事件，地点位于方尖塔赌场顶层。目前尚无人员伤亡的消息，但——"

麦克白关掉收音机。

"该死。"他说道，失声干笑。

第三十六章

夫人背靠着枕头，从睡衣下伸出一只脚，伸向坐在床头一张矮凳上的麦克白。她挂起两条红裙。麦克白轻抚她细长的脚踝和刮过毛的光滑的腿。

"所以赫卡忒知道我们的计划，"他说道，"他有没有说是谁告诉他的？"

"没有，"夫人说，"但他说，如果我们乖乖合作，你就可以做我的提索诺斯。"

"提索诺斯是谁？"

"一个被赋予永生的希腊美男子。但他还说，如果我们不听话，他就会像杀死驯服不了的狗一样杀了我们。"

"嗯。只可能是图特尔告诉他的。"

"你已经说第三遍了，亲爱的。"

"这个狡猾的老色鬼很会胡说八道。那个男孩的确是他儿子。问题是现在城里人愿不愿让一个老色鬼做他们的市长。"

"就凭一段十五年前的婚外情？"夫人说，"图特尔当年已经承认有过这段情史，也祈求过原谅，并且一直花钱照顾他们母子。现在孩子的母亲病了，圣徒图特尔便把孩子接来住。人们会赞赏他这么做，亲爱的。他犯了一个大多数人都会理解的错误，事后也表现出羞愧和善良。他现在已经成为普通百姓中的一分子了。这个声明是相当聪明的一着棋。人们现在统统都会出来为他投票。"

"看来图特尔要赢了。我们能做什么？"

"是啊，我们能做什么呢？还是先解决眼前的事好了。穿哪条裙子，杰克？"

"西班牙风格的。"杰克说着端起托盘里的一杯茶，放在夫人的床头柜上。

"谢谢。图特尔和赫卡忒怎么办，杰克？我们要不要出招？还是太危险了？"

"我不是战略家，夫人。但我读过，当你两面受敌时，有两种经典的策略。第一种是和其中一个敌人达成停战协议，然后集中力量除掉另一个，而且要出其不意。第二种是让敌人自相残杀，等双方实力都削弱时再出击。"

他递给麦克白一杯咖啡。

"记得提醒我给你晋升。"麦克白说。

"噢，他已经晋升了，"夫人说，"我们未来两周的客房全部订满，所以杰克现在有一个助手。一个会管他叫先生的助手。"

杰克笑了："这可不是我的点子。"

"是我的，"夫人说，"而且算不上什么点子。规定称谓是再合理不过的事。它提醒每一个人等级之分，这样就不会产生误解。如果市长宣布进入紧急状态，那么诸如谁来管理城市的问题就显得重要起来。那么，谁来主事呢？"

杰克摇摇头。

"警察局局长，"麦克白说着啜了一口咖啡，"直到他中止紧急状态。"

"真的？"杰克说，"那如果市长死了呢？届时也由警察局局长接替吗？"

"是的，"麦克白说，"直到选出新的市长。"

"'二战'刚结束，肯尼斯就制定了这项政策，"夫人说，"那时他们大肆鼓吹强人政治在应对危机时的重要性。"

"听起来有道理。"杰克说。

"进入紧急状态后，警察局局长便可以总揽大权。他可以暂停司法系统，审查媒体，无限期推迟选举。总之，他就是……"

"一个独裁者。"

"完全正确，杰克。"夫人搅了搅她的茶，"可惜图特尔不大可能同意宣布紧急状态，所以我们只能采取下面的最佳选项。"

"是什么？"

"当然是让图特尔死。"夫人啜了一口茶。

"死？怎么死？"

"一场刺杀，"麦克白一边说一边轻捏着她的小腿肚，"亲爱的，你是这个意思，对吧？"

夫人点点头："由警察局局长宣布，在调查刺杀案期间，他将接管这座城市。刺杀背后有没有政治动机？是不是赫卡忒干的？和图特尔的不忠有无关系？这个调查最终会成为一个无头公案。"

"我只能暂时统治，"麦克白说，"直到选出新的市长。"

"但是亲爱的，你想想看，街头可是发生了血案哪。先是警官被谋杀，接着又是政客被刺杀。如今承担市长一职的警察局局长是很有可能决定宣布紧急状态的。在局面安定之前无限期推迟选举。而且决定局面何时安定的是警察局局长。"

麦克白感到一种童年般的快乐。当年在孤儿院的操场上，他和德夫在城堡里当国王，那些年龄比他们大的野孩子都得对他们俯首称臣。"实际上我们将拥有无限的权力，想要多久就有多久。你确定首府不会介入？"

"我今天和一名最高法院的法官进行了一次有趣的长谈。只要肯尼斯制定的政策不违背联邦法律，首府便很难实施制裁。"

"我明白了，"麦克白揉了揉下巴，"的确有意思。所以我们唯一要做的就是叫图特尔死，或者让他亲自宣布进入紧急状态？"

杰克咳了一声："还需要别的吗，夫人？"

"不了，谢谢，杰克。"夫人高兴地摆手，示意他退下。

杰克打开房门，麦克白听见楼下沉闷的音乐声。门关上时，外面传来急救车尖锐的鸣笛声。

"图特尔正在想办法阻止我们，"夫人说，"必须尽快动手。"

"赫卡忒怎么办？如果图特尔和赫卡忒本是一条蛇，那么图特尔是尾巴，赫卡忒是头。斩断尾巴只会让它更危险。我们得先对付蛇头才行！"

"不。"

"为什么？他说了，如果我们不服从就会杀了我们。你难道想当被驯服的狗？"

"听我说，亲爱的。你听见杰克刚才说的了。和一方停战，集中力量对付另一方。现在不是挑战赫卡忒的时候。何况我不确定赫卡忒和图特尔真的是一条战线上的人。如果是这样，赫卡忒应该会叫我们不要打图特尔和市长的主意。可他没有，甚至在你参选的传言出现后也没有反应。只要赫卡忒认为我们已经吸取了教训，现在是他忠实的走狗，他只会祝贺我们夺取控制城市政治的权力，这其实也是在祝贺他自己。你能理解吗？我们现在认真对付一个敌人，拿到我们想要的。接下来我们再决定怎么对付赫卡忒。"

麦克白把手摸向她的大腿深处。她静静躺下，合上眼。他听着她的呼吸。那呼吸就是无声的命令，决定他的手该做什么，不该做什么。

从下午到晚上，雨一直在洗刷这座从未干净过的城市。雨水拍打在大酒店的房顶上，弗里斯、德夫、马尔康和凯思妮斯决定在雨停之前暂时在这里歇脚。现在是凌晨两点，凯思妮斯被一阵敲门声唤醒。她立马听出了敲门的是谁。

不是次数、频率和力度，是方式。他敲门是用平掌。而且她熟悉那只手，熟悉每一道皱纹和裂隙。

她打开一条缝。

雨水从德夫的衣服和头发上淌下，他的牙齿打着战，脸冻得苍白，那道伤疤清晰可见："对不起，可我真的需要洗个热水澡。"

"你没有……"

"弗里斯和我住一间屋，我们只有带上下铺的床和一个盥洗台。"

她把门开得大一点儿，他溜了进来。

"你去哪儿了？"她问道。

"墓地。"他在浴室里说。

"大半夜去的吗？"

"没多少人出来。"她听见水龙头被拧开。站在浴室门外。"德夫？"

"嗯。"

"我就想说，我很难过。"

"什么？"他喊道。

她清了清嗓子，提高音量："为你的家人。"

她听着哗啦啦的水声掩盖住她的说话声，静静地望着将他掩藏起来的水蒸气。

德夫穿着睡衣出来、一只胳膊上搭着湿衣服；凯思妮斯躺在那张大床上，穿着衣服。他从裤子的口袋里掏出一包浸湿的香烟。她点点头，于是他躺在她身边。凯思妮斯把头枕在他的手臂上，抬头望着半球形的黄色玻璃顶灯。灯罩里有许多死虫的黑点。

"这就是离光太近的后果。"他说。他依旧能猜中她心里在想什么。

"伊卡洛斯[1]。"

"麦克白。"他说着点了根烟。

"我不知道你又开始抽烟了。"她说。

"是有点奇怪。我其实从来都不喜欢这鬼东西。"他做了个痛苦的鬼脸，朝天花板吐出一口巨大的烟圈。

她咯咯笑道："那你干吗还抽？"

"我没告诉过你吗？"

"你有好多事都没告诉过我。"

他咳了一声，把烟递给她："因为我想成为麦克白。"

"我还以为他想变成你呢。"

"他看上去太爽了。想干什么就干什么。我行我素，随心所欲。我就从来没有过。"

"但你拥有智慧，"她抽了一口，把烟递回去，"有让别人认同你的口才。"

"人们不喜欢承认自己的错误。我也没有让他们喜欢我的口才。他有。"

"不值得一提，德夫。瞧瞧他现在变成了什么样的人。他愚弄

---

[1] 希腊神话中的人物。伊卡洛斯企图借助蜡和羽毛制造的翼逃离克里特岛，但因飞得太高，双翼上的蜡被太阳融化，不幸跌落水中丧生。

了所有人。"

"不。"德夫摇了摇头,"不,麦克白没有愚弄任何人。他心直口快,坦坦荡荡。他不是圣人,但也没有鬼胎,你看见的就是真相。也许他说话时没有用才智和创意打动人,但你相信他说的每一个字。真的。"

"相信?他是个冷酷的杀手,德夫。"

"你错了。麦克白感情丰富。这就是为什么他连一只苍蝇都伤不了。或者更确切地说,特别是苍蝇这样的生物。面对具有攻击性的黄蜂,他会动手,但面对手无寸铁的苍蝇,永远不会,不管它有多么烦人。"

"你怎么能为他辩护,德夫?你失去了——"

"我没有为他辩护。他当然是个杀人犯。我想说的只是他绝不会杀任何无力防卫的人。只有一次例外。他那么做是为了救我。"

"哦,是吗?你说说看。"

他猛吸一口烟:"在通往福利斯的乡间小路上,他杀死了一名'诺斯骑士'。这个小子刚好看见我杀死了他的同伴——那个我错以为是斯威诺的人。"

"这么说,他们并没有朝你开枪?"

德夫摇了摇头。

"但即便如此,麦克白也没有比你更好。"凯思妮斯说。

"不,他更好。我杀人是为一己私欲。他杀人却是为别人。"

"警察都会庇护队友。这是我们的传统。"

"不,因为他觉得亏欠我。"

凯思妮斯挑起眉毛:"亏欠你?"

德夫朝天花板举起烟,闭上一只眼,用另一只眼瞄准上方的灯光。"外祖父死后,我进了孤儿院。当时我十四岁,年龄已经很大了。麦克白和我同岁，但他五岁时就进来了。我们住同一间屋，很快成了朋友。那时麦克白说话结结巴巴。特别是到了周六晚上，他午夜会从房里消失，一个小时后才回来。他从来不愿告诉我他去了哪里，直到有一天我用开玩笑的口气威胁他，我要向可怕的院长洛瑞尔举报他，他竟然说你最好这么做。"德夫用力扯了一下烟卷，"因为那就是他去的地方。"

"你的意思是……院长——"

"虐待麦克白很久了。我都不敢相信自己的耳朵。洛瑞尔对他做的……你无法想象任何人能对另一个人做出这样的事，而且还很享受。有一回麦克白起身反抗，洛瑞尔差点没把他杀了，害得他在地窖——也就是所谓的矫正室被关了两个星期。那地方就是个监狱。我气得直哭。因为我知道他说的每一个字都是真的。麦克白从不撒谎。于是我说，我们必须杀了洛瑞尔。我要帮他。麦克白同意了。"

"你们谋杀了他？"

"谈不上'谋杀'，"德夫说着给她递烟，"我们没怎么计划，就杀了他。"

"你们……"

"我们在一个星期四去了他的房间。在门口窥探到洛瑞尔在打呼噜，于是走了进去。麦克白对这间屋子了如指掌。我在门口把风，麦克白走到床边，举起一把小刀。可过了一会儿，当我的眼睛适应了黑暗时，我见他站在那儿一动不动，像一根盐柱。然后他哭丧着脸，过来跟我小声说，他下不去手。于是我抄起那刀，走到洛瑞尔身边，猛地往他打呼噜的嘴里一捅。洛瑞尔抽搐了一下，然后咽了气。没流多少血。我们干完就走了。"

"我的天！"凯思妮斯像婴儿般蜷缩起来，"后来发生了什么？"

"没什么。有两百个年轻的嫌疑人。没人注意到麦克白比之前更结巴了。几周后当他逃离孤儿院时，也没人把这件事和谋杀案联系起来。总是会有小孩逃走。"

"然后你和麦克白又见面了？"

"我在中央车站见过他几次。我想要和他说话，但他拔腿就跑。你知道，这就像破产者撞见债主。几年后我们在警察学院相遇。那时候他说话完全不结巴了，简直像换了一个人——我想成为的那种人。"

"因为他清白、善良，不像你有杀人之心？"

"麦克白从来没把冷血的谋杀视为一种美德，而是将之视为某种缺陷。他在特警队这些年只会在自己或手下遭受攻击时才杀人。"

"那所有这些谋杀呢？"

"他叫别人替他干的。"

"杀女人和小孩。我觉得他已经不是你认识的他了，德夫。"

"人是不会变的。"

"你变了。"

"真的吗？"

"如果没有，你就不会出现在这里，参加这场战斗。像你说麦克白那样说说你吧。你是个彻底自私的人，谁要是挡了你的路，你就会把谁清除。不管是你的同事、家人，还是我。"

"我只记得自己有一次真想改变，那就是我想变成麦克白。当我意识到这不可能后，我只好变成另一种更好的人。一种可以想要什么就拿什么的人，即便那东西对我的价值不如对它真正的主人那样珍贵，就像赫卡忒取走那个男孩的眼睛一样。你知道我什么时候爱上梅雷迪斯的吗？"

凯思妮斯摇了摇头。

"当我们四个人坐在一起时——麦克白、我、梅雷迪斯和她的女伴——我看见麦克白对梅雷迪斯是那样的眼神。"

"告诉我这不是真的，德夫。"

"很遗憾，是真的。"

"你有自己的魅力，德夫。"

"这就是我想要告诉你的。所以当你说我是为了别人而抗争时，我不知道这种说法对不对，或许我只想夺走麦克白想要的某种东西。"

"可他不想要，德夫。这座城市、权力、财富，他一点都不在乎。他只想要她的爱。"

"夫人。"

"一切都是为了夫人。你还没意识到吗？"

德夫朝天花板吐出一口变形的烟圈："麦克白是被爱所驱使，而我是被嫉妒和仇恨所驱使。他展现出仁慈的地方，我却选择了杀戮。明天，我要去杀我曾经最好的朋友了——而且是伏击他——仁慈和爱又一次弃我而去。"

"这不过是愤世嫉俗、自我憎恶的话罢了，德夫。"

"嗯。"他把烟在床头柜上的烟灰缸里捻灭，"你忘了说自我怜悯。"

"是，我忘了。还有自我怜悯。"

"我高傲、自私了一辈子。我不懂你怎么可能爱上我。"

"有些女人迷恋可以拯救她们的男人，有些女人迷恋她们可以拯救的男人。"

"阿门，"德夫说着站起来，"你们女人不懂，我们男人是不会

变的。就算找到真爱也不会变，我们就算要死了也不会变。永远
不会。"

"有人假装高傲，以此来掩饰缺乏自信，但你的高傲是真的，
德夫。说到底还是自信。"

德夫笑了笑，穿上他的湿裤子："赶紧睡吧。明天我们还得打
起精神。"

他走后，凯思妮斯下了床，把窗帘拉到一边，俯瞰街道。轮
胎唰唰地驶过水坑。乔伊的汉堡吧、北京干洗店和坦德里亚游戏
厅的广告牌散发着微弱的光。一根烟在小巷中明灭了一下。

再过几个小时，天就亮了。

她久久无法入睡。

第三十七章

星期六来临，雨势更加猛烈。城里两家报纸均报道了图特尔的声明和方尖塔顶层的爆炸事件。《泰晤士报》的领袖专栏评论称，麦克白的电台采访只能被解读为他没有明确拒绝参选市长。评论还说无法与图特尔取得联系，请他就在圣乔迪医院陪护儿子的母亲一事予以置评。早上晚些时候，雨停了。

"你今天倒是早回家了。"希拉站在前厅，用围裙擦了擦手，略带疑惑地看着丈夫。

"无事可做。单位大概就剩下我一个人在工作了。"列诺克斯一边说一边把包放在抽屉柜上，从衣橱里取下一个衣架，挂上他的外套。市议会出台政府部门每周工作五天的规定已有两年时间，但警局总部仍有一条不成文的规矩：如果你想出人头地，那就得每周六也来上班。

列诺克斯轻吻妻子的脸颊，察觉出一股新的、陌生的香水味。一个不经意的念头闪过他的脑海：万一他刚才撞见她和另一个男人上床呢？他立马打消了这个念头。首先因为她不是这种人，其次是因为她不够漂亮——她最终跟一个白化病的小矮个儿结婚也不是没有原因的。最后也是打消这个念头最有力的理由其实很简单：这实在令人难以承受。

"哪里不对劲吗？"她问了一句，跟着他走进客厅。

"完全没有，"他说，"我只是累了。孩子们在哪儿？"

"在花园里，"她说，"天气终于好起来了。"

他站在宽敞的窗边，望着孩子们追逐、嬉戏，叫着笑着，玩儿着一种他一时看不懂的游戏。似乎是逃跑。值得学习的好本领。他仰望天空。好天气？用不了多久，雨又会下起来。他瘫坐在一张扶椅上。他还能这样坚持多久？

"午饭一个小时内好不了。"她说。

"没关系，亲爱的。"他看着她。他真心喜欢她，可他是否爱过她？他记不清，也许没那么重要。她从来都不抱怨，但他十分肯定，她也不曾爱过他。希拉大体上不爱说话。也许这就是为什么她同意做他的女朋友，以至于成为他的妻子。她找到了一个可以把他们两个人的话都说尽的人。

"确定没出什么事？"

"绝对没有，亲爱的。闻起来不错。什么东西？"

"呃，鳕鱼。"她说着皱起眉头，拧成一个问号。

他本想说他指的是香水，不是她刚开始烧的菜。但她进了厨房，于是他便把椅子转过去，面朝花园。他的大女儿看见了他，露出灿烂的笑容，冲另外两个孩子喊着什么。他朝他们招招手。两个其貌不扬的人怎么会生出如此漂亮的孩子？每当此时他便会冒出那个想法：他们到底是不是他亲生的？

不忠和背叛。

他的儿子在叫他——什么？他听不见——但那小子看到自己引起父亲的注意后，在草地上做了个侧手翻。列诺克斯举高双手为他鼓掌，这会儿三个孩子竞相做起侧手翻来。取悦老爸，取悦他们依然爱慕的老爸，他们认为值得效仿的老爸。喊叫，欢笑，打闹。列诺克斯想起远方的法夫，那里的静谧、阳光，窗帘在被打烂的窗户上飘着，微风穿过墙上的弹孔，吹响一个动听的、悲伤的音符。所有难以承受的念头。失去你爱的人可以有很多种办法。如果有一天他们发现，他们的丈夫和父亲到底是什么样的人，会怎样？那风是否会吹起同样的悲歌呢？

他合上眼。一点小憩。一点好天气。

他感到有人站在身后，对着他呼吸。是希拉。

"你没听见我喊吗？"她说。

"什么？"

"有你的电话。什么西登警督。"

列诺克斯走进前厅，从桌上拿起话筒："喂？"

"早退了啊，列诺克斯？我今晚可要找你帮忙。"

"我不舒服。你找别人吧。"

"局长说带上你。"

列诺克斯倒吸一口气，嘴里像吃了铅："带我去哪儿？"

"去一家医院。一个小时后出发。我去接你。"咔嗒一声。列诺克斯挂了电话。

"怎么了？"希拉在厨房里问。

铅，自然形成的一种灰白色金属，可使人中毒和死亡，质量重的无阻材料，熔点 350。

"没事，亲爱的。没事。"

麦克白从一个关于死亡的梦中醒来。有人在敲门。敲门声告诉他，门口的人已经等了很久。

"先生！"是杰克的声音。

"来了。"麦克白嘟囔着，四下看了看。屋里洒满阳光。几点了？他一直在做梦。梦见自己站在床头拿着一把匕首。可他每眨一次眼，枕头上的脸都会改变。

"是凯思妮斯警督打来的，先生。她说是急事。"

"把她的电话接进来，"麦克白说着，朝床头柜翻了个身，"凯思妮斯？"

"抱歉周六给你打电话，但我们发现了一具尸体。恐怕我们需要你的帮助。"她听上去气喘吁吁的。

"怎么回事？"

"可能是弗里斯，班柯的儿子。尸体质量很差，他在城里又没有近亲，所以你应该是最有可能辨认他的人。"

"噢。"麦克白说着，喉咙一紧。

"你说什么？"

"是，我想我是。"麦克白说完拽了拽被子，把身子裹紧，"一具尸体在海水里泡这么长时间……"

"这正是问题所在。"

"什么问题？"

"我们不是在海里发现的尸体，而是在 14 街和 15 街之间的一条小巷里找到的。"

"你说，14 街和 15 街？"

"到 14 街和多西尼路。我会在乔伊的汉堡吧门口等你。"

"好的，凯思妮斯。我二十分钟内赶到。"

"谢谢长官。"

麦克白放下电话。百合花。地毯上的花是百合花。百合[1]。夫人的孩子叫这个。为什么他以前没想起来？因为她死了。因为他

---

[1] 百合花，英文 Lily，做人名时通常译为莉莉。

之前没见过、尝过、咀嚼过、梦见过这么多的死亡。他闭上眼，回忆梦中变换的脸。孤儿院院长洛瑞尔张嘴打呼噜时毫无察觉的脸，变成邓肯直视着他有所察觉的脸。然后是班柯僵硬的、无情的注视。没有躯体，只有枕上的头颅。然后是那个无名的"诺斯骑士"，满脸惊恐，跪在地上看着已经死去的同伴，麦克白朝他步步逼近。他望着天花板。想起每次从噩梦中惊醒、舒一口气的情景。舒一口气，发现在现实中他不会被流沙淹死或被狗吃掉。可有时他觉得虽然已从噩梦中醒来，但他还在做梦，还是快被淹死，必须冲破好几层困境才能恢复清醒。他紧闭双眼。又睁开。起床。

圣乔迪医院前台丰满的黑人女护士看了看列诺克斯出示的身份证，然后抬起头。

"上边交代了，谁都不能进……"她又看了一眼证件，"警督。"

"我们是为了警务，"他说，"十分要紧。必须第一时间向市长汇报。"

"您留个言，我可以——"

"机密，特急。"

她叹了口气。

"一楼，204 房间。"

一间大病房里，图特尔市长挨着年轻的男孩，坐在其中一张病床旁的木椅上。他搂着男孩，让他靠在自己的肩上。列诺克斯站在他们身后，咳了一声。两人都抬起头。病床上躺着一个面色苍白、头发稀疏的中年女人，列诺克斯一眼就看出她和男孩的相似之处。"晚上好，长官。您不会记得我，但我们在因弗尼斯赌场的晚宴上见过。"

"列诺克斯警督，是吧？反腐败处的。"

"您的记性真好。不好意思，就这样闯进来。"

"我能为你做什么，列诺克斯？"

"我们得到可靠线报，有人马上要刺杀您。"

男孩吓了一跳，但图特尔连眼皮都没眨一下："说说细节，警督。"

"我们目前没有掌握更多细节，但我们对这件事非常重视。我来是护送您去一个更安全的地方。"

图特尔挑起眉毛："还有比医院更安全的地方吗？"

"报纸上说您在这儿，市长先生。任何人都可以进来。让我护送您上车，把您送回家吧。之后我们会有时间深入调查。如果您不介意跟我走……"

"现在吗？你也看见了——"

"我看见了，对不起，但保护市长的人身安全是我的责任。"

"站在门口执勤，列诺克斯，这样——"

"这不是我得到的命令，长官。"

"现在是了，列诺克斯。"

"去吧。"病床上的女人有气无力地说，"去，带上卡西。"

图特尔把一只手搭在她的手上："可是伊迪斯，你——"

"我累了，亲爱的。我现在想一个人待着。卡西和你在一起更安全。听这个人的话。"

"那你——"

"嗯，我没事。"

那女人合上眼。图特尔拍了拍她的手，转向列诺克斯："好，我们走吧。"

他们离开病房。男孩走在他们前面。

"他知道吗？"列诺克斯问。

"她会死？知道。"

"他承受得了吗？"

"有些天很难过。他知道这事有一阵子了。"他们走下通往售货亭和出口的楼梯，"但他说还能承受。只要我们其中有一个人陪他就好。我正好去买点烟，等我一下好吗？"

"她在那儿。"麦克白用手指着说。

杰克把车停到大饭店对面的马路边，在一家干洗店和一家汉堡酒吧之间。他俩都下了车，麦克白迅速转动眼球，观察这条空旷的街道。

"这么快就到了，多谢。"凯思妮斯说。

"不客气。"麦克白说。她身上有一股浓烈的香水味，他不记得她以前用过。

"带路吧。"麦克白说。

麦克白和杰克跟着她走过这条街。星期六的夜晚，刚刚拉开帷幕。在一块写着"裸体女郎"的闪烁的霓虹灯牌下，一个穿西服的门卫瞟了一眼凯思妮斯，然后把烟扔到路上，用鞋跟踩了踩。

"我还以为你会带西登一起来。"凯思妮斯说。

"他今晚得去圣乔迪医院。是这儿吗？"

凯思妮斯停在一条拉着橙色警戒线的小巷入口。麦克白往深处望去。巷子实在太窄，两侧后门外的垃圾箱摆得很近。里面漆黑一片，什么也看不见。

"我是第一个到的，特别行动组其他成员随后赶到。周末就是这样。大家都不在一个地方。"凯思妮斯掀起警戒线，麦克白从下面钻过去，"您要不单独进去看看尸体，长官？我用一块被单盖上了，但请不要动其他东西。留的痕迹越少越好。司机可以留在这里，我正好回酒吧和病理专家碰个头。他大概快到了。"

麦克白看着她。从她的脸上看不出任何东西。她原以为西登会来。浓烈的香水，掩盖了别的不为人知的味道。

"好。"他说着走向巷子深处。

走了不到十米，主路上的所有声音就已经消失，只能听见风扇呼呼在转，一扇打开的窗户里有人在咳嗽，还有收音机低沉的播报声：托德·朗德格伦，《你好，是我》。他溜过垃圾箱之间的窄缝，也不知自己为何朝前爬行。习性，他猜想道。

尸体躺在巷子中间，有一半处于一盏壁灯的锥形光中。巷子的另一头就是15街，但离这里还很远，他看不见巷口是否也拉起了警戒线。

白色的被单下伸出一双脚。他立马就认出了尖头皮鞋。

他走过去，深吸一口气。空气里飘浮着干洗剂的甜味，是从他身后一道门上方聒噪的排风扇里吹出来的。他抓住被单中间，扯开它。

"嗨，麦克白。"

麦克白直视着对他举起的一把猎枪的枪眼。枪手仰面躺在黑暗中。他脸上的疤发着光。麦克白吐出胸中一口气。

"嗨，德夫。"

德夫一边说一边检查麦克白的双手："麦克白，你被逮捕了。如果你敢动一下，我就毙了你。你自己选。"

麦克白望向15街："我是警察局局长，德夫。你无权逮捕我。"

"还有其他有权的人。"

"市长吗？"麦克白笑道，"我觉得你指望不上他活那么久。"

"城里当然没人敢动你。"德夫站起来，枪口未偏离一寸。

"你是因为涉嫌法夫的谋杀而被捕。我们会把你从这里带走接受审判。我们已经和他们打过招呼了。你会被控告谋杀班柯，案发地是法夫。面朝墙，双手举过头顶。"

麦克白照做："你没有我的把柄，你知道的。"

"就凭安格斯对凯思妮斯警督的陈述，我们足以把你在法夫拘留一周了。你不在警局的一周会给我们足够的时间在城里起诉你。这一次是谋杀邓肯。我们有法医的证据。"德夫拿出手铐，"转过去，双手背在身后——你知道该怎么做。"

"你真要开枪打死我，德夫？来吧，你是一个靠复仇存活的人。"

德夫等到麦克白转过身、双手抱头后才慢慢接近他。

"我知道，你发现杀的那个人不是斯威诺对你打击很大，德夫。但现在，你确信站在你面前的人没有错，你不准备为梅雷迪斯和孩子们报仇吗？还是说在你心中，你母亲比他们更重要？"

"站着别动，闭上你的嘴。"

"我闭口不言已经很多年了，德夫。我知道，斯威诺在斯托克杀的那个女警官是你母亲。那件事是哪一年来着？你当时肯定还小。"

"我是很小。"德夫把手铐在麦克白的手腕上扣好。

"为什么你随了你外祖父的姓，而不是父母的姓？"

德夫把麦克白转过来，直视着他。

"你不需要回答，"麦克白说，"你这么做是为了避免警局和'诺斯骑士'把你的名字和斯托克大屠杀联系在一起。没人知道你当警察并不是为了服务这座城市，也不是为了履行我们那些狗屁誓言。一切都是为了抓住斯威诺，为了复仇。仇恨驱使着你，德夫。你觉得在孤儿院杀死洛瑞尔很简单，是不是？因为你看见斯威诺站在你面前。洛瑞尔不过是另一个毁了别人童年的人。"

"也许你说得对。"德夫离他如此之近，都能看见麦克白棕色眼眸里自己的影子。

"所以你怎么了，德夫？为什么现在不想杀人了？我是那个让你失去家庭的人，现在你的机会来了。"

"你会为自己的所作所为付出代价。"

"我做了什么？"

德夫朝15街的方向瞟了一眼，马尔康和弗里斯的车正等在那儿。凯思妮斯正往那边去。"你杀了无辜的人。"

"我们该死的职责就是杀死无辜的人，德夫。只要是服务于更崇高的目标，我们就必须克服伤感和老实的本性。我在乡间小路上割断那个人的喉咙不是为了你，不是为了报答你替我杀了洛瑞尔。我把自己变成凶手，是为了这样就不会有人诋毁我们警察这支队伍。我是为了这座城市，为了避免混乱和无序。"

"来，走吧。"

德夫抓住麦克白的手臂，但麦克白挣开了。"你对权力的贪欲胜过了复仇的贪欲吗，德夫？你觉得逮捕警察局局长就能让你得到有组织犯罪处？"

德夫拿枪口顶着麦克白的下巴："我能告诉他们的是，你拒捕。"

"下不去手，是吗？"麦克白低声说道。

"不，"德夫说着把枪放低，"城里不需要更多的尸体了。"

"所以你不爱他们，嗯？梅雷迪斯，你的孩子？噢不，我忘了，你不能爱——"

德夫出手了。猎枪的枪管击中麦克白的嘴："记住，我从不像你，不敢当面杀死一个无力防卫的人，麦克白。"

麦克白笑着，吐出一口血。想必是一颗牙弹落进黑暗中。"那就证明给我看。打死你唯一的朋友吧。来。为了梅雷迪斯！"

"不要再说她的名字。"

"梅雷迪斯！梅雷迪斯！"

德夫感到热血在耳朵里抽动，心怦怦直跳，沉重而痛苦。他绝不可以。突然，麦克白的额头撞上德夫的鼻子，发出咔的一声。他们站得太近了，麦克白趁机把德夫撞倒。德夫向后踉跄两步，猎枪举到肩上。

这时，麦克白身后的门突然打开。

门口现出一个人影。一条穿着灰色外套的手臂突然伸出，抓住麦克白背后的手铐，把他往里拉。那人的力气可真大，麦克白双脚离地，迅速消失在门后的黑暗里。

德夫开了枪。

爆炸声冲进他的耳膜，在小巷的墙壁间回荡。

半聋的德夫跨过门槛，闯进黑暗。

空气中弥漫着什么东西，他吸进去又吐出来。人们好像在他面前列队。屋里充斥着四氯乙烯的味道。他不拿枪的手发现门边的墙上有一个小小的开关。列队的人站在屋里，拎着夹克和风衣，每一件都罩着塑料外套，上头挂着标有姓名和日期的标签。面前一件塑料外套和棕色皮衣被打穿了一个洞。德夫意识到他刚才吐出的是动物的绒毛。他站在那儿听着，但耳畔只有墙边绿色的加勒特干洗机在嗡嗡地响。接着是一阵铃声，好像是店门上方悬挂的铃铛。他冲过一排排衣服，在人群中开出一条道，闯进柜台后的一扇门，看见一对中国夫妇正惊恐地盯着他。他越过他们，跑到大街上。看看天，看看地。星期六的晚高峰已经来临。一个人撞到德夫，使他一时间失去平衡。他咒骂了几句，那人说了一句"抱歉"，又匆匆赶路。

他听见身后有人在笑。转过去看见一个衣衫褴褛的邋遢鬼，张着嘴露出几颗残牙。

"被人抢了，先生？"

"是，"德夫说着放下枪，"我被劫了。"

第三十八章

列诺克斯和卡西站在医院大门外。他朝售货亭望了一眼，见图特尔正在排队买烟，然后把目光转向停车场。图特尔的豪华轿车里亮起一束光。距离大概有一百米。左边停车楼的房顶差不多也是这个距离。列诺克斯打了个寒战。晴天常伴随着罕见的东北风，而且很冷。如果再吹一会儿，天空就会没有一点儿云了。月光下，奥拉夫森可以从任何角度射杀图特尔。但在黑暗中，他们的计划是在停车场的一盏路灯下动手。

他又看了一眼手表。寒冷正在侵蚀他的身体，他开始咳嗽。他的肺不行。他受不了阳光，也受不了寒冷。上帝究竟为何要把他这种人带到世间？一颗孤独遭罪、无力防备的心，一个没有外壳的软体动物。

"多谢帮助我们。"

"什么？"列诺克斯转向男孩。

"谢谢你救我爸爸。"

列诺克斯看着他。卡西穿着和他儿子一样的牛仔夹克。他不禁冒出一个念头。这个几乎和他孩子同岁的小孩就要失去自己的母亲，还有父亲。"他说只要我们其中有一个人陪他就好。"

"走吧。"图特尔抽着他刚买的烟说。

"好。"列诺克斯说。他们穿过马路，走进停车场。列诺克斯走在图特尔左边。卡西走在他们前面。列诺克斯唯一要做的就是在他们走进第一盏路灯的光线时停住，以免被误伤。剩下的就交给奥拉夫森了。

列诺克斯感到一股奇怪的麻木袭上舌头、手指和脚趾。

"他们来了。"西登压低望远镜。

"看见了。"奥拉夫森口齿不清地说。他单膝跪在停车楼天台的水泥地上，闭上一只眼，睁大另一只眼，紧盯瞄准镜。步枪架在面前的矮墙墩上。西登扫视身后的区域，确保没有别人。这一层只停着他们一辆车。人们似乎不在周六晚间来探望病人。他能听见下面街上的音乐，还有从那里升腾起的香水和睾酮的气味。

停车场里，男孩走在图特尔和列诺克斯身前，走出了火力区。好。他能听见奥拉夫森深吸了一口气。两个男人走进一盏路灯的光线中。

西登感到心脏欢快地一跳。

就是现在。

但枪没响。

那两人走出了光圈，再次成为黑暗中模糊的轮廓。

"怎么回事？"西登问。

"列诺克斯没出火力区。"奥拉夫森说。

"他们走进下一个光区时，他会躲开的。"

西登又举起望远镜。

"知道谁有可能在追杀我吗，列诺克斯？"

"知道。"列诺克斯说。距离他们到达那辆豪华轿车还剩两盏路灯。

"真的？"图特尔吃惊地说着，放慢了脚步。列诺克斯也确保自己降低步速。

"别朝我身后的停车楼上看，图特尔。屋顶有个狙击手，我们现在处于他的视线范围内。更确切地说，有人在盯着我。如果不想脑袋开花，从现在起和我保持一致的步速。"

他能从图特尔的表情中看出，市长相信了他："那个孩子……"

"他不会有任何危险。继续走。别露馅儿。"

列诺克斯见图特尔张开嘴，仿佛只有这样，他庞大的身躯才能在心跳加速时获取足够的氧气。市长点点头，开始小步快走。

"你在其中是什么角色，列诺克斯？"

"恶人。"列诺克斯看到了司机，想必他一直盯着他们。他下车打开后门，"这车防弹吗？"

"我是市长，不是总统。你既然是恶人，何必要这么做？"

"因为必须有人把这座城市从麦克白手里解救出来。我做不到，所以就得你来，图特尔。"

"该死的，列诺克斯在干吗？"西登说着把望远镜从眼睛上拿下，验证现实和他透过镜片看到的是否吻合，"他是故意挡着图特尔吗？"

"不知道，老大，但越来越难办了。他们马上就要上车了。"

"你的子弹，它们能打穿列诺克斯吗？"

"老大，您说什么？"

"它们能打穿列诺克斯，杀了图特尔吗？"

"我用的是全金属被甲弹，老大。"

"能还是不能？"

"能！"

"那就打死那个叛徒！"

"可——"

"嘘。"西登小声说道。

"怎么了？"年轻警官的眉毛上渗出汗水。

"别说话，别多想，奥拉夫森。执行命令。"

司机绕过车身，笑吟吟地打开后门。当他看到图特尔的表情时，顿时收起笑容。男孩走向左侧的后车门。

"上车，弯腰躲好，"列诺克斯压低嗓音，"司机，快跑！现在！"

"先生，什么——"

"照他说的做，"图特尔说，"事情——"

列诺克斯感到后背中了一枪，然后听见"啪"的一声。他腿一软栽了下去，同时下意识地搂住图特尔，把他也撂倒在地。

列诺克斯感到柏油马路迎面而来。他没感觉自己撞上去，但闻见了所有的味道：灰尘、汽油、橡胶、尿液。他不能动弹，一声也发不出来，但他还有听觉。他听到被他压在身下的图特尔在喘气。那司机惊愕地喊着："先生，先生？"

还有图特尔的喊叫声："跑，卡西，跑！"

就差一步。再多一米就有车的掩护。列诺克斯想说什么，一种动物的名字，但嘴里还是发不出声。他想动动手，但是力不从心。他死了。很快他就会升上天，低头看向自己的躯体。一米。他听见奔跑声迅速离他们远去，司机弯下腰，试图将他从图特尔身上拽开。"我扶您上车，先生！"又是"啪"的一声，列诺克斯的视线被某种湿乎乎的东西遮挡。他眨了眨眼，至少他的眼皮能动。司机躺在他们身边，茫然地盯着天空。他的额头已经不见了。

"乌龟。"列诺克斯气若游丝。

"什么？"图特尔在他身下喘着气。

"爬。我就是你的外壳。"

"刚才打中了司机。"奥拉夫森说着，往枪膛里又装了一发子弹。

"快。图特尔正在车后面爬，"西登说，"那孩子已经跑了。"

奥拉夫森上好膛。把枪托顶在肩上，闭上一只眼。

"我看见那孩子了。"

"我他妈的不关心那孩子！"西登怒吼道，"给我打图特尔！"

西登见奥拉夫森的枪管来回晃动，一颗汗珠从他眨动的睫毛上滴落。

"我看不见他，老大。"

"迟了！"西登怒拍矮墙，"他们躲在车后面。我们得下楼把事情办妥。"

列诺克斯听见图特尔呻吟着，把他推开，翻滚到潮湿的柏油路上。他趴在那儿无能为力，双腿伸出车尾。直到图特尔抓住他的胳膊，把他拉到掩体后面。

橡胶在柏油路上发出尖叫，一辆车朝他们驶来。列诺克斯从车底看去，但只能看见另一侧司机的尸体。图特尔已经背靠这一侧的车身坐起来。列诺克斯试图开口叫他上车逃跑，无奈发不出声来。还是那个样子，仿佛他这辈子可以用一句话来概括：他从来无法随心所欲。

车停了下来，车门打开了。

路面上有脚步声。

列诺克斯试图移动他的头，但动不了。透过眼角，他看见一根枪管、两条裤腿。

他们死定了。奇怪的是，这反而感觉像是解脱。

两条裤腿走近了一步。一只手抓住他的脖子。他马上就要被安静地杀死——勒死。列诺克斯的目光落到一双鞋上。早就过时了的尖头皮鞋。

"这个死了。"车另一侧传来一个熟悉的声音。

"图特尔没受伤，"握着他脖子的人说，"列诺克斯没动静，但有脉搏。他们从哪儿开的枪？"

"停车楼顶层，"图特尔哭着鼻子说，"列诺克斯救了我的命。"

救他？

"快到这边来，马尔康！"

那只手撤了回去，一张脸进入列诺克斯的视线。

德夫正对着他看。

"他有意识吗？"他身后的女人问。凯思妮斯。

"丧失知觉或是休克了，"德夫说，"他的眼睛在动，但四肢不能动，也不能说话。我们必须送他去医院。"

"有车。"一个声音说道，是个年轻的男孩，"从停车楼出来了。"

"像是特警队的车。"德夫说着站起来，把猎枪架在肩上。

几秒钟的沉默。那辆车的引擎声渐渐远去。

"让他们走吧。"马尔康说。

"卡西。"图特尔的声音。

"什么？"

"你们得找到卡西。"

卡西跑个不停。他的心在嗓子眼儿跳动，双脚在潮湿的路面上飞奔，越来越快，直到它们和他害怕时脑海里经常响起的那首歌达到一个频率："救命。"他刚准备上车就听见啪的一记闷响，看见那个脸色苍白的警官后背中了一枪。他朝爸爸身上扑去，爸爸叫他跑。

他下意识地选了一条通往儿时记忆的道路——河边。那里有一栋被烧毁的房子，他们过去经常到屋里玩耍。他们管它叫老鼠屋。

这栋被烧毁的房子是白色的，门窗周围有几块煤烟的熏痕，像一个年迈的、抹了过多脂粉的妓女。河边一幢幢小屋挤在一起，仿佛在寻求彼此的庇护。只有一栋房子孤零零的，仿佛同伴们都在故意躲着它。这栋房子是木质结构，刷了蓝漆，周围布满疯长的野草。卡西跑上台阶，跑进一间没有门的屋子，原先是厨房，现在不过是一具散发着尿臊味儿的空壳，墙上涂满了姓名和脏话。他爬上狭窄的楼梯，进入卧室。地板上摆着一张发霉的床垫。他曾经在这张床垫上献出自己的初吻，当时周围摆满了装有意念的空瓶，地板上净是河鼠僵硬的尸体。十岁或十一岁那年的一个下午，他和两个朋友坐在床垫上，品尝了他们人生中的第一根香烟——抽一口，咳两口——夕阳里，他们望着老鼠朝房子爬来，啪嗒啪嗒穿过干枯河床上龟裂的、撒满垃圾的淤泥。也许它们来这里就是为了死。

他该不该回去？不，爸爸说了，他应该躲起来。另一个人——列诺克斯，是从警局来的，如果他们知道刺杀市长的计划，那肯定还有别人。

他要躲起来，直到风平浪静，然后回家。

卡西打开角落里的大衣柜。空的，什么东西都没有。他挤进去，关上门，头靠着木板，轻轻哼着脑海里的旋律："救命！"眼前浮现出野蜂飞舞的画面，它们享受着横冲直撞的乐趣，而那个世界并没有可怕的事情发生。没人能发现他。除非他们知道他在这儿。他又不是市长，他只是一个这辈子没干过坏事的小孩，除了偷偷抽过几口烟，和别人分享过半瓶兑水的威士忌，吻过几个交了男朋友的女孩。

他的心跳逐渐放缓。

他竖起耳朵。一片寂静。但他还得再等等。他的呼吸恢复了正常，足以通过鼻子吸气。他不知道那堆衣服在这里挂了多久，但他依旧能闻见它们的味道。无名鬼的气味。上帝知道它们现在在哪儿。妈妈曾说这是一栋不祥的房子，发生过酗酒、殴打和许多性质更为严重的事件。他应该感谢自己的幸运星，让他有一个爱他、从不打他的父亲。卡西的确感谢过他的幸运星。那时候没人知道他爸爸是市长，而且他对谁也不说，对那些叫他捣蛋鬼的人不说，对其他那些从没见过亲生父亲甚至不知道他们是谁的捣蛋鬼也不说。他为他们感到难过。他曾对父亲说，有一天他要帮助他们。还有哀思戴关停后所有陷入困境的人。父亲笑着拍拍他的头，就像别人的父亲那样。他认真地听了他的话。他说，如果卡西真想做些事，等时机成熟他会从一旁协助。他遵守了诺言。谁知道呢，有一天卡西也许会成为市长，更大的奇迹就此发生。父亲已经开始叫他小图特尔了。

"救命！"

可世界并不像他想象的那样。这个世界从来就不友善，从来就不美好。你谁也帮不上。帮不上你的父亲，帮不上你的母亲，帮不上别的孩子。只有帮你自己。

巴士车在面前停住，奥拉夫森随之踩下刹车。年轻人纷纷涌上街道，绝大多数是女人。打扮得花枝招展。星期六晚上。这便是他今晚的计划：来一杯啤酒，跟一个女孩跳舞。喝到醉，跳到忘了那个司机。旁边的西登伸手关掉收音机——林迪斯法恩的《在拐角处见我》。

"他们究竟从哪儿冒出来的？德夫、马尔康、凯思妮斯，还有那个小子，我敢发誓他肯定是班柯的儿子。"

"回总部？"奥拉夫森问道。现在去过一个不错的周六之夜还不算太晚。

"先不回，"西登说，"我们得去把那个孩子抓来。"

"图特尔的儿子？"

"我不想空着手回去见麦克白，而且那个孩子有利用价值。在这儿左转。开得再慢一点。"

奥拉夫森拐向一条窄路，瞥了西登一眼。他这会儿已经打开车窗，正在呼吸外面的空气，鼻孔一张一翕的。奥拉夫森刚想问西登能否闻出男孩的去向，但忍住了。如果此人能用触摸的方式治愈肩伤，他大概也能闻出某个人的踪迹吧。奥拉夫森怕这个新指挥官吗？也许。他绝对问过自己是否更喜欢前任指挥官。但他没料到事情会发展成这样。他唯一清楚的是，医院的外科大夫指着一张他肩部的 X 光照，告诉他子弹已经摧毁了整个关节。现在他是个残废，必须接受今后无法在特警队担任狙击手的现实。几句话的工夫，就剥夺了奥拉夫森一生的梦想。所以当西登说，如果奥拉夫森同意做个交易他就能帮他恢复时，答应起来并不难。西登甚至不是认真的，因为谁能在一天之内就帮他恢复呢？可奥拉夫森又有什么损失？他已发誓会效忠特警队的兄弟，所以西登想从他身上拿走的东西在很大程度上其实已经牺牲掉了。

不，现在后悔已经没有意义。看看他最好的兄弟安格斯的下场吧。他背叛了特警队，那个白痴，背叛了他们最珍贵的东西。"浴火而生，共赴劫难"不是一句空话，而是他们的命运，没有别的选择。这就是他想要的。知道自己做的事情有意义，他对别人有意义，对他的同志。即便他看不出他们做的事有任何意义。那是别人的问题。对安格斯来说不是，那个十足的蠢货。他一定是丧失了理智。安格斯曾试图劝他入伙，但他让安格斯滚蛋，他不想和特警队的叛徒有任何联系。安格斯盯着他，问他的肩膀怎么会好得这么快——那样的枪伤在几天之内是愈合不了的。奥拉夫森没回答。他只是指了指门，让安格斯出去。

街道延伸至尽头。他们来到河床。

"周围越来越暖和了，"西登说，"走吧。"

他们下了车，走过道路和河床之间一幢幢小破房。西登经过时不停地闻着、嗅着，在一幢红房子前停了下来。

"这儿吗？"奥拉夫森问道。

西登朝房子的方向闻了闻，然后大声说："妓女！"继续前进。他们经过一栋烧毁的房屋，一间铁门变了形的车库，来到一栋蓝色木屋前。台阶上有一只猫。西登又停了下来。

"在这里。"他说道。

"这儿？"

卡西看了一眼手表。这块表是父亲给他的，黑暗中他的双手发出绿莹莹的微光，在他看来就像夜晚火光中狼的眼睛。二十多分钟过去了。他非常肯定，当他从停车场逃跑时，没人跟踪他。他回头看过好几次，没人。现在应该安全了。他对这个地方了如指掌，所以才直接跑来。他可以穿过潘妮桥，在那边乘坐 22 路公交车，往西走。回家。爸爸会在家。他必须回去。卡西僵住了。他听见什么了吗？楼梯板嘎吱的响声。那是唯一一块没被烧毁的木板，他不知道为什么，只知道有风吹过或是变天时，它会发出嘎吱的响声，或是有人来的时候。他屏住呼吸，竖起耳朵。不。大概就是变天了。

卡西数到六十。

然后用脚踢开门。

直视前方。

"你害怕了，"站在外面的男人看着他说，"够聪明的，躲在衣柜里。可以锁住气味。大部分气味。"他掌心朝上，伸展双臂，吸了口气，"但这里的空气太好了，全是你的恐惧，小子。"

卡西眨了眨眼。这个人瘦瘦的，他的眼睛就像卡西的手表。狼眼。他一定上了年纪。虽然他看起来并不老，但卡西非常肯定，这个人非常、非常老。

"救——"卡西没来得及叫唤，那个人的手就冲了过来，扼住他的喉咙。卡西不能呼吸。现在他知道自己为什么来这儿了。他就像那些河鼠。他来这儿是寻死的。

第三十九章

德夫看了一眼手表，打了个哈欠，从椅子上溜下去。他的长腿几乎横贯医院的走廊，伸到凯思妮斯和弗里斯脚下。德夫的目光和凯思妮斯的目光撞到一起。

"被你说中了。"她说。

"被我俩说中了。"他说。

不到一个小时前，他跳上 15 街的车，骂骂咧咧地说麦克白跑了，有什么事情不对劲。麦克白刚才说，市长活不了那么久。

"他们要刺杀他，"马尔康说，"为了篡权。他彻底疯了。"

"什么？"

"肯尼斯制定的法律。如果市长死亡或宣布紧急状态，就由警察局局长接替市长，直到状态解除。原则上他有无限的权力。得提醒图特尔小心。"

"圣乔迪医院，"凯思妮斯说，"西登在那儿。"

"快开车。"德夫喊道，弗里斯踩下油门。

他们用了不到二十分钟，刚把车停在医院门口，走上台阶，就听见停车场传来第一声枪响。

德夫闭上眼。他刚才没睡着。事情本来应该已经了结的。现在麦克白本该被关在法夫才对。

"他们来了。"凯思妮斯说。

德夫又睁开眼。图特尔和马尔康正从走廊那头向他们走来。

"医生说列诺克斯没有生命危险,"马尔康说着坐了下来,"他完全有意识,可以说话、活动双手。但他后背从中间往下都瘫了,很可能是永久性的。子弹打中了他的脊梁骨。"

"是被他的脊梁骨阻断了,"图特尔说,"否则会穿过他的身体,击中我。"

"他的家人在等候室,"马尔康说,"他们希望可以探望他,但医生说今天不要再有人来了。他打了吗啡,需要休息。"

"有卡西的消息吗?"凯思妮斯问。

"他还没回家,"图特尔说,"但他知道怎么走。他可能去朋友家或躲起来了。我不担心。"

"你不担心?"

图特尔做了个苦笑的表情:"现在还不。"

"那我们现在做什么?"德夫问。

"我们等几分钟,让家属先走,"马尔康说,"图特尔说服医生给我们两分钟的时间,和列诺克斯说几句话。我们需要尽快拿到列诺克斯的证词,以便首府批准一张对麦克白的联邦逮捕令。"

"我们的证词还不够吗?"德夫问。

马尔康摇了摇头:"我们当中谁都不曾直接受到麦克白的死亡威胁,也没人亲耳听到他下杀人的命令。"

"那么胁迫呢?"凯思妮斯问道,"图特尔,你刚才说在因弗尼斯的包间玩二十一点时,麦克白和夫人曾试图胁迫你退选,一方面拿方尖塔的股份作为诱惑,另一方面威胁公开你和那个未成年孩子的不正当关系。"

"这种胁迫在我的圈子里就叫作'政治',"图特尔说,"无可厚非。"

"所以麦克白说对了？"德夫说，"我们没有他的把柄。"

"但愿列诺克斯有点什么吧，"马尔康说，"该由谁去和他讲？"

"我。"德夫说。

马尔康看着他，陷入沉思："好吧。医院里的人认出你我只是时间问题，然后他们就会报警。"

"我知道列诺克斯撒谎时什么样，"德夫说，"他清楚我了解他这一点。"

"但你能劝他合作，然后……"

"我会的。"德夫说。

"你可别像对待病床上的'诺斯骑士'那样劝他，德夫。"

"那是另一个人，长官。我已经不再是他了。"

"是吗？"

"是，长官。"

马尔康和德夫对视了半晌："好。图特尔，你能带德夫过去吗？"

"好奇地问一句，"德夫等他和图特尔走远之后说，"麦克白给你下最后通牒的时候，你为什么不告诉他卡西是你儿子呢？"

图特尔耸了耸肩："为什么要告诉一个拿枪指着你的人？他那把枪没装子弹，他们只会转而寻找别的武器。"

医生在一扇关闭的房门外等着他们。他打开门。

"只有他进去。"图特尔说着，指了指德夫。

德夫走进屋。

列诺克斯的脸色像他身下的床单一样苍白。各种管子和线路从他的躯体连接到吊瓶架的输液袋和哔哔作响的机器上。他看上去像一个受惊的孩子，睁着大眼，长着大嘴，盯着德夫。德夫摘下帽子和眼镜。

列诺克斯眨了眨眼。

"我们需要你公开指认麦克白是幕后黑手，"德夫说，"你愿意吗？"

稀薄、发亮的口水从列诺克斯的嘴角流出来。

"听着，列诺克斯。我们只有两分钟时间，而且——"

"麦克白是幕后黑手，"列诺克斯说。他的嗓音沙哑、干燥，仿佛老了二十岁，但他的眼睛是明亮的，"他命令西登、奥拉夫森和我处决图特尔。因为他想夺取城市的控制权。因为他觉得图特尔是赫卡忒的线人。可他不是。"

"那线人是谁？"

"你卖我个人情，我就告诉你。"

德夫用鼻子使劲吸了口气，努力控制他的情绪："你的意思，我还要欠你一个人情？"

列诺克斯又闭上眼。德夫见他挤出一滴泪。伤口的疼痛吧，德夫猜想。

"不。"列诺克斯有气无力地说。

德夫把身子探过去。列诺克斯的嘴里冒出一股恶心的甜味，像是糖尿病人夹带丙酮的呼吸。他低声耳语道："我是赫卡忒的线人。"

"你？"德夫一时难以消化这条信息，努力捋顺逻辑。

"是。你觉得赫卡忒这些年是怎么从我们的指缝里逃走的？他为什么总能先人一步？"

"你是双面间谍——"

"赫卡忒和麦克白。但麦克白不知道。这就是为什么我知道图特尔既不是赫卡忒的人，也不是麦克白的人。但给赫卡忒通风报信的不是我，所以一定还有另一个线人。麦克白身边的人。"

"西登？"

"有可能。或者不是男的。"

"一个女人？你为什么这样想？"

"我不知道。某种看不见的东西，就在那儿。"

德夫若有所思地点点头。抬起双眼，望进窗外的黑暗。

"感觉怎么样？"

"什么感觉怎么样？"

"在最后关头大声说出来，你是叛徒。当这几个字让你意识到这些伤害确实是你自己造成的，你是感觉释然了，还是更加沉重？"

"你为什么想知道这个？"

"因为我也在问自己这个问题。"德夫说。外面天色昏暗，愁云密布，没有露出一丝答案或迹象，"向我的家人坦白一切，会是什么感觉？"

"但你没有这么做，"列诺克斯说，"我们没有这么做。因为我们宁愿自我毁灭，也不愿看见他们脸上的痛苦。但你没有机会选择。"

"不，我有。我选择了。每一天都做了选择。成为一个不忠的人。"

"可以帮我个忙吗，德夫？"

德夫跳出思绪，眨了眨眼。他需要赶快休息。"帮忙？"

"卖个人情。用枕头，捂住我的脸。看上去我就像病死的。告诉我的孩子，他们的父亲——本是个凶手和叛徒——忏悔了。"

"我……"

"你是唯一一个我认为有可能理解我的人，德夫。你可以疯狂地爱一个人，然后依旧背叛他们。当一切都太晚时，那就是太晚了。你能做的只有……正确的事，但太晚了。"

"就像救市长一命。"

"但这并不够，对吗，德夫？"列诺克斯的干笑变成一阵剧烈的咳嗽，"最后的绝望之举，从表面上来看是一种牺牲，但从内心深处，你希望自己的罪行因此得到宽恕，天国的大门由此对你开启。但我们要求得太多了，德夫。你不会觉得自己能弥补一切过错，是吧？"

"是，"德夫说，"是，我无法弥补。但我可以从宽恕你开始。"

"不！"列诺克斯说。

"可以的。"

"不，你不能！别这么做，别……"他的嗓音彻底崩溃。德夫望着他。晶莹的泪珠滚下他白色的脸颊。

德夫深吸一口气："我可以考虑不原谅你，但有一个条件，列诺克斯。"

列诺克斯点点头。

"你同意今晚接受电台采访，把一切事情说清楚，还马尔康清白。"

列诺克斯吃力地抬起手，抹了抹脸。然后把这只沾着泪水的手放在德夫的手腕上："给普丽西拉打电话，叫她过来。"

德夫点点头，站起来把他的手放好。低头看了列诺克斯最后一眼，心想：他是否真的想洗心革面，还是只选了一条最容易的出路？

"他证实麦克白试图杀你，也愿意接受采访，"德夫说，"但赫卡忒有一个安插在麦克白身边的线人。警局里任何人都有可能。"

"不管怎么说，有了列诺克斯的证词，麦克白就完蛋了！"图特尔在他们匆匆穿过走廊时显得格外兴奋，"我会给首府打电话，叫他们签发一张联邦逮捕令。"

一个护士朝他们走来:"市长先生吗?"

"怎么了?"

"我们接到您的女佣艾格尼丝的电话。她说卡西还是没回家。"

"谢谢你。"图特尔说。他们继续向前走,"看着吧,他肯定跑到哪个朋友家去了,正等外面安全了再出来。"

"大概是吧,"德夫说,"你的女佣……"

"啊?"

"我从来没有用人,但我想用不了多久,他们就会沦为家里摆设的一部分。你想说什么就说什么,不觉得他们会把你的话说给墙外的人听,是这样吧?"

"艾格尼丝吗?是。是的,至少当我觉得可以信任她时,会是这样。但这需要时间。"

"但你还是永远无法肯定另一个人有什么想法和感受的,对吗?"

"嗯。你在怀疑麦克白在警局的私人秘书可能……"

"普丽西拉?"德夫说,"好吧,正如你所言,信任一个人是要花费时间的。"

"所以呢?"

"你曾说,麦克白和夫人计划杀死赫卡忒时,你在包间里玩二十一点。但这不需要第四个人吗?"

"什么?"

"二十一点。你不需要一个赌台管理员吗?"

"杰克?"

"有事吗,夫人?"杰克把手拿开。它刚才漫不经心地放在比利弓起的后背上，他俩站在访客留言簿旁，杰克正向比利介绍如何迎接新客人。

"我得跟你说点事，杰克。我们上楼去吧。"

"没问题。比利，你来看家，好吗？"

"我会尽力的，波纳斯先生。"

杰克微笑着，他知道自己的目光在这个新来的男孩身上停留了太久。然后他冲上楼梯，跟在夫人后面。

"你觉得这个新来的小孩怎么样？"她待杰克追上来时问道。

"现在下结论还有点早，夫人。他年纪偏小，也没有经验，但好像不是不能调教。"

"好。我们的餐厅需要两个服务生。今天来的那两个人简直无可救药。年轻人啊，要是他们成天嘻嘻哈哈，不学点本领，今后怎么在这世上生存？他们以为一切都会盛在银盘子里端到他们面前吗？"

"您说得对。"杰克说着走进套间，夫人为他扶着门。他转过身，看见夫人已经关上门，正坐在一张椅子上泪如泉涌。

"怎么了，夫人？"

"莉莉，"她啜泣道，"莉莉。他说了她的名字。"

"莉莉？是花的名字吗，夫人？"

夫人捂着脸，哭得浑身发抖。

杰克一时不知所措。他朝夫人走去，但又停下来："你想……聊聊这个吗？"

"不！"她喊道，抽噎着吸了一口气，"不，我不想聊这个。阿尔萨克医生想聊。你知道吗，他疯了。他自己告诉我的。但他说这并不意味着他是个差劲的精神科医生，而是让他更优秀。我不要说话，杰克。我已经听够了。我自己的话，还有别人的话。它们不能再带给我什么抚慰。我需要吃药。"她往回撸了一下鼻子，用手背小心翼翼地拭去眼角的泪水，"吃药，就这么简单。没有药，我无法变成我必须变成的那个人。"

"那个人是谁？"

"夫人，杰克。"她望着手上沾染的睫毛膏说，"那个自己活着，却让别人死去的女人。但麦克白已经停药了，所以这里没有药。想想看，他比我更坚强。这一点你没想到吧？你得跑一趟，杰克，帮我买一点来。"

"夫人……"

"否则这里的一切都会崩塌。我听见有个小孩一直在哭，杰克。我走进赌场，微笑着和别人说话，"泪珠又开始滚下来，"大声地说笑，想掩盖住小孩的哭声。但现在我再也坚持不下去了。他知道我孩子的名字。他说出了我对她最后的告别。"

"我不懂。"

"赫卡忒。他知道我撞碎她的头之前说了什么，她当时还眨着困惑的蓝眼睛：'来世吧，我的小莉莉。'我从未对任何人说过这句话。从来没有！至少不是在神志清醒的状态下。但也许我是在做梦。也许我是在梦游——"她没往下说。皱起眉头，仿佛意识到了什么。

"催眠，"杰克说，"你在被催眠期间说过。赫卡忒是从阿尔萨克医生那儿知道的。"

"催眠？"她若有所思地点点头，"你这么认为吗？你认为阿尔萨克医生泄露了我的秘密？你的意思是，他拿了别人的钱？"

"人心是贪婪的，这是人的本性，夫人。没有贪婪，人不可能赢得地球的生存战。看看你一手创造的赌场就知道了，夫人。"

"你的意思是，这一切是因为贪婪？"

"不是为了钱,夫人。不同的人贪恋不同的东西,权力、性、虚荣、食物、爱、知识、恐惧……"

"你贪恋什么呢,杰克?"

"我?"他耸了耸肩,"我喜欢客人感到快乐和满足。是的,我贪婪的是别人的快乐。比如您的快乐,夫人。您快乐,我就快乐。"

她直视着他。然后起身走到镜子旁,抓起桌上的一把梳子。"杰克……"

他不喜欢她的说话声,但对视着镜中她的眼睛:"在,夫人。"

"你应该去了解一下孤独的感觉。"

"您知道,我了解,夫人。"

她开始梳理她火红的长发。多少男人为之倾倒,或将它视为一种警告。"但你了解比无人陪伴更孤独的是什么吗?是相信你拥有某个人,但到头来,你以为最亲近的朋友却从来不是你的朋友。"梳子卡住了,但她强行扯过毛躁的头发,"你一直被蒙在鼓里。你能想象这有多孤独吗,杰克?"

"不,我不能,夫人。"

杰克看了她一眼,不知所措。

"庆幸你自己从没被人骗过吧,杰克。"她放下梳子,递给他几张便笺纸,"你就像一条吸口鱼:你太渺小了,没有人会欺骗你,你只能去欺骗别人。鲨鱼让你附着在它的身上,因为你会清除其他更有害的寄生虫。作为回报,它带你遨游这世上的海洋。你就是这样旅行的,相互利用,而这种关系太过亲密,以至于让你们误以为彼此是朋友。直到一条更大、更重的鲨鱼游过来。去吧,杰克。去给我买点'精酿'。"

"你确定吗,夫人?"

"说你想要一些有效果的货，药劲大的，带你直上九霄云外。如果飞得太高，跌落时必会粉身碎骨。可谁想在这冷冰冰的、无依无靠的世上苟活呢？"

"我尽力，夫人。"

他一声不响地关上身后的房门。

"噢，我肯定你知道上哪儿去找，杰克·波纳斯，"她对着镜中的影子说，"顺便向赫卡忒问好。"一滴泪沿着之前咸咸的轨迹滑落她的脸颊，"我能干的、亲爱的杰克。我可怜的小杰克。"

"列诺克斯先生？"

列诺克斯睁开眼，看了一眼手表，离午夜还有一个半小时。他的眼皮又打架了。他已恳求医生再来一些吗啡。他唯一想要的就是睡眠，即便是被愧疚所折磨的睡眠。

"列诺克斯先生。"

他又睁开眼。首先映入眼帘的是一只拿着话筒的手。手后边，他瞥见某种黄乎乎的东西。慢慢地，眼睛对准了焦距。一个穿着黄色防水夹克的人坐在病床旁的椅子上。

"是你？"他有气无力地说，"外面这么多记者，他们偏偏派你来？"

沃特·凯特扶正眼镜："图特尔、马尔康和他们知道我……我……"

"你受制于麦克白？"列诺克斯从枕头上抬起头。房间里就只有他俩。他扭动着身子去够床头的警报器，但这名电台记者用手挡住了它。

"不需要。"他平静地说。

列诺克斯试图把凯特的手从按钮上拨开，但没有力气。

"这样你就能把我出卖给麦克白了？"列诺克斯哼了一下，"就像你把安格斯出卖给我们一样？"

"我和你面临同样的困境，列诺克斯。我没有选择。他威胁我家人的性命。"

列诺克斯放弃挣扎，躺了回去："那你现在想要什么？你带刀了吗？还是毒药？"

"是的，这个。"凯特晃了晃话筒。

"你要用这个杀了我？"

"不是你，而是麦克白。"

"哦？"

沃特·凯特放下话筒，解开夹克的扣子，擦了擦眼镜上的雾气。

"图特尔打来电话，我就知道他们有了能够抓捕麦克白的筹码。图特尔说服医生给了我五分钟，所以咱们得抓紧时间。告诉我真相，我会直接去电台播出，不经剪辑，原汁原味。"

"大半夜的吗？"

"我可以在午夜前播出，足以让一些人听见，听见你无可辩驳的声音。听着，我现在是打破了所有规范报道的原则——给予当事人回应的权利，验证陈述真伪的责任——保全——"

"你自己，"列诺克斯说，"再当一回墙头草。保证自己站在胜利的一方。"

他见凯特张开嘴，又闭上，咽了口唾沫，眼睛在仍旧沾满雾气的镜片后眨了眨。

"承认吧，凯特。没什么大不了。不止你一个。我们不是英雄。我们就是普通人，也许梦想成为英雄，但面临着生死和我们成天挂在嘴边的道德准则之间的抉择，我们再普通不过了。"

凯特闪过一丝笑意："你是对的。我一直是个高傲、口无遮拦、胆怯的卫道士。"

列诺克斯吸了一口气。他不知道是自己还是吗啡在说话："但如果有机会，你觉得你能做出些不同的事来吗？"

"你什么意思？"

"你能做一个不一样的人吗？你能为比你的尊严更崇高的东西而牺牲吗？"

"比如说？"

"比如做出一些真正的英雄壮举，令你这位记者名声扫地？"

麦克白闭上眼。他希望自己再次睁眼时，会从噩梦和漫长的黑夜中醒来。他桌后的书架上，收音机正发出嘟嘟囔囔的说话声。每一个卷舌音听上去都像机关枪在扫射。

"那么，列诺克斯警督，总结一下。你认为麦克白局长谋杀了邓肯局长和班柯警督，策划了对'诺斯骑士'俱乐部的屠杀，杀害了德夫警督一家，以及命令你和西登警督处决警员安格斯。今天下午早些时候，麦克白局长和特警队队长西登、警员奥拉夫森策划谋杀图特尔市长，但没有成功。"

"是的。"

"好，感谢你，列诺克斯警督，在圣乔迪医院的病床上接受采访。这份录音有目击者在场，因此，即便列诺克斯也遭杀害，依然可被用于庭审。亲爱的听众朋友，最后我想再补充一句。我，沃特·凯特，是谋杀安格斯警员的帮凶。你们欣赏我的正直，可我却允许作为警察局局长的杀人犯麦克白利用我的正直。在对我进行宣判的法庭上，在和我最亲近之人的对话中，有一个理由兴许能减轻我的罪行，那就是，我和我的家人受到了威胁。但从专业的角度来看，这不能成为理由。我已向你们表明，我可以被威胁、被利用、被操控，从而欺骗你们。我让自己失望，也让你们失望，所以，这将是你们最后一次听见我——沃特·凯特——作为电台记者的声音。比起你们对我的想念，我会更加想念你们。让我看到你们是比我更好的公民吧。走上大街，推翻麦克白。晚安，上帝保佑我们的城市。"

节目的结束曲。

麦克白睁开眼。可他依然待在自己的办公室，西登依然坐在沙发上，奥拉夫森依然坐在椅子上，收音机依然开着。

麦克白起身把它关掉。

"所以呢？"西登说。

"嘘。"麦克白说。

"什么？"

"给我闭嘴！"他用拇指和食指捏住鼻梁。他累了，很累，难以进行必要的、清晰的思考。因为确实有必要。他做出的下一个决定将极其重大，接下来的几个小时将决定这场城市争夺战的成败。

"我的名字。"奥拉夫森说。

"什么？"

"他们在收音机里提了我的名字，"他腼腆地笑道，"我们家还没人有过这种待遇哩。"

麦克白聆听着静谧。车流，日常喧闹的车流呢？这座城市仿佛屏住了呼吸。他站起来："走吧。"

他们乘电梯来到地下室。

经过印有红龙的特警队队旗。

西登打开武器库，打开灯。

那小孩坐在两个机枪架中间，嘴被塞住，牢牢绑着。他棕色的虹膜变成环绕瞳孔的一个细细的圆圈，中间巨大的黑洞充满了恐惧。

"我们得把他带去因弗尼斯。"麦克白说。

"因弗尼斯？"

"这里不再安全了，对我们所有人都不安全。但在因弗尼斯，我们可以让图特尔屈服。"

"我们是谁？"

"最后一群忠诚的分子。赢得胜利后，那些会得到奖赏的人。"

"你、我和奥拉夫森吗？我们要让整个城市向我们屈服？"

"相信我，"麦克白摸着卡西的头，好像这小子是一条听话的狗，"赫卡忒需要我们，他会保护我们。"

"与整座城市为敌吗？"奥拉夫森说。

"赫卡忒的手下可以组成一支军队，奥拉夫森。他们和他一样无影无形，但就在我们身边。他们已经救过我两次。何况我们还有两把加特林机枪，以及肯尼斯制定的法律。只要图特尔屈服，宣布进入紧急状态，这座城市就是我的了。怎么样，忠诚，友爱？"

奥拉夫森闭上眼："浴火而生。"他怯怯地说。那个"生"字在坚实的墙壁间回荡。

西登本来愁眉不展，但这时，微笑沿着他窄窄的嘴唇慢慢展开："共赴劫难。"

第四十章

德夫坐在图特尔家客厅的沙发上。他们四个人紧张地看着市长——他正站在那儿打电话。离午夜还有两分钟。压力一分一秒地叠加，天空中开始雷声滚滚。老天很快就会为城中这焦灼的一天降下惩罚。市长在电话里不停地说着"是"和"不"。然后他放下听筒，咂了咂嘴，仿佛他刚才听到的话需要被咀嚼和吞咽。

"怎么样？"马尔康急切地说。

"有好消息，也有坏消息。好消息是，最高法院的阿奇博尔德法官说，根据我们掌握的材料，他有把握法院会签发一张对麦克白的联邦逮捕令，他们也可以派出联邦警察。"

"那坏消息呢？"马尔康问道。

"这件事有一定的政治敏感性，所以需要一点儿时间，"图特尔说，"如果案件不能坐实，谁也不想逮捕一个警察局局长。我们有的只是列诺克斯的电台采访，而且他承认自己也是谋杀案的帮凶。阿奇博尔德法官说，他得费一番口舌，最好的情形也就是明天下午作出裁决。"

"也就这样了，"马尔康说，"可惜在这种情况下，我们还不能庆祝。"

"恰恰相反，"图特尔说完转向刚进屋的女佣，"打仗时胜利的代价越大，我们就越要大张旗鼓地庆祝。香槟酒，艾格尼丝！"

"好的，先生，但另一条线上有人在等您。"

图特尔笑逐颜开："卡西吗？"

"恐怕是麦克白先生。"

他们面面相觑。

"把他的电话接进来。"图特尔说。

麦克白靠在椅背上，耳朵贴着话筒。他盯着天花板，望着头顶吊灯上倒转的金色螺钩，还有空荡的赌场大厅。他孤身一人。他能听见西登和奥拉夫森还在夹楼上组装机枪，但他还是一样的孤独。夫人不在这儿。他们从警局总部赶回来后，必须马不停蹄地动手。他们用了半个小时将全部赌徒和食客打发走。他们试图以自然的方式轰人。可游戏必须玩儿完，赌注必须兑现，部分客人还坚持要喝完最后一杯再走——即便不需要他们付钱。最后一位客人抗议说，这是星期六晚上，他几乎是被推出大门的。夫人想必更会做工作。麦克白刚才叫杰克上套间请夫人出马，可他回来时还是一个人。好吧，她需要睡眠，而这将是一场漫长的战斗。他们拿掉了窗闩，在夹楼两端架设好机枪。

"我是图特尔。"声音努力展现出平静。

"晚上好，市长。一切都好吧？"

"我还活着。"

"好，那就好。我很高兴，我们没让刺杀得逞。我怀疑赫卡忒是幕后真凶。很遗憾，您的司机不幸罹难。列诺克斯受伤之后已经丧失了理智。"

图特尔干笑一声："你完蛋了，麦克白。你还不明白吗？"

"这真是个疯狂的年代，不是吗，图特尔？楼顶爆炸，大街上枪杀，企图谋杀警察局局长和市长。我打电话是因为我觉得你应该立即宣布紧急状态。"

"没这个可能，麦克白。上面会签发一张写着你名字的联邦逮捕令，这才是接下来要发生的事。"

"你请来首府的援军了？我想你也会。但不等逮捕令签发，我就会控制这座城市，那时候逮捕令又能拿我怎么样？我有豁免权。肯尼斯局长比人们想象的更有远见。"

"你要像之前的独裁者那样统治这座城市吗？"

"在这场暴风雨中，我想最好找一个比你更强势的人来掌舵，图特尔。"

"你疯了，麦克白。我凭什么要宣布紧急状态，把权力拱手让给你？"

"因为你的私生子在我手上。要是不按我的话做，他就会掉脑袋。"

麦克白听见对方猛吸了一口气。

"所以别去睡觉，图特尔。我给你几个小时签署紧急状态令，明早太阳升起前生效。如果第一缕阳光照进我眼里时，我还没听到广播里宣布这道命令，卡西就会死。"

沉默。麦克白有种感觉，图特尔不是一个人。据西登说，阻止他们完成圣乔迪医院行动的四人团伙中有德夫、马尔康和凯思妮斯。

"你凭什么以为杀了我儿子，你就能逃脱惩罚，麦克白？"

话锋很强硬，但掩盖不了无助。麦克白觉得图特尔没想到自己会这么绝望。但他故作镇定。市长颤抖的声音确证了麦克白所期望的：图特尔愿意为这个孩子做任何事。

"豁免。紧急状态。这就够了，市长。"

"我的意思不是逃避法庭的制裁。我在想你的良心。你已经丧失了人性，麦克白。"

"我们从不会变成我们已然不是的人，图特尔。你也一样。你永远会向出价最高的人出卖心和灵魂。"

"你没听见屋外的雷声吗，麦克白？这样的局面，这样的城市，你竟然还相信明天破晓时会有阳光？"

"因为我下了命令，要有光。但如果你不信，就让今年年历上的日出次数作为你的向导吧。到那时……"

麦克白挂了电话。头顶的水晶光影攒动，想必是水晶在微微飘荡。也许是因为升腾的热气，也许是因为地面莫名的颤抖，也许是因为外面的光在变化。当然，还有第四种可能。那就是他自己在移动，从一个不同的角度来观察万物。他从夹克衫里掏出银质匕首。它也许不是对抗强敌最有效的武器，但夫人有句话说对了：银是驱鬼的。他已经好几天没见过班柯、梅雷迪斯、邓肯和那个跪在地上的年轻的'诺斯骑士'了。他对着光举起匕首。

"杰克！"

没有应答。更大声地喊："杰克！"

还是没有应答。

"杰克！杰克！"他疯狂地、失控地叫喊着，觉得自己的喉咙都喊破了。

大厅尽头的一扇门开了："先生，你叫我？"传来杰克的回声。

"夫人还是没动静吗？"

"没有，先生。要不您去叫醒她？"

麦克白用手指拂过匕首的刀锋。他多久没吸了？他有多么渴望睡眠？深度、黑暗、无梦的睡眠？他可以上楼去，躺在她身边，告诉她：现在我俩要去一个地方，一个没有因弗尼斯和这座城市的地方，只有你我两人存在的世界。她向往那里，和他一样。他们迷失了方向，但总有一条回去的路，回到他们的起点。是的，当然有：只是他这会儿看不见。他必须和她聊聊，请她像以往那样为他指明路在何方。那他还犹豫什么？是什么奇怪的预感阻止他上去，让他裹足不前，令他甘愿坐在这寒冷空旷的大厅，而不躺在爱人温暖的臂弯里？

他转过身，看着那孩子。西登用铁链把图特尔的儿子锁在大厅当中一根锃亮的柱子上，在他细长的脖子上套了一只脚铐。像一条狗。他像狗一样趴在地上，一动不动，用哀求的棕色眼睛望着麦克白。从他到这里起就一直是这样的眼神。

麦克白感到一阵厌恶，从椅子上站起来。

"我们走，去看看她。"他说。

他和杰克在厚地毯上无声地走着，麦克白感觉他们像鬼一样飘上楼梯，飘过走廊。麦克白花了许久才在杰克的一串钥匙上找到正确的一把。他试了每一把钥匙，仿佛他们是一组密码，一道他还不知道答案的问题。

他打开门，走了进去。屋里的台灯关了，但月光透过窗帘的缝隙照了进来。他站在那儿，听了听。雷声停了。世界如此寂静，仿佛一切都停止了呼吸。

她的皮肤苍白如纸，毫无血色。她的头发在枕头上散开，如同一把红扇。她的眼皮仿佛是透明的。

他朝她走去，把手放在她的眉宇间。余温尚存。旁边的被子上有一张纸。他拾起来。她只写了几行字：

明日复明日。日子在烂泥中爬行，它们最终会再一次杀死太阳，将所有人带向离死亡更近的地方。

麦克白转向一直站在门口的杰克。

"她走了。"

"什……什么，先生？"

麦克白拉了一把椅子，放在床边，坐下。不是为了靠近她。她已经不在这儿了。他只是想坐着。

他听见身后的杰克惊叫了一声，想必他看见了那支仍然插在她小臂上的注射器。

"她是……"

"是的，她死……死了。"

"多久……"

"很……很久。"

"可我刚才还和她说话——"

"杰克，从她发现鞋盒里的婴儿那晚，她就已经开始死……死了。她假装活了一段时间，但那不过是回光返照。她看见了自己的孩子，知道自己要走向死亡，和她再次相见。从那时候起我们就失去了夫人——她陷入一种自我安慰，相信我们会在另一个世界遇见我们爱的人。"

杰克走近一步："但你不相信吗？"

"除非太阳在晴空中照耀。可我们活在一个没有太阳的城市。太阳是我们全部慰藉的来源。所以，我大体上是相信的。"

麦克白扪心自问，惊讶地发现自己既不悲痛，也不绝望。也许是因为他早已料到事情会是这个结局。他闭上眼，只能感到虚无。他坐在午夜时分的候车室，乘客只有他一个。他的火车虽然宣布进站，但一直没有到来。宣布进站，一直没来。那这名乘客怎么办？他会等待。他哪儿也不去，告诉自己接受现实，等待命运的安排。

麦克白又拾起那张纸。

明日复明日。日子在烂泥中爬行，它们最终会再一次杀死太阳，将所有人带向离死亡更近的地方。

第四十一章

电梯带着德夫、马尔康和门卫来到警局总部的地下室。

"我知道是周末，但你确定这里没别人吗？"德夫对门卫说。此前，马尔康在图特尔家给警局的门卫打了一通很长的电话。

"恰恰相反，"门卫回答，"他们正在等你。"

德夫还来不及反应，电梯已经到达，门打开了。三个人，全副武装，穿着特警队的黑色制服。德夫怔住了。

"谢谢你们，"马尔康说，"在这么短的时间内赶来。"

"为了这座城市。"其中一个人说。

"为了安格斯。"第二个人说。

"为了警察局局长。"第三个人说。他身材高大，皮肤黝黑，"在我们的字典里，他的名字现在是马尔康。"

"谢谢你，里卡多。"马尔康说着走出电梯。

这名腰杆笔挺的警官在前面带路："您还叫其他人了吗，长官？"

"我一晚上都在打电话。劝别人冒着丢掉性命和饭碗的危险参加一场对抗阴谋的斗争并不容易。何况所谓的阴谋只是我的一面之词。再加上我说无法指望首府立马给予援助，这就更难了。不过，警局我找了三十个人，民防队有十到十五个人，消防队可能有十个人。"

"事情听上去可能不怎么令人信服，但你这个人值得信任，马尔康。"

"谢谢你，里卡多，但我觉得麦克白的所作所为本身就已经说明了一切。"

"我在乎的不是你说了什么，长官。你的勇气更有说服力。"

"我已一无所有，没什么可失去的，里卡多。但我必须回来接我的女儿，现在她已被转移到安全的地方。有勇气的人其实是你。你没有被一颗做父亲的心羁绊，而是自由地行动，用自己的正义感作为自己的指引。这说明城里还有一群向善之人。"

他们经过那面龙旗。

"市长去哪儿了？"里卡多说。

"他现在有别的事情要处理。"

里卡多停在一扇像防空洞入口的大铁门前，门没锁。"到了。"

屋里的架子上摆满了铁盒和武器。地面当中有一个保险箱。马尔康从架子上取下一把机枪。

"有人拿走了加特林机枪和弹药，"里卡多说，"所以我们只有这些了。外加一辆装甲车。我可以直接把它开到中央车站。枪不够人人一把，不过反正消防员也没受过武器方面的训练。但我和我的兄弟可以今晚作战。"

"我们还是更愿意看到麦克白主动投降，"马尔康说，"他大概只有两个人：西登和奥拉夫森。当他看到外面有多少人被我们动员起来时，我希望他能放了卡西，缴械投降。"

"谈判，"里卡多点点头，"在有人质的情况下采取的现代战术。"

"完全正确。"

"现代，但是没用，至少对麦克白没用。我做过他的手下，长官。他有全国最好的两名狙击手，还有两把加特林机枪。而我们的时间非常有限。"

"你有什么办法对付两把加特林机枪？"马尔康问道，取下一枚巴祖卡火箭筒。

德夫怔住了。他看见了火箭筒后面的东西。

"加特林机枪用于远程射击并不是非常精准，"里卡多说，"但如果麦克白拒绝投降，我可以制定一个攻克因弗尼斯的方案。"

"很好，"马尔康说完看了一眼德夫发现的东西，"老天，这是从哪儿来的？"

"突袭'诺斯骑士'后的废墟里，"里卡多说，"也算是武器，虽然只是一把军刀。"

"不只是军刀，"德夫说着紧紧握住刀把，他挥了一下，感受钢的重量，"这是斯威诺的军刀。"

"你不会是想带上它吧？这可没有杀伤力。"

"错。"德夫用食指摸了摸刀刃，"它可以给妇孺开膛破肚。"

马尔康转向里卡多："你能在日出前一个小时把所有武器运至中央车站吗？"

"包在我身上。"

"谢谢。还有几个小时，其他人稍微休息一下吧。"

"先生？"

麦克白从夫人冰冷的胸口抬起头。是杰克。他回来了，站在门口。

"前台有个人，想见你。"

"你放别……别人进来了？"

"他就一个人，一直在敲门。我只好放他进来。现在他不想走了。"

"谁？"

"一个年轻人，叫席瓦。"

"席瓦？"

"他说突袭'诺斯骑士'那回，你在码头上救过他的命。"

"噢，那个人质。他想要什……什么？"

"主动加入我们。他说马尔康联系了他，对方正在招兵买马，准备对因弗尼斯发动攻击。"

"如果是这样，"麦克白说着把头放回夫人的胸口，闭上眼，"让……让他走吧。"

"他不走，先生。"

麦克白沉重地叹了口气，站起来，伸出一只手："借用一下我给你的枪，杰克。"

他们下楼走向前台，那个年轻人正焦急地等着。麦克白在楼梯上用枪指着他："出去！"

"局长……"那人结结巴巴地说。

"出去！你是马尔康派来杀我的。马上出去！"

"不，不，我……"

"滚！我数三下！一……"

那人向后踉跄几步，抓住门把手，但锁住了。

"二！"

杰克拿着钥匙飞奔过来，帮他开了门。

"三！"

门"咣"的一声关上，他们听见逃跑的脚步声渐渐消失。

"你真觉得他是——"

"不，"麦克白说着把枪还给杰克，"但留这样的年轻人在这里只会碍事。"

"没有多少人像你一样。他和奥拉大森的年龄差不多，先生。"

"我叫你做的事做完了吗，杰克？"

"我还在做，先生。"

"做完了告诉我一声。我在赌场大厅。"

麦克白推开赌场的门。东面的高窗外，夜已经渐渐转为灰白色。

第四十二章

朝阳还没露出山头，但已派出红色的使者前来问候。列诺克斯警督觉得他从未在城里见过这么美的日出。也许他见过，只是未曾留意。也许给世界上色的不是太阳，而更多是吗啡的作用。喧闹的星期六之夜过去，大街上到处都是摔碎的啤酒瓶、臭烘烘的呕吐物和烟头。四下冷冷清清，只有一个穿黑色海事服、戴白帽的矮个子男人匆匆地和他们擦肩而过。剩下的人——如同这座城市的宿命——都躺在家里，盖着毯子蒙头大睡。但即便如此，他也从未见过这座城市如此美丽的一面。

列诺克斯低下头，望着普丽西拉在他膝盖上铺开的格子呢毛毯。他们正走向中央车站东侧那个平常的入口。他感到轮椅又慢了些。她犹豫了。他估计她从没去过这个车站。

"没什么好怕的，普丽西拉。他们要么是来卖货的，要么就是来买货的。"他们经过一盏街灯，他看见她的影子直了起来。他们的速度开始加快。

按照事先的安排，她趁天还黑时就扶他起床，以免白天走廊里全是护士和医生，不让他们出去。她从办公室带来了好几样他要的东西。他甚至不必向她作任何解释；只要他开口，她就会立即照办，即便他们已经不是上下级的关系。

"不用客气，"她说，"你永远是我的老板。麦克白不会再当警察局局长了吧？"

"为什么不？"

"他已经丧失理智了，不是吗？"

他们经过一群烟鬼和躺在毛毯上的吸毒者。他们睁开眼，本能地伸出一只手乞讨。

但普丽西拉没有停下，一直把他推到厕所旁的那个楼梯口。

这里便是他们接头的地方。他要做的就是站在这里等他们来。列诺克斯从不知道自己被带往哪里，因为他们会给他护目镜和耳塞，以防他借助外界的声音来判断。

这是双方达成的默契。如果他的确需要走一趟，他们就会带他进"厨房"——"精酿"的产地。晚上在家或单位里吸毒都不行，因为无法排除被发现的风险。但在"厨房"，他可以享用纯度最高的产品，由专业人员为他注射。他会被安置在一张躺椅上，有点像过去的鸦片馆。在安逸的环境里醉生梦死后，他便能走进城里活蹦乱跳好一阵，像是脱胎换骨了一般。

可他再也无法这么做了。

当普丽西拉把他身上的线路和管子全部拔掉、架着他坐上轮椅时，他感到自己是如此无助。他已经变成一个废人。

"走吧。"他说。

"什么？我们这就走了？"

"你走。"

"你的意思是，把你丢在这里？"

"没事的。我会给你打电话。走吧。"

她没动。

"这是命令，普丽西拉——"他笑道，"我可永远都是你老板。"

她叹了口气，把一只手轻轻放在他的肩上。然后离去。

不到十分钟，斯特雷加交叉着双臂站在他面前："哇。"她只说了这一句。

"我知道，"列诺克斯说，"现在不是时候。"

她笑了笑："坐着轮椅还这么幽默。我能为你做什么？"

"来点止痛药，在躺椅上睡一个钟头。"

她把耳塞和护目镜递给他。

"我的双腿不听使唤了，你可能得帮我一下。"

"你这么轻？"她说。

"我需要坐轮椅去。"

"看来今天得省去坐车这段路了。"

她推着他走。虽然一上午疼痛反复发作，但当斯特雷加从轮椅上架起他、扶他踏上类似于碎石的道路时，那疼痛简直如钻心一般，让他大叫出来。他感到斯特雷加充满肌肉的臂膀搂着他，闻见她身上不可抗拒的气味。她把他放回轮椅，继续推着走。每隔一米，轮椅都会轧过砾石上的什么东西。是枕木。有一股焦油和烧过的金属的味道。她正推着他沿一条铁轨行进。

未经证实的幻想。以前他们都是坐车，路不长，但明显是在绕圈子，最终回到中央车站的起点。他之前就知道，他们没出火车站，因为他没有感觉到雨，但他不知道的是，"精酿"的产地竟然就在他们脚下一条废弃的隧道里！他无力地呻吟——斯特雷加扶起他，把他的脸放在某个冰冷潮湿的东西上。水泥。然后她又扶他坐回轮椅。继续推。空气变得越来越温暖干燥。他们就要到"厨房"了，那股熟悉的气味激活了他脑中的某种物质，使他心跳加速，提前品尝到这趟旅途的滋味。他的护目镜和耳塞被人摘下，他听见斯特雷加的后半句话：

"……清理他身后留下的血迹。"

"没问题。"其中一个姐妹搅动着蓄水池说。

斯特雷加准备把他扶上躺椅，但列诺克斯冲她摆了摆手，卷起左边的衣袖，直接取釜中的"精酿"。没有比这更好的了。一个瘾君子的天堂。这就是他向往的地方。也许不是。他会知道的。也许不会。

"那不是反腐败处的列诺克斯警督吗？"杰克说。他站在那面单向透视镜旁，看向里面的"厨房"和轮椅上的人。

"是的。"赫卡忒说。他身穿白色的亚麻西服，戴一项白帽，"光在因弗尼斯安插耳目可不够。"

"你听说列诺克斯指控麦克白杀人了吗？难道他不知道麦克白是你的工具？"

"他不该知道的，我不会让他知道。你也一样，波纳斯。不过，说说眼下的事吧。夫人终结了自己的生命，但麦克白似乎并不生气，却是一蹶不振，是吧？"

"这是我的理解。"

"嗯。如果图特尔宣布紧急状态，你觉得以麦克白现在的精神状态能成功夺权，成为领导城市的人吗？"

"我不知道。他看上去……并不在乎，好像一切都已经无关紧要。还有一种可能，就是他觉得自己战无不胜。不管发生什么你都会救他。"

"嗯。"赫卡忒用拐杖在地上敲了两下，"没有了夫人，麦克白作为警察局局长的价值也大打折扣。"

"他依然会服从于你。"

"他现在也许能成功夺权，但没有了夫人，这权力也保不住。她才是真正的玩家，能透过一棵树看见一片森林，知道怎么运筹帷幄。麦克白能掷飞刀，但得有人告诉他为什么这么做，朝谁掷。"

"我可以做他新的顾问，"杰克说，"他对我越来越信任了。"

赫卡忒笑了："我真是难以判断，你到底是吃泥的比目鱼还是狡猾的食肉鱼，波纳斯？"

"我想，我总归是鱼就对了。"

"即便你能鼓起他丧失的统治欲，恐怕也无法燃起他的斗志。他缺乏夫人对权力的贪婪。他似乎渴望那些你我并不赖以为生的东西，亲爱的波纳斯。"

"'精酿'吗？"

"夫人。女人。也许还有朋友。你懂的，这种存在于人类之间的爱。现在夫人死了，他也不会再为满足她对权力的饥饿而行动。"

"夫人也需要爱。"杰克平静地说。

"被爱的渴望和给予爱的能力，赋予人类无穷的力量，也成为他们致命的弱点。给他们爱的希望，他们可以撼动天地。夺走这个希望，一阵轻风便可将他们击溃。"

"也许对，也许不对。"

"如果一阵风便能把麦克白击溃，你觉得他适合做警察局局长吗？"赫卡忒冲玻璃另一侧点点头。其中一个姐妹正用酒精棉签擦拭列诺克斯的左臂，寻找血管，另一只手已拿好注射器。

"列诺克斯？"杰克说，"你是认真的吗？"

赫卡忒咂了咂嘴："他扳倒了麦克白，是牺牲自己的行动能力营救市长的大英雄。没人知道列诺克斯为我卖命。"

"可马尔康回来了。大家都知道列诺克斯是奉麦克白之令行事。"

"列诺克斯服从命令，就像忠诚的警察应该有的样子。马尔康和德夫可以再次消失。罗斯福就是坐在轮椅上赢得一场世界大战的。对，我可以让列诺克斯坐上警察局局长的位子。你觉得呢？"

杰克望着列诺克斯，没有回答。

赫卡忒笑了起来，把一只柔软的大手放在杰克瘦小的肩膀上："我知道你在想什么，比目鱼。你怎么办？如果麦克白死了，你的生计谁来照顾？所以咱们还是希望麦克白能战胜这场风暴吧，是不是？走，我领你出去。"

杰克瞥了列诺克斯最后一眼，然后转身随赫卡忒走向厕所的暗门，返回车站。

"等等。"列诺克斯待针头刚刚触及皮肤时说。他把右手伸进轮椅侧面的大口袋。拉掉手柄上的绳子。

"好了。"他说。

她把针头扎进去，缓缓推动活塞。这时，他从口袋里伸出手，胳膊在轮椅下方轻轻一摆，撒开手。普丽西拉从办公室里拿来的东西滚过水泥地，消失在水池旁摆满烧瓶、试管的桌子下面。

"嘿，那是什么？"斯特雷加问道。

"据我的祖父说，这是一枚他扔到自己头上的手榴弹。"列诺克斯一边说一边神魂颠倒。虽然他永远不可能找回头一次注射时的兴奋感，但他依旧愉悦得浑身发抖。经过多年的探索，毒品依然是他感受生命真谛最直接的方式。不过还有另一种方式——彻底终结。

"可能是一枚 M24 型柄式手榴弹，或是一枚摆在烟灰——"

他的话戛然而止。

杰克刚走上一半楼梯，冲击波便使他飞了出去。他爬起来，回身看向厕所。门已被炸没，浓烟滚滚而出。他等在原地。发现没有更多爆炸后慢慢走下楼梯，走进厕所。小隔间和"厨房"的门已经没了。里面烈火熊熊。借助于火光，他看见所有的东西都被摧毁。"厨房"和里面的人不复存在。几分钟前，他还——

"波纳斯……"

声音从他的正前方传来。就在那儿，从倒在地上的钢门下，他爬了出来。一只身穿白色西装、被压扁的"蟑螂"。他柔软的脸上沾满了粪便，两只黑眼睛充满了震惊。

"救我……"

波纳斯抓紧老者的双手，将他拖过地面，拉到厕所门口。他的胃被划开一道口子，血不停地往外流。他受了重伤。不死的赫卡忒。"隐形之手"。他没有几分钟，甚至几秒钟可活了。这么多的血……杰克转过身去。

"快，杰克。找点东西来——"

"我得去请医生。"杰克说。

"不！找点东西堵住伤口，别等我的血流光。"

"你需要医疗援助。我会尽快。"

"别离开我，杰克！别……"那躯体扭成一团，发出一声号叫。

"怎么了？"

"胃酸！有东西流出来了。上帝啊，烧死我了。帮帮我，杰克！帮——"叫声变成又一阵嘶哑的哀号。杰克看着他，无法动弹。他真的像一只四脚朝天的蟑螂，手脚在无助地乱舞。

"我很快就回来。"杰克说。

"不，不！"赫卡忒尖叫着，试图抓住他的双腿。

但杰克后退一步，转身离去。

他在楼梯尽头停下来，朝左望向西面的因弗尼斯赌场，望向麦克白，望向圣乔迪医院。那边的候诊区有一个电话亭。他转向东面，望向远山，望向另一头。崭新的水域，危险的、开放的水域。但这是一个人——一条吸口鱼——有时为生存而不得不做的抉择。

杰克深吸了口气。不是因为犹豫，而是因为他需要空气。

他向东而去。

水晶在麦克白的头顶浅吟低唱。他扬起头，大吊灯拽动着一根根吊绳来回摆动。

"什么动静？"西登在夹楼上喊。他手持一把加特林机枪，看护因弗尼斯的东南角。

"世界末日。"麦克白说。他又低声对自己说："但愿如此。"

"声音是从火车站传来的。"奥拉夫森从西南角的火力点喊道，"那是爆炸吗？"

"看见了长官！"西登吼道，"他们正往这里运送武器。"

"是吗？"奥拉夫森惊讶地说。

西登的笑声在墙壁之间回荡。先前讨论守卫因弗尼斯的方案时，大家都认为对手会从工人广场发动袭击，因为面向勤俭街的那堵无窗的砖墙绝对是完美的屏障。

"我大老远就能闻见你的恐惧，奥拉夫森。你在下面闻得见吗，老大？"

麦克白打了个哈欠："我几乎记不得恐惧是什么味道了，西登。"他用力搓着脸。他刚才睡着了，梦见自己挨着夫人躺在一张床上，然后套房的门悄无声息地滑开。门口的人身穿披风，帽檐压得很低。当他走进屋里的光线中时，麦克白才看清他是班柯。他的一只眼睛没了，肉虫正从脸颊和额头上扭着身子钻出来。麦克白摸向夹克衫里层，从肩膀的皮套里抽出一把匕首，掷了出去。它插进班柯的前额，感觉软乎乎的，似乎后面的骨头已经被啃食殆尽。但这并未阻止鬼魂朝床边前进。麦克白一边大叫，一边摇动夫人。

"她死了，"鬼魂说，"你得扔一把银质匕首才行，钢的没用。"这不是班柯的声音，而是……

班柯的头在帽子下面晃晃悠悠，然后滚落到床下。戴帽子的人变成了西登，正冲他笑嘻嘻的。

"你想干什么？"麦克白怯声说。

"干你想做的事呗，长官。给你俩要一个孩子。瞧啊，她正等着我呢。"

"你疯了。"

"相信我。我不会要求太多回报的。"

"她死了。滚开。"

"我们都死了。现在赶快，给自己撒点种子。你要不来我可来啦。"

"滚开！"

"一边儿去，麦克白。我对她就像德夫对梅雷——"

第二把匕首飞进西登张着的嘴里。他紧咬牙，握住手柄，将匕首拔了出来，交还给麦克白。他亮出血淋淋的半截舌头，冲麦克白发笑。

"收音机上有什么动静吗？"

麦克白吓了一跳。说话的是西登，他在吼。

"没有，"麦克白说着用力搓了搓脸，把收音机的音量调大，"离日出还有二十分钟。"他看着镜子里一行整好的、放在他面前毛毡上的白粉。看见镜中自己的脸。那行白粉就像一道穿过光滑表面的疤。

"我们真要杀了那小子吗？"奥拉夫森大声喊道。

"没错！奥拉夫森！"西登喊着答道，"我们是硬汉！不是娘娘腔！"

"可……之后怎么办？我们就没有谈判的筹码了。"

"这像你说的话吗，奥拉夫森？"东南边传来更多笑声。

"我们没什么好怕的。"麦克白说。

"你说什么，长官？"

"世上没人能伤害我。赫卡忒答应过我，除非'伯莎号'向我开动，否则我永远是警察局局长。你可以说赫卡忒很多坏话，但他信守诺言。放松。图特尔会让步的。"麦克白看了一眼卡西，他背靠柱子安静地坐着，定定地望向远方，"外面情况如何，西登？"

"有一群人聚集在'伯莎号'边上，看起来像警察和平民。有几个带自动武器的，还有一些人拿着步枪和手枪。光靠这些不足为惧。"

"你能看见穿灰色风衣的人吗？"

"灰色风衣？没有。"

"你那边呢，奥拉夫森？"

"这边也没有，长官。"

但麦克白知道他们就在那儿，暗中望着他。

"你听说过提索诺斯吗，西登？"

"没有。谁啊？"

"一个希腊人。夫人跟我讲起过他。我专门查过。厄俄斯是所谓的黎明女神，她爱上了一个人间美少年提索诺斯。她央求众神之主宙斯同意让提索诺斯像她一样永远不死。提索诺斯其实并没有提出这样的要求，他是被迫获得了永生。但黎明女神忘记请宙斯让这少年长生不老。你懂我的意思吗？"

"大概明白。但我不懂你为什么讲这个，长官。"

"万物皆会消逝，所有的人都会死去，但提索诺斯只能拖着老朽的身躯，永远孤独下去。他没有被赋予什么东西，其实恰恰相反——他被囚禁在牢笼里，他的永生是一场可怕的诅咒。"

麦克白起身太快，感到一阵眩晕。这番话想必太过悲观，是毒劲没有完全退去时的胡言乱语。现在整座城市都拜服在他脚下，他很笃定，它很快便会成为他的囊中之物，由他独享。他的每一个愿望都会实现。然后他只需考虑寻欢作乐就好。寻欢作乐。

德夫的手指拂过"伯莎号"车头前基座上的裂缝。他听见马尔康的声音："劳驾，让我过去！"

他抬起头，看见马尔康从人群中挤出一条道，朝台阶顶层走来。

"你听到刚才的动静了吗？"他气喘吁吁地问。

"是啊，"凯思妮斯说，"我以为屋顶要塌了。感觉像地下核爆。"

"或是地震。"德夫说着指向那道裂缝。

"来的人比我预想的要多。"马尔康一边说一边扫视台阶下的人群，他们身前停着由警车和一辆巨大的红色消防车组成的路障堡垒，"这些人都是消防员和警察？"

"不。"有个人走上台阶说。马尔康仔细辨识他的黑色制服。

"海军上校？"

"飞行员，"这个小个头儿的男人说，"弗莱德·齐格勒。"

"飞行员来这里做什么？"

"我昨晚听了凯特的节目，打了一圈电话，打听到这里要发生的事。告诉我，我能做什么？"

"你有武器吗？"

"没有。"

"你会射击吗？"

"我在海军陆战队待了十年。"

"好。去找下面那个穿警服的人，他会给你一把步枪。"

"谢谢你。"飞行员在他的白帽子上亮出三根手指，转身离去。

"图特尔那边怎么说？"德夫问。

"首府已经得知了绑架人质的消息，"马尔康说，"但逮捕令今天下午才能签出。在此之前他们无能为力。"

"拜托，人命关天啊。"

"只是一个人的命。除非警察局局长提出申请，这样的事不足以让联邦政府出面干预。"

"该死的政治！图特尔现在在哪儿？"德夫向东眺望。山峦的边缘，青色的天空正变得越来越红。

"他去电台了。"凯思妮斯说。

"他准备宣布紧急状态，"马尔康说，"我们必须马上对麦克白发起攻击，趁我们还是在市长的指挥下行动。一旦宣布紧急状态，我们就成了非法的造反派，这帮人也不会支持我们了。"他朝下面的人群点点头。

"麦克白已经把自己搭进去了，"凯思妮斯说，"人们会因此而丧命。"

"是。"马尔康将扩音筒放到嘴边，"勇敢的兄弟姐妹们！请大家就位！"

人群纷纷涌向台阶脚下的路障堡垒。将他们的武器架设在车顶上，利用特警队的装甲车和消防车作为掩护，剑指因弗尼斯。

马尔康将扩音筒对着同一个方向。"麦克白！我是马尔康副局长。你我都清楚，你现在已经是四面楚歌了。你唯一能做的就是避免破局。所以，放了人质，就地投降。我给你一分钟。我重复一遍，一分钟。"

"他说什么？"西登喊道。

"他给我一分钟，"麦克白说，"你能看见他吗？"

"能，他站在台阶顶上。"

"奥拉夫森，拿你的步枪，让马尔康闭嘴。"

"你是说——"

"对，我就是这个意思。"

"麦克白万岁！"西登笑道。

"听。"麦克白说。

德夫的目光在山峦、手表和周围的人群之间不停转换。他肘部和肩部的神经在剧烈地抽搐。他有些站不稳，因为他的膝盖和腿肚已经开始发抖。除了六个特警队勇士和一些警察，这群人都是在办公室和消防站从事普通工作的民众，从来没有在愤怒当中开过枪，也没有中弹的经历。但他们还是毅然地来了。他们甘愿牺牲一切，就算自己力有不逮。他数完最后三秒。

没有动静。

德夫和马尔康交换了一下眼神，耸了耸肩。

马尔康叹了口气，将扩音筒举到嘴边。

德夫几乎都没听见"砰"的一声。

马尔康向后踉跄了几步，扩音筒"哐"地掉在地上。

德夫和弗里斯立即作出反应，扑向马尔康，压在他身上。德夫感到一阵血流和脉动。

"我没事，"马尔康吃力地说，"我没事。起来吧。他打中了扩音筒。不要紧。"

"你刚才说让他闭嘴，我以为是永远闭嘴呢，"西登喊道，"现在倒让他们觉得我们势弱了，长官。"

"错，"麦克白说，"现在他们知道我们是认真的，但也是理智的。杀了马尔康，我们就给了他们带着满腔义愤进攻的借口。现在他们还会再想想。"

"我觉得他们无论如何都会进攻，"奥拉夫森说，"看，那是咱们的装甲车。它正朝这里开来。"

"这个性质就不同了。一个警察局局长还是有权自卫的。西登？"

"在。"

"给'加特林小妞'开开嗓。"

德夫从"伯莎号"后面窥探过去，望着这辆硕大的装甲车穿过广场，朝因弗尼斯进发。它在德语里叫作特种车。尾气管排出柴油的浓烟。德国工艺，德国钢板，德国的防弹玻璃。里卡多的计划遵循了常规战术。六名特警队勇士开着特种车抵达入口，下车将催泪瓦斯扔进窗户，接着破门而入，戴着防护面具发动强攻。关键的一环是他们从装甲车出来投掷催泪瓦斯的时候。虽然只有短短几秒，但他们在那几秒里需要其他人的火力掩护。

马尔康的对讲机刺啦一响，他们听见里卡多的声音。

"准备火力掩护，三……二……一……"

"开火！"马尔康吼道。

武器从堡垒上齐射时像一阵击鼓声，可惜在德夫看来，这面鼓实在太小。鼓声被另一面扬起的号叫声所掩盖。

"老天爷。"凯思妮斯喃喃说道。

这场面先是像一阵漫天的雨点，在特种车前方的石子路上激起烟尘。接着，只听"咔"的一声，子弹击中了特种车的格栅、装甲、前玻璃和车顶。车子像膝盖打了一个弯，跪了下去。

"轮胎被打中了。"弗里斯说。

装甲车继续移动，但速度变慢了，仿佛正开进一阵飓风。

"不要紧。这是一辆装甲车。"马尔康说。

车子前进得越来越慢。最后停了。后视镜和保险杠掉了下来。

"曾经是一辆装甲车。"德夫说。

"里卡多？"马尔康冲对讲机喊道，"里卡多？撤回来！"

没有应答。

这会儿车子像是在跳舞。

然后弹雨停了。寂静笼罩着广场，只能听见一只海鸥掠过时的悲鸣。装甲车上腾起一股烟，如同红色的蒸汽。

"里卡多！回来，里卡多！"

依旧没有应答。德夫盯着那辆千疮百孔的装甲车。没有生命迹象。现在他知道当时是什么状况了。法夫的那个下午。

"里卡多！"

"他们牺牲了，"德夫说，"全部。"

马尔康从旁边觑了他一眼。

德夫用一只手捂住脸："下一步该怎么办？"

"我不知道，德夫。该做的都做了。"

"用消防车。"弗里斯说。

大家望着这个年轻人。

他在众目睽睽之下有些畏缩，甚至一度被这目光压得后退了几步。但他直起身子，用略带颤抖的嗓音说："我们得利用消防车。"

"这不行。"马尔康表示反对。

"是不行，但如果我们绕到后面的勤俭街呢？"弗里斯喘了口气，继续说道，"他们用两把机枪对付装甲车，这说明他们没有安排火力掩护后方。"

"因为他们知道我们从后面攻不进去，"德夫说，"那里没有门也没有窗户，全是砖头，你必须用风钻或重炮才能突破。"

"不用突破。"弗里斯说。他的嗓音越发坚定。

"绕过去？"德夫不明白。

弗里斯手指天空。

"没错！"凯思妮斯说，"消防车。"

"别绕圈子。快说。"马尔康抱怨道，又望了一眼山头。

"云梯啊，"德夫说，"天台。"

"他们开动消防车了。"西登喊道。

"这是要干什么？"麦克白打了个哈欠。小男孩闭着眼，盘腿坐在地上。他平静而沉默，似乎已然接受命运的安排，只等最后的结局。就像麦克白。

"我不知道。"

"你认为呢，奥拉夫森？"

"我不知道，长官。"

"好吧。"麦克白喊道。他刚才用银质匕首削尖一根火柴，将它戳进门牙。然后把匕首放在毛毡上，拾起两片圆形筹码，分别用两只手的手指不断抛接。这是他在马戏团里学会的把戏。这项练习是为了平衡他左右手不同的运动机能。他嘬着牙签，抛着筹码，体会自己此时的感觉。没有感觉。他试图搞清楚自己在想些什么。他没有想班柯，也没有想夫人。他只是在想，自己没有任何感觉。他还在想一件事：为什么？

他想了一会儿……

然后他闭上眼，从十数到一。

"这可不像楼梯。我们升得越高，晃动就越大，"穿引航员制服的人对弗里斯和另外两名勇士说，"每次迈一步，先手后脚。没什么好怕的。"

引航员大声地打了个哈欠，然后迅速笑了笑，抓住云梯开始攀爬。

弗里斯看着这个小个子男人，真希望自己和他一样勇敢。勤俭街空空荡荡，只有这辆消防车和架设在无窗墙面上的十五米的云梯。

弗里斯跟在引航员后面。说来也怪，随着一步步地攀登，他的恐惧竟然消失了。最糟糕的反正已经过去。他刚才这样说。他们听后点点头，说他们明白。接着他们钻进消防车，从车站朝东开，画了一个巨大的弧形，穿过星期天安静的街道，神不知鬼不觉地到了因弗尼斯身后。

弗里斯抬头，见引航员在天台上做了一个安全的手势。

昨晚他们仔细研究过因弗尼斯的建筑图，弗里斯对这里的布局一清二楚。天台有一道门，打开后是一道锅炉房的窄梯，房里的门通向酒店顶层的走廊。他们会在那里分开，两人走北侧的楼梯，两人走南侧。两道楼梯均通往夹楼。几分钟后，车站方向会发动一轮攻势，将机枪的火力牵制在工人广场一侧，同时掩盖弗里斯和另外三个人的动静，他们借机从身后悄悄靠近，解决枪手。三名勇士将手表调成和弗里斯一致的时间。对于接受这名实习警察的领导，他们没有一句怨言。这名实习警察似乎理解这其中的缘由。父亲那句话怎么说来着？"如果你有更好的判断，你就应该去领导，这是你对社会应尽的义务。"

弗里斯听见车站那边开火了。

"跟我来。"

他们走到天台那道门边，拉了拉。锁住了。预料之中。他朝其中一名警员点点头——那人是交通处的，他将一把铁撬伸进门和门框之间的缝隙里，猛地一推撬开了锁。

里面漆黑一片，但弗里斯能感觉到下面锅炉房里飘来的热气。诈骗组一位白发警员想先下去，但被弗里斯拦住了。"跟着我。"他轻声说，一只脚迈进很高的金属门槛。他试图在黑暗中分辨物体的形状，但什么也看不见，只好放低机枪，摸索楼梯的扶手。他探出第一步，金属梯"吱呀"一声，然后是第二步，整个梯子都在响。他僵住了，一道光刺进他的双眼。有人在下面打开手电筒，照着他的脸。

"砰，"拿手电筒的人说，"你就死了。"

弗里斯知道，他挡住了身后三个人的火力线。他也知道，自己不会有开枪的机会。因为他知道这是谁的声音。

"你是怎么知道……"

"我问自己，为什么你们会开动消防车，却不拉响警报呢？"黑暗中的说话声变成一阵低沉的笑声，"噢，还穿着我的鞋。"麦克白叔叔听上去像喝醉了，"听着，弗里斯，你今天可以救命。救你自己的命，还有这三个叛徒的命。马上撤走，躲到路障后面。你从那里有更好的机会打败我。"

弗里斯咽了咽口水："你杀了爸爸。"

"也许吧，"这声音含混不清地说，"也许这是当时的情形。也许是班柯的家族野心。但更有可能的是——"麦克白沉默了数秒，然后长叹一声，"是我。走吧，弗里斯。"

弗里斯脑海中闪现的全是他和麦克白叔叔在家里客厅的地板上玩闹的情景。麦克白叔叔会让他先占上风，只在最后关头轻轻一摆，将他摁倒在地上。这并不是因为叔叔的力气大，而是他又快又准。但麦克叔叔现在醉醺醺的，弗里斯的身手又比那时矫健不少，也许他还有机会？如果动作快，他也许能击中。挽救卡西。挽救这座城市。为了报仇——

"别这么做，弗里斯。"

但为时已晚。弗里斯已经抓起枪。狭窄的锅炉房响起一阵短促的射击声，震动着五个人的耳膜。

"啊！"弗里斯大喊。

他从扶梯上掉了下去。

他没感到自己摔在地上。他又一次睁开眼，什么感觉都没有。眼前一片黑暗，只有一只手托着他的脸颊，一个声音紧贴他的耳朵。

"我叫你不要。"

"他们……他们在哪儿？"

"他们照我说的，撤走了。睡吧，弗里斯。"

"可……"他意识到自己中枪了。有一处伤口在流血。他咳了几声，嘴里满是腥味。

"睡吧。到了那里向你爸爸问好，告诉他我随后就来。"

弗里斯张开嘴，但涌出的只有血。他感到麦克白的手指轻柔地放在他的眼皮上，将它们合拢。弗里斯深吸了口气，像是准备跳入水中。就像他从桥上掉进河里，掉进一片黑暗的水域，掉进他的坟墓。

"不，"德夫说着，看见消防车朝他们开来，"不！"

他和马尔康朝车子奔去，等它停好后分别扯开左右两边的车门。司机、两名警察和引航员狼狈地跳下。

"麦克白在等着我们，"引航员痛苦地说，气还没喘过来，"他打死了弗里斯。"

"不，不，不！"德夫靠着车，紧闭双眼。

有人把手搭在他的脖子上。一只熟悉的手。凯思妮斯的。

两名身穿黑色特警队队服的人跑过来，在马尔康面前站定："哈森和埃德蒙顿，长官。我们听说了这场战斗，于是马不停蹄地赶来。还有更多的人会过来。"

"谢谢兄弟们，但我们已经结束了。"马尔康用手指了指山头。他们还看不见太阳，但山顶上那个倒置的十字架的轮廓已经映射出第一缕阳光，"现在就看图特尔了。"

"我们交换人质吧，"德夫说，"让麦克白得到他想要的，马尔康。用我们俩换回卡西。"

"你以为我没考虑过这个方案吗？"马尔康说，"麦克白绝不会拿市长的儿子去换你我这样微不足道的筹码。如果图特尔宣布紧急状态，卡西就会被释放。你我无论如何都会被处决。到那时谁来领导对抗麦克白的战斗？"

"凯思妮斯，"德夫说，"城里所有你认为怀有相同信念的人。你是不是怕了……"

"马尔康是对的，"凯思妮斯说，"你俩活着才是对这座城市更有价值的事。"

"该死！"德夫心有不甘，拔腿朝消防车走去。

"你去哪儿？"凯思妮斯喊道。

"基座。"

"什么？"

"我们得把基座砸了。嘿，队长！"

驾驶消防车的人站起来："呃，我不是——"

"车里有消防斧或大锤吗？"

"当然有。"

"看！"西登喊道，"太阳照在方尖塔顶上了。该送这孩子上路了！"

"我们都该上路了。"麦克白淡淡说着，把一片筹码放在毛毡红区的心形图案下方，另一片放在黑区。他朝左侧探身，从轮盘上取下那颗球。

"天台上什么情况？"西登喊道。

"班柯的孩子。"麦克白回喊着，使劲转动轮盘，"我搞定了。"

"他死了吗？"

"我说了，我搞定了。"轮盘在麦克白面前旋转，一个个数字模糊成一个清晰的、没有缺口的圆圈。模糊而又清晰。他已经算到球会落进哪个区，但他依旧待在原地。轮子在飞旋。这一回它永远不会停止，这一次他永远不会离开这个区——他已经关闭身后的门，将它锁住。轮盘转了又转，转向一个未知却又如此熟悉的命运。赌场总是最后的赢家。"外头'梆梆梆'的是什么声音，西登？"

"你为什么不过来自己看，长官？"

"我更愿意待在轮盘这边。什么情况？"

"他们开始对'伯莎号'敲敲砸砸了，这个可怜的东西。太阳已经出来了，长官。我能看见太阳，又圆又大。时间到了。我们要不要——"

"他们把'伯莎号'砸了吗？"

"是它的基座，谁知道呢。留意广场，凡是有东西过来就开枪，奥拉夫森。"

"好的！"

麦克白听见楼梯上响起脚步声，抬头望去。西登脸上泛起从未如此醒目的红色，仿佛被太阳灼伤。他经过轮盘赌桌，朝那根柱子走去。卡西坐在地上缩成一团。他低着脑袋，头发挂在脸前。

"谁说你可以擅离职守了？"麦克白说。

"只是暂时离开。"西登说着，从皮带里掏出一把黑色的左轮手枪，对准卡西的头。

"住手！"麦克白说。

"我们说好要准时的，长官。我们不能——"

"我说了，住手！"麦克白调大身后收音机的音量。

"……我是图特尔市长。昨晚，麦克白局长向我发出最后通牒。他策划了近期数宗谋杀案，包括谋杀邓肯局长。昨晚，他对我刺杀未遂，于是绑架了我的儿子卡西。他的最后通牒是要我宣布紧急状态，从而给他无限的权力并阻止联邦介入，否则他将在太阳升起时杀死我的儿子。但我们不想，我不想，你不想，卡西不想，这座城市不想再有一位专制的暴君。为了这个目标，过去几天多少勇士献出了生命，还有他们的孩子。牺牲他们的孩子，就像我们的民主在世界大战中岌岌可危时，我们和其他城市牺牲他们的后代一样。现在，太阳正冉冉升起，麦克白正坐在收音机旁，等我确认这一天和这座城市是属于他的。以下是我要向你传达的信息，麦克白。杀了他吧。卡西是你的。我准备牺牲他，因为我知道并希望他在这种情况下也会牺牲我或他永远不会拥有的后代。如果你能听到我说话，卡西，再见了，我最爱的人。"图特尔哽咽了，"不只我爱你，整个城市都爱你。我们会在你的墓前点起烛光，一直伴随民主永存。"他咳了一声，"谢谢你，卡西。谢谢你们，这座城市的市民。今天，是属于我们的。"

短暂的缄默后，传出刺刺啦啦的歌声，一个男人用洪亮的嗓音在唱《上帝是我们坚固的堡垒》[1]。

麦克白关掉收音机。

西登笑了笑，压动扳机。击锤升了起来。"意外吧，卡西？你知道，对一个嫖客来说，婊子养的儿子不值钱。但如果你现在真心向我投降，我保证给你的脑袋而不是肚子来上一枪，让你死个痛快。然后干掉那个嫖客和他的帮凶，给你报仇。你觉得怎么样，小子？"

"不。"

"不？"西登用不敢相信的眼神盯着给出答案的人。

"不，"麦克白重复道，"绝不能杀死他。放下你的枪，西登。"

"那就让外头那些人得到他们想要的吗？"

"你听见我的话了，我们不杀无力反抗的孩子。"

"无力反抗？"西登咆哮道，"那我们呢？我们岂不也是无力反抗吗？难道要让德夫和马尔康像过去一样肆意羞辱我们？难道你要放弃你的伟业——"

"你的枪正指着我，西登。"

---

[1] 宗教改革家马丁·路德（Martin Luther）创作的圣歌，*A Mighty Fortress is Our God*。

"也许吧。因为我不会让你阻挡即将诞生的王国，麦克白。有欲望的人不止你一个。我要——"

"我知道你要做什么。如果你不把枪放下，你就死定了。"

西登大笑："关于我，有些事情你还不了解，麦克白。比如，你杀不了我。"

麦克白盯着枪口："那就动手吧，西登。因为只有你能送我去见她。你不是女人生的，而是被制造出来的。是被噩梦、恶魔以及一切毁灭的势力制造出来的。"

西登摇了摇头，拿枪对准卡西的脑袋，目光一直没有离开麦克白。这时，第一缕阳光穿过夹楼的巨窗，照到西登脸上。麦克白见西登举起一只手，遮住眼睛。

阳光下，麦克白从另一头朝树干掷去，掷向刻在树上的那颗心。他知道会掷中，因为他指尖的每一根血管、每一条脉络，都指向那颗心。

"嗒"的一声。西登晃悠了几下，低头看向胸前冒出的匕首的手柄。他扔下枪，抓着匕首，跪倒在地。抬起头，用模糊的眼神望着麦克白。

"银质的，"麦克白说着，把火柴做的牙签又插进门牙，"据说能驱鬼。"

西登向前倒去，一头栽在男孩赤裸的脚边。

麦克白将白色的象牙球放在旋转轮盘的木架子上，用力朝反方向拨动。

"继续砸！"德夫喊道。他们用大锤和消防斧朝基座的前脸猛砸一通，几大块混凝土已经脱落。

基座裂开的一瞬间，火车的犁形排障器落在地上，砸出一声巨响。驾驶室里的德夫差点朝前飞了出去，幸亏他抓住一根操作杆，牢牢稳住了自己。眼前的火车头朝下耷拉着，但没有动。

"加把劲！"

依然没有动静。

"加把劲哪！你这个老女人！"

德夫感到什么东西从脚下穿过。它动了。不是吗？还是……他听见一声低沉的挽歌。是的，它动了，八十年来，"伯莎·勃南号"第一次开动，它可以活动的金属部件发出的号哭声越来越大，最终汇聚成反抗的怒吼。经年的锈蚀、摩擦和惯性定律试图拉住它，但地心引力势不可当。

"让开！"德夫几乎扯破嗓子，系紧机枪的枪带，将备用武器插进皮带，握住它的尾端。

蒸汽机车的车轮转动起来，从麻木中苏醒，缓缓开出八米长的铁轨，歪着身子跃下基座。前轮砸中台阶顶部，石板一下子开裂，发出震耳欲聋的响声。火车似乎一度停在原地，但德夫听见下一级台阶的开裂声。接着又是一声。他知道这股缓慢加速的神力势不可当。

德夫死死盯着前方，但余光瞟见一个人跳上车，站在他身旁。

"给我一张去因弗尼斯的单程票。"凯思妮斯说。

"长官！"是奥拉夫森。

"怎么了？"麦克白盯着象牙球骨碌碌地转动。

"我觉得它……它……来了。"

"什么来了？"

"那列……火车。"

麦克白抬起头："火车？"

510

"'伯莎号'！它来了……朝这边！正——"

剩下的全被淹没。麦克白站起身。从他站立的地方望去，看不见车站，只有高窗外倾斜的广场。但他能听见。这声音像是某样东西被一只咆哮的猛兽咬得粉碎，而且离这里越来越近。

巨兽穿过因弗尼斯正面的广场，出现在他的视野。

他吞了一口口水。

"伯莎号"来了。

"开火！"

马尔康副局长目不转睛，难以置信。因为他知道无论现在发生什么，他这辈子都不会见到第二次。一列蒸汽机车吞噬着石块，在没有轨道的情况下自行横穿工人广场。一种先辈们用铁铸的交通工具，因为势大力沉而难以阻挡。虽然八十年无人照料，那些滚珠、轴承却没有任何朽坏或风干。一列火车径直冲向因弗尼斯，加特林的枪林弹雨在它身上迸出火星，却像水一般被弹开。

"那可是一栋结实的建筑。"他身边的人说。

马尔康摇了摇头："一个赌场罢了。"他说。

"抓紧了！"德夫喊道。

凯思妮斯坐在车厢的铁皮地面上，背靠驾驶室一侧，以免被头顶呼啸的子弹击中。她闭上眼，面部的肌肉纠结成一块，喊出一句话。

"什么？"德夫吼道。

"我爱——"

他们撞上了因弗尼斯。

　　麦克白享受着"伯莎号"逐渐填满窗口的画面，直到它闯进来。他感觉整栋建筑——他站立的地面、房间里的空气——以及附带的一切都随着列车破墙而入向后退却。噪声像一层涂料盖住他的耳膜。机车的烟囱切断了夹楼东部，排障器嵌进地里。因弗尼斯刹住了它的脚步，但"伯莎号"依然一米接一米地啃食着前进。它在麦克白面前半米的地方停住，烟囱划断了夹楼西面的扶手，排障器轻轻碰上那张轮盘赌桌。一时间，周围一片寂静。接着传来水晶叮叮当当的声音。麦克白知道这是什么。"伯莎号"割断了他头顶吊灯的挂绳。他没有躲闪的意思，连头也不抬。他只意识到自己身上撒满了波希米亚水晶，然后便失去了知觉。

　　德夫端着机枪，爬到车顶。太阳微弱的光线穿过空气里飞扬的尘埃。

　　"东南角的火力点已经没人了！"凯思妮斯在他身后喊道，"你那边——"

　　"西南方向也没有了，"德夫说，"西登躺在轮盘赌桌旁边，胸口插着一把匕首。看样子已经死了。"

　　"卡西在这里。好像没受伤。"

　　德夫的目光扫过这间原先的赌场。灰尘使他忍不住咳嗽。他听了听。除去轮盘里那颗球狂热的转动声，什么也听不见。星期天早晨。再过几个小时，教堂的钟便会敲响。他爬下来。迈过西登的尸体，走向吊灯。用军刀扫开麦克白脸上的玻璃碴儿。

　　麦克白惊讶地睁大眼睛，像小孩儿似的。吊灯镀金的螺钩刺入他的右肩。伤口没流什么血，只是在有节奏地收缩，仿佛吮吸着灯具。

　　"早上好，德夫。"

　　"早上好，麦克白。"

"嘿，嘿。你记得我们在孤儿院每天起床时常说这个吗，德夫？你在上铺。"

"其他人在哪儿？奥拉夫森呢？"

"聪明的家伙，奥拉夫森。他知道什么时候开溜。像你。"

"你的特警队兄弟不会开溜。"德夫说。

麦克白叹了口气："是，被你说中了。你相信我吗？他就在你身后，会在……呃，两秒内杀了你。"

德夫看了麦克白半晌。然后突然转过身。在被切成两半的夹楼上，阳光透过东墙的缺口照进来。他看见两个人形。一个穿着中世纪的铠甲。另一个是奥拉夫森，他正跪着，步枪已在栏杆上架好。十五米。奥拉夫森从那儿可以击中一枚硬币。

一声枪响。

德夫知道他死了。

那为什么他还站着？

枪声在大厅里回荡。

麦克白见奥拉夫森倒在铠甲上——那武士向后踉跄了几步，从夹楼的缺口跌落，哐啷啷摔在赌场地面上。再看夹楼，奥拉夫森的脸靠着栏杆，趴在地上。他的脸蛋扭曲着盖住了一只眼，另一只眼闭着，仿佛在他的雷明顿 700 步枪旁睡着了。

"弗里斯！"凯思妮斯喊道。

德夫转身看向夹楼北面。

就在那儿，在通往顶层的楼梯上，弗里斯伫立着。他的衬衫浸满鲜血。他摇晃着手中紧握的一杆还冒着烟的枪。

"凯思妮斯，带卡西和弗里斯出去，"德夫说，"快！"

德夫在轮盘赌桌旁的椅子上坐下。轮盘上的球转得越来越慢，那声音已经变了。

"接下来会怎样？"麦克白呻吟道。

"我们在这里等其他人过来。他们会送你去医院。拘押。上联邦法庭。你会成为人们未来许多年的话题，麦克白。"

"你还觉得自己胜人一筹，是吗？"

水晶窸窸窣窣地响。德夫抬起头。麦克白扬起了左手。

"你知道我飞刀的速度。不等你挥动那把军刀，摸到你的手枪，匕首就会插进你的胸口。你知道的，不是吗？"

"可能吧。"德夫说。他非但没有感到恐惧，反而觉得一股强烈的疲惫涌上心头，"但你和过去一样，依然会输。"

麦克白笑道："凭什么这么说？"

"一种自我应验罢了。你一向清楚，你这辈子到头来注定失败。这是你一直没能摆脱的宿命，麦克白。"

"是吗？你没听说吗？凡是女人生的都杀不了我。这是赫卡忒的承诺，他已经好几次证明自己信守诺言。所以你知道吗？我可以直接从这里站起来，拍拍屁股离开。"他试图撑着地站起来，但吊灯的重量又把他压垮。

"赫卡忒向你做出这个承诺时，忘了把我考虑进去。"德夫一边说一边盯着麦克白的左手："躺着别动，你的命在我手里。"

"你耳朵不好使吗，德夫？我说——"

"可我不是女人生的。"德夫喘着气说。

"你不是？"

"不是。我是从我母亲体内被切下来的，不是生的。"德夫探出身子，用食指拂过脸上的伤疤。

麦克白眨着孩子般的眼睛："斯威诺杀她的时候，你……你没有出生？"

"她当时正怀着我。我后来知道，当她在一名警官家里试图止血时，斯威诺挥动这个——"德夫举起军刀，"——划破了她的肚子。"

"也划破了你的脸。"

德夫慢慢点了点头："你从我手里逃不掉的，麦克白。你输了。"

"输掉一场，接着又输一场。我们起初拥有一切，然后又输掉一切。我以为这是唯一不变的——人必有一死。可就连死也不一定都能被成全。德夫，只有你能赐予我死亡，送我和相爱的人团聚。做我的救世主吧。"

"不。你现在被捕了，会在监狱里终老。"

麦克白咯咯笑道："我做不到，而你也无法阻止自己。你无法阻止自己在那条小巷里杀我，现在也一样做不到。我们改变不了自己的，德夫。意志是骗人的幻想。所以做你必须做的吧。做你自己。要不要我帮你念出他们的名字？梅雷迪斯，埃米莉，还有——"

"埃文。"德夫说，"你才是那个无法从自己一直想要成为的样子里解脱出来的人，麦克白。这就是为什么在太阳冒出山头后，我对卡西依然抱有一丝希望。你从不杀害手无寸铁的人。虽然在人们的印象里，你比斯威诺更残忍，比肯尼斯更腐败，但真正把你打败的却是你的善良，你的不够残忍。"

"我一直是你的反面，德夫。因此是你的镜像。所以，杀了我。"

"急什么？你这种人终究会下地狱。"

"那就放我走。"

"如果你祈求罪孽被宽恕，或许会有一条生路。"

"我已经出卖了这个机会，德夫。但我乐意，因为我期待着和爱人重逢，就算我们会被永世灼烧。"

"你会得到公正的审判，量刑既不会过重，也不会过轻。这座城市将第一次证明自己可以变得文明，容光焕发。"

"愚蠢的白痴！"麦克白大喊道，"你在欺骗自己。你相信自己在按自己希望的方式思考，你相信自己是你希望成为的那种人，可你这会儿正绞尽脑汁地找一个杀我的借口，趁我躺在这里无力反抗——这就是你为什么犹豫。但你的仇恨就像那列火车：一旦开动，便无法停止。"

"你错了，麦克白。我们可以改变。"

"是吗？那就尝尝这把匕首吧，自由的人。"麦克白把手伸向夹克。

德夫本能地作出反应，双手握住军刀，刺了进去。

他没想到，刀锋这么容易就插进了麦克白的胸口。当刀尖触及地面时，他感到一阵颤抖从麦克白的身体传导至军刀和他的全身。麦克白吐出一口长长的叹息，粉红色的血从嘴里喷射而出，溅到德夫的手上，像温暖的雨水。他低头望进麦克白的双眼，不知他在寻觅什么，只知道他没有找到。他唯一看见的是一点光渐渐熄灭，瞳孔慢慢扩大，直至覆盖整个虹膜。

德夫松开手，向后退了两步。

静静地站在那里。

星期天早晨。

工人广场上的声音越来越近。

他不想。但他知道，他躲不过。所以他做了。他扯开麦克白的夹克衫。

麦克白的左手平放在胸口。里面没有东西。没有皮肩套，没有匕首，只有一件白衬衫，渐渐染成红色。

嗒啦啦的声音。德夫转过身。是从轮盘赌桌上传来的。他站起来。毛毡上，一片筹码在红区，放在心形之下，另一片在黑区。但声音来自轮盘，虽然它还在转，但越来越慢。白球在数字间跳来跳去，然后停住，终于陷落。

它停在绿色的沟槽，意味着赌场赢得了所有赌金。

没有一个玩家获胜。

第四十三章

远处传来教堂的钟声。独眼男孩站在中央车站的候车室，望向外面的日光。眼前是一番陌生的景象。过去，"伯莎号"一直挡在候车室和因弗尼斯之间。但如今，这列老式蒸汽列车却捣穿了赌场的门面。阳光虽然刺眼，但他依然能看见警车转动的蓝灯和摄影记者的一片闪光。人们纷纷涌向工人广场。因弗尼斯的窗户后面不时也会闪现一点光。想必是专案组在给尸体拍照。

男孩转身进入走廊。当他快走到通往楼下厕所的楼梯时，他听见了什么动静。一阵连续的、低沉的哀号，像一条狗。他听过这声音，一个身无分文的瘾君子犯毒瘾时就这样。他透过栏杆朝下瞥去，看见在臭气熏天的黑暗里一件明晃晃的白衣。他刚要走开，就听见一声尖叫般的哭喊："等等！别走！我有钱！"

"不好意思老头，我没货，你也没钱。认倒霉吧。"

"我可以给你眼睛！"男孩停在半道。走回栏杆。朝下望去。那个声音。真的是……他走到楼梯口，四下张望。没别人。然后他下到湿冷的黑暗中。每走一步，臭气就越发难闻。

那男的横躺在男厕所的门槛上，穿着原先可能是白色的亚麻西服。现在成了一堆浸透着鲜血的破布头，正如他本人，一具残破的、躺在血泊中的躯体。一块尖利的三角形玻璃碎片从他额头黑色的刘海下伸出。地上是镀金手柄的拐杖。真是他！这些年他一直苦苦寻找的人——赫卡忒。男孩的眼睛渐渐适应了黑暗。他看见那道口子，简直是开膛破肚。那里往外泵着血，但没多少，似乎快流干了。在每一股新涌出的血之间，他能看清里面青粉色的细细的肠子。

"给我个痛快吧，"老者喘着短气说，"然后拿走我口袋里面的钱。"

男孩看着这个人。他日思夜想的人。痛苦的眼泪滚下老者柔软的脸颊。如果男孩愿意，他可以拿出他经常用来剁白粉的弹簧刀——那把曾经挖掉一颗眼珠的窄刃。他可以捅进老者的身体。一场诗意的复仇。

"你的胃有东西射出来吗？"男孩问道，手伸进那人的夹克，"伤口里有胃酸吗？"他认真检查钱包里的东西。

"赶紧！"老者啜泣道。

"麦克白死了，"男孩一边说一边快速点着钱，"你觉得世界会因此而更美好吗？"

"什么？"

"你觉得麦克白的继任者会比他更好、更公正或更具有同情心吗？有什么理由相信他们会是这样的人？"

"别说了，孩子，赶紧动手。你要愿意可以用这根棍子。"

"如果死对你而言是最宝贵的东西，赫卡忒，那我不会从你身上夺走它，就像你夺走我的眼睛。你知道为什么吗？"

老者皱了皱眉头，盯着他看了一会儿。从他噙满泪水的眼里，男孩知道他认出了自己。

"因为我觉得，我们有能力改变自己，成为更好的人，"他说着把钱包放进破烂的裤兜，"这就是为什么我觉得麦克白的继任者会变得好一点。很小、很小的一步，但会变得好一点。多一点人性。对啊，你说怪不怪，当我们用人性来形容美好和仁慈时，其实就是在用'人'这个字。"男孩拔出刀，刀片弹了出来，"我是说，要记住千百年来我们对彼此都做了什么。"

"这里，"老者呻吟道，指了指他的喉咙，"快。"

"你记得我当时不得不自己动手挖出自己的眼睛吗？"

"什么？"

男孩把刀塞进他的手里："自己了断吧。"

"可你刚才说……多一点人性……我做不来……求求你！"

"一小步，一小步，"男孩说着站起来，拍拍他的裤兜，"我们会越来越好，但不会一夜之间就成为圣人。"

号叫声随男孩穿过车站，一路飘进灿烂的阳光中。

第四十四章

晶莹的雨点从天而降，穿过黑暗，朝下方码头的点点微光坠去。强劲的西北风将雨点向东吹过城中缓缓流淌的河水，向南吹过对角线上穿城而过的繁忙的铁路线。雨点随风飘过第四区，来到方尖塔和一座名为"春景"的新建筑——这是首府商人经常光顾的两家酒店。偶尔会有一个乡下人走进方尖塔，询问这里以前是不是赌场。大多数人已经遗忘，但他们还记得铁路局大楼里的另一家赌场，如今成了新近开放的市立图书馆。雨点飘过警局总部，马尔康局长的办公室灯火通明。他正召集管理层开会，研究部门重组。图特尔市长和市议会的减员计划起初令员工们十分沮丧，因为数据显示犯罪率已经大幅下降。难道就用这种方式奖励警察队伍三年来出色的工作吗？但他们意识到马尔康是对的：警察的工作就是尽可能让自己变得多余。缉毒处和与暴跌的毒品交易间接相关的部门——如凶案处——自然"首当其冲"。反腐败处维持现状。唯一可以增加编制的部门是新成立的金融犯罪处。随着这座城市吸引越来越多的公司，这里的金融活动也在增多。警方意识到，白领们轻而易举就能从金融犯罪中获利，这加剧了外界认为警察是为富人打工的观感。德夫试图尽力维持有组织犯罪处的规模，表示他需要一定的人力来防止犯罪滋生；如果职业罪犯再度在城中形成势力，清理起来会耗费非常高的成本。但他理解，他和其他所有人都必须接受减员。凶案处的凯思妮斯处长提出了一个具有说服力的观点：维持现有警员数量，最终有利于将谋杀案的调查效率维持在市民满意的水平。不过，就连她本人都得被迫辞职。德夫的心情倒是不错，因为终于等来了周末。他和凯思妮斯打算去法夫野餐。他对此既期待又畏惧。那栋房子如今已成为废墟，他一直任由野草在地里生长。但小木屋还在。他打算和凯思妮斯顶着烈日在草地上躺一会儿，闻一闻木板周围沥青的香气，听一听埃米莉和埃文的笑声是否还在那里回荡。然后他想独自游向那块光滑的岩石。人们说："世上没有路让你回到从前的地方，找回从前的自己。"他只想验证一下这句话的真伪。不忘过去，这样他才能面向未来。

雨点继续向东，经过二区西侧的高档购物街区，随后坠向一片蓊郁的山坡。这片山坡紧邻环路——夜色里就像这座城市佩戴的一圈闪闪发光的金项链。从绞架山的山顶，雨点穿过一棵棵树木，溅落在一片宽大的橡树的绿叶上。它滚向叶尖，挂在枝头，重量不断增加，准备最后几米的下落，落向树下立在黑暗中的两个人。

"这里变样了。"一个低沉的声音说。

"你已经死了很久了，先生。"一个声调更高的人答道。

"死。的确。我想我也是死了。你还没告诉我，你是怎么找到我的，波纳斯先生？"

"噢，我一直关注道上的消息。耳聪目明，这算是我的一种天分吧。恐怕也只有这一样拿得出手。"

"你的说法，恐怕我不全信。听着——我就明说了吧——我不喜欢你，波纳斯先生。你让我想起好多水生物，它们附着在体形更大的动物身上，吸它们的血。"

"吸口鱼吗，先生？"

"我想的是水蛭，可怕的小东西。不过没什么大碍。如果你认为能帮我夺回我的城市，你当然可以吸一点。小心就好。要是你吸得太猛，我会把你割掉。接下来，说正事吧。"

"市场上没有竞争者。这里的毒品禁绝后，大批吸毒者都流窜到首府去了。市议会和警察局局长终于开始放松警惕，准备裁员。现在正是时候。年轻的新客户潜力无限，而且我找到了赫卡忒的毒品工厂爆炸时幸存的三姐妹中的一个。她还有配方。我们的客户不可能找到替代品。"

"为什么你需要我？"

"我没有资本和魄力，也没有你的领导能力，先生。但我有……"

"眼睛和耳朵。还有一副吸盘。"老者丢掉一根抽了一半的大卫杜夫细长小雪茄，雨点在上方的枝头渐渐拉长，"我会考虑。不是因为你刚才那番话，波纳斯先生。如果有好货，任何城市都是潜力巨大的市场。"

"我明白。那为什么选择这里？"

"因为这座城市夺走了我哥哥、我的俱乐部——我的全部。所以我欠它点什么。"

雨点落了下来，掉在一只动物的犄角上。顺流而下，滚到一顶骑士头盔锃亮的表面。

"我欠它一座人间地狱。"

黑城

[挪] 尤·奈斯博 著

沈希 译

图书在版编目（CIP）数据

黑城 /（挪）尤·奈斯博著；沈希译.—北京：
北京联合出版公司,2018.9（2018.12 重印）
ISBN 978-7-5596-2407-9

Ⅰ.①黑… Ⅱ.①尤… ②沈… Ⅲ.①长篇小说—挪
威—现代 Ⅳ.① I533.45

中国版本图书馆 CIP 数据核字 (2018) 第 172063 号

MACBETH

By Jo Nesbø

"企鹅"及其相关标识是企鹅图书有限公司已经注册或尚未
注册的商标。
未经允许，不得擅用。
封底凡无企鹅防伪标识者均属未经授权之非法版本。

北京市版权局著作权合同登记号 图字:01-2018-5151 号

选题策划	联合天际
责任编辑	龚　将　夏应鹏
特约编辑	刘　默　张　琦
装帧设计	@broussaille 私制
美术编辑	晓　园

未
UnRead
—
文艺家

出　　版	北京联合出版公司
	北京市西城区德外大街 83 号楼 9 层　100088
发　　行	北京联合天畅文化传播公司发行
印　　刷	三河市冀华印务有限公司
经　　销	新华书店
字　　数	384 千字
开　　本	880 毫米 × 1230 毫米 1/32　16.5 印张
版　　次	2018 年 9 月第 1 版　2018 年 12 月第 3 次印刷
I S B N	978-7-5596-2407-9
定　　价	78.00 元

关注未读好书

未读 CLUB
会员服务平台